守　望

国家移民管理局　编

群众出版社

图书在版编目（CIP）数据

守望 / 国家移民管理局编. -- 北京 : 群众出版社,
2025. 1. -- ISBN 978-7-5014-6395-4

Ⅰ. I25

中国国家版本馆 CIP 数据核字第 2024CJ0112 号

守　望

国家移民管理局　编

责任编辑：张璟瑜
封面设计：蔡磊
责任印制：周振东

出版发行：群众出版社
地　　址：北京市丰台区方庄芳星园三区 15 号楼
邮政编码：100078
经　　销：新华书店
印　　刷：天津盛辉印刷有限公司

版　　次：2025 年 1 月第 1 版
印　　次：2025 年 1 月第 1 次
印　　张：25. 5
开　　本：787 毫米×1092 毫米　1/16
字　　数：300 千字

书　　号：ISBN 978-7-5014-6395-4
定　　价：98. 00 元

网　　址：www. qzcbs. com
电子邮箱：qzcbs@ sohu. com

营销中心电话：010-83903991
读者服务部电话（门市）：010-83903257
警官读者俱乐部电话（网购、邮购）：010-83901775
啄木鸟杂志社电话：010-83903494

目录

全国移民管理机构第二届“十大国门卫士”王微

巡边路上

——“十大国门卫士”王微与西藏出入境边防检查总站山南边境管理支队纪事

徐贵祥

三十年过去了，不忘那首歌——好高好高的大坂，好冷好冷的冰山，好远好远的边关，当兵当到了天边边，守着好长好长的国境线。好冷好冷的明月，好长好长的思恋，好沉好沉的枪杆，当兵当到了国境线，抬头望白云故乡在身边……

那是我第一次到西部边陲，从南疆的疏勒县前往帕米尔高原上的吐尔尕特哨所，同戍边的边防战士一起度过了难忘的一天。从此以后，大坂、冷月、冰山、国境……边关的诸多意象就在脑海里挥之不去。常常，我的目光会投向更远和更高的地方，想象那里的哨所、那里的月亮、那里的人们，还有那长长的国境线。

“山南，山南，到山南来吧。到山南来，你就理解了什么叫‘老西藏精神’，什么叫守土有责，什么叫脊梁，什么叫‘清澈的爱，只为中国’。”2022年7月，我的乡友——安徽省援藏工作队山南总领队汪华东同志不止一次地向我发出呼唤。在电话里，他的言辞诚恳，声音真切，尽管因缺氧而上气不接下气。

然而，因为疫情和其他变化，我的山南之行未能成行，成为一个不大不小的遗憾。一年过去了，汪华东和他的团队已经完成援藏任务，而他的那声呼唤，却一直在我的心头鸣响。到西藏去，到山南去，几乎成了我一年来挥之不去的梦想。终于，2023 年 9 月，参加国家移民管理局的创作采风活动，我来到了西藏，来到了山南。

一

2023 年 9 月 18 日上午，飞往拉萨。在贡嘎机场吃了午饭，乘坐一辆越野车，踏上通往边境的路。目标明确，第一站直奔玉麦。

玉麦是中印边境线上的一个点，在我还没有出生的时候，它只是一块石头，一片草地，一棵树；在我出生之后，它也只是一栋由木板和树枝搭建的毡房。然而，那里曾经是新中国一个行政乡的所在地。那里有我们这个民族深刻的记忆，前有桑杰曲巴一家和玉麦乡边民留下的固边传奇，后有“十大国门卫士”王微等人创造的戍边佳话。

前往玉麦的途中，要经过山南市区。出乎我的预料，双脚落到西藏的地面，两三个小时过去了，我居然没有出现高原反应。在山南市区做短暂停留期间，见到路边茂密的树林，很兴奋。

山南边防支队副支队长杨斌、支队宣传干事徐道超和轮训队干部次旺早已在此等候。会合之后，我提出来要到山南军分区吃一顿饭，最好能到汪华东一直津津乐道的“援藏之家”和安徽助建的蔬菜大棚参观，不料遭到领队聂虹影的坚决反对。她的计划是今晚必须赶到玉麦，越快越好，力争不走夜路。至于在山南市参观，她的说法是“回程还要经过山南，到时候再说”。

聂虹影是我四十年前在某集团军工作时认识的小战友，也是我解放军艺术学院校友，她的经历很丰富，先后在野战军、武警、公安边防部队工作，军衔至大校，边防武警部队整体转隶国家移民管理局后，警衔套改为二级警监。几十年来，她一直客气地尊我亦师亦兄，这次西藏山南之行，就是她组织的，用她的话说，她要对我的安全负责，也要对此次任务负责。她甚至秘密交代接待我们的同志，给我搞了若干“不准”。为了不给聂虹影和陪同人员找麻烦，一路上我说的最多的话就是“一切行动听指挥”。

早在出发之前，聂虹影就告诉我，上级对这次活动高度重视，指示选派几名既有组织指挥保障能力，又有文学情怀的干部同行。同车的拉萨出入境边防检查站政委王先贵告诉我，作为一个主官，他能“脱产”一周，抽身与我们同行，简直是意外的惊喜，领导掂量再三，才下了这个决心。王政委是河南林州人，四十年前，那里正是我踏上军旅之路的第一块根据地，我在他家乡的太行山区生活、训练、野营拉练、攻防演习，十六年后成为一名团级干部兼文学工作者。我们有太多的共同语言，从红旗渠、桃花谷、石板岩乡到秋天漫山遍野火红的柿子，相谈甚欢，不知不觉中忘记了对“高反”的担忧。路上我们切磋公文写作和文学创作的经验和规律，记得他讲的一件事：他在中国人民公安大学进修期间，有个星期天去北京图书大厦买书，居然在那里遇到了一个熟人——他的顶头上司、西藏边检总站副总站长赵继荣，“他乡遇故知”都不能形容当时那份惊喜。即使在拉萨，他也很少见到赵总，因为边检工作“永远都在路上”，布置任务检查工作，多数都是通过电话。这件事情意味深长，一对从高原来到北京的上下级，没有相遇在灯红酒绿的场所，没有相遇在豪华的购物中心，而是邂逅在图书大厦，移民管理警察爱学习、爱读书的精神，可见一斑。

翻越第一座海拔五千米的亚堆扎拉山口之前，王先贵提醒我们用上氧气。不敢掉以轻心，我把输氧管塞入鼻孔，而王先贵和司机孙建超仍然素面朝天——车上仅有两套输氧设备，他们让给了我和聂虹影，我亲眼看见王先贵的嘴唇由红到青。孙建超并非专职司机，而是从武警边防部队转改到公安系统的三级警司，后来我才知道，因为此人驾驶技术过硬，心细、路熟，被上级特意调来为我们做保障的，这个小伙子一路上给我留下了十分美好的印象。

很快，亚堆扎拉山口到了，我们下车在那块“海拔 5025 米”的牌子下面照相，试试腿脚，虽然有点飘忽，总体问题不大。接着往前走，得知离下一个超过五千米的山口还有两个多小时车程，我说我要眯一会儿了。不知道过了多久，被人喊醒，原来雪布达拉山口到了，依稀看见一块牌子耸在眼前，海拔 5102 米。

迷迷糊糊下车，突然感觉就像踩在棉花上，眼前的景物全是多重叠影。赶紧上车吸氧，随后来到隆子县边境大队休整，两个小时过去了，还是迷迷糊糊，张开嘴巴讲话，连自己都听不见，别人讲话也听得隐隐约约，又张不开嘴巴回答。依稀记得被人搀扶到椅子上坐下，面前放着一杯热水，几个同志站在面前，其中有个女同志，拿来三本我的作品，要我签名，尽管我很不高兴，还是客客气气地签了名。

我为什么不高兴呢，因为我发现那三本书根本不像我的作品，除了出版社和书名、作者的名字我认识，其他的，诸如装帧风格、字号大小、薄厚程度，都是我陌生的。虽然脑子一片混沌，但有一点我不糊涂，我是到边境来看望战友的，他们经年累月守卫在这里，为我们承受着高寒缺氧的艰苦环境，他们想要我几本签名书，我不能拒绝，否则我来干什么？

签名之后，我把三本书摆在一起，用手机拍照，准备回北京后找出版社理论，为什么改版了不通知我？

吸足氧气之后，继续赶路，天快黑的时候，经过斗玉乡将军崖，走访当地边境派出所的同志，得知原西藏军区司令员张贵荣同志，1983年年底勘察一条待修的边防战略公路，一个多月的时间行程4500多公里，因连日劳累，在狂风暴雪交加的一段险路上，突发高原性心肌梗死牺牲，将49岁的生命定格在戍边之路上。安葬张贵荣的这座山包，从此被命名为将军崖。

在张贵荣墓前，我这个脱下军装的老兵，不由自主地举起右臂，向这位献身边防事业的老战士致敬。

再往前行，天基本上黑下来了，车内一片寂静，我们为张贵荣同志殉职感到悲伤，为前仆后继倒在这块土地上的战友惋惜，同时也为后面的行程平添了几分忐忑。快到恰拉山了，王先贵提醒我，恰拉山海拔虽然只有5003米，但是夜黑风寒，氧气稀薄，要防止高原反应。

在黑漆漆的群峰之间又行驶了不知多长时间，忽然听到聂虹影喊了一声："到了，到家了。"

举目望去，看见遥远处、山谷里依稀闪烁几星灯光，我瞪着眼睛，希望看到那些灯火连成一片，繁星密布，可是从始至终，那些灯光也没有被放大，从高处远远望去，就像遗失在地上的星星，透过浓重的夜色，顽强地闪烁出微弱的光芒。

然而，这里是家，大家的家，国家的家，那些星光就像眨动的眼睛，穿越几十年、几百年、几千年的时光，无声地讲述这方土地上的故事。

二

当夜，我们住在玉麦边境派出所。分配给我的住处是正在休假的所长的宿舍，仔细打量室内，几样简单的生活用具，衣柜上方码着一床蓝色的被子，整整齐齐的豆腐块，让我的心里涌上一阵亲切感，虽然边境派出所已经从解放军的编制序列里改转到公安序列，但是这里的移民管理警察还保持着军人的优良传统，一点一滴一丝不苟。

安顿下来之后，派出所的同志请来了正在玉麦巡诊的军医，量了血压，问了路上的情况，这才知道，在雪布达拉山口我的高原反应非常严重，幸亏及时吸了氧。而聂虹影不愧是野战军出身，在来玉麦的路上，因为缺氧和晕车，她呕吐不止，到了玉麦，人基本上动不了了，好不容易才吃了一碗面条，就忙着找人谈话。我说，没必要抓这么紧吧，明天在玉麦还有一天时间，进藏的第一个晚上，抓紧时间休息，先恢复体力。聂虹影说，已经缓过来了，我得抓紧时间了解情况，为作家们提供素材。

我很感动，但实在太累了，就先休息了。

在西藏迎来的第一个早晨，因为天气原因，没能看到日出。起床之后，在派出所门前看见，前方一百多米的山坡，绿树掩映着一块经过打磨的巨石，上面漆写着汉藏两种文字："家在玉麦　国是中国"。尽管太阳藏在云端，这八个字似乎自带光芒，在铅色的天空下、绿色的土地上熠熠生辉，让人肃然起敬。

这八个字就像一本浓缩的书，一首无声的歌，在喜马拉雅山南麓、雅鲁藏布江西岸，记录着一方土地、一个时代、一代又一代中国人戍边的故事。

当年，英国殖民者为了自身利益，单方面伪造了一个麦克马洪线，把中国九万多平方公里的版图划了出去。这当然是我们不能接受的，多少年来，在这条线两边生活的中国人，从来不买麦克马洪的账，我们祖祖辈辈生活在这里，这里有我们祖先的遗骨、建筑、牧场和种下的树，凭什么你用铅笔一画，我们就乖乖地拱手相让，公理何在？

在漫长的边境线上，流传着无数边民自发捍卫边防的故事，其中最典型、最艰苦卓绝的要算桑杰曲巴一家的故事了。据说，二十世纪五十年代，生活在玉麦的尚有二十几户人家，后来因为政权更替、生活条件限制等原因，一部分人被裹挟到境外，还有一部分人陆续迁走，最后只剩下桑杰曲巴一家。二十世纪八九十年代，桑杰曲巴的妻子和小女儿相继离世，玉麦乡只剩下桑杰曲巴和他的另两个女儿卓嘎和央宗，于是，这里成了举世闻名的“三人乡”。

当地政府考虑到玉麦条件艰苦，每年有至少半年大雪封山，生活极为不便，也曾动员桑杰曲巴一家搬迁到日拉雪山的另一侧、交通相对方便的曲松小镇，但是桑杰曲巴的脑子里却有一个执念：我是乡长，怎么能离开我的乡土呢？人都走了，边境上没有人了，国土就小了。仅仅在曲松住了三个多月，他就带着两个女儿回到了玉麦乡。他的决心坚定，哪怕只有一个人，玉麦也是中国的一个乡，他要守住这个乡，不仅要抵御心怀不轨之徒对边境的蚕食，还要找回祖辈留下的土地。

从二十世纪五十年代开始，桑杰曲巴做过多少事啊，即便大雪封山的日子，他也坚持巡边，防止异国人员用他们的脏脚玷污了我们的草场，发现异国人员悄悄插上的小旗子，就坚决拔掉。作为乡长，他还要去县城开会，回来把上级的精神传达给两姐妹。人口少，管理的工作量不大，但是学习不能放松，要确保听到上级的声音，领会上级的精神，落实上级的要求。

卓嘎和央宗两姐妹至今记得，有一年父亲到县里开会，带回来几块红布和黄布，原以为要给她们做新衣服，哪里想到，当天夜里，父亲用这些布做了一面国旗，从此之后，父亲的牛群走到哪里，国旗就飘扬到哪里，那面国旗在雪山大地上鲜艳夺目，犹如风中弹拨出的悠扬旋律：“这是美丽的祖国，是我生长的地方，在这片辽阔的土地上，到处都有明媚的阳光……”

桑杰曲巴还有一句朴实却又具有震撼力的话：“只有人在，家才能看好”。在他去世之前，还把大家召集在一起，语重心长地交代：“这是我们祖祖辈辈生长的地方，更是祖国的土地，一草一木我们都要看好守好。”

所谓边界，从来就不是上帝分配的，更不是人为随心所欲切割的。边界的形成，有漫长的历史，而最重要的依据，是在这块土地上生活的人们内心的归属与认同，中国人祖祖辈辈生活的地方，怎么能由麦克马洪的铅笔切割呢？这不符合常识，只符合强盗的逻辑。然而，曾几何时，这种强盗逻辑却大行其道。打开世界地图，看看非洲，那一块块方形的、菱形的版图，被切割得东一块西一块，看起来规则的边境线上埋藏着多少不规则的屈辱？

世上本无路，走的人多了，就成了路。同样道理，世上本无边界，走的人多了，走的次数多了，就踩出了一条边界。

桑杰曲巴未必读过世界历史，也未必了解世界地理，但是他懂得一个朴素的道理：我生长在这里，我的爷爷生活在这里，我爷爷的爷爷生活在这里……我熟悉这里每一棵树，我知道这里每一片牧场会长出什么样的草，我知道这里的每一片云彩会在什么时候变成雨雪，我的先辈的灵魂在这片树林里安息，我怎么能离开她？

第二天上午，我们参观了爱国守边先进事迹展览，那块做工粗糙、用料简陋、用汉藏两种文字书写的木牌像火炬一样照亮我们的视野：“隆孜县玉门乡人民政府”。确实，不像我们司空见惯的行政机构标牌，没有那样气派、庄严、肃穆，但是“人民政府”这四个字，每一笔都力透纸背，透着深深不可侵犯的威严。当年，桑杰曲巴放牧到了哪里，小家的帐房安在哪里，牌子就挂在哪里。牌子挂在哪里，政权就在哪里，国家就在哪里。

我们与卓嘎女士和妹妹央宗的儿子索朗顿珠见面。年过花甲的卓嘎精神矍铄，明眸皓齿，见面后始终微笑。从她的表情可以看出，我们说的话，她不一定全部听懂，但是意思她明白。我向她表示祝贺，我说我知道他们一家的故事了，也学习了习近平总书记给她们的回信，感谢她们一家多少年来坚守玉麦，用放牧的方式走边守边，并带领更多的牧民群众像格桑花一样扎根在雪域边陲。我同时表示，虽然我不在玉麦工作，但是我会通过我的创作，让更多的人关注玉麦、支持玉麦，让玉麦精神得到进一步发扬。

在我讲话的时候，卓嘎一直微笑不语，偶尔点头，她显然听懂了我在说什么，也接受了我的赞美和祝福。给我的感觉是，卓嘎女士虽然读书不多，离开玉麦到外面看世界的机会也不多，但她是一个文化素养很高的人，她爱她的父亲，爱边境，爱祖国，也爱我们这些汉族人。偶尔

2022年11月，王微与党的二十大代表卓嘎一同参加升国旗活动

能听见她说“北京”“边境派出所”“孩子”等字眼。当她得知我是一个刚刚退休的“金珠玛米”解放军时，她的眼睛里洋溢着温暖的光芒，我听到她默默地念叨了一句“扎西德勒”。乡长仁青平措和她的外甥索朗顿珠断断续续给我们翻译：“卓嘎女士说，感谢北京来的作家，感谢玉麦边境派出所，玉麦人的生活变得一天比一天好，会有越来越多的人加入走边、守边的行列里。”

派出所的同志跟我们讲，迄今为止，来到这里的北京人不多，作家更少。显然，在卓嘎的眼里，我们就是中央派来的亲人。

那天上午，我们在那块巨石前留影，同瘦小的卓嘎并肩而立，我的内心涌动着炽热的激情：同卓嘎站在一起，就是同玉麦站在一起，就是同祖国站在一起。玉麦，这是我早就应该来的地方，这是我一生中必须来的地方。只要有可能，我还会来，向敬爱的桑杰曲巴那样，像卓嘎和央宗那样，像多少年来薪火相传的牧民那样，扛着我们的铺盖，背着我们的口粮，赶着我们的牛羊，用我们的双脚和牛羊的蹄子走出一条不可逾越的边境线。我甚至一度幻想，我会成为新一代桑杰曲巴，当然这是不可能的，但是我知道，我身边的这些人，王微和他的战友、索朗顿珠、仁青平措，他们才有可能成为新的桑杰曲巴，他们就是桑杰曲巴。

三

确实像卓嘎说的那样，玉麦人的生活一天比一天好起来。在桑杰曲巴一家的感召下，先后又有两家回到了玉麦，上级也派来了干部，后来发展成为“九家乡”“三十家乡”。随着二十一世纪的到来，公路开通了，桑杰曲巴老人实现了自己的心愿，亲手为第一辆开到玉麦的“铁牛”献上了哈达。到我们抵达玉麦时，玉麦已经有六十多户人家二百四十多人了，从“一村乡”到“两村乡”再到“三村乡”，政府提供了经费和材料，玉麦乡建起了多栋具有现代品质的乡村民居，乡政府重新完善了职能，旅游业方兴未艾……

边境派出所进驻不久，解放军来了，有边防部队，也有建设兵种，玉麦的人气更旺了，走在街面上，能够看见外地人建的宾馆、商店和餐馆……目睹这一切，我的心情久久不能平静，正是一个人的坚守、一家人的坚守，成了几十家人也一定会成为几百、几千家人的坚守，用不了多久，一个明星小镇就会像闪亮的明珠一样镶嵌在边陲大地上。

按照计划，在玉麦的第二天下午，我们参观桑杰曲巴故居，重走桑杰曲巴的“巡边路”，我这才有机会同我的主要采访对象王微进行较长时间的交谈。

一道重走“巡边路”的，除了同行的王先贵政委和杨斌副支队长，还有玉麦乡的乡长、某部副参谋长唐正辉，边防部队某部连长洛追，一行人浩浩荡荡，当真有点儿军政警民联防的架势。

巡边路上，我们拾级而上。这里原先根本没有路，硬是被桑杰曲巴老人和他的两个女儿、后来还有更多的人踩出来的。这条路通向哪里？我向西、向南眺望，视野从脚下依稀可辨的足迹，伸向稠密的林木深处，那里有树干、枝叶、藤蔓、苔藓堆砌的高大的栅栏。阳光细雨一般落下来，在栅栏的上沿镶上一道金边，金边的远方，林木的上空，是深不可测的未知。然而，我知道，那就是桑杰曲巴和一代一代的桑杰曲巴们，永远不会忘记、不会放弃的地方。

现在，常年走在这条路上的，是王微和他的战友们。

王微出身军人家庭，其父曾经当过坦克兵，小伙子话不多，从认识到一起出行，始终都在担负向导和服务工作，把自己摆在一个配角的位置。就是从他和他的战友的身上，我渐渐明白了“移民管理警察”的特殊含义。

曾经，在中国的武装力量中，有一支特殊的部队，即公安部队。公安部队独立于解放军编制，后来纳入中国人民武装警察部队序列，再后来改编为公安武装警察部队，仍然隶属于武警，接受武警总部和公安部双重领导。直到2021年，全国公安部队现役编制全部转换为人民警察编制，由公安部下属副部级国家移民管理局领导。也就是说，这支武装力量是从军队和武警部队演变而来的，在生活、训练、工作管理诸多方面，依然保持着军队的优良传统。

边境公安的任务有很多特殊性，其中一个重要方面就是涉外治安，尤其是在边境上防入侵、防渗透、防非法滞留、防入境放牧、防挪移国境标志等。

沿着桑杰曲巴的足印，我们一步一步登上了“好汉坡”。路上我一直在想，在组织尚未健全、边境管理尚未规范的当年，幸亏有桑杰曲巴这样的爱国者和明白人，他们是以自己的身体和行动作为国界的标志，抵御着有形和无形的蚕食。如今，边境管理越来越规范了，越来越有法可依、有理有据了，公开的争斗往往转入地下，平静的边境线上仍然暗流涌动，不到一定程度，不能动用边防部队，而仅仅依靠群众，往往又会顾此失彼，因此，边境警察的使命任务就具有多样性、复杂性，斗争的方式也就要求更有艺术性，更需要胆识、法规水准、独立判断能力、独当一面的魄力。

王微是黑龙江人，警校毕业后主动要求到西藏工作，先后在几个边境乡镇派出所工作。他告诉我，担任玉麦乡派出所教导员和党支部书记，一方面感到责任重大使命光荣，另一方面也感到压力很大，因为玉麦不是一般的边境乡镇，这里有桑杰曲巴老人走过的巡边路，有“三人乡”守边固边的光荣历史。桑杰曲巴老人用脚步丈量的3400平方公里的边境土地，一草一木都是金子。“开弓没有回头箭，扎根边境好好干”，这不仅是王微的决心，也是玉麦派出所全体警察的心声。王微到任后，每个月都会带领民警与驻地解放军连队开展联合边境巡逻，虽然边防道路几经改造升级，但一路要经过森林、雪山、沼泽各种复杂的地形，特别是每次巡逻要经过的“阿相比拉”是最险最难的路段，“阿相比拉”在藏语中意为“魔鬼都不敢去的地方”。这条悬挂于绝壁之上的巡逻路，一边是几近垂直的峭壁，另一边是近百米的悬崖，稍有不慎便会跌落山崖。

有点战争常识的人都知道，战斗中，最能激发战斗力的是指挥员身先士卒，一支好队伍，首先要有敢于担当、率先垂范的指挥员。王微也很年轻，比队友大不了多少，然而“教导员”这个头衔，首先把他自己教导得成熟了。每次出山巡边，他都走在队伍最前方，穿密林、涉冰河、攀陡崖、过悬梯，百余次行走在边境线上，累计行程3000余公里，

王微获评全国移民管理机构第二届“十大国门卫士”荣誉称号

在漫长的边境线上用足迹铸成了“行走的界碑”。前不久，对面国家农牧民频繁非法越境采挖、放牧等，王微直奔现场，始终有理有据有节进行劝退，面对人多势众、恐吓威胁，他始终毫无畏惧、寸步不让。在玉麦工作期间，王微亲临斗争第一线，先后劝退入境牧民 53 人，这可不仅是解决民事纠纷，它背后蕴含着国家利益。

2020 年以来，王微先后获得诸多荣誉，获评 2022 年度“全国最美基层民警”、“全国优秀人民警察”、“全国移民管理机构成绩突出党员民警”、山南市“民族团结进步模范个人”，荣立个人一等功 1 次、二等功 1 次、三等功 3 次。在这诸多荣誉的背后，又有多少常人难以想象的付出。

交谈中，一向寡言少语的王微告诉我，其实他的内心有深深的愧疚：父亲重病，他都不在身边；孩子出生，他不在身边；众多亲人需要的时候，他不在身边。“其实我做的这些算不了什么，派出所的每一个人都有自己的实际困难，也都克服了。把你放在这个岗位上，当你走在这条路上，你就不仅是一个儿子、一个丈夫、一个父亲。一个移民管理警察，代表着国家形象、国家实力、国家风度。”王微说。

谁没有青春呢，谁不想让青春之歌更加嘹亮呢？选择了西藏，就是选择了挑战；选择了边疆，就是选择了锤炼。在那样一片洁净的天空下，在那样一片辽阔的土地上，让我们展开理想的翅膀，纵情翱翔。

我接过一面国旗，招呼王微靠近，我们一起把红旗挂在路边的树上。国旗下，我凝望着这个小伙子，一张黝黑的脸庞，一双明亮的大眼睛，一番质朴的话语，让我肃然起敬——这么年轻，这么有思想，这么有作为，太难得了。

见我深思，聂虹影灵机一动说：“明天早晨，王微先行一步离开玉麦，他要到拉萨参加活动。徐老师，你送他几句话吧。”

我说……我看着国旗，遥望远处，此时此刻，我似乎看见了那块写着“隆孜县玉门乡人民政府”的木牌，那仰面朝天书写着“家是玉麦国是中国”的白底红字巨石，似乎看见一个顽强的身影跋涉在雪山顶上，展开鲜艳的五星红旗……一代人，两代人，代代相传；藏族人，汉族人，多民族融合，多民族目标一致，奋发图强。我想了一会儿说：“有一扇门叫国门，有一道墙叫长城，有一个家叫国家，有一种神叫精神……献给王微和所有戍边的战友们。”

四

告别了沉睡的村庄，依依惜别刚刚认识的战友，小分队又踏上了征途。就从这天起，我把这次行动命名为“巡边路上”。

车队刚刚翻过一个山口，看见路边有一座奇形怪状的建筑，几根木桩，若干木块，加上树枝、油毡、塑料布，貌似拼凑成一幢房屋。车子停下来后，看见里面走出来几个人，眼前顿时一亮，原来是卓嘎和索朗顿珠正捧着哈达迎着我们和朝阳。我这才知道，卓嘎得知我们要离开玉麦，特意在路口送行。索朗顿珠操着熟练的汉语跟我们讲：“外公的三个愿望实现了，一是玉麦修了公路，二是玉麦有了守护的武装力量，三是玉麦人的日子越来越好了，感谢领导的关怀。姨妈委托聂虹影给公安部领导带一条哈达。”

我走进帐房，看见上面到处是缝隙，像阳光天窗，房内堆满了生活物品，黑乎乎的。我问索朗顿珠，山下不是有新盖的房屋吗，为什么还要住在这里。索朗顿珠说：“姨妈是放牧出身，愿意住在放牧点上，她还要走巡边路呢。”

当天晚上我们到达一个叫拉康的小镇，这里比玉麦繁华多了，同内地的集镇没有太多的区别，下榻的宾馆条件也好了很多。把书送到派出所，吃了晚饭，聂虹影又忙着召开座谈会。这个工作狂啊。

9月21日上午，启程前往拉郊边境派出所执勤点德玛隆，这回领教了什么叫边境公路，其实根本没有路，从拉郊派出所到七号执勤点，上山的时候手机微信计步4000多步，下山已是10000多步，这6000多步不是走出来的，而是坐在车上颠出来的，简直奇谈。

这个所谓的七号执勤点，其实也是派出所和边民“走巡边路”走出来的。由于历史原因，这里的边界一直没有正式划定，双方都在边境线上占领根据地，而我们的同志依托边民的支持，寸土必争，寸土不让，经常出入人迹罕至的丛林深谷，终于把执勤点建在对方根本无法涉足也从来没有涉足的地方，盖起了宏伟的执勤办公楼。

中午，在执勤办公楼吃了自带的干粮，我们到前沿参观，但见两边群峰叠翠，山坡树木密不透风，半山腰上耸立着一块两人高的木牌，木牌已被雨水浸透，上面用红漆刷着“中国”两个大字，右边依稀可见“多云”两个字，木牌的右侧是一面国旗。

是的，这里是中国，尽管边境线只是缠在树枝上的塑料绳，尽管界牌只是几块木板，但这里是中国。在界牌的一面，有一座比卓嘎的放牧帐房还要简陋的临时窝棚——那是巡边警民用来烤火、烧煮食物、遮风避雨的场所，其艰苦程度可想而知，但是这里从来没有中断过中国人的足迹。

倘若不是亲临其境，不是亲眼目睹，我们这些生活在城市里、生活在富饶的乡村里的人，怎么能想象我们的边境是这样的，越是原始的、越是落后的地方，越需要高超的斗争艺术和顽强的斗争精神。我不禁又想起了一首歌：“我们生长在这里，每一寸土地都是我们自己的，无论谁要强占去，我们就和他拼到底……”

歌是老歌，但是绝不过时。在事关国家利益的重要时刻，我们就要有拼命精神，即便我们不能亲自上阵拼命，但是我们必须向那些为了我们而拼命的战友致敬，向他们真诚地道一声：“辛苦了，我的兄弟。但愿我能为你换一次岗、挡一次雨雪。”

打开一本随身带来的《历史的天空》，在扉页上庄重地写下一行字：“我惭愧我不能和你们一起执勤，那就让这本书陪着你们，我的心里会好受一些。”然后，我把这本书送给了七号执勤点的边境民警战友。

在拉康住了两夜，9 月 22 日上午，启程前往浪卡子乡普玛江塘边境派出所，这是我们此次走巡边路将要到达的海拔最高的地方。王先贵同志告诉我，这也是世界上海拔最高的派出所。

中午 11 点左右，途径浪卡子县扎日乡，看见路边田里有藏族群众在收割青稞，几个身着黑色制服的民警也在其中忙碌。聂虹影招呼停车，从后备厢找出几本书。我们踏着阳光走进田间，我还煞有介事地割了几把青稞，然后蹲在田埂上为助民的民警签名。那一瞬间，我几乎忘记了自己是在西藏，恍惚中仿佛回到了老家的乡村。

直到这时候，我才知道，我被聂虹影“忽悠”了，原来我们从普玛江塘返回拉萨，不再经过山南市。

不过，不能责怪聂虹影，她并非故意忽悠我，而是我们“走巡边路”的计划一直都在调整。这一路上，聂虹影既是领队，又搞服务，从北京带来的图书、光碟、月饼，她亲自分发。所到之处，有点空闲，就同派出所的同志交谈，保持一个老兵的本色，到食堂帮厨，一起包饺子，吃饭交伙食费。每次去往下一站之前，自费购买日用品和食品，同战友分享。她先我一天离开西藏，于 9 月 23 日从拉萨返回北京，听说在飞机上，她向空姐要了三支圆珠笔，写下了“巡边路上”的详细过程和感想——这是后话了。

我为什么一直惦记要到山南市吃一顿饭呢，说起来是因为一件往事。去年此时，我的同乡兄弟汪华东同志率队援藏，就在山南。当时他们编了一个文集，名曰《攀登》，嘱我写序。我看了文稿，颇为惊叹，没想到这样一支由行政干部、医生、律师、教师和其他技术人员组成的工作队，有这么好的文字表达能力。当时汪华东跟我讲，援藏工作队里有一个张理华，是安徽电视台的记者，文章写得很好，就是她担任编辑，对文稿进行多次修改，才有了如今这个成色。援藏任务结束后，张理华留了下来，如今在山南市融媒体中心工作。

此次，得知我到山南之后，汪华东一再叮嘱我，尽量见见张理华。我说，我尽量，我也很想见见这位同志。

张理华敬重西藏，我敬重张理华，原想在返程路过山南的时候做短暂停留，现在情况变了，我得跟她说明。拿起电话，拨通了张理华的电话，我说我到西藏来了，本想去看看你，可是，返程路线变了，不到山南了，擦肩而过，委实遗憾。张理华在电话那头儿说："徐老师，您幸亏没来，来了我也不在，我在下面驻村呢。"

我说："那就是天意了，留下遗憾，以后再说吧。"说完这句话，鬼使神差地又多问了一句，"你在哪里驻村？"

张理华说："在浪卡子县。"

我说："我现在就在浪卡子县啊……"一个念头闪过来，我把手机就近交给杨斌，我说赶快问她在哪里，把她接上，和我们一道去普玛江塘。

这一路上，杨斌给我的印象十分美好，这个同志简直就是活地图、百事通，山南的情况，包括一些微妙的、不便描述的情况，他都能精准地表达。杨斌很快问清了对方的位置，计算了空间和时间的距离，当机立断，交代浪卡子边境管理大队同张理华联系，在指定时间把她接到指定位置。

在普玛江塘，我看到了世界上最高、最美的湖泊，看到了世界上最高的乡镇，看到了高原上的平原，看到了平原上海市蜃楼似的集镇。在距边境派出所仅有200米的乡政府里，我看见了一张照片，照片上那个正和群众亲切交谈的人，我一眼就认出来了，正是汪华东。后来见到了汪的老同事张理华，她跟我讲，汪领队两次带领援藏工作队的同志，到普玛江塘给大家上“特殊的党课”。

我给汪华东打电话说：“我还以为我是第一个攀登到普玛江塘的安徽人，原来你早就来过了。”汪华东哈哈大笑说：“巡边路上，不分先后。不过，我敢肯定，你是到过普玛江塘的年龄最大的作家。”

在普玛江塘边境派出所，我们受到了名副其实的最高的礼遇，我也把我的作品送到了海拔最高的边境派出所。在那座标有“世界之巅　海拔5373米”的石碑前面，我站稳了脚跟，面向天空和雪山，激动地说：“普玛江塘之行，我的身体得到了检验，灵魂得到了洗礼，精神得到了锤炼，这回下山，我要跟老伙计们好好炫耀一下。”

一个藏族小伙，一个汉族小伙，次旺和徐道超，一个举着手机，一个端着摄像机，给我照了相，拍了视频。那个时刻，多么豪迈！

下午3点多钟，我们下山到了浪卡子县城，见到了张理华同志，仅仅在一个小时之内，我们一行就赶到她所在的驻村点，看她居住的童话般漂亮的小屋，听她讲这里的故事，讲民族融合，讲脱贫致富，讲文化传承，讲她的工作、她的感受，还有理想和创作计划。

分别之际，我跟她讲，珍惜你在西藏的岁月，这里有你取之不尽的创作源泉。

全国移民管理机构第二届“十大国门卫士”于歌

白云飞歌

——广州出入境边防检查总站白云边检站于歌纪事

李春雷

飞机攀升至万米高空，进入预定航道，平稳前行。

窗外的世界，湛蓝如海，无息无声，寂静安谧，宛若混沌初开。

旅客贴近舷窗，纵目鸟瞰。

一团团蘑菇状的云朵，摩肩接踵、连绵起伏，白胖胖、肥嘟嘟、圆滚滚，似雪原、若羊群、像梦乡，更宛如幻境。

这些大地的使者啊，来自江河湖泊的热烈蒸腾，来自每一寸土地、每一片树叶、每一条小溪的生命律动，来自每个人、每头牛、每只猫的呼吸和叹息……

机舱里的人们，望着这宇宙间无穷无尽、白白胖胖、静静谧谧的云朵们，又想起了刚才地上的那一朵“白云”。

那一朵“白云”，正是广州白云出入境边防检查站。

此刻，身着藏青执勤服的移民管理警察们，在干什么呢？

是目送一架架出境的航班，还是迎接一架架入境的飞机？

迎来送往，履行检查，相向而行，并行不悖。

哦，或许他们没有这个闲暇，他们正在一丝不苟地审验证照、人证对照、加盖印章呢。

是的，他们早已习惯了忙忙碌碌，也早已习惯了熟练自如地切换多国语言。

面带微笑，心细如发，手执印章，守卫国门。

一

2011 年 7 月，广州边检总站，一幢威严的建筑楼前，22 岁的于歌拖着大包小包的行李、嘴里衔着报到通知书，满头大汗、气喘吁吁地俯在门卫登记本上，填写来访信息。

与其说来访，不如说报到。

但，此刻她确实是第一次来这里啊。

说实话，她从来没想过会来这里。

大四前的暑假，各家都在为即将毕业的孩子寻找出路。可怜天下父母心，她的老爸老妈自然也在其中。

推荐一个工作，没兴趣。

再推荐一个，依然是外甥打灯笼——照旧（舅）。

军人出身的老爸又气又急，像一只鼓鼓囊囊的皮球，一说话就要弹射她几句。

孩子大了，也不能打呀！

某次聚会，听说同事的孩子在报考公务员。老爸一回家就对她喊："快，去国家公务员网站上看看，先练练手，国考不行就省考，省考不行就市考，再不行就事业编……"

老妈也在旁边添火加柴："对，女孩子有个铁饭碗比啥都强!"

她只好打开电脑，点击岗位招考目录，一个个地浏览着……广州边检总站，嗯，各项条件还算符合。

“这个单位是干啥的?”

三颗脑袋挤在电脑屏幕前，面面相觑。

“不知道，反正也考不上，就当体验国考了呗。”她噘着嘴，小声嘟囔。

天下考生都明白，全国最难的三种成人考试：一是国家司法考试，二是注册会计师考试，三是公务员考试。而国家公务员考试，又是公务员考试中的最难。

从2010年备考，经过笔试、面试、心理测试、体能测试等层层关卡，每层都要刷掉很多人，像装修房子时的涂料，簌簌而下。

历时半年多，6000多人仅招录42个。

没想到，她竟赫然在列，一击即中!

二

1989年3月，一封神秘兮兮的电报飞至华南沿海某野战部队下属的军区医院。

战友们屏住呼吸，满怀期待地盯着军区外科医生老于那双颤抖的手。因为，这封电报即将揭开连队争执了大半年的谜题——嫂子肚子里到底是男娃还是女娃?

电报缓缓展开，内容是一串更加神秘的密码：19893170。

“什么意思，嫂子葫芦里究竟卖的是什么药?”大伙七嘴八舌地嚷嚷。

“啪!”老于把电报往桌上一拍，瞪着眼，像驱赶苍蝇似的频频挥手：“去去去，该干吗干吗，别给我添乱!”

人群嬉笑着散去，吵闹声被拒之门外。老于烦乱地点上一根早已戒了很久的香烟，不知道该怎么给父母回话。

远在祖籍东北的双亲，虽然都是老党员，但重男轻女思想仍然根深蒂固，本打算指望他这个独生子延续香火，这下倒好，一阵风全吹灭了。半个月前，老婆预产期，他专门休了陪产假返回长沙家里，结果愣是把假期熬完，也没有等到臭小子“发动”。后来，为了省钱，他对老婆说：“生了，你就把‘日期+性别’发电报给我，末尾代表性别，男孩儿写个1，女孩儿……就写0……”

他甚至把男孩儿的名字都取好了：于歌。

三

报到后，先去南沙培训大队，进行为期三个月的入警培训。

队形队列、体能训练、内务卫生、纪律意识、保密操守等等，如新兵连一般，只多不少。

除此之外，还有警务条例和业务培训，让她从一个地方大学生彻底完成到一名警察的蜕变。

培训结束，于歌和同事们被统一分配到广州边检总站白云出入境边防检查站。

广州，首批国家历史文化名城，海上丝绸之路的起点，被誉为“千年商都”，自古就是中外文化交融之地。舒适的自然环境和务实开放的商旅氛围，加之毗邻港澳的优越地理位置，使这座城市有着极高的包容度，世界各地的人们聚集于此淘金、发展。

白云边检站自1964年成立以来，从一个只有22人组成的飞机检查组发展至今，始终驻守南粤国门空港，担负着全国第三大国际航空枢纽白云国际机场、全球物流行业巨头联邦快递公司亚太转运中心的出入境边防检查任务。作为桥头堡阵地，可以说这里是全国业务量最大、口岸形势最复杂、查获违法案件类型最多的边检站之一。

穿上警服，按照双人双锁的要求，领取验讫章。

上勤第一步就是在师傅的指导下调校日期：在试盖本上试盖，确认无误后在登记表上按流程完成表格，最后由科队值班领导审核确认，完成验讫章调校。然后，正式登上验证台开始跟随师傅学习业务。

跟师学习，于歌多么不自信啊。

首先，这是一个完全陌生的领域，可以说两眼一抹黑；再则，身边的同事都来自名校，看起来个个出口成章、天赋异禀，而她却是普普通通的地方院校毕业，聊天时都不好意思作自我介绍。

自卑感、危机感和焦虑感，像三座大山，压得她几乎喘不过气儿来。

学习，唯有默默地学习，能够对抗这种压力。

面对密密麻麻的人群和数据，看面孔、看证件、看形态，审核、盖章，一切都是那么复杂，复杂而又单调。她不能上手，只是在旁边看着师傅操作。那时，她最大愿望就是能早日拥有一枚自己的验讫章。

跟学过程中，第一个拦路虎就是“人证对照”。

人与证件对比，乃边检工作最基础也是最根本的业务素养。虽说她从出生以来已见过成千上万的面孔，在大脑里对人脸的辨认方式已经形成了长达 20 年的思维惯性，但边检的人证对照工作需要彻底打破惯性，像计算机重装系统一样重新搭建一种新的运算方式，从而去辨认一副副陌生的面孔和相片之间的对应关系。

说白了，这简直就是一个摧毁重建的过程。

在她从前想当然的认识里，拿照片跟人脸一比对，只要长得像不就行了嘛。

不！

具体到边检工作，需要100%的精确。原来一直以为是常识的经验，在真正的专业面前，根本站不住脚。即便是出生时相似度极高的双胞胎或多胞胎，随着日后面部表情、说话方式、咀嚼习惯、呼吸姿势等行为习惯的不同，其骨骼、肌肉的差异也会显现出来。可是，要在短时间内捕捉到这些细微差别，何其难哉。

真是赶鸭子上架！

岂止是赶鸭子上架，简直是赶鸭子上天！

理论毕竟是理论，短短一分多钟的时间里，若要化繁为简、实际操作，不仅要精通，还要靠感觉！为了尽快学成，下班后，于歌把相关资料和笔记抱回宿舍，摆到书桌上反复研究分析。钟表嘀嘀嗒嗒，汗水滴滴答答，灵感若有似无，思绪沉沉入梦。

在梦里，还在想着那些难点，如行走在幽深的隧洞，四周黑得像没有缝隙的固体，路面几乎看不见，每走一步都仿佛在和什么碰撞，谁知道前面是高山还是万丈深渊？只能摸索着慢慢地走，丘陵、树木、石头，迷离恍惚，似乎一切东西都变成了活物，都在默默酝酿着巨大的阴谋，仿佛可怕的搏斗就在眼前……

忽一日，她联想到自己在意大利旅游的一次经历，想起了曾经诞生在那里的“文艺三杰”之一达·芬奇。达·芬奇不仅是一个大画家，还在建筑、数学、解剖学、雕塑等许多领域造诣匪浅，那每一件鬼斧神工的艺术作品，其实都蕴含着多个学科的结晶——绘画的发展与医学、工业、科学是同步的，骨骼、肌肉、皮肤纹理和人像之间是融会贯通的，在看似毫无关联学科的促进和推动下，其艺术功力才能产生如此旷世深远的影响。

套用一句流行语：不懂生物学的建筑师，不是一名专业的画家。

这，与“人证对照”多么相似啊！

如此一来，解剖学、心理学、语言学、世界人文地理等知识的综合运用，在人身和行李物品检查中，都显得必不可少，都需要摸索钻研……

冥冥之中，似有什么在不断启迪着于歌。

就像一片干旱的土地上空，渐渐有了透明的水汽，累积成淡淡的雾，进而形成薄薄的云，最后形成晶莹的雨。不知苦熬了多久，愁落了几瓢冷汗，复杂的理论才像一棵大树的干枝叶果，在于歌脑海里形成整体脉络图。

一个原本幽暗的世界，悄悄明朗了。于是，即便是一对双胞胎来到跟前，她也能迅速而精准地分辨出来。

在新警阶段，于歌除了跟台学习，还要负责台外岗位。

验证台前黑压压的人群，在庄严的国门面前常常夹杂着各种情绪：有的不明白机场内人员的分工，会将误会与怨气带至前台；有的在经历长途跋涉后，对排队等待状况存在不满。因此，台外督导岗必须在维持候检队伍有序、稳定的前提下，及时发现不和谐苗头，以防对前台检查员的正常工作造成影响。

维护好候检大厅秩序，于歌便找机会在人群中随机抽检，这是她学习护照知识、了解证研业务的好时机。

她拿着便携文检仪游走在队伍前端，一边观察护照，一边留意黄线外旅客的动向。

随着时间推移和在台外派位次数的增加，她发现了一个规律：许多外航飞机抵达后，深肤色的旅客往往会相对集中地排在队伍中间，而且都站得离派位民警比较远。

该现象，或许纯属偶然，或许又有某种原因。这，引起了她的注意。是不是深肤色旅客自认为他们是一线检查员重点关注的对象，敏感的心理如影随形？毋庸置疑，在人类社会发展史上，他们的国家和民族承载了太多本不该有的痛苦遭遇和沉重记忆……

想到此处，于歌的心情莫名难受起来。稍作思考，她的脑海里浮现出一个较为稳妥的办法。面对一本本颜色各异的护照，再巡视时，她走走停停、顾盼左右，让谁也看不出她要前往的方向。接着，她貌似随意地来到深肤色旅客所排队伍的前端，首先对一名白人旅客施行了护照抽检。有了这一步的铺垫，当她再走进深肤色旅客中向他们索取护照时，就变得顺利多了——他们没觉得这是一种区别对待，自然更加配合。

当然，就算是没有这些过渡，他们也必须按要求交出护照。但，既然是研究过世界人文地理的边检警察，在保证严把国门的前提下，也需要设身处地为旅客着想。

其实，作为国门卫士，不用什么轰轰烈烈的举动，只要适时恰当地在理性执法中平和交流，展现出礼仪之邦的胸襟与气度，尽可能地不去触碰外籍旅客的隐痛及避讳，就能赢得他们的尊重。

这让她想起一则故事——

泰国某饭店堪称亚洲饭店之最。泰国在亚洲算不上特别发达，该饭店为什么能成为亚洲之最呢？究其原因，是因为饭店有明文规定：所有服务员当天晚上要背熟当日入住的所有客人的姓名。

这样，无论是谁，第二天就都知道客人的名字，并且给予热情服务。

更不可思议的是，饭店在数年之后还留有入住客人的记录，并且经常给曾经的顾客寄贺卡。

仅仅这些细小的举动，就让客人有了宾至如归、故地重游的强烈亲切感。

因此，饭店也收获了很多回头客和慕名前来的新客人，成为泰国文旅呈给世界各地游客的符号和地标。

可见，细节是魔鬼。

四

出乎老于意料的是，小家伙跟爷爷奶奶第一次见面，二老就喜欢得合不拢嘴。

尤其是她那一双大眼睛，骨碌碌转，炯炯有神，用奶奶的话说："几乎把整张脸都盖住了！"

比眼睛更突出的是性格，一天天长大的于歌，从爬高上低到一蹦三跳，一点儿都不像小丫头的样子。

呵，就是个假小子。

外公外婆跟她一起住，拿她实在是没办法，就给取了个乳名"婧婧"，希望能中和一下这傻丫头的疯狂劲儿。

然而，即便每天洗得白白净净，待到幼儿园放学时，她的脖子、胳膊弯儿里仍然是黑乎乎的汗渍。清晨出门时梳得利利索索的公主头，也早已变成了小卷毛。

"上个学，怎么跟去烧窑、卖炭差不多呢？"

老爸听说后也无奈，苦笑道："算了，就当儿子养吧！"

有一年，老爸探亲回家，给她买了一个卡通美人鱼小印章，说："婧婧，以后在课本、小人书上盖个美人鱼图案，就可以不用写名字了。你要向文静的美人鱼学习，小鱼等于小于嘛。"

啪嗒，啪嗒！从此，家里的旧书籍、包装盒、卫生纸上……但凡有纸张的地方，都留下了她盖下的小小美人鱼。

又是一团糟！

外公见状，忍俊不禁，忽然又意味深长地对小外孙女说："喜欢盖章是好事也不是好事，章是权力的象征，一定要谨慎啊。"

她眯着似懂非懂的眼睛，眨巴眨巴地望着外公，断然不会想到若干年后这竟然成了她的职业：小小的验讫章，大大的责任，陪她在验证台上度过了十多年的光辉旅程。

五

经过一个月的跟台学习，于歌顺利通过了前台查验考核。

终于有资格"单飞"了！

终于不再是个边检"门外汉"了！

终于可以肩负起守护国门的重任了！

坐在特别通道的验证台上，此时电脑系统的注册人已不再是师傅的名字，那一刻，她没有意识到，桌上的验讫章号将与她捆绑许多春秋。

由于刚刚独立上台，派位员分派给她的检查对象，大多是中国公民，只有为数不多的外籍旅客。她暗暗告诫自己，一定要保持平静的心态，认真细致地比照、核对。

工作的第十一天，在验放间隙，她看见两名中东籍男性旅客：其中一人不停地忙前跑后，焦急地与地勤人员进行沟通，似乎在寻求帮助；另一个年纪稍轻，右眼贴着一张大大的纱布，几乎遮盖了半个脸颊，唯一拥有光明的左眼流露着茫然与怯懦，环视着入境现场，远远地跟在同伴后面。

在机场员工的带领下，他们联系到了队领导。几句简单的交流之后，队领导爽快地将他们安排到了于歌的通道门口。

进行人证对照时，于歌发现他们出奇的相似，一看姓名，再经询问，原来是一对来自沙特阿拉伯的亲兄弟。哥哥的手续办得很顺利，弟弟的右脸庞由于被纱布遮挡，人证对照虽影响不大，但机器却无法识别人像进行采集。经队领导同意，于歌为他们免去拍照程序，接着操作余下的步骤。

突然，异常情况再次出现，当她翻阅整本护照时，竟发现签证页只贴有一张尚未过期却盖有注销章的中国签证。异常提交后，弟弟被队领导带往咨询室，需要接受进一步的了解与询问……

下勤后，队领导朝她竖起大拇指："于歌，表现不错啊，小有收获!"

她不好意思地笑了，随即打听了一下那名旅客的情况。原来，弟弟是眼癌患者，刚做完一次小手术，想到中国求医，不料上次办的只是一纸临时签证，用过一次便被注销了。兄弟俩不了解情况，如今被拒入境，很是无奈。

说罢，队领导叹口气，脸上掠过一丝遗憾。

于歌忍不住走到备勤室门口，朝询问室方向望去。只见弟弟蜷腿坐在凳子上，双手紧紧地相互抓握着，眼睛低垂看着地面。当哥哥绞尽脑汁沟通未果，失望地坐到他身边时，他竟默默地斜倚在哥哥背上，像一根攀附树干的藤蔓。

她看不见他的眼神，读不清他的表情，只能远远地揣摩他此时的心境——不知哥哥是否对他隐瞒了真实病情，但不远万里来中国求医，估计他心里是明白的。满怀康复的迫切愿望，跟着哥哥坐上了飞往中国的航班，但这始料未及的意外状况是否让他更加怀疑自己命运的走向？以后又该何去何从？

于歌在现场来来往往数次，总在刻意躲避那张迷茫的脸孔。她不怕他记恨，只是心里忍不住为之难过。看他的样子，估计二十出头，可能比她还小。然而，同情他身患重病就能准许其入境吗？国门巍巍，要求她必须秉公执法、不徇私情。这情，也包括此刻对他的同情。

思来想去，于歌找到队领导，急切地询问："他被遣返后会进黑名单吗？还能再来中国吗？"

队领导仿佛看懂了她的心思，微笑道："他不是假冒伪造证件等恶劣情况，只是对我国的法律条款不太熟悉，不会进黑名单，办妥签证后依然可以进入中国。"

听罢，于歌竟长长地吐了一口气，差点儿欢呼雀跃起来。随后，她马上与协助办遣返手续的地勤人员说："你一定要跟他解释，办好签证，手续齐全还可以再来中国，一定要跟他说！一定要说啊！"

重复了两句她才离开，嘴里还在喃喃道："一定要说……"

临走，她又看了一眼他的神情，那没被遮住的左眼依然空洞迷茫。但愿地勤人员跟他哥哥解释清楚后，他的心情能有所好转。

"希望你早日康复！"她的心，在默念。

广州城里的木棉花又开了，大街小巷，漫山遍野，像一支支硕大的火炬，在春天里燃烧着。燃烧中，于歌也从一个行业小白成长为行家里手。

一位位旅客快门般从眼前闪过，老外们看起来是那么相似，即便有人去了又来来了又去，也只能报以礼貌性的微笑。

一天，于歌像往常一样认真严谨地验放着排在她面前的旅客，眼角的余光还是瞥见队伍中一位手持美国护照的金发女子朝她抿嘴浅笑。直觉告诉她，对方似乎想说些什么。轮到那位旅客时，她接过护照，人证对照中一眼便认出了这名女郎，卷曲的短发凌乱却不失美感，标致的五官透露着美国人特有的气质——随性、洒脱、自由。

再一翻签证页，两天前的过境章清晰地盖在左上角。

“I remember you coming.”（我记得你来过。）于歌笑着抬起头。

“Yeah! It's me!”（没错，就是我!）金发女郎看到她的回应，期许的眼神里充满了欣喜。

“Back to L. A.?”（回洛杉矶吗?）于歌一边帮她办理手续，一边看着她的航班号问道。

“Yes! I am so happy that you still remember me. By the way, you are so beautiful!”（是的，我很高兴你还记得我。对了，你很漂亮!）

“Thank you! You too. Have a nice day!”（谢谢！你也很美丽！祝你心情愉快!）

短短的几句交流，换来的是满满的成就感。不单单因为旅客的赞美，还有美国友人如同打招呼般自然平常的热情。大千世界，茫茫人海，遇见是偶然，重逢更是偶然中的偶然，没有共同的文化背景，却有一样的真诚质朴。那份真诚，那份质朴，穿越了文化的隔阂，抛开了政治的偏见，简简单单，无须修饰。

有时候，于歌会想，这一重逢能在她的记忆中留下关于中国的美好印象吗?

或许，未必。但在她提到中国时，至少会想起有个边防检查员，微笑着说她记得我。这就够了。

六

等到于歌上小学时，爸爸妈妈终于带着她在广州团聚了。这意味着，夫妻俩再也不用两地奔波。但于歌的双脚仍然不肯停歇，猴子一般上蹿下跳，比起从前，有过之而无不及。

于歌正在引导入境旅客快速、便捷通关

老爸苦苦思索“解决”之道。最后，一拍脑门，跑到商场用三分之一的津贴，买了一双最柔软包脚的运动童鞋，开始每天早上天不亮就把她从床上薅起来，出门锻炼。

于是，每到暑假，部队训练场上总有个甩着麻花辫子的小女孩儿在清一色橄榄绿的队伍里奔跑着。

官兵喊：“一二一。”

她也在旁边跟着喊：“一二一。”好似复读机，又像传声筒。

跳绳、俯卧撑、高抬腿、仰卧起坐、蛙跳、引体向上……官兵们练什么，她跟着练什么。有时候，偶尔趁着老爸不注意，于歌偷懒多数几个数，便免不了要被斥责和罚跑。

小小女孩儿，炎炎烈日，嗡嗡蝉鸣，一把鼻涕一把泪，却也无可奈何。

妈妈心疼得很，面对严厉的丈夫，只能背过身偷偷抹眼泪。领导看不下去了，骂老于：“真是军阀作风！难道还要把姑娘培养成奥运冠军吗?!”

老于振振有词地辩解：“我和她娘都是军人，给不了她锦衣玉食和荣华富贵，只能让她锻炼一副好身体，你不是常说身体是革命的本钱嘛。”

“狡辩!”

“哈哈，自家闺女，我了解她。”

七

乌泱乌泱的人流，海量信息，复杂而烦琐。一百多个航班代码、二百多个国家地区代码，必须背会，烂熟于心。最初那几年，白云边检站实行的是三班倒：第一天，朝九晚九；第二天，晚九朝九；第三天，早上九点下班休息，补觉；第四天又开始白班……

忙完十二个小时，很多人都会出现神经性偏头痛。

尽管这里的出入境案件总量较高，每年有几百例，但当那些数字被投进一个一千九百万人次的基数里，再分散到一千多名检查员头上，意味着绝大多数人可能一年到头也查获不到一个有问题的旅客，绝大多数时间都是在成千上万次地重复着枯燥的验证流程，熬着最深的夜，等候最早的曙光。

日子黑黑白白，季节青青黄黄，步履匆匆忙忙，人群来来往往。

没有“大漠孤烟直，长河落日圆”的凄美；没有“愿为腰下剑，直为斩楼兰”的壮举；没有“醉卧沙场君莫笑，古来征战几人回”的豪情。只有在华灯初上、万家灯火之时，逆着人流，走在上勤之路的背影；只有面对着一眼望不到头儿的出入境旅客大军，日复一日地“啪嗒啪嗒”盖章。

边检站不是边疆，可心中却有边疆的孤远。在这没有界碑、界桩的地方，心似乎一天天被禁锢起来。入职的新鲜感和兴奋感逐渐退去，职业的疲劳感和倦怠感悄悄袭来。几乎所有新人，从最初的渴望查出案件，慢慢变成害怕出现录入差错、怕把过期签证当有效签证、怕把带去询问的旅客漏验、怕忙着对旅客进行盘查询问而忘了盖验讫章等等琐碎谬误。

于歌，也不例外。

她开始思忖，今后几十年的职业生涯，难道就只能围绕着验证台上的验放流程和证件识别，在“不求有功但求无过”中，保守又安稳地度过仅有一次的青春吗？

当智能科技取代人工查验的时候，作为一线检查员，又怎样为移民管理工作创造独特的价值呢？

细思极恐！

不能不思！

2012年的某日，备勤室的桌面上摆着一份文件——关于报考武警学院警务硕士的通知。目之所及，如干柴烈火，心中的热情瞬间又熊熊燃起。

于歌想，与其在困顿和迷茫中苦苦思索，何不走向校园继续深造，在知识的海洋中寻找答案？心动之后，立即行动。行动才有希望！然而，与在校生备考相比，于歌的备考时光更加漫长且辛劳，因为上班和复习哪个都不敢耽误。

在繁忙的口岸通关工作环境下，必须时刻紧绷着“万无一失、一失万无”的高压线。二十四小时通关环境和昼夜颠倒的作息，使她经常要在勤务间隙、通宵夜班后，牺牲补觉和娱乐的时间，零敲碎打地汲取知识、备战考研。

这时候，身边的质疑和不解潮水般涌来。

有人说：“你确定要去武装警察部队学院吗？那地方在河北廊坊，太干燥太冷太远了，又是军事化管理，跟去新兵连一样，本来都工作两年了，何苦再去受罪？”

有人说：“读研又不能提级涨工资，读了有什么用？”

有人说：“边检就那点儿业务，有必要花两年去读个研究生吗？回来以后还要当新人重新融入队伍，多折腾啊！”

…………

风言风语，只当耳旁风。

百般劝阻，一笑置之。

然后，在勤务间隙，找个没人的角落，继续复习看书。

暑往寒来，冬去春至。多少个早春的晚上，空气中飘浮着寒意，也弥漫着芳香——南国春来早，所有的花蕾，已经含苞待放了……

八

长年累月的训练，让小于歌的身体素质和心理承受能力格外出众。有时候，在田径场上，遇到跟女儿年龄相仿的男孩儿，老于就会把人家“忽悠”过来，喊于歌和他较量一番。

那些男孩儿瞥瞥眼前的“黄毛丫头”，哈哈笑着，满脸不屑地走上起跑线。但是，往往还没进入第二个弯道，就会被甩出一大截。当初的不屑，化作满脸通红、嘴唇发白，郁闷地在屁股后面追赶着。

于歌呢，早已在终点处静候多时了。

刚上中学，于歌就被校田径队看中。一比赛，立即就打破了学校保持十年的女子八百米纪录，举校哗然。

除了体育优势，她还有音乐、舞蹈特长，从此，成了文体老师眼中的香饽饽。学期结束，奖杯奖牌，瓶瓶罐罐，在家里堆了一地。

念初二时，正赶上学校申报省级重点中学，校长提议："广东不是射击强省嘛，咱们何不组建一支校射击队呢?"

校长敢想，体育老师敢干，不久便把奥运"五朝元老"、五十米男子气手枪项目冠军王义夫请到学校提指导意见。

"省射击队教练来选人了！还能摸到真枪!"消息传来，几座教学楼都沸腾了，一时间校园大榕树下的广场上摩肩接踵地挤了六百多人！于歌踮着脚尖、伸长脖子，也加入了浩浩荡荡的"好奇大军"。

据说，队员选拔数目不超过十个。不一会儿，数据又被更正：哪里是十个？只要两个！

大家按要求参与竞争，然后唏嘘着，笑着，谁都觉得自己没戏。

于歌正要走，一下被体育老师拦住了："你，被选中了!"

确定?

确定以及肯定！

从此，射击场上就多了一个飒爽英姿的身影。

"有意瞄准，无意击发!"

"锁定目标，制心一处!"

"凝神静气，动作一致!"

进入射击队已整整两个月了，口诀背得烂熟于心，训练做得有模有样，可每天竟然还是用哑铃模拟持枪。

哑铃，重约两公斤，持久训练，枯燥乏味，右手单举，又酸又痛。

放学时分，操场旁围满了来来往往的"落选者"，他们从羡慕嫉妒恨渐渐转变为嬉笑、嘲讽："射击队是唬人的吧？都两个月了队员还没摸到真枪，拿着那么个傻乎乎的铁玩意儿……"

于歌和队友听到后，肺都气炸了，“咚”的一声，差点儿把平举了半小时的哑铃给砸过去。

教练走过来，狠狠地瞪了一眼：“这点儿干扰就沉不住气了？继续瞄靶，做好本职，别分心！”

九

披星戴月，苦尽甘来。

2013 年，于歌顺利考取了武装警察部队学院的警务硕士。

踏入校园，她如一棵向阳花般，开始拼命吸收养分，生根发芽，抽枝散叶。

读书期间，她是班里年纪最小的学员。同学们呢，全都是来自五湖四海各类口岸的边检工作者。一次聊天时，于歌无意中说道：“在白云边检站，我一年的旅客验放量可达六万至七万人次。”

此言一出，语惊四座。

同学们纷纷回应道：“全国许多口岸全年过关的旅客量都没有你单警一年验放的人数多！”

于歌这才意识到，原来那些日复一日不断重复的工作内容，在别人看来其实是个奇迹，如果能加以梳理，很有可能会变成值得挖掘和提炼的业务宝库！

怎么梳理？“梳子”在哪？

梳子在书本和课堂上，唯有用心学习、努力寻找。

老师说：“不同学科相互交叉的领域，最容易出创新成果。”这个点拨，给于歌留下了深刻的印象。是的，唯有突破思维的局限，打破常规，才能有质的飞跃，探寻出新的方向。

在一位位名师的指引下，于歌系统学习了边防法学、非法出入境与难民问题研究、警务合作、跨境犯罪、警察学、证件研究等专业课程，广泛收集、分析、比照古今中外优秀的实践理论成果，紧密联系业务发展走势，开始融入自己的灵感与思考。

严肃紧凑的课程之外，是开放包容的校园文化。读研期间，她还多次担任学校大型活动的主持人，并利用自己的运动特长，积极参加体育比赛，获得了研究生部女子羽毛球冠军和校运会女子蛙泳铜牌。

乾坤未定，你我皆是黑马！

风雨雷电，云蒸霞蔚，潮落潮涨，花谢花开，一切都在成长，一切都在争鸣，一切皆有可能……

十

春雨润青，夏日泼墨，秋草摇黄，冬雪飞白。

不知不觉间，于歌长大了，到了高考填报志愿的人生路口。她出生于军人世家，爷爷奶奶、爸爸妈妈，还有外公，都是军人。按照常理，她会循着祖辈的足迹读军校、回原籍、提干部。

关键时刻，一直以带兵方式养女儿的老爸突然心软了：“于歌啊，你毕竟不是男孩子，以后还是找个安稳轻松的工作，相夫教子，好好生活吧。”

于是，只好顺从父意，填报志愿时，放弃了部队子女降分录取的优待条件，转而选择了地方院校。她本来想学新闻或法律专业，以后做记者、律师之类的工作。谁知老爸又从就业角度分析，让她报考了财经会计。

高考这一年，爷爷突发白血病去世。

她趴在窗户边，哭得很伤心，肩膀一抖一抖的，似乎摇得大楼直晃。

奶奶在旁边安慰她："你爷爷八十多岁才患病，已是不幸中的万幸了。"

"不幸中的万幸？"

"是啊，早年你爷爷作为放射科的医生随部队参加过抗美援朝，那时一批批伤员从战场上抬下来，排队等着进手术室。为了从死神手里抢人，他没日没夜地在片子上圈画弹片位置，哪有什么像样的防护装备呀……"

"噢，奶奶，当时您在什么部门？"

"我在传染科。"

"您不害怕染病吗？"

"害怕，明天会发生什么谁也说不定，但咱们军人服从命令是天职。"

…………

爷爷去世后，奶奶就认准了大儿子家，谁家也不愿意去，她年纪也大了，腿脚不好，头脑时而清醒时而糊涂，但对年轻时的事儿却记得相当清楚。

俗话说，家有一老，如有一宝。每当假期从学校回来，于歌都会替父母分担家务，给奶奶做饭、洗澡、洗衣服。老人家望着孙女忙前忙后，总会忍不住喃喃自语："这要是个男孩儿该有多好！"

于歌抿嘴一笑，把重男轻女的抱怨当成心疼来听，回答道："真要是个男孩儿，哪好意思给您洗澡搓背啊。"

奶奶笑了，全家也跟着笑起来。

人生的欢愉，如此短暂，见一次少一次，越来越少，越来越少，直至化为乌有，空空如也。

十一

一张优秀学位论文证书，结束了于歌的读研之旅。攻读完全日制硕士学位后，有人问她："毕业了，是不是就不想再上验证台当检查员了?"

于歌笑答："离开是为了更好的相遇。"

2015年，本来可以到机关上班的她，又主动请缨，回到了熟悉的工作岗位。面对昔日职责，经过两年学习的于歌，有了全新的认识和思考。她不再照本宣科地日日重复，而是千方百计地从纷繁的工序中抽离出来，跳出边检看边检。

验放流程，看似简单，一线检查员拿起护照，核对一下，在键盘上敲几下，最后盖下验讫章，一般情况下，这个过程耗时不超过四十五秒。

于歌学成归来后，经过认真摸索，敢于在"螺蛳壳里做道场"，拓宽思路，巧妙运用跨界思维，将解剖学、心理学、语言学、讯问学等学科知识引入其中，独创了一套更快捷有效的工作方法：一米距离判人员，三秒容量定信息，五个步骤提时效。

简言之，通过旅客从黄线外到验证台间不到一米的距离初步判断人员类型，利用拍照的三秒时间宏观把握证件情况，再将验真伪、刷证件、细询问、录信息、加盖章五个步骤不断精化、提高效率。

这就是后来闻名业界的"1·3·5边检查验工作法"。在这种方法的加持下，于歌在前台多次凭借一些非证件因素，查到偷渡人员，大大提高了查验效率和准确率。

一次在前台查验期间，于歌发现一名穿着穆斯林传统服饰的非洲裔旅客，频繁地变换通道，不停地张望观察着各个验证台上检查员的工作状况。其五官和肤色呈现出典型的尼日利亚人特征，举手投足间显现的张扬个性却跟传统穆斯林作风格格不入。

直觉告诉她，这个人有问题。于歌不动声色，一边查验着其他旅客，一边用余光悄悄地观察着。那人也在观察于歌，当看到她身上的“一杠一”肩章时，笑了，大概猜出她肯定是个刚入职不久的年轻警察，经验应该不太丰富。

于歌与同事在执勤现场对违法嫌疑人进行询问

再三思虑，他来到了于歌的台前。掀开白色的大袍子，掏出了一本尼日尔的护照递过来。护照真实有效，看起来没有任何问题。于歌翻着护照，镇定地询问着，同时用耳朵聆听他的“字斟句酌”、辨析着他的语音语调，用眼睛观察着他的“眉飞色舞”以及交流过程中那不经意间流露出的“生理变化”。几个回合下来，这名旅客的额头上冒出了细密的汗珠，像早晨窗户上的露水。他的眼神也从一开始的漫不经心变成回避躲闪，声音越来越没有底气。

尽管证件真实有效，于歌还是坚持把疑虑告诉了值班领导，表示需要做进一步处理。果然，在此人的行李物品检查中，一沓深深隐藏的尼日利亚货币被发现了。持尼日尔护照的旅客来中国怎么会带尼日利亚货币？

赶紧看看还有没有其他线索！

经过对其行李内相关物件深入调查，又加上照片比对，终于发现他存在另一套尼日利亚身份。而这套隐瞒的身份，正是不准入境人员。

还有一次，一名非洲籍旅客说自己系首次来华，入境目的是商贸活动。观其证件，真实有效，且对方声称，在境内有接待人员等候。这似乎具备所有经商人员应符合的基本要素。询问之间，于歌明显感受到这名旅客的回答属于有备而来。

大家都知道，正常回答，有一说一，脱口而出。而此人呢，神情紧张，吞吞吐吐，仿佛刻意在为问题准备答案，前后比对，漏洞百出。她果断决定，不能简单放行。

后来，在该名旅客的随身行李物品中，于歌发现了一张与这名旅客所持证件姓名不一致的信用卡。

谁知旅客两手一摊："信用卡，是我借朋友的。"

于歌并没有轻易相信，继续对种种疑点穷追不舍。她将信用卡持卡人姓名进行模糊检索，一条旅客出入境记录出现了——持卡人现场照片和该名旅客样貌高度相似。

铁证如山。该旅客再无言辩解，终于承认了乔装下的真实身份——边控不准入境人员！

有成绩，也有遗憾啊！

一次她在查验一个亚洲接壤国的航班时，发现该航班有一个共同规律：年轻女性居多，而且受教育程度不高，语言不通，都是拿着短期签证来中国"旅游"，但是追问更多的细节时，她们面面相觑，不知如何应对，跟平时见到的绝大多数国际游客差别较大。

一本本未曾使用过的崭新护照和刚签发的签证，尽管真实有效，但细问之下，疑点重重。于歌请示队领导，谁知还没等她把要点汇报完毕，队领导一边走下验证台台阶，一边头也不回地说："证件是真的就放。"

那时候，相关法律依据还不完备，事已至此，只能如此办理。虽然一肚子困惑和无奈，但没有原则性问题，于歌只能遵照执行。可是，这些人每天源源不断地进来，慢慢会形成"相亲"产业链，骗婚、重婚现象层出不穷，长此以往造成的社会问题怎么解决？

早些年，在广州，这种案例时常发现。有些国家证件签发审核管理极不规范，甚至像小孩子的作业本，还有手写和涂抹的现象。有时候，于歌和同事们刚拦阻的偷渡人员，过几天拿着一本新护照又来了，让人哭笑不得。

较真的于歌，心中常常充满了不甘。在现实面前，她唯有不断改进工作方法，将跨界思维融入人身和行李物品检查中。

不久，在白云边检站的统筹支持下，于歌牵头拍摄了前台验放流程示范教学片，成为总站新警入职培训和大练兵的必修教材，并在全站推广运用。这不仅实现了中国公民出入境通关排队不超过三十分钟，也确保了外籍旅客快捷顺畅通关，还能推广她的工作经验，让更多前台检查员及时发现不法人员。凭着这套工作方法，于歌的旅客验放量长期居广州边检总站前列，旅客满意率近100%。

除此之外，她还充分利用所学专业知识，梳理出六十多个重点国家证件伪假点，总结出一套贴近实战的前台查验"制敌宝典"，并参与制作了广州边检总站《旅客自助通关使用指南》《边检法律知识宣传册》，先后四次代表国家移民管理局与友邻单位、境外移民管理部门开展交流活动。

十二

高考成绩，其实并不理想；所念的大学，自然也很普通；专业呢，是会计学，亦非内心热爱。刚进入大学校园时，活泼好动的她，突然沉默了，一颗心郁郁寡欢，没有表情的脸，如木材，似石头。于是，只有读书，只有行走，只有思索。

一有空就去学校所在的那座城市闲逛，漫步街头、驻足桥上、穿行巷中，脚步叩击着这一片片土地，如同叩开了一扇扇尘封的门扉，如同踩响了一架架历史的琴键。过去的岁月如烟似雾，扑面而来，于歌的心灵不由自主地产生了一阵阵感应。那些睡眠在书页间和大地上的人们似乎又欢活了起来，她自己也渐渐变得欢活起来。脸上的表情丰富了，木材长出了茸茸木耳，石头披上了青青苔衣，心里也长出了新的血肉。时光流逝，若有所悟，她渐渐改变了，打开了，走出了。花朵绽放，泉水叮咚，大好青春，怎么能因一次挫折就选择躺平呢？

生命在于运动，生命在于折腾！

很快，她又主动参加各种运动会，报名各种社团，摩拳擦掌，跃跃欲试。不久，不仅拿到了名次，还担任了校团委委员、社会实践部部长和校艺术团司仪队队长。生龙活虎，向上向善。

一个个奖杯，一枚枚奖牌，一张张奖状，就是最好的证明：广东省大学生校园文化艺术节主持人大赛（深圳赛区）二等奖；广东省大学生科技文化节“挑战杯”创业大赛优秀奖；院科技文化艺术节口语表达大赛最佳辩手；“环保杯”大学生辩论赛第二名；年度校园广播站优秀播音员……

十三

2017年，表现优异的于歌，随总站研修团赴香港入境事务处交流。

其间，她和另一个深圳的同事，在带队领导的指导下，完成了《赴港研修报告》。在报告中，于歌将广州与香港出入境管理状况进行了对比，以事实为依据，以法律为准绳，不仅总结了经验，还指出了问题，并就现有制度下导致的业务困惑、疑点难点给出了合理化建议。譬如，当时港珠澳大桥、莲塘香园围、广深港高铁三个口岸即将陆续开通，面对日益增加的任务量，警力上要尽可能做到"向外化缘"和"向内挖潜"；对于海港管理的低风险事项要实施信用管理；机构内部根据一定时期任务目标的完成情况，要对特定部门、专班进行改组撤并；进一步增强民警职业归属感，为从警达到一定年限、表现优秀的人员颁发纪念奖章；等等。

翔实的数据，清晰的结构，有力的论证，报告一出，便引起业界关注和共鸣。很快，这份报告就得到当时公安部出入境管理局领导的批示肯定。

社会在发展，时代在进步，改革在进行。

随着中国综合国力进一步提升，来华工作生活的外国人不断增加，对做好移民管理服务提出了新要求。为加强对移民及出入境管理的统筹协调，更好形成移民管理工作合力，国务院机构改革方案提出，将公安部的出入境管理、边防检查职责整合，建立健全签证管理协调机制，组建国家移民管理局。

2018年3月13日，十三届全国人大一次会议表决通过了关于国务院机构改革方案的决定，组建国家移民管理局。

2018 年 4 月 2 日，国家移民管理局正式挂牌成立。

于歌知道，一个新的国家治理理念诞生了，一个属于边检警察的新时代开启了。

这，是所有边检人共同努力的结果，也是大家心心念念的期盼。

十四

大学毕业前一年，于歌参加了国家公务员考试，如本文开篇所描述那样，她本来抱着试一试的态度，没想到金榜题名。

2011 年 5 月，广州边检总站派民警到学校政审，一位前辈说："入警后相当一段时间内可能没机会因私出国了，如果有条件的话，最好趁这段空隙出去转转吧。"

平时大大咧咧的于歌，恍然明白，国门似铁，纪律如钢。于是，就央求老爸给她报了个欧洲十国旅行团，整装待发，挥别校园。

第一次出国，也是第一次接触边检，竟然就在白云边检站。进站时，看着民警坐在高高的检查台上，严谨而专注地检查人员和证件，一种莫名的感受在心中荡漾开来。

轮到自己，面对民警，她多想说句："你好，过几个月我们就是同事了。"

但，终于没有说，千言万语化作一个微笑。

航班落地，异域飘来：德国的严谨极致、法国的浪漫风情、瑞士的湖光山色、意大利的文艺气息……二十天，十个国家，让于歌大开眼界，学到了很多，也思考了很多。她想，再美再好都不如中国，因为中国人民正在开创更加美好的未来。

归途上，她向外国友人挥手："欢迎你们也来我的祖国看看呀——"

是的，下次大家来时，她将在边检站“迎接”。

十五

“你是谁?”

“你从哪里来?”

“你到哪里去?”

这是哲学典故中著名的“看门大叔三问”。

具体到边检工作，如出一辙。2019年，国家移民管理局提出，边检前台查验要符合分级分类的查验要求，对于重点国家、重点地区来华人员，前台检查员必须进行“五必问”：来华目的、来华行程、在华联系人、有没有同行人、返程情况，等等。

这，标志着我国边检工作整体思路，从合法性检查逐步向实质性审查进行转变。

作为一线检查员，于歌觉得非常有必要。但是，“五必问”只是为了解决一线民警开口验证的基础教程。如何在该提法上，对边检内涵和外延赋予新的时代意义，同时彰显移民治理体系和治理能力的现代化呢?

为此，于歌和同事们进行了很多思考和调研。

之后，她借助被抽调进“前台询问盘查技战法”教学片制作专班担任编剧的机会，主笔编写了相关教学片的讲义内容，对前台常见的六种违法违规案情进行了详细的复盘讲解。

行成于思，棋高一着。很快，这部教学片得到了移民局的肯定，在全国各边检站进行了推广普及。

如果说合法性检查是表，那么实质性审查就是里，随着移民管理系统的国际化、规范化、科学化，边检工作必将做到表里如一。

不知不觉，工作已将满十年。

“当你工作满十年，可能会有很大的变化。”某次勤务间隙，队领导跟于歌说。

“什么变化?”

“那时，或许你就不会再这么较真、执着了。”

变化，一个模棱两可的词，可褒可贬。为了避免朝着消极的方向下滑，于歌时常有意识地把自己置身于一些比较复杂的环境里。

2019年秋，中华人民共和国成立七十周年大庆安保前夕，于歌的手机上收到一则十分简短的“关于选派干部前往新疆轮勤轮训”的通知。只知道时间长达三个月，不清楚具体任务，不明晰派驻单位，不了解具体形势，甚至不知道即将面临的是漫天风沙还是皑皑白雪……她本来可以像很多人一样选择不去，但那两天，耳边总响起一个召唤的声音：应该到祖国最需要的地方去贡献力量，为新中国七十华诞献礼。

据常年驻疆的校友透露，新疆的自然环境艰苦，工作也存在一定的危险性。言外之意，在那边，怎么谨慎都不为过。队长听说她想报名，担心地问：“你是独生子女，到那边如果有个三长两短，我怎么跟你的父母交代?”

去，还是留?

去!

于歌的倔劲儿一上来，谁都拦不住，她在手机上写道：“苟利国家生死以，岂因祸福避趋之。”

旋即，她坚定地回复队长：“请您放心，家里我会沟通好的，长辈们都是讲政治有觉悟的老兵，绝对不给组织添乱。”

然后，她才“先斩后奏”。

电话开着免提，她对老爸滔滔不绝地说了二十分钟，内容刻意删减了队长跟她交代的一系列“注意事项”。另一头儿，半晌无语。

“想去吗?”

“想!”

老爸长长地叹了口气：“想去就去吧，你长大了，有自己的主见，家里就别担心了……”

女子本弱，为警则刚。

风卷战旗，星夜开拔!

请为我唱一首出塞曲
用那遗忘了的古老言语
请用美丽的颤音轻轻呼唤
我心中的大好河山

来不及和亲朋好友一一告别，于歌就哼着《出塞曲》，搭上西进的航班，飞向那未知的远方。

五个小时的航程自南向西，斜跨了整个祖国的版图，脚下的风景由葱郁的丘陵变成苍茫的荒漠。踏下舷梯的一瞬，泥土中蕴藏的通商马队气息，风沙中印嵌的驼铃轮毂韵律，从历史悠远的古丝绸之路上扑面而来——这里是全球距离海洋最远的地区，却丝毫不影响其兵家必争之地的重要性……

一入新疆，于歌快速切换思维、及时转变适应，短期内就承担起了所在执勤队的多项任务。于歌利用自己常年在广东工作的语言、经验优势，和乌鲁木齐站的同事一起，很快就发现一名与违法违规案件有关联的香港旅客。

花城女将，首战告捷！

几天后，于歌再取一城：一名屡次往返土耳其的女性旅客在回答问题的过程中前后存在差异，境外很多情况无法进行自证。按照程序，于歌把她带到询问室进行行李物品检查。在随身携带的钱包夹层内，于歌发现了一张年代久远、制作简陋的结婚证。

正是通过这个线索，核查人员运用技术手段，成功锁定了其重点关注人员的身份！

轮勤轮训结束，圆满完成任务。于歌揣着警察证、身份证，和当地同事一道，直奔团结路的新疆国际大巴扎步行街。大巴扎人满为患，周围擦肩而过的全是浓眉大眼高鼻梁的少数民族同胞，他们穿着民族盛装，脸上洋溢着幸福喜庆的笑容。琳琅满目的西域茶具金灿灿、明晃晃，各式挂毯颜色浓烈瑰丽，随着制作工艺的提升愈加逼真传神。小贩们弹拨着冬不拉，拍打着羊皮鼓，弹奏出一首首新疆舞曲，惹得大家翩翩起舞。无论是本地人还是外来游客，都以舞会友，眉眼传神、肢体抒情间，一派祥和热闹的人间烟火。

回首过往，在与邪恶势力斗争的日日夜夜中，多少离愁别绪、惊心动魄，都化作《出塞曲》荡气回肠：

那只有长城外才有的景象
谁说出塞曲的调子太悲凉
如果你不爱听
那是因为
歌中没有你的渴望

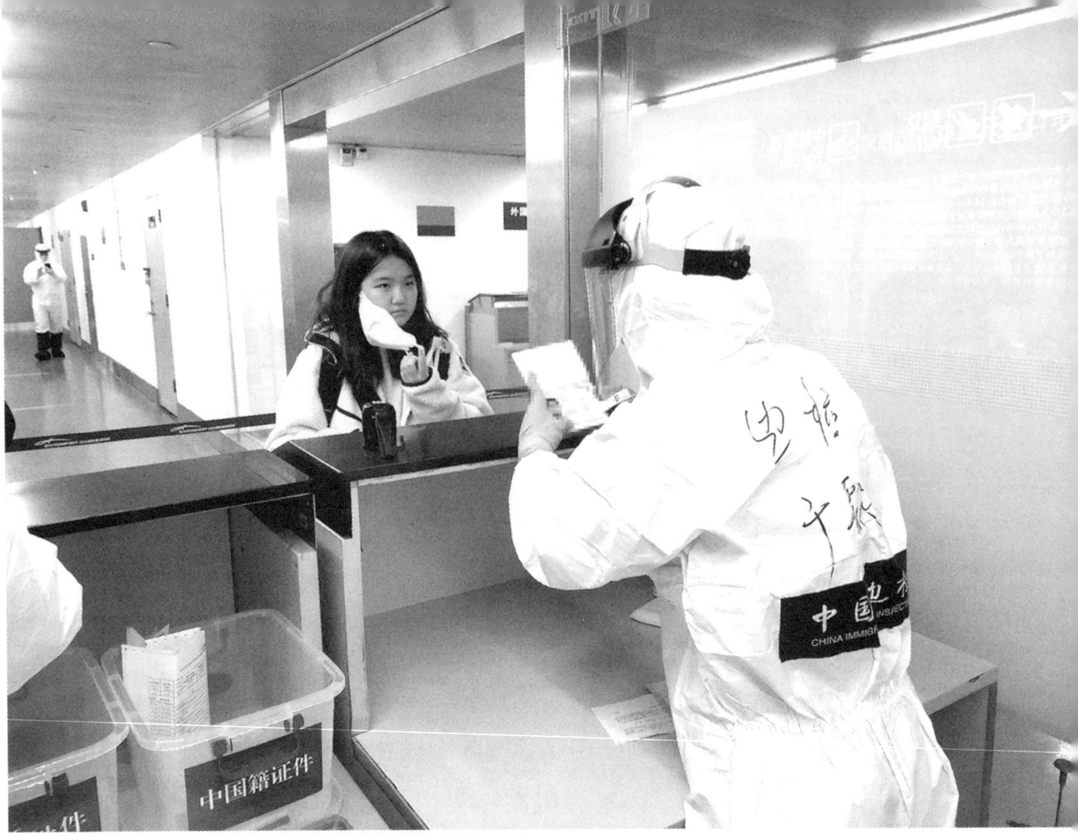

新冠疫情期间，于歌抵近口岸隔离区进行验放工作

而我们总是要一唱再唱
像那草原千里闪着金光
像那风沙呼啸过大漠
像那黄河岸　阴山旁
英雄骑马壮
骑马荣归故乡

十六

从新疆归来不到半年，一场突如其来的疫情席卷中华大地，影响之广、危害之深，史上罕见。一夜之间，全国各地的城市乡村，朋友之间、亲人之间、同学之间、同事之间都在相互叮嘱着，小心啊小

心，保重啊保重。所有人，似乎都听到了病魔急急的拍门声和粗粗的喘息声……

2020 年 2 月下旬，于歌再次请缨，加入党员突击队，主动承担查验来往疫区所有重点航班的工作任务。她，也是广州总站第一个身着防护服进入口岸高危区的女民警。在突击队，于歌经历了人生中的许多第一次。

第一次长时间穿着防护服执勤！

第一次走进负压舱验放确诊和急救旅客！

第一次直观地感受到死亡的威胁！

……

灾难如万花筒般，在国门前折射出生命的脆弱。

由于验放时间的拉长，防护服一旦穿上便是好几个小时，长期戴口罩导致脸上起了一层密密麻麻的小疙瘩，红红的，硬硬的，奇痒无比，久久不退，对着镜子一照，天啊，几乎毁容！

某天，队长突然打来电话："于歌，你有没有觉得哪里不舒服？"

她回答："还能挺住。"

队长继续"指引"："譬如发烧发热、身体乏力……"

这，瞬间让她惊惶失措。

原来，月初的某一天，一个外国人吃了退烧药登机，入境后核酸检测显示是阳性，从监控摄像头回放来看，于歌正是当天的验放民警。

"从现在开始，你要一天三次测量体温，遇到异常情况要随时报告。"队长再三嘱咐。

就这样，她被隔离了。危险解除后，于歌从单位回家取东西，车上多了一些打包好的隔离物资。老爸看出了端倪，于歌知道瞒不住这个老军人，就像小时候假装多数几个俯卧撑就会被看穿一样，只好跟他坦白了实情。老爸听后，二话没说，从家用医药箱里翻出了所有的口罩、手套：“带回去跟突击队的同志们一起用，你奶奶生前也没少跟你念叨过传染科是怎么做疾病防护的，勇敢去吧，我们是你的后盾。”

末了，老爸突然贴近她的脑门，深深亲了自己的丫头一口：“记得，你是军人的孩子！”

四目相对，秋水盈盈。

十七

新世纪以来，一种新的违法犯罪活动突然在国内滋生并逐年猖獗起来，由于具有较高的专业性、隐蔽性，而且是“隔空”实施，加之法律法规的不完善，所以处罚也较轻。有些违法人员短时间就聚集了极大的非法所得。哪怕一着不慎身陷囹圄，没隔多久便又重出江湖危害社会——它就是臭名昭著的电信诈骗犯罪。

在公安机关常态化高压打击之下，这些团伙便向东南亚等地转移。恶名远扬的缅北 KK 园区、柬埔寨西港，大多是转移出去的电诈团伙，在当地保护伞的支持下迅速发展壮大。这些转移到境外的团伙，由于服务器、网站、手机、银行卡、实施地均归属境外，大幅提升了公安机关打击、破案的难度，更让国内无数受害家庭苦不堪言。

在 2020 年，白云机场口岸的出入境人员总量较上年锐减超过七成，白云边检站查获的口岸违法违规案件数量却逆向上升超过五成。

那年春天，站里来了一个十八九岁的小伙，想从广州出境飞往一个东南亚国家“工作”。说是做厨师，但关于菜谱之类的知识一问三不知，明显就是准备过去干电信诈骗的。

于歌劝他：“你没有高学历，在家找不到好工作，却想着去国外赚大钱，小心有去无回啊。”

一开始，小伙根本听不进去，尽管于歌把是非利害都讲了，他仍然一意孤行。

理论上，一意孤行是个人自由，于歌只能反复对他说：“如果你坚持非去不可，我感到非常惋惜和遗憾，所有证件手续也都已经办好，但真的劝你还是再考虑一下。”

就在她近乎放弃的时候，小伙子从登机口方向逆着人群跑向于歌：“我不去了！我要回家！”紧接着，他又流着泪对于歌表示，“姐姐，我不出国了，我这就回家找个工作，不让爸妈担心！”

小伙子哭了，于歌笑了。

“我们都年轻过，都有过想去外面闯荡的念头，能帮助年轻人悬崖勒马，真的很开心。”事后，于歌欣慰地说。

2021 年，全国公安机关打击跨境违法犯罪专项行动正式拉开帷幕。为了从源头打击境外电诈网赌集团在境内招揽人员出境，广州边检总站在国家移民管理局的具体要求指示下，进行集中打击治理，确定了打团伙、断链条、摧网络、打幕后的战略部署。

当时，于歌已被任命为执勤一队副队长，肩负白云边检站后台核查职责。值得一提的是，白云边检站执勤一队，也是全国移民管理机构中首个后台核查专业队伍。

这支队伍就像一个繁忙的情报信息处理中枢，需要对各个方面的信息进行集中梳理，并且通过日常数据和出入境信息的滚动，持续累积形成一个庞大的数据库。

纵横交错的海量信息，如蛛网，似蜂巢，在祖国南大门二十四小时不间断地碰撞比对、筛选过滤。而于歌和队员们呢，需要以此为基础，自主开发软件，进行建模、筛选、研判、核查、移交、优化等一系列工作，将枯燥乏味的数据抽丝剥茧，循迹追踪，揪出不法分子，捍卫国门安全。因此，后台核查民警必须具备扎实的业务基础、强大的鉴别力和洞察力，以及丰富的疑难案件处置经验。

面对浩瀚无边的数据沧海，其艰苦、孤独可想而知。

然而，于歌不怕！

于歌正在开展信息筛查工作

但凡现场发现高度可疑人员或有价值的线索情报，她便不知疲倦地向广州市公安局、机场公安分局等单位推送，常常二十四小时值班后，还跟着交接单位一起继续做笔录、找证据、追案源。

十年一线检查员积累的三十多万人次验放经验和一百二十余宗非法出入境案件查获量，就像一个厚积薄发的业务宝库，给了她不断深耕数据的根基和亮剑国门的底气。

困难似弹簧，你弱它就强。

勇气如用箭，用箭当用长。

法理学界有个说法：法律一经制定便已滞后。众所周知，法律的产生一般需要经历从习惯到习惯法再到制定法的发展过程。但是，社会的发展一直在行进——由于法律长期没有更新，难免会出现不适应当下现实的情况。

彼时，《中华人民共和国反电信网络诈骗法》和《关于依法惩治妨害国（边）境管理违法犯罪的意见》都还未出台，刚开始，每次移交的人员、推送的线索均不能成功立案。于歌气不过，把所有自己参与处置过的跨境违法犯罪人员资料全部收集整理起来，跑到领导办公室汇报：“如今我们的前台能拦得住，是否也可以尝试管得好呢?”

多少无奈，多少不甘。

唯有万事俱备，方能等来东风。

2021年7月，一行八人从内地飞往广州，短暂停留后准备经东南亚前往东欧某国。

经调查，这八人年均二十五岁，都曾长期在涉赌诈重点地区停留。基于前期移交工作积累下来的信任和认可，机场公安分局立即发函给白云站，商请于歌一同跟进参与侦办工作。

不知跟办案民警去了多少次看守所，进行了多少轮次的提审讯问，依然一无所获。

某天，刑侦大队长让于歌跟带头的女嫌疑人单独聊聊。屏幕前，穿着黄马甲的女嫌疑人目光游离，虽然已没有了当初在出境现场时的嚣张，但心理防线仍旧坚实。

于歌找了个轻松的切入口率先打破沉默：“头发剪短了，还染回了黑色，但是黑眼圈有点儿重，这些天没休息好吧?”

女嫌疑人抿着嘴，点了点头。

“你和你老公结婚多久了？”

“不到一年。”

“老家是一个地方的？”

“嗯。”

“家里都是他管钱？”

“是的。”

于歌继续问：“你对他信任吗？”

女嫌疑人愣了一下，停顿，迟疑，不说话了。

于歌见状，抓住她的软肋，赶紧深入询问：“你知道你进看守所这么多天，无论是微信还是电话，他都没联系过你吗？”

女嫌疑人明显激动起来，试图争辩：“因为他感觉到了，他害怕被你们发现……”

于歌拿起一沓纸，扬了扬：“我们查看了你的银行卡流水，这些天他的生活质量可一点儿没受影响。他的家人我们也见过，一问及你就把界限划得很清，为了这样一家人，你来扛下所有，值得吗？”

女嫌疑人攥紧的双手慢慢松开了，就像她的防御机制一样，一点点坍塌。女嫌疑人开始断断续续地拼凑回忆。讯问桌上的一次性茶杯里，烟头起起伏伏，一个、两个、三个……烟雾环绕着嫌疑人，如同此刻拉扯纠结的心情。

终于，烟头沉没了，供词漂浮上来。

原来，这是一个专营杀猪盘的犯罪团伙，他们的目标群体是内地和东南亚的中老年男性。通过假扮妙龄女性擦边聊天的方式，对上钩的“猪仔”进行推送引流，目的是利用提前架设好的虚拟赌博网站进行圈钱诈骗。

前台幕后一顿操作之后，“猪仔”的赌徒心理被彻底激活，从最开始的稳赚不赔到后来的有赚有赔，再到最后满盘皆输。但，由于引流方式上不了台面，被害者即便醒悟过来，往往也是哑巴吃黄连——有苦难言。

经过一年多实地走访、证据收集和并案审理，相关部门总算厘清了该团伙的犯罪事实：累计诈骗金额达四百三十万元人民币！

2022 年 9 月 2 日，十三届全国人大常委会第三十六次会议表决通过了《中华人民共和国反电信网络诈骗法》，自 2022 年 12 月 1 日起施行。

法网恢恢，疏而不漏。

于是，追缴违法所得，六名主要成员分别被判处有期徒刑一年至四年。该案是白云边检站联合地方公安机关侦办的首例跨境诈骗案，也是拦查劝阻专项工作开展以来推动成功的第一例刑事案件。国家移民管理局领导专门批示表扬，经组织研究决定，于歌所在队一名民警荣立个人二等功。

一炮打响，弹无虚发。

2021 年以来，白云边检站先后对 51 万余名出入境重点旅客进行全方位核查研判，发布人员重要提示信息 47744 条，建立涉赌涉诈模型 5 个，处置涉赌诈案事件 20 余起，拦阻涉嫌出境从事违法犯罪活动的中国公民 1.9 万余名……

跨境犯罪分子的嚣张气焰，被震慑打击。百姓生命财产安全，得到有力维护。法律威严，得以忠诚捍卫。

国门如家，出入平安。

十八

北京冬残奥会及全国两会安保期间，“獴猎”行动也恰逢开局。

这天，于歌作为带班领导，接到了后核队民警的通报：在对一架广州飞往香港的航班实施出境检查时，发现了一些异常。原来，一名旅客的护照上，有 5 次出境验讫章注销记录。随即，于歌带领值班民警对这一行人展开突击审查。经过询问，发现该旅客虽然拥有合法身份、能提供合规手续、具备合理的行程，但领头人背包内竟然还带有一份 27 人的出境名单！

一步步研判分析，一步步抽丝剥茧。可以确定，这是一个伪造政府公文及企业函件、与涉赌涉诈集团有勾连、组织引带他人非法出境入境的关键人物。

白云边检站迅速启动重大案件会商机制，整合多警种力量进行侦办。连续奋战十几个小时，终于查获 11 名涉嫌拟中转泰国从事跨境违法犯罪活动的内地居民，查获一处协助办理出境材料的窝点，查缴 796 本出入境证件、3 枚柬埔寨签证签发印章。

结案上报后，执勤一队两名同志分别荣立个人一等功和三等功。

2022 年秋，队里民警在写航班研判小结时，一名已经被审查过并未发现任何疑点的外国人，引起了于歌的注意。结合该航班的旅客国籍构成和飞行轨迹信息，于歌判断，这个人跟常规旅客存在不同。

稍作沉思，队里马上准备上传的报告被于歌按了下来。手指迅速敲击键盘，一张颇有历史感的证件出现在电脑屏幕上。

“等一下，有点儿不太对劲，再仔细查一查。”

再过两三个小时，航班就要落地了，仅凭一张几十年前的证件照和有限的签证信息，就推断这个人有问题，是不是太武断了？要知道，这些疑点平时也偶尔能见到，但如果找不到有力证据，核查往往无功而返；如果一切都只是巧合，那这种质疑就是对警力资源和时间成本的虚耗，到头来白忙一场。

望着大家狐疑的表情，于歌的浓眉拧成一条线，额头上现出了一个深深的“川”字。既不能证实，也不能证伪，此时便需要第六感和智慧了。这么多年前台察言观色的经验和直觉告诉她，这个人不简单，选择这样的时间点来中国，一定揣着非常明确又强烈的目的。

于是，立即组织当班所有民警，一同对其进行有针对性的集中研判。

经过不懈努力，一条有价值的线索终于浮出水面：在某起重大案件中，该人曾是一名非常活跃的分子。

于歌的推断和猜想，如拼图一样，被一片片的线索拼凑起来，最终成块、成型。

没有任何技术和业务模型，没有任何可供参考的先例，太难了！执勤民警得知结果后，纷纷跳起来击掌赞叹：“太给力了，还是于队的敏锐性高！”

该人员的成功查获得到了公安部领导的批示表扬。

从前台到后台，出入境旅客从一个个活生生的个体变成了一串串抽象枯燥的标签符号，于歌的直觉呢，也在日积月累的沉淀和实战中，不断得到校准完善。

一边是庞大的客流量和复杂严峻的口岸安全形势，一边是蓬勃发展的地方经济对高效通关的迫切需求，既要保证国门安全，又要不断提高验放效率，无异于在刀尖上跳舞。拿刚刚过去的春季广交会来说，短短一个月内，白云机场口岸出入境旅客总量突破 44 万人次，查获各类违法违规案件 230 起。

230 起，看似不少，但若放在 44 万人次的基数里，再分解到每一位检查员身上，平均一名检查员查获一名违法违规人员的概率是多少呢？

千万分之五！

这意味着，绝大多数检查员终日都在成千上万次重复着枯燥单一的前台验证流程。

然而，威胁国门安全的隐患，很可能专挑你生理时钟最疲惫的时间走过前台，他有可能经过长时间的培训、制订过周密的出入境计划，在一个你想要麻痹松懈的时候，企图在短短几十秒内从通道潜入潜出。因此，旅客脸上一闪而过的表情，紫光灯下一点儿细微的差别，签证页上一处异常的翘起，都有可能是及时挫败某一次跨境违法犯罪的有力证据……

只有在成千上万次的重复和日复一日的坚守中，时刻保持高度的责任感和使命感，盯紧盯牢国门口岸出入国（边）境的每一位旅客、每一本证件、每一条数据，才能捕捉到隐藏在细节里的蛛丝马迹，让潜藏在国门一线的危险与罪恶无处遁形。

采访中，笔者问于歌："你们守着国门边检一线，是不是经常有遇到明星的机会？"

没错，我很好奇，这位出生于1989年的"新新人类"，如果碰见自己喜欢的偶像，究竟会有什么反应。

于歌抿嘴一笑："当然，也许在其他场合我会激动不已，但在工作中，即便看到再风光的名人，对方也是我的检查对象，该怎么办就怎么办。"

岂止有遇到明星的机会，还有面对利益的便利。

一次，当事人在得知自己无法入境后，逮住机会悄悄跟于歌低语："我在广州还有些物业，你给我留个联系方式，只要放我入境，条件你来提。”一边说着，一边抬手要把脖子上的翡翠佛像摘下来送给她。

于歌马上制止，义正词严道：“请抓紧时间返程，一路平安。”

一人之形象，国家之风貌。

于歌深深明白，作为移民管理警察，清正廉洁是基本准则，不仅关系到个人形象，还关系到国家声誉。

穿上制服，一言一行代表国家；扎根边检，只为守护人民安全。

因成绩突出，白云边检后台核查队先后荣立集体一等功、“全国五一巾帼标兵岗”和广东省先进女职工集体等荣誉。于歌本人呢，更是相继获得广东省“五一劳动奖章”“全国巾帼建功标兵”“广东省三八红旗手”“全国青年岗位能手”等称号。

十九

2022 年 12 月 7 日，白云边检站开始组建于歌劳模创新工作室。经过积极筹备，于 2023 年 3 月 2 日正式挂牌成立。工作室力主打造“三个品牌”：帼门暖歌、帼门警歌和帼门战歌。

帼门暖歌，包含支援服务、暖警爱警、工会活动；帼门警歌，包含业务课程开发、技战法提炼、典型案件整理、交流培训、党课编写、党建宣传；帼门战歌，包含警务实战、警体战训等。

这，是广州总站迄今为止首个以个人命名的工作室。刚一成立，不少新警便纷纷申请加入。

于歌告诉大家：“工作室不是展示我个人形象的平台，而是给白云边检站的民警们提供一个学习、探讨、交流、创新的园地，让想干事、能干事的民警感受到良好的人才成长氛围。”

身为先进典型，早在工作室成立之前，于歌已连续五年坚持为入职新警讲授业务基础课程，参加“典型面对面”活动，宣讲分享个人工作经验和从警心得。为帮助转改新警学习掌握工作技能，她经常利用休息时间跟他们谈心交流，答疑释惑。在她的引领带动下，许多转改新警自发报名到艰苦边远、祖国需要的地方磨砺意志、强健筋骨，逐步成长为队伍中的骨干力量。如今有了工作室，她将和伙伴们一起再接再厉、再创辉煌。

2023年4月2日，全国移民管理机构第二届“十大国门卫士”评选结果揭晓，于歌等十名来自边防检查和边境管理一线的移民管理警察，名字闪耀榜单。

货真价实，实至名归。

她是怎么做到的？有什么捷径和窍门吗？一天，白云边检站督察民警庞松宇，在查看法定节假日补休登记表时，无意间发现了一个秘密。表格像记账本一样写满了这些年所有民警调休的具体日期，密密麻麻，厚厚实实。

但，唯独有一列是空白的。

那一列，属于于歌。

“一个女孩子能做到这一点，这么多年，太不容易了！”回想起过往点滴，庞松宇感慨连连。

光环背后，全是汗水和坚持。

卸下荣耀，于歌和白云边检站的同志们又开始了一天的工作。经济发展与国门安全，像鸟之双翼，像车之两轮，缺一不可。

验讫章小，责任重大。

立足寸土，心系祖国。

木棉花在春天的岭南绽放，正如警徽在青春的肩上闪光。

于歌获评全国移民管理机构第二届“十大国门卫士”荣誉称号

珠江哗哗地流淌着，奔腾着……

岁月无声地流逝着，前进着……

二十

天空高远，土地厚重。

大山大河大平原，在阳光中坦坦荡荡、静默无语。仿佛一坛上等的美酒，在静默中酝酿、飘香。又宛若一枚青春的苹果，在岁月中成长、成熟。

是的，如果说宇宙是一棵硕大的苹果树，那么地球就是一个枝杈，而地球上的每一个国家和民族呢，就是这个枝杈上的一枚枚大大小小的青苹果。静静地端坐高空，端详着我们的家园，阅读着我们的青苹果：青青黄黄、圆圆润润、山水祥和、四方安泰。情动于中，谁不祈愿人类无恙、文明恒昌呢？

飞机下降了，归依大地。地面的一切，都变得生动起来。

公路上遍布汽车，红色的、白色的、黑色的。田野里还有风车。风车的扇叶，悠悠转动，像舞动着一条柔柔的纱。那深深浅浅的投影，在地面上晃动。每一条街道、每一座楼房、每一扇小窗，都清晰了。

是的，每一条街道里，都有历史、政治、经济、文化和信心；每一扇小窗后，都有父母、亲情、美食、笑声和梦想……

昂首举目，白云悠悠，仿佛歌声飞扬。

喔，飞歌一样的白云，白云一样的飞歌！

全国移民管理机构第二届“十大国门卫士”陈畅

喀喇昆仑的“守护神”

——新疆出入境边防检查总站喀什边境管理支队陈畅纪事

华 衮

当白云化成一滴泪
你问我是否后悔
说句心里话
男儿有情也有爱
家中也有至亲在

当雪山筑成一道墙
你问我是否忧伤
说句心里话
男儿有情也有义
梦里常盼归故乡

巍巍喀喇昆仑山挺拔我脊梁
我把青春融入荒凉的高原
无论山有多高路有多险

我把青春融入荒凉的高原
移民管理警察的心
永远朝着党旗的方向
……

这是一首流传于新疆移民管理警察队伍中的歌曲，是由新疆边检总站遣返审查所所长王锟为喀什边境管理支队作曲、喀什边防支队原政治处副主任张新鹏作词的队歌——《我把青春献给高原》。

听着这首昂扬而深情的队歌，2023 年初秋，我跟随国家移民管理局新闻宣传处的徐副处长从北京乘机抵达喀什，准备从这里换车前往喀喇昆仑山深处，采访第二届“十大国门卫士”获得者、驻守库地边境检查站的陈畅。

一、祥和美丽的喀什

到达喀什已经夜深，喀什边境管理支队的徐召辉政委热情地邀请我们去喀什老城看看。徐政委看起来 40 多岁，中等身材，有种出身行伍的豪爽劲儿，是个文武兼备之人，对新疆人文地理颇有研究。他大着嗓门说：“喀什是个好地方！诗人郭小川曾留下诗句：‘不走南疆，不知新疆如此天高地广；不到喀什，不知新疆如此源远流长。’而喀什的灵魂在古城，这里的老街小巷才是喀什最具历史最具生活气息的地方。走，领你们去感受一下，夜晚的喀什古城最具魅力。”

白天刚下过小雨，此时的喀什空气清新芬芳，夜晚的街道火树银花，生机勃勃。徐政委自豪地向我们介绍：“喀什在历史上就是一个文明交汇的地方，它的地理位置非常重要。它坐落在天山南麓，依托昆仑山和天山这两大山系，地势相对平坦，便于经商中转休整。古代喀什是丝绸之路西出中亚、南亚的交通枢纽，也是古代印度佛教东传中国的第一站。历史上，佛教高僧法显大师、意大利旅行家马可·波罗等著名人物都曾在这里驻足，唐代高僧玄奘“西天取经”途中也到过这里，甚至近代西方一些探险家盗窃敦煌莫高窟的文物，也是走的这条路。”

是的，这块土地上曾经中外商贾云集、东西方文化荟萃交流，历史上是一座有着浓郁异域风情的文化名城，不知如今的她是怎样的面貌？

很快，我们来到了古城，现在这里做成了开放式人文旅游景区。远远望去，璀璨的灯饰装点得这座古城如同一颗巨大闪耀的宝石。走进曲径通幽、雕花窄小的老街古巷，随处可见精美的木雕、铁艺、绘画、壁毯，无不展示着这里悠久的历史和浓郁的民族风情。这里的民居建筑是世界上规模最大的生土建筑群之一，融合了汉唐、古罗马遗风和少数民族现代生活的特点，是雕刻与绘画艺术的殿堂。小巷里摆放着一盆盆绮丽的石榴花卉，庭院里葡萄架下居民和游客悠闲地喝茶聊天……这里可以说是移步换景，妙趣横生。

在我们的一片啧啧称赞里，徐政委说道：“现在我们看到的这些被称为‘网红’打卡地的美景，是近些年老城保护及综合治理的结果。十几年前可不是这样，那个时候这里的民居大多比较破败，安全隐患十分突出。古城保护治理这个项目获得了联合国教科文组织的肯定，如今喀什已成为‘一带一路’沿线国家商贸旅游的重要节点城市。”

看到文化古城喀什已焕发出新的生机与活力，我不禁欣慰地说道：“前几年内地人大都认为南疆不安全，尤其是喀什，都不敢来旅游，真没想到短短几年间治理得这么好、这么美。”

面对我的感慨，徐政委说道：“喀什地理位置特殊，和巴基斯坦、阿富汗、塔吉克斯坦三国接壤，西、南、东三面环山，整个地势由西南向东北倾斜，境内有世界第二高峰乔戈里峰，海拔 8611 米，最低处塔克拉玛干大沙漠海拔 1100 米，历史上就曾多次出现不法分子从这里的山路越境的案件。进入 21 世纪，一段时间以来，新疆深受‘三股势力’，即民族分裂势力、宗教极端势力、暴力恐怖势力的叠加影响，确实对各族人民生命财产安全造成极大危害。

“2014 年、2015 年，中央决心加大治理力度，取得了显著成效。现在这里非常安定，各族人民安居乐业、友好团结，出门逛街可能比内地不少城市还要安全。市民不管在哪里报警，警察都能够做到三分钟出警。明天你们要路过的叶县，就是前几年的反恐重镇，你们可以看看现在那里的城市面貌。”

听他提到叶县，我知道那里有一个边境管理大队，不禁要问他“喀什边境管理支队的组织结构是怎样的?”这样一个基础问题。作为一个长期生活在内地的人士，我一直没搞清移民管理局的结构，在北京机场候机时，我就反复请教徐副处长。

“喀什边境管理支队直属于新疆边检总站，下设两个边境管理大队，分别是叶城边境管理大队和塔什库尔干边境管理大队。各大队又下设边境检查站、边境派出所。比如，叶城边境管理大队下属一个边境派出所、两个边境检查站。你们明天要去采访的重要目的地——库地边境检查站，就属叶城边境管理大队管辖。”

哎哟，原来我一直觉得“大队”要管着“支队”才对。听这么一介绍，喀什边境管理支队的担子可不轻。看徐政委潇洒自如、举重若轻的神情，不知道他有什么独特的管理绝招。

“呵呵，管理绝招谈不上，总的想法是必须以政治为统领，同时注重方法的科学性、创新性。”显然这是徐政委的长项，他侃侃而谈，如数家珍，透露出他对管理工作长期深入的思考，“作为新时代移民管理警察，我们一定要勇担使命，树牢国家总体安全观，坚决落实中央治疆方略。首先，要有强大的思想政治教育。比起内地，思想政治教育在边疆的队伍履职能力和胜利完成各项任务中可能更加重要。我们要坚持科学理论的指导，把思想政治教育贯穿队伍建设的各个环节，融入工作的全过程，要让党的建设与队伍建设、业务建设同频共振，融合发展，不能两张皮。其次，要坚持以解决问题为导向，要紧贴形势任务和队伍实际，正面回应队伍关心关注的热点事项。要实事求是，关爱队伍，既要讲道理又要办实事，既以理服人又以情感人。最后，要推进教育创新，既弘扬思想政治教育的优良传统，又要大力推进理念创新、手段创新、基层工作创新，以民警喜闻乐见的教育形式、载体和方法增强工作实效，增强思想政治教育的吸引力和感召力……这样思政教育才能取得成效，才能锻造‘四个铁一般’的高素质过硬移民管理队伍，也才能使这支队伍团结融为一家人。”

火车跑得快，全靠车头带。看着这位政委思路清晰、热情自信的介绍，我想他治下的一定是一支精干的队伍。明天的采访很令人期待。

二、叶城和库地

去陈畅所在的库地边境检查站需要经过叶城。第二天一早，喀什边境管理支队派车送我们。一路高速公路宽阔畅通。天气不错，白云朵朵，微风轻拂，远处高山上悠闲吃草的羊群不时映入眼帘，惹得我频频举起相机。和田边境管理支队的王贵生和喀什边境管理支队的张文文陪我前往，他们都是非常有才华、创作经验颇丰的年轻作家。

贵生常年行走边关，新疆 5700 公里边境线基本都走完了，对这片广袤大地的地理人文历史很是熟悉。一路上我不断地向他请教，贵生耐心细致地作答，看得出来他是研究喀喇昆仑高原的专家。他介绍道：整个帕米尔高原群山起伏、连绵逶迤，面积约10万平方公里，周围延伸出五大山系——东北的是天山山脉，东南的是昆仑山脉、喀喇昆仑山脉和喜马拉雅山脉，西南的是兴都库什山脉。喜马拉雅山脉是世界第一高山脉，喀喇昆仑山脉是世界第二高山脉。喀喇的意思是“黑色的岩石”，这五个山脉中喀喇昆仑山脉的地理环境和气候是最严苛的。这里土地贫瘠，不仅高寒缺氧，还是一个负压区，除了有顽强生命力的高原红柳，几乎寸草不生。这个地方很神奇，在高原上行走，十里不同季，一天当中就可能经历四季，一会儿下雨，一会儿下雪，一会儿又是大晴天。

我们要去采访的陈畅所在的库地边境检查站，就坐落在喀喇昆仑腹地。库地辖区0.89万平方公里，其中90%为雪山戈壁，平均海拔3500米，平均气温3.3℃，最低气温-43℃，昼夜温差达20度，全年风力在6至10级。“风吹石头跑”“一年一场风，从春刮到冬”，当地群众这样形容这里的天气。

文文是个瘦瘦高高、清秀灵性的姑娘，2019年通过国考进入移民管理警察队伍。她长期扎根边境一线，发表了不少新闻通讯和散文。别看她年轻，却一点儿也不娇气。她曾在库地边境检查站工作，对陈畅的情况很了解，在车上她详细地给我介绍了陈畅的事迹——

陈畅是库地边境检查站的站长。他20年如一日为国戍边，服务过往旅客和辖区群众，参与高原抢险救助，战斗在反恐维稳最前线，取得了优异成绩：2012年被自治区公安厅表彰为“第二届亚欧博览会边防安保工作先进个人”；2015年记三等功一次，获评受总队表彰的优秀共产党员；2021年记三等功一次，获评总站首届“十佳戍边卫士”；2022年9月被公安部授予“全国公安系统二级英雄模范”称号；2023年4月入选全国移民管理机构第二届“十大国门卫士”……

他从2002年入伍到现在，从19岁到40岁，人生最美好最珍贵的黄金时代一直坚守在这片土地上。他对这里很有感情，2018年边防部队改制时，根据军龄他可以选择转业，离开这里和家人团聚，但他没有离开，仍然选择坚守在这里。

对大部分戍边人而言，2018年是一个重要的年份。此前，边防检查站属于武警边防部队。2018年3月，根据中共中央《深化党和国家机构改革方案》，武警边防部队现役编制全部转为人民警察编制，与新组建的国家移民管理局进行整合。根据政策，在边疆服务够年限，就可以选择转业。对于这次重大调整，相较于战友的震惊与踌躇，陈畅一直很平静，因为他早已打定主意。“越是艰苦的地方越需要有人来守，我愿意做一棵扎根在高原的红柳，一直守护边境的平安。”这是陈畅的誓言。

文文继续介绍道，除了坚守边疆，陈畅另一个突出之处是他在反恐斗争中的英勇表现。他一共参加了3次战斗，表现很勇猛、冷静、敏锐，立了大功。

不知不觉已过中午，车子进入了叶城。曾几何时，叶城情况十分严峻复杂，经过综合治理，现在这里的治安环境良好。叶城的环境干净整洁，一座座整齐的办公大院分布其中，很像上世纪七八十年代的中型城市。城市绿化很好，街道两旁绿树成荫，灰色院墙外开着鲜艳的花朵。也许是中午时分的原因，街上行人并不多。

我们到达叶城边境管理大队用餐。值班的李进教导员告诉我们，龚卫平大队长下去基层边境踏查了，我们从库地返回时会见到他。在叶城大队，他们两个每周要轮换值班和下基层，总是一个在叶城大队，另一个在基层，工作毫不松懈。

从叶城边境管理大队再出发时，我惊讶地发现，我们坐的不是从喀什来的那辆车了，司机也换了。李进教导员解释道，从叶城到库地，地理气候极其复杂，虽然只有160公里，但很不好走。途中有几十个回头弯要走，而且要翻越海拔3150米的冰雪达坂，地势十分险要，所以必须换山地车和有经验的司机。

从叶城出发，我们行走的是著名的219国道新藏线部分。219国道被称为“国之大道”。中国的陆地边界线总长2.2万公里，为了保障边境运输，国家下大力气沿着中国边境线修了219国道，总长1.8万多公里。新藏线从新疆叶城到西藏日喀则，全长2143公里，平均海拔3500米，是连接新疆和西藏的交通要道，曾在中印斗争中发挥了重要的生命补给线作用。因为特殊的地理环境和多变的天气，这里路况十分复杂，是世界上路况最险的公路之一。“巍巍昆仑山，千里新藏线。道路何其险，座座鬼门关。”这是在当地流传已久的说法，足见其地势之险要。

越野车沿着曲曲弯弯的盘山公路颠簸而行，海拔不断攀升，路侧的万丈悬崖让我们再没有上午行驶在高速公路时的轻松，窗外的景色也从绿意盎然逐渐变成稀稀拉拉的绿，直至不见绿色。经过两个半小时的艰难跋涉，我们抵达了新藏线上的第一个冰雪达坂——海拔3150米的库地达坂。文文告诉我，“库地”在维吾尔语中的意思即为“连猴子都爬不上去的雪山”，可见其险峻。陈畅和他的战友们为了守卫边关，每天都要翻越一座又一座这样的达坂。

我们下车略作休息，金色的阳光铺满大地。站在达板顶峰，望着远处巍峨壮丽的喀喇昆仑雪山，我顿生一种豪迈之感，也更深切体会到“祖国”和“边关”的分量，更懂得国家的盛世安宁、百姓的万家灯火，是有人一直在不离不弃地负重前行！

车子又颠簸了一个多小时，我们终于在暮色降临之前抵达了此行的目的地——库地边境检查站。检查站夹在两座大山之间，营区面积不

2022 年 5 月陈畅（左二）带领民警执行巡边踏查任务

大，也就一个学校操场那么大。站在营区，抬头就望见巨大的高山扑面而来，有一种压迫感，更感到作为人的渺小。检查站对面有一条叫作“哈拉斯坦”的河，检查站旁边还有武警交通部队、解放军兵站、饭馆、村庄等。那家“脱哥餐馆”的老板就是这里退役的兵，他做的辣子鸡是站里年轻人的最爱。

执勤现场不时有车辆经过，民警们正有序地忙碌着。夕阳下，一位个子不高、精干沉稳的移民管理警察快步迎来。他就是我此行的主要采访对象——库地边境检查站站长陈畅。只见他安静地微笑着，眼睛炯炯有神。

“终于见到本人了。”我握着他的手，感到这身后的大山荒原与他的硬汉气质是那么协调，我似乎明白了 2018 年他的选择。这里 17 年的苦与痛、血与火锻造了他的青春，磨炼了他的性格，促进了他的成长，这一切已经与他融为一体，不可分割。这里，是他人生最好的舞台。

三、库地站的老大哥

“这是新疆通往西藏的唯一通道，我们检查站是这条线上一个 24 小时通关的边境检查站。不仅负责过往人员、车辆查缉核验工作，还肩负着辖区内边境反恐维稳和抢险救灾的重要任务。”一见面，陈畅就自豪地介绍说。

对于我们前来采访，陈畅十分谦虚：“没想到上级把这么高的荣誉给了我，我觉得自己干的事情很普通。组织把荣誉给我，对我是极大的鞭策。我愈发珍惜这个工作，愈发要努力把这个队伍带好。

“库地站的同志们都很了不起，几乎人手一个三等功。其实库地边境检查站的奉献精神是一代一代传承下来的，是所有库地站官兵、民警的忠诚、坚守铸成的。我之所以有今天，更多的也是因为我们的环境和责任对我的锻炼。库地站正式成立于 2002 年，在这之前，1995 年至 2002 年这 7 年间，我们检查站 17 名官兵是在新藏公路 240 公里处开展执勤的。当时那个地方条件很差，就是一个宿营车，类似于现的房车，吃住都在那里面。

“我们库地站有着优良的传统，历届的领导都把这里当作一个家来建设。每一届领导从上一届领导手中接过接力棒的同时，也接过了责任和使命。”陈畅对老站长退役时的情形难以忘怀。他刚到库地站的第二年，戍边近 20 年的老站长吐洪退役时，郑重地将自己多年来通过一步步实地巡逻踏查、绘制的边境地形图交给继任者，含着眼泪对他们说：“以后这里就交给你们了！”此情此景，令在场者十分动容，陈畅一直铭记着老站长的嘱托。

陈畅一边说着一边带领我们进营区安顿下来。营区很整洁，主要是一座新盖的四层楼房。楼前有一个不大的院子，靠墙有两棵杨树、一棵桃树，还有一小块草坪，这在不见绿色的高原实属难得。

我住的房间是个大套间，有暖气、氧气、卫生间，可以洗热水澡，比我想象的条件好多了。

“您来得正是时候。一个月前这里刚通了长明电，结束了20多年缺电的时代，营区也完成了升级改造。”陈畅高兴地说。

“这个房子的暖气是站长昨天才修好的，我们的锅炉水压一大就容易出问题。”旁边一个年轻民警补充道。

“哎哟，陈站长你还会修锅炉?”我很意外。

“那是啊，站长是多面手。”小伙子得意而崇拜地回复我的疑问。

陈畅解释道：“因为这里离县城太远，交通、物流不方便，很多事情只能自力更生。之前检查站这边都是土路，我们就自己修路、种树，改善环境。挖土料啊、砌围墙啊、种菜啊、养鸡鸭啊，甚至电焊、维修发电机等，我们这儿的好多人都会。没有通大电的时候，光伏电的电池经常烧，我们就自己更换。还有好多民警做饭很好吃呢。部队就是个大熔炉，每个人在这里都会得到锻炼和成长。”

“不过近几年来，在上级组织的关怀下，我们的工作和生活条件有了翻天覆地的改善。”陈畅激动地说，“2023年9月2日晚23点，库地边境检查站终于成功接入了长明电。此外，为丰富检查站民警戍边生活，上级还为我们建设了家庭影院、阳光温室大棚、书房、健身房等设施，民警宿舍也都配备了液晶电视、无线网络。”陈畅在无水、无暖、无网、无电的环境下坚守了17年，难怪他这么激动，通长明电那天，他特意发了一条朋友圈：“终于通上了长明电，见证了这历史性的一刻。”

吃晚饭的时候，我们抓紧机会采访陈畅的同事们。库地站的民警平均年龄才26岁，基本都是从内地过来的，不少都是独生子女。检查站驻地自然环境恶劣，民警们全年日夜在寒冷大风中执勤，很是辛苦。这些“90后”“95后”，远离家乡、亲人戍守边疆，工作、生活、家庭、情感等方面难免会有各种各样的困难。陈畅对于他们，不但是一位业务精湛、要求严格的前辈，更是一位关心爱护他们的老大哥、大家长。在陈畅的带领下，他们相处得如同一家人，战友情谊特别深。

“站里不管有什么事，不管是几点钟，也不管外面天气多冷，站长都会第一时间带人到现场去查看、去维修、去解决。他就像我们的大家长。”民警们纷纷叙说心目中的陈畅。

“站长非常关心大家，我们有啥事就直接找他。谁家里面有什么困难，比如家人就医、求学等问题，告诉他，他都会第一时间协调大队或者支队去帮助解决。”一位2009年入职的老班长说，他曾和陈畅一起参加过“3・11”特大交通事故的一线救援。

“站长经常跟我们一起谈心谈话，了解思想问题，耐心细致地给我们做疏导工作，帮助解决实际问题。”有一个叫何伟的民警说。他很年轻，1998年出生于四川。前年，他和女朋友刚领结婚证，还没办婚礼呢，就因为生活中各种各样的矛盾开始闹离婚。那一段时间他思想很不稳定，陈畅就每天晚上找他谈心，给他讲自己的工作和人生体会，对他进行教育引导、心理干预，同时多次给他家里打电话，各方劝说、做工作。虽然因为两地分居等原因，何伟最后还是无奈地离了婚，但在陈畅的帮助下，他没有让情绪影响工作，逐步振作了起来。后来陈畅又送他去支队参加培训，他的状态越来越好，现已成长为站里的业务骨干。

战友们生病也少不了陈畅的关心帮助。有一年，民警吴豆豆在执勤的时候肾结石突然发作，疼痛难忍。这个时候已经是下午六七点钟，因为山路崎岖危险，按照规定这个时段不能发车下山了。陈畅知道后，非常着急，马上协调大队安排车，及时把吴豆豆送到叶城医院救治。

工作中，大家更是需要陈畅的指导。很多年轻民警对检查站这个工作第一次接触，缺乏经验。陈畅为帮助他们尽快适应岗位，不仅对他们严格要求，同时更注重言传身教，手把手地“传帮带”。即使在他成为站长后每日要处理大量事务，每天也要抽空亲临一线，查看勤务的规范性，现场示范、解决问题。

一个民警回忆道：“2023 年 9 月的一天，我在站点值班时遇到一个没有办通行证又要强行过站的群众，情绪很大，说其他地方都让过，为什么这儿不让过？扬言要在网上发布信息。我急得没办法，不知如何应对。站长知道后，马上过来，一边语言温和地安抚那位群众，一边耐心给他讲政策，很快妥善解决了事端。亲眼看到站长沉着冷静、有理有节地现场处理问题的情形，我很受教育，也越发佩服站长。”

陈畅对民警家属也很关心。为了让家属安心，更加支持检查站的工作，站里特意组织了家属联络工作群，定期给家属们汇报民警的工作和生活情况。每当家属来队时，陈畅总是帮助接送、安排住宿、组织大家会餐，并且给家属和孩子们准备小礼品和爱吃的食物，让家属们充分感受到集体的温暖，为他们稳固好大后方。

问起陈畅是怎么想的，陈畅发自内心地说：“我们相处得就跟一家人一样，我们的战友情谊很深，把站当作‘家’来建设，这是我们站里的优良传统。所以，我不仅要带领大家工作好，也要带领大家生活好。我们单位这 46 个娃都挺能吃苦的，他们入警前还都是父母的娇宝贝，从四面八方来到这么艰苦的环境工作，非常不容易。所以，在我心里，感觉在家要怎样关心儿子，在单位就要怎样关心他们，想真正走进他们内心去了解他们、帮助他们。”

陈畅的真情也换来了战友对他的爱戴与关心。有一年陈畅过生日，他自己都忘记了，可是住同屋的副站长和战友们却给了他一个惊喜。“他们悄悄布置了办公室，买了生日蛋糕、饮料、零食等，然后打电话让我过去。我一推开门，就听到他们欢呼着祝我生日快乐，齐声给我唱生日歌……其实我以前从来没过过生日，那是我过的唯一一个生日。”回忆起那天的情景，陈畅至今都感到温暖和感动。他拿出手机让我看那天的照片，脸上挂着欣慰的笑容。

四、边疆平安的捍卫者

陈畅被评为全国移民管理机构第二届“十大国门卫士”，首先与他在反恐斗争中的英勇表现密不可分。“在新疆反恐斗争最残酷的时期，库地边境检查站就是为边境维稳而生的。”回忆起那段峥嵘岁月，陈畅内心依然无比澎湃。

当时，陈畅带领战友们始终战斗在边境维稳一线。他们通过实地勘查、研究分析，形成了一套符合边境山地实际的工作模式，牢牢掌握了斗争的主动权。

民警宋江第一次跟随陈畅参加战斗时，检查站接到线索，称有几名不法分子，试图绕过检查站，走山路越境外逃。这时是凌晨 5 点多，检查站以最快的速度安排警力，与当地公安民警配合，赶往那个线索提供的沟口开展行动。民警们全副武装，在海拔 4000 米以上的冰雪高原上连续搜捕了 12 个小时，强烈的高原反应让不少人嘴唇乌紫、头疼欲裂、大口大口地喘着粗气。

突然，陈畅在距离沟口三四十米处，发现了一个正在试图翻越山坡的不法分子。正在他们进行政治攻势之时，忽然听到轰隆隆石头滚下山的声音，天空中瞬间出现了强烈的火光。首次遇到这种场面，宋江一时不知所措，正在愣神之时，陈畅以迅雷不及掩耳之势一脚踹过来：“快趴下！”就在宋江顺势趴下的那一刻，他的帽子已被炸弹的气浪掀飞了。

原来，那是不法分子利用制高点在向民警们疯狂投掷自制炸弹，前后共计百余枚，炸碎的石头四处飞溅，宋江棉帽上的警徽瞬间被炸成了两半……

“那场战斗我们在明处，不法分子在暗处，所以并不知道他们到底藏匿在哪个山沟。”陈畅回忆说。抓捕现场硝烟弥漫，陈畅手上脚上有多处灼伤。

回忆起当年战斗的场景，宋江依旧心有余悸：“要是没有他这一脚，我今天也不会坐在这里了。”

其实，在两人共同作战的岁月里，陈畅救过宋江不止一次。在一次战斗结束后，宋江累得有点儿虚脱，身上带的水也喝完了，他只能以河坝里的水解渴。但走着走着，连河坝也看不到了，宋江口渴难耐，无法继续行走，就靠在石头上想休息一会儿再前进，却不知怎么竟睡着了。

陈畅以职业的敏感性觉察到宋江的异常，赶紧从大衣口袋里掏出一个矿泉水瓶，塞进胸口紧捂瓶底的冰块，融化出一点儿水来给宋江喝。“先喝点儿水，我搀着你一起走。”两人艰难行进，回到检查站时，已是凌晨两点。

群众路线是我们党制胜的三大法宝之一。陈畅一直把群众工作做在日常，抓实抓细，与辖区群众建立了密切的关系。他真心帮助辖区群众，当地老乡也非常信任与支持他的工作。“检查站的群众工作平时做得很扎实，老乡们也就真心地拥护检查站的工作。”陈畅自豪地说。警力有限，民力无穷。在长期的守边工作中，陈畅注重依靠和发动边民群众，积极对接乡政府，大力推荐辖区未就业中青年加入戍边护边队伍，组建了群众护边员队伍，这对维护边境治安起到了很大作用。在库地边境检查站，有不少护边员都来自周边村子的乡民。

早在20世纪80年代，原新疆公安边防总队就要求下属的各边防支队在做好群众工作的基础上从中选拔护边员，这在全疆乃至全国都是首创。2014年，总队大力推动边境立体化防控体系建设，实行人防、物防、技防相结合，初步形成了党政军警兵民“六位一体”立体化防控体系。2017年自治区一体化边境管控改革，边防总队就把这支队伍交到了自治区党委政府，但各边境派出所仍负责做好每名护边员的政治审核和执勤岗位上的具体管理使用工作。

“其实护边员队伍是在实践中自然形成的，它脱胎于广大边民群众。因为我们这个队伍和老百姓打交道多，警民关系特别好，解放初期这些老乡是义务过来帮忙，提供线索和帮助，后来我们开始自发地给他们一些生活补助，从30块钱一个月到50块钱一个月，一直涨到现在，基本上是2600元一个月，高原一个月3700元。大多数护边员都是边耕种放牧边协助护边，除了政府发放的工资外，他们还有耕种和放牧的收入。”陈畅介绍说。

护边员队伍既解决了部分无业中青年的就业问题，又发展了一批稳固的边境人防力量，也是因地制宜的精准扶贫，可谓是一举两得。对护边员的管理类似军事化，每天组织训练、开展教育、检查执勤情况等，这支队伍也越来越正规、越来越受到重视，这两年给他们配备了统一的服装、统一的装备，还有统一的标识，他们也越发自豪和忠诚。

到达库地的第二天一早，陈畅带我们一行到检查站附近的帕合甫村库地组群众家里做客。政府的脱贫攻坚工程为边民建了许多安居房，一排排白墙红瓦的小院落干净整洁，家家户户门口飘着五星红旗，屋里摆放着毛主席和习总书记的照片。政府实实在在地为他们做事，他们也真心拥护政府。

陈畅（右一）看望慰问辖区孤寡老人

我们走进护边员库都斯·卡吾力的小院，小院很温馨，门前两旁做了两个小花园，红红黄黄的花儿还带着露珠。库都斯·卡吾力把家里所有好吃的都拿了出来，满满当当摆了一大桌。房间里贴着鲜艳的具有民族特色的经典图案的壁纸，大沙发大电视。儿媳和婆婆穿着讲究漂亮的服装，看到我们来，热情地给我们端来自制的奶茶。老人指着挂在墙上的帮扶表格——上面详细记录着精准扶贫的情况，她激动地介绍说家里原来十分贫困，现在住的楼房是政府分给的，自己不用花一分钱。两个儿子在陈畅的帮助下加入了护边员队伍，每月上半个月班，收入 3000 元左右，另半个月换班期间还可以放牧牛羊，照顾家里。现在，他们一家 3 代 6 口人都是护边员，都有工资收入，日子越过越好。

库都斯·卡吾力和陈畅相识已达 17 年之久。“他刚来库地边境检查站的时候还是一个毛头小子，他第一次去巡边还是我帮忙带的路。那时候山上的积雪很厚，一脚下去就到大腿根了，雪直往鞋里钻，我们的袜子和鞋都冻得粘到一起了……”说到动情处，库都斯·卡吾力老人还情不自禁地拉起陈畅的手，“那时我家里穷，陈畅和他的战友们经常来接济我，给我送米送面送油。17 年了，他既是我的好朋友，也是我的亲人……”

在护边员库都斯·卡吾力家里，我不仅真切地了解了边疆人民生活的巨大变化，也深切感受到了他们对新时代、对党和政府、对移民管理警察的由衷拥护和爱戴。

下午，陈畅又领我们来到附近一个沟口，跟随护边员实地巡边踏查，亲身感受戍边生活的日常。护边员已经列队等待出发，这些护边员多是陈畅从附近村里招录的，通过军事化的管理训练，他们已经是一支移民管理警察不可或缺的补充力量。这支小分队有 6 人，他们身穿统一的蓝灰色制服，打头的人手擎五星红旗，后面跟着的有骑摩托车的、有挎望远镜的，还有一条神气的警犬。天气晴朗，微风不燥，他们热情地和我们打招呼，脸上充满了自豪的笑容，我趁机提出与他们在河边合影留念。

沿着河边沙砾密布的小路，我们慢慢往前攀行。路边偶尔会发现一丛野生的沙棘，在这片贫瘠荒凉里顽强地挺着紫红色的细柳，是这满目灰褐色里难得的色彩。陈畅介绍说它的果实是一种可以降血压的药物。随着海拔的升高，道路也越来越崎岖难行，有的路段我们不得不踏着河滩大大小小的石头蹒跚而行。渐渐地，我感到有点儿吃不消。陈畅告诉我，这一个线路有 10 多公里，越往上面越难走，特别是到了海拔 4000 米之后，就只能很慢地走。民警带领护边员每天要早早地从这个沟口进去，天黑才能回来。

除此之外，陈畅还积极参与服务辖区群众工作。

他每周都带领检查站民警深入辖区进行巡逻踏查、走访入户，到老乡家里慰问探望，帮老乡解决各种生活困难。17 年来，整个辖区没有他没到过的地方，没有他不认识的老乡。他把自己跑成了辖区的“活地图”，每条通外山口的情况，山中的地形地势、交通网络、水源分布、牧民分布，他都了如指掌。

检查站驻地群众大多以放牧为生，经济基础相对薄弱，陈畅与战友们根据实际情况，组建辖区“党员先锋队”，实行“一对一”贴心服务。努尔阿吉老人常年患病，两个儿子一直处于待业状态。他得知情况后，经常自掏腰包给老人购买大米、面粉等生活物品，并鼓励老人的两个儿子加入护边员队伍，让原本生活拮据的家庭有了稳定收入，生活水平比以前提高很多。艾热肯·亚森老人身体残疾，膝下无儿无女，常年独居，性格孤僻，一直靠着低保维持生活。陈畅得知情况后，主动与艾热肯老人结成亲戚，经常去探望艾热肯老人，为他送去一些生活物资，力所能及地帮他做一些事情。自从结了陈畅这个亲戚，性格孤僻的艾热肯逐渐变得开朗活泼起来。

近年来，电信诈骗猖獗，这里的村民受教育程度普遍较低，容易被一些不法分子蛊惑，为了增强村民们的反诈意识，提高防范能力，避免钱财损失，陈畅很早就在辖区开展反诈骗宣传工作。每星期走访入户时，陈畅都会带上一些影像资料和一名少数民族民警翻译的各种反诈骗宣传材料。“我们每星期都会做一到两次反诈骗宣传，大家听得多了自然就提高警惕了。”

村里没有卫生点，医疗资源十分有限，看病难成为老乡门一直以来面临的难题。陈畅深知老乡们的困难，时常利用入户走访的机会，带上药品挨家挨户为老乡们送药。老乡们需要帮助的时候都会想到检查站，无论是孩子生病急需送医而找不到车，还是家里羊丢了，都会找陈畅他们帮忙，陈畅从不拒绝。

如今，陈畅的名字在库地家喻户晓，老乡们常说：“陈畅在，我们的主心骨就在。”

对此，陈畅则深情地说："我们的工作离不开群众的支持，为乡亲们做一些力所能及的事，他们会念你一辈子的好！"

五、边境过滤站

库地边境检查站最日常的工作是边境查缉。

按照《边境管理区通行证管理办法》的规定，进入边境地区，需要办理边境管理区通行证。本着"逢车必检、逢人必查"的原则，边境检查站第一个任务就是要检查边境管理区通行证，第二个任务就是检查是否携带违禁物品。

"检查站每天过往的人员大概有一千五六百人，车辆约七八百台。尤其近年来，随着新藏公路旅游线路的开发，往来人员激增，情况更加复杂。检查站民警少，辖区面积大，每天任务挺繁重。但我们守卫着新

陈畅正在核对过往旅客个人信息

疆通往西藏的重要通道，工作任务艰巨而光荣！”陈畅自豪地介绍道。

刚来检查站时，陈畅做的是检查站最基层的检查员工作。检查员有两个岗位，一个是证件检查员，即辨别通行证的真伪；另一个是车辆检查员，重点检查车辆的后备厢、座位底下等部位有没有私藏违禁物品。这个基础工作陈畅一口气干了 8 年之久，每天检查几百个证件和车辆，积累了很多工作经验，练就了一双火眼金睛，不法分子、伪造证件、违禁物品都难逃他的法眼。

记得有一次一名从西藏过来的游客随身携带管制刀具被陈畅查到。对方很不服气，称这是纪念品、工艺品，吵吵闹闹地不愿配合。陈畅一点不着急，耐心地一条一条跟他解释公安部的管制标准，终于将他说服。还有一对双胞胎兄弟的弟弟没有办通行证，就企图利用哥哥的通行证蒙混过关，陈畅敏锐地觉察到这个人的紧张状态，于是拦下来仔细盘查，终于发现问题所在。因为通行证上面没有照片，只有钢印，有些人就在网上把自己的名字 P 上去伪造通行证，但陈畅多年练就的职业敏感，一眼就能辨得出真假。

这 8 年的基层工作还让陈畅认识了很多经常过往此地的大车司机。检查站本着为民服务的宗旨，为过往司机提供免费热水，有时也会提供一些泡面。慢慢地，一些大车司机就和检查员们熟悉起来并成为了朋友。这是一个意外的收获，途中发现有什么异常或事故，大车司机都会及时报告给检查站。

陈畅走向领导岗位后，不管多忙，每天仍习惯去检查站现场看看一线的民警，去帮助他们解决问题，手把手地带徒弟。

陈畅的徒弟吕彦鑫说：“最初觉得师父是个沉默寡言的人，但是接触久了，发现他很善良、负责，对我们很上心，是无私给我们传授经验、愿意切实帮助我们解决困难的人。”而陈畅说起这些年轻的民警，内心也充满骄傲：“我们站的民辅警大部分是‘90后’，别看他们年龄小，个个都是好样的！”

“检查站每天过往那么多人和车辆，除了查到那些有问题的，有没有遇到过有意思的人和事？”我好奇地问。

“是的，新藏线每天都有形形色色的人经过，尤其近年来，随着新藏公路旅游线路的开发，往来人员激增，让我们见识了各式各样的人生。他们中的许多人是有故事有情怀的人。”陈畅开心地讲起了小故事。

他曾遇到个退伍老兵，开着一辆改造后的五菱面包车，车上挂满了军功章。他带着一家人经过检查站。一问，原来他以前在新疆当过兵，就在武警交通部队，曾参与过219国道的修建。忘不了青春奋斗过的地方，退休后就带着老伴、孙子孙女来故地重游了。老兵已经六七十岁了，他说估计 辈子也就再来这么一次。

还有一次他遇到一个在路边求救的小伙子。远远看去，披头散发，像一个野人。这是一个骑车旅行的山东小伙，他带着全套装备，独自从海拔5000多米的西藏骑车来到这里。好不容易走出400多公里无人区，又在头天晚上遭遇大雨和狼群，被恶狼一路追赶到219国道，所以才这么狼狈。小伙子之前在西藏某边防当过兵，他的愿望是骑行将祖国边疆都走一遍。听了他的故事陈畅和战友们都很感动，对边疆、对部队的情怀只有真正守过边防的人才能真正懂得。陈畅他们给他安排好休息的房间，第二天在检查站吃过早饭，又帮他解决了其他困难，检查了装具装备才送他继续前行。

“在新藏线上接触的人多了，你会发现，能走这条路的人，每个人都有故事。”陈畅说。

17年来，陈畅和他的战友们检查过往的人员达230余万人、车辆150余万台，查获了一大批危爆物品、管制刀具、受保护动植物等违禁物品，充分发挥了检查站的过滤网作用，有力地保障了祖国边疆的安全，同时也救援帮助了无数的游客、司机、当地群众，被驻地百姓亲切地称为喀喇昆仑的“守护神”。

六、高原救助站

库地边境检查站另一项重要任务是抢险救援。

新藏线平均海拔在4500米以上，堪称世界上海拔最高、路况最险的公路之一。沿途分布着雪山、戈壁、荒漠和永冻土层，洪水、泥石流、山体滑坡、雪灾等自然灾害频发。近年来，随着边境地区大开发大发展，旅游的人员和车辆猛增，交通事故更是频发，抢险救援工作更加艰巨。

“新藏线最险的一段就在新疆我们这一段。新疆路段海拔落差大，又多是冻土，路最不好走。翻越达坂，下坡的时候，司机的脑子最容易出现恍惚。进入西藏后，虽然海拔高，但路多是平坦的，相对好走。”

随着陈畅的介绍，我想起到达库地的第3天，我们前往陈畅曾经工作过的麻扎边境警务站采访的情景。麻扎警务站离库地检查站只有80公里，但我们却行驶了足足3个小时。在翻越海拔4969米的麻扎达坂时，我出现了轻微高原反应，看每个人都是重影的，脚踩在地上像踩在棉花上。他们说，这是新藏线上最有名、高原反应最难受的达坂。翻越过程中，短时间内海拔直线上升将近2000米，对生理和心理都是一种极大的考验。

“‘麻扎’在维语中是‘坟墓’的意思。”文文告诉我，“好多小伙子上了高原之后，就暂时不想下去了，下去了又不想上来。因为快速地一上一下身体特别难受。山上的民警每天晚上睡觉前都要吸2个小时的氧气，这些都是写进条例里面的。他们床头放的那个小绿瓶，就是用来吸氧气的，让氧气弥散在房间里。”在库地我的房间床头，陈畅他们给我也准备了小绿瓶。

真是“穿越新藏线，犹入鬼门关”啊。

就在这两天的采访路上，我们就遇到一起交通事故、一起因车辆剐蹭起争执而飙车的危险事件和一起因过麻扎达坂而引发心脏病的事件。陈畅在陪同我们采访的同时，一刻也没有停止指挥民警们在新藏线上的救援、调解、救助……这就是陈畅的日常。

谈起高原救助，陈畅说道：“最重要的就是时间，时间就是生命。”要以最快的速度把伤员送往医院救治，这需要考虑很多因素。而新藏线上的救助更为复杂，更需要丰富经验，因为新藏线只有一条道，而且道路险峻，高反频发。

“在高原上，我们检查站几乎是那些身处险境的群众唯一的希望，每一个环节我们都要与时间赛跑。做到这些，关键是专业和冷静。”陈畅说。遇到抢险救援工作，既要做好总指挥，维持好现场秩序，又要让出一条生命线，同时还要去协调及时运来应急物资、药品、设备等，还要联系救护车，联系医护人员，尽可能以最快的速度把所有伤员送到医院救治。长期以来，陈畅以超强的综合素质和业务能力统筹指挥，成功救援了几百起事故。

陈畅回忆道：“我经历的第一起救援案例是一起交通事故。在一个特别大特别陡的拐弯处，一辆油罐车刹车失灵，直接冲下悬崖。司机是当地人，经验丰富，反应快，他在第一时间跳了车。但油罐车上还坐着一个搭车的骑行游客下落不明。听到消息，我当即同民警们以最快的速度赶过去。到了事发地，发现悬崖有一两百米深，我们一时没找到车，只看到一些散落的零部件。后来我们下到谷底，找到了伤员，当时他还有很微弱的气息。我们给他裹了两个床单，把他从悬崖底抬了上来，送往医院。”

我听得惊心动魄，问他当时害怕吗。

“虽然是第一次参加救援，我当时并不感到畏惧和紧张，只是想着能以最快的速度把伤员送到医院救治。但是这位来自广州的游客还是在送往医院的途中去世了，刚刚 39 岁，非常可惜。”第一次救援的经历让陈畅印象深刻。

但让陈畅印象最深的一次救援是“3·11”特大交通事故救援。这起事故发生在 220 公里处。这里是交通事故多发地，麻扎达坂在 204 公里，220 公里处就是刚刚翻越了高海拔的险峻达坂，紧接着是一个下坡，人和车都不容易受控制。前往麻扎边境警务站的时候我们曾路过这里，记得当时文文指着远处的铁塔说：“这是前年才架起来的国家电网，之前过了这些地方手机就没信号了。”

2011 年 3 月 11 日，一辆载有 43 名旅客的班车在拐弯时因刹车失控冲下悬崖。“当时山里没有信号，是过往司机口头跟我们报的警，出事地点海拔在 4300 米左右，零下 20℃。时间就是生命！我带领十几位民警以最快的速度赶赴现场，火速组织救援，一边给伤员包扎止血，一边用担架把生命垂危的伤员抬到路边，协调过往车辆运送去医院，同时联系叶城医院的救护车。看到受伤的乘客吓得说不出话，冷得瑟瑟发抖，我们一边安慰他们，一边给他们递上大衣和一些方便食品。这次救援我们检查站是第一支赶过去的救援力量，救出了 28 名伤员，抢救了数十万元的财物，为挽救游客的生命赢得了宝贵的时间，得到了自治区领导的高度赞扬，给我们单位记了个二等功。”虽然多年过去了，讲到这些，陈畅仍然充满自豪。

让陈畅记忆深刻的救援还有很多次。

在一次泥石流灾害中，路面被冲断了，辖区兴祚矿业公司地处偏远，前不着村后不着店，有十几个工人陷入困境。得知情况后，陈畅带着民警火速前往，给他们送来食物，并成功实施救援。提到陈畅和检查站的民警，兴祚矿业公司负责人张代宏感激地说："他们就是我们的大救星!"

2021 年 7 月 4 日 18 时，检查站民警接到群众求助：检查站前方 200 米处一餐馆内，有一名群众被砸伤。原来，几名大车司机在附近餐馆就餐时发生了山体滑坡，一块足球大小的石头从山上滚落下来，正好砸到一名司机头上。民警闻讯携带急救包立即赶到事发现场，对受伤司机进行包扎、止血，并将其送往叶城县人民医院救治。

2023 年 5 月 21 日 12 时许，库地边境检查站接到叶城县"110"指挥中心警情通报："一辆拉运矿石的半挂车在 219 国道 180 公里处发生交通事故，情况紧急!"库地边境检查站闻警而动，迅速组织警力携带救援装备驱车前往现场。到达现场后，受伤司机已被巡逻护边员和热心群众抬至平坦地界。原来，该车因长时间行驶在下坡路段，导致刹车片发热失灵，司机无奈之下选择跳车逃生，车辆因失控驶入道路侧坑内，驾驶舱严重受损，司机脸部破损、腰椎出现严重损伤而无法动弹。救援民警在确保司机不会受到二次伤害的情况下，迅速将其送往县医院，使其得到及时救治。

"到现场指挥救援，每次抢险都是一次战斗。"陈畅深有体会地说。

除了这些交通事故，检查站更多的是要救助一些发生高原反应的游客。每次接到报警后，陈畅就带领民警以最快的速度赶过去，给他们提供一些制氧机和高原常用的药品。

"通过这么多年的抢险救援，我们越发感觉到在这个地方驻守的价值，因为方圆一两百公里之内，只有我们这么一支救援力量。如今我们的队伍也越来越专业化了，政府还给我们配备了一些专业的医护人员和救援设备。”陈畅由衷地说。

多年来，库地边境检查站秉承“闻警而动、有险必助”的工作作风，率先成立了抢险救助党员突击队。2019 年以来，先后成功救助交通事故 300 余起，救助遇险群众 500 余人，被当地群众誉为“高原天路的守护神”。

七、从湖南伢子到守边硬汉

“谈谈你的童年、你的家庭吧，有什么印象特别深的事情?”在看陈畅的资料中，我发现关于他儿时成长经历的描述很少，而我们知道，一个人的家庭背景、早期生活经历对一个人的人格塑造、心理成长特别重要。

“我一直不想谈家庭和小时候的事。不管是哪个新闻媒体记者来采访，我都不愿意谈，好像是在诉苦一样。”看得出来，陈畅有个要强的个性。

“我家在湖南长沙农村。我还有个姐姐，大我一岁。那个年代计划生育，都是独生子女。我母亲因为生了我，丢了民办老师的工作。如果不生第二胎，她很快可以转成正式教师了。”

“那你们家在村里还是一个知识分子家庭呢。”

“我母亲就是当地一个初中的英语老师。我家因为超生被罚款，家里稍微值钱一点儿的东西都被变卖了。所以，小的时候家里很穷。家里共有 4 亩地，平均就是一个人头一亩地。母亲当家，里外都是她管。我父亲长年开车跑运输，管我们管得少。

“父母就我这一个儿子，但并不娇惯，我自己感觉也没什么叛逆期，小时候很少惹父母生气，早早就能体谅父母的不易。但是自己内心还是有主意的、倔强的，独立得很早，自己做自己的事。

“从小学开始我就和姐姐一块儿走路上下学。中学时我成绩不太稳定，考得好的时候，是我特别认真的那一段时期，在初中的时候也被评过‘三好学生’，刚进高中的时候成绩还可以，还进过前十名。高三的时候成绩就直接下滑了。那时候家里出了些事，我爸开车跑运输发生了意外，欠了很多债。这事对我影响很大，成绩大幅下滑，就不想去上学了，觉得通过努力可能也考不上什么好大学。”

“看来少年的你心思很重，家庭的困难让你给自己背上了沉重的思想包袱。不过这也说明你从小就是一个有责任心的人。”

“是的，好像突然感觉就长大了，我到现在都记得当时的感觉。就是一瞬间，几天的时间，突然感觉自己该懂事了。后来我就选择了参军入伍这条路。”

2002 年 5 月，遥远的新疆喀喇昆仑山深处，有个叫库地的边境检查站正式组建，这年年底，18 岁的陈畅应征入伍来到新疆。此时的他还不明白，他的命运将与库地紧密联系在一起。

“我是 2002 年的 12 月份参军，第一次坐火车，坐了 5 天 4 夜，从长沙到乌鲁木齐，小腿和脚背都肿了，手脚长了冻疮。火车刚到站，一辆军车就把我们拉到一处训练基地，第二天就进入很紧张的训练。路上看到这些地方不长草不长树，感觉很诧异。但 3 个月封闭式训练，也就集体外出过一两次，纪律很严，也没那么多时间和精力去感受当地的风土人情。新兵连 3 个月训练很严格，我瘦了差不多 20 斤，从心理素质到身体素质都有了本质的提升，同时锤炼了自己要强的性格。一直到现在，不管是队列、打靶、跑 5 公里还是其他训练，都想名列前茅。当时训练印象最深的是高强度的体能训练，累得每天晚上小腿都会抽筋。”

陈畅从小就要强、倔强，跟他共事过的人都知道他是个硬汉子，遇到困难从不退缩，也不会产生抵触情绪。

“新兵连集训后，部队统一分配，先分到新疆各支队，然后由支队再分配到各基层单位。我被分到和田边境管理支队，2004年我考入广州边防指挥学校。军校毕业后，按照分配原则，就定向分到新疆喀什边防支队，又分到库地边防检查站。当时同批次分到检查站的就我一个人。以前当兵是在市里，没来过基层，真没想到还有这么艰苦偏远的地方。当时库地没通水、没通电，手机也没信号。不过当时并没有任何沮丧，没有那么多想法，就是一种既来之则安之的态度。感觉不管分到哪儿，反正都是干工作，和环境艰不艰苦好像没有直接的关系。”

回想起初到库地那天的情景，陈畅记忆犹新：“我是2007年7月22号到库地边境检查站报到的。我从叶城出发，坐单位的车，一路颠簸地走了将近5个小时，到检查站的时候已经凌晨4点多了，整个营区乌漆麻黑的，没有灯光。连床位也不够，我就在一个会议室的地板上打地铺睡了一晚，耳朵贴着地面，我听到有很大的流水声，一夜无眠。第二天早上才知道对面有条河，叫哈拉斯坦河，准确地说是一片河滩，河滩里全是山上滚落下来的大石块，流水并不多，但是遇到石块就会发出碰撞的声音，所以声音比较大。营区只有一排简易平房，夹在两座高山之间，面积也就一个学校操场那么大。站在营区，抬头就能望见巨大的高山迎面压来。这里海拔有3100米，土壤稀薄，山上除了生命力顽强的高原红柳，基本上是光秃秃的，和我山清水秀的家乡景象迥异。一切都很简陋，岗亭前的拦车杆都是手动的。

“我开始住的是‘宿营车’，住了一两个月的大通铺。后来新房子装修好了，三四个人住一个小房间，高低铺。领导考虑到我一直没有固定床位，便让我第一个入住新宿舍，一住就是六七年。当时没电没自来水，洗澡得自己用煤炉子烧水，上厕所只能在外面上旱厕，夜里上厕所要打个手电筒去，冬天风刮得站不住，最痛苦的就是拉肚子的时候。冬天特别冷，风特别大，执勤的岗亭上风更大。我们在零下20℃的环境下站岗放哨，穿着棉衣棉裤棉鞋，戴上棉帽，全副武装，还是冻得一把鼻涕一把眼泪。”

听了陈畅的介绍，我们专门去参观了那辆“宿营车”，一辆废弃的绿色房车，当时陈畅和战友们靠烧煤取暖，吃饭睡觉都在里面。

陈畅如今是库地“最资深”的民警，在库地已经坚守17年了。“当初来到这么艰苦的地方，与家人又相隔那么远，你后悔吗？假如重新选择，你会怎样选择？”我问他。

“我一点儿都不后悔，我这一辈子最正确的选择就是来到库地边境检查站这个地方。这是能够成就我事业的地方。我在工作当中一直都秉承这样的一种态度，尽自己的能力把工作干好，不让领导批评。在这个地方17年，历任领导，批评我的次数也超不过三五次。现在来看，我的性格很适合在这种体制下工作，我对部队有一种特殊的感情。家庭方面也是，我选择了我的爱人周莎，很欣慰，她非常支持我的工作，很多时候工作上的一些事情可能我有畏惧心了，在打退堂鼓了，她反而会鼓励我，给我出主意。我想，正因为她的支持、家人的支持，我才能一直在这里坚守，才能有更多的心思投入工作当中。真的是这样，不是大话套话。”

是的，陈畅说的不是大话套话。他之所以成为今天这么优秀的陈畅，除了他天生是个军人的料，他的坚毅、果敢、认真、专注、沉着……都是一个优秀军人最需要的特质。但好钢是千锤百炼出来的，也是柔水淬火而来的。艰苦复杂的环境就是锻造陈畅这块好钢的大熔炉，坚贞不渝的爱情就是淬炼钢铁的柔水。

“您来得正是时候。”陈畅继续向我介绍，一个月前这里刚通了长明电，结束了20多年缺电的时代，营区也完成了升级改造，第三期楼盖成，移民管理警察们都住上了公寓式宿舍，再也不用到外面上厕所……细数检查站20多年的发展，从一辆宿营车到现在的现代化楼房，从边检手动的操作杆到智能化设备，一草一木、一砖一瓦的变化，陈畅都历历在目，心中备感欣慰。

21年来，陈畅从检查员、业务内勤、副站长到政治教导员，再到如今的站长，检查站所有的岗位他都历练了一遍，每个岗位他都干得扎扎实实。这是一个能够干一行爱一行钻一行的人，一个纯正无私的人。

“像办公室业务内勤这些工作岗位是领导安排的吗?”

“开始时是自己主动去做的。我觉得检查员毕竟业务比较单一，我希望通过别的方式多历练提高自己。所以换岗后我就去办公室帮助做些内勤和党务工作，后来逐渐负责资料档案管理、会议记录，撰写一些工作总结、汇报材料等。刚开始这些材料也不怎么会写，经常加班到凌晨两点多。那时候白天没电，只有晚上的几个小时可以集中发电，所以工作用电脑的话只能晚上用。”陈畅对自己要求高而严格，做事认真细致、严谨可靠，工作中几乎没有出现过差错，领导交给他任务都很放心。正是通过这样一步步的扎实努力工作，他才走上了领导岗位。

回想17年如一日坚守库地的情景，陈畅并不觉得苦和累，反而觉得很充实。“这样让人没有时间去想家，去想那些乱七八糟的事，每天专注完成工作，很有成就感。至少我自己觉得去奋斗了、努力了、投入了，没有虚度光阴，就不后悔。”

现在的陈畅早已把边疆库地当作故乡，把库地群众当家人，与库地血脉相连、融为一体。“有时候我也会想，要是哪天我真的离开这个单位了，我会是一种什么样的情绪。”陈畅伤感地说，“我觉得我肯定会像老站长吐洪一样痛哭的。”

八、她是我内心最坚韧的防护盾

“你和你爱人是怎么认识的？她支持你现在的工作吗？”

陈畅的爱人叫周莎，两人的老家离得很近，都在长沙县北山镇。

“我们很小的时候就见过面，因为父母都认识，他父亲也是大车司机。她和我堂妹是好朋友、闺密，她俩同年同月同日生，比我小整 3 岁，我和她们同月同日生。后来说起来这种巧合，我们常感叹缘分的奇妙。”

那时他们在一个中学上学，陈畅常会带好吃的给周莎，放学的时候，也经常让周莎坐自己的自行车一块儿回家。青梅竹马，他们有着纯真的友谊，但后来两家越搬越远，渐渐没了联系。陈畅当兵去了新疆，周莎也去了外地上大学。2004 年陈畅考上广州边防指挥学校，这时周莎大学毕业后也在广州工作。虽在同一座城市，但此时的月老还没有给两人见面的机会。直到 2009 年夏天，陈畅回家休假，在一次高中同学聚会中，才与周莎重逢。看到几年不见的周莎出落得美丽大方，一种从未有过的激动涌上陈畅的心头。周莎看着眼前这个儿时的伙伴经过部队的历炼，更加的沉稳刚毅，熟悉的感觉里瞬间也产生了浓浓爱意，感觉这就是自己生命中要找的那个人。也许正是这种悄然而生的情愫使双方过于羞涩，结果都没好意思索要对方的联系方式。又过了一年，漫长的相思使陈畅终于鼓足勇气，通过堂妹加上了周莎的 QQ。

“2010 年开始，我们经常打电话，有时候都打通宵。一个月电话费多时得四五百块钱。”回想起热恋时的情景，陈畅羞涩地笑了。

爱情虽甜蜜，但这段好不容易续上的情缘并没有像人们猜想的那样顺利地步入婚姻的殿堂，它还需要经受考验。

“最初，她家里人非常反对。岳母当时就说了，这两个女儿（周莎还有个妹妹），第一不嫁当兵的，第二不嫁离得近的。因为岳父40岁就去世了，我在新疆当兵离家远，照顾不上家里。经过多次努力，我用真诚打动了岳母，她终于同意将大女儿嫁给我这个既是当兵的，又是离她家特别近的（门对门）。”

婚姻离不开柴米油盐酱醋茶，漫长的两地生活对两人都是一场不小的考验。

“我爱人是一个很大气的女人，从不抱怨，很理解和支持我的工作。从结婚到现在13年，我常年在库地，家里的事情确实如岳母所料，基本都是她一个人扛过来的。”说起这些，陈畅内心交织着欣慰和愧疚。

“2012年我与妻子结婚以来，妻子几乎不会主动在夜晚给我打电话。她总说，怕影响我工作和休息。当我唯一一次凌晨接到妻子的来电时，我知道家里一定是出事了，妻子却依旧故作镇定地说：儿子病了，你要不要回来一趟？平静并且非常短的几句话，我的心已经揪在了一起。这是儿子因重症手足口病引发脑炎进入重症监护室的第16天，在这之前我正在参与边境踏查任务，妻子为了不让我担心，一直独自默默地承受着儿子生病带来的痛苦和压力。

“结束任务，组织上第一时间让我探亲。我在重症监护室外坐了一个星期，唯一一次见到儿子是医生带他去做脑CT。我从医生怀里接过儿子，儿子小小的身体团在我的臂膀里，脑袋轻轻地耷拉在我的肩上，我不停地呼喊着儿子，他张张嘴却没有气力喊一声‘爸爸’。上次离家时还白白胖胖的儿子，现在瘦得皮包骨头。抱着儿子轻柔的身体，我的内心五味陈杂。

“儿子脱离危险后，我便返回了工作岗位。但儿子的身体还是非常虚弱。这些年来，妻子一边照顾着我们双方的老人，一边坚持着帮助儿子恢复、调养。”

儿子病了，周莎一个人挺着；老人病了，她同样坚强果断。当时，周莎在长沙市工作，两人的父母都在几十公里外的老家生活。有一次陈畅的父亲突发脑梗，脑出血，但当时他自己没有意识到问题的严重性，以为头痛，卧床休息一会儿就好了。冥冥之中似乎有种亲人之间的感应，周莎那天就想着回去看望父母。周莎发现躺在床上的公公呼吸越来

陈畅一家三口合影

越急促，直觉告诉她这不是普通的不适。刚学会开车的周莎果敢地送公公去医院救治。她一路狂飙，连闯两个红灯，以最快的速度把公公送到了湖南省第一人民医院。

“幸亏送医及时，父亲很快康复，目前连后遗症都没有留下，如果不是周莎，后果不堪设想。”回忆起那次闯红灯事件，陈畅心有余悸，眼角闪着泪光。“认识周莎时她还是个小姑娘，这么多年过去了，不知不觉间她已变成了大女人，独自撑起了家里的一片天，也不知道她这股子‘倔’劲像谁。”陈畅感慨道。

陈畅是一个很孝顺的儿子，父母亲现在都70多岁了，常令陈畅牵挂。如果没有周莎对家庭安定作出的贡献，陈畅很难做到家庭和事业的兼顾，所以陈畅对周莎非常的珍惜感恩。

“年轻的时候肯定就是一往无前。到这个年龄会更多地体会到生活和人生的珍贵。”原本非常冷静、理智的陈畅，在谈到家庭时，透出了铁血男儿的侠骨柔肠。“现在每年休假回家，我都倍加珍惜亲人在一起的时光，尽可能抽更多的时间去陪伴他们。带着父母妻儿出去游玩，陪着儿子做作业，主动做饭洗衣……恨不得把一年的亏欠都弥补回来。我选择戍边，而我的家人选择了无条件地支持我的选择。虽然身处高原边境一线，但我不是一个人在战斗，我的家人和我一样日复一日、年复一年地坚持着。我深深感受到家人是我们每一个戍边人内心最坚韧的盾牌。”

九、大家和小家：“相亲相爱一家人”

在库地三天的采访很快过去，临走之前，陈畅带我们参观荣誉室。通过多媒体，我再一次真切感受到了检查站民警的峥嵘岁月与赤子情怀、乐观精神。我的内心一直在感动着，不仅感动于陈畅他们对边关的坚守精神，更感动于他们的团结友爱、他们对美好生活的追求、他们“相亲相爱一家人”的温暖。我来之前料到这里很艰苦很贫瘠很荒凉，但没想到这里有这么丰富的精神和可爱的灵魂。他们把工作干得这么有声有色，把生活过得这么丰富温暖。他们的坚守不是我想象中的咬着牙的坚守，更多的是乐在其中的坚守。

检查站里不管谁家有困难，大家都会互相帮助；平时谁休假回来，都会带点儿家乡美食一起分享；无论谁的家属来了大家都热情欢迎；无论谁取得成就、谁家有好事都是大家的成功、大家的好事，这里没有嫉妒，没有排挤，只有祝福、分享。

不仅检查站内部是一个大家庭，他们与周边兄弟单位也处得十分融洽。陈畅说：“检查站旁边的企事业单位、隔壁的武警交通部队、修路的工程队，都与我们十分熟络，包括附近饭店、商店的老板，大家都融在这个大环境里面，感觉是一个命运共同体，有事的时候大家一起做，形成共建，谁都没有说这是哪一方独自的事。比如，有些救援，大家出人力出工具齐心协力把伤员救出来。有什么事各单位协调起来很容易解决。”

也许越是在这种艰苦的地方，人们越懂得相互支援、相互帮助、抱团取暖，才能够更好地生存和发展的道理。正如习近平总书记所说：“吹灭别人的灯，并不会让自己更加光明；阻挡别人的路，也不会让自己行得更远。”大家的灯都亮了，才能照得更亮。这个道理在这里很容易达成共识。

同时，也许越是在艰苦的环境里，人们越具有发现美、创造美、珍惜美的能力，那是一种对美好生活没有条件创造条件也要上的不懈追求。库地边境检查站院子里面那几棵高高的杨树，是陈畅和战友们呵护了17年的成果；那棵漂亮的桃树是陈畅带领护边员巡边时偶遇，辛苦移植过来的；院子里的一小溜草坪，是陈畅他们从十几二十公里外的山上、河边一块块挖来，精心垫上一层层土再铺种的；温室里还种了桂花树、杏树……这里的一草一木、一砖一瓦都倾注了他们的心血，都有一段美好的故事。自己动手建设的家园，更加舍不得离开。麻扎警务室那里，光秃秃的，除了石头还是石头。年轻的民警们常开玩笑说："这个地方什么都缺，就不缺两样东西，一个是石头，一个是精神。"民警们为改善生活环境，自己动手将旁边的马厩改造内部环境，在阳光温室种花种水果种菜，竟然蔚然成型。他们开心地说："外面是南疆，里面是江南。"艰苦的环境把他们都锻造成了能工巧匠，自己种的菜吃得格外香甜。

文文还给我讲了不少他们救助老鹰的故事，这里的鹰分好几种，飞得很高，很难看到。我最感兴趣的是他们救了一只翅膀受伤的座山雕。"真有座山雕呀?"我好奇地问。

"当然啦，而且样子真的很像《智取威虎山》里的土匪'座山雕'。"文文说着耸着肩膀给我模仿它的样子，逗得我哈哈大笑。我想象着民警小伙子们和它玩耍的情景，多么有趣。

在这里，民警们讲得最多的一句话就是："在这里戍边是有意义的。"

另一句话是："我们相处得就跟一家人一样。"

这个"有意义"，我想是体现了新时代移民警察的价值感、成就感；这个"一家人"，体现了团队的凝聚力、向心力。

看着陈畅的战友们，这些正值青春的小伙子，他们那被风沙吹得粗糙的面庞上，看不到丝毫迷茫与怨尤，个个眼睛里闪着自信的光、自豪的光、充实的光。如果没有在边疆艰苦环境里磨砺，没有在移民管理警察这个大熔炉里锻造，会不会有的人也像内地一些年轻人一样是躺平族、啃老族？

是什么让他们做到这些？带着这个问题，我踏上了从库地返回的路途。像来时一样，我们去叶城边境管理大队换车，我将思考的问题抛给李进教导员，希望从他那里寻找更多的答案。李教导员带我们到新建成的警体馆去参观。警体馆是专门为民警打造的休闲健身场所，一座灰色的三层现代化场馆，集住宿、健身、篮球、品茶、读书、荣誉室等为一体。我们上到三楼，一个大厅用书架分隔成两个空间，进门的空间里，书架上摆了很多民警幸福的家庭照，李教导员介绍说，节假日民警和家属们会在这里聚会联欢。里屋摆了一张大茶桌，李教导员是云南人，他招呼我们围着茶桌坐下，一边熟练地为我们泡茶，一边向我们介绍关于惠警暖警的系列措施。

“噢，惠警、暖警？第一次听到这样的词。”我很新奇。

“是的，这些年来，总站出台了很多惠警暖警政策，帮助解决基层民警的后顾之忧，切实让民警及家属感受到组织的关心关怀，比如建立戍边公寓、共建学校，建立‘月老’‘红娘’服务队，促进家属就业帮扶、看病就医、婚丧嫁娶筹办、走访慰问等多种形式的服务保障。我们叶城大队牢固树立‘相亲相爱一家人’的理念，开展常态化谈心交流座谈，组织民警参加驻地联谊活动，成功帮助 15 名民警脱单，解决 18 名民警子女入职入学问题，26 名家属就业问题。这些措施切实增强了广大民警的职业荣誉感、自豪感、归属感，有效提升了队伍的凝聚力、向心力、战斗力。”

是啊，家是最小国，国是千万家。家安，民警才能安心工作，才能守护好祖国的边境线。大家来自五湖四海，能够乐观地坚守这么艰苦的岗位，离不开这种“相亲相爱一家人”的温馨、暖心、舒心的生活氛围。陈畅曾说过：“我的成长得益于这个大家庭、大熔炉的磨炼，我不能想象有一天会离开这里。”我深信此言不虚。

人的可塑性、适应性很强，什么样的集体、什么样的环境塑造什么样的人。李教导员的介绍让我又想起第一天徐政委所介绍的管理经验。习总书记关于军队改革提出了“抓科学管理”的要求，“要更新管理理念、完善管理体系、优化管理流程，提高专业化、精细化、科学化水平”。科学的、人性的、有爱的管理是打造一支有凝聚力的队伍的根本。人固然是复杂的，有物质的、现实的、自私的一面，但人更是精神的、诗意的、理想的。物质能给人带来幸福感，但深层的长久的幸福还是要来自自我价值的实现，来自崇高感、成就感，来自被需要、被认可的价值感。所以，高明的、智慧的管理是能够激发潜力、彰显人性光辉、帮助成就每个成员的，糟糕的管理则导致人性恶意的泛滥。

5 天来回 10000 多公里，平生第一次这么真切地体验边关生活。陈畅和战友们的故事，每天都在感动着我、启发着我。而此行最大的收获则是发现他们在艰苦边关生活中的乐观友爱，以及由此对他们科学高效的管理体制的思考。“能不能打仗、打胜仗，科学管理起着关键作用。”习总书记的讲话振聋发聩、一语中的。有这样科学的管理，何愁不能出现更多库地边境检查站这样能打胜仗的队伍？不能出现更多陈畅这样的英雄？

全国移民管理机构第二届“十大国门卫士”黄健

甘其毛都“赛音察戈达”

——内蒙古边检总站巴彦淖尔边境管理支队甘其毛都边境派出所所长黄健纪事

董保存

引子

离开甘其毛都口岸的那天上午，黄健所长带我们去了辖区内的唯一景点——神树。

汽车行驶在准高速公路上，抬眼望去，路边的戈壁丘陵，被昨晚的一场雪覆盖，显得白茫茫一片，北风吹来，雪粒像沙一样，不时打在吉普车的车窗上。

我对黄健说，在不少内地人的心目中，内蒙古是“呼伦贝尔大草原”，是“风吹草低见牛羊”，没想到你们这里居然像戈壁滩一样……

黄健说，内蒙古的边防线太长了，从我们这里往西，都是戈壁沙漠，没有大片的草原，只有散落在戈壁上的草滩，这里的牧民都叫草片儿。连续两年干旱少雨，草片儿的情况也不大好。丘陵戈壁上，长棵树都很困难。牧民都说，这里是一年一场风，从春刮到冬，风小尘满天，风大石头滚……

走着走着，路边的戈壁滩上，出现了一棵树，一棵孤零零的树。在白雪映衬下，显得十分突出。

我问："那，就是人们说的神树吗？"

他说："还不是，应该是神树的后代吧。这里的人们说这是那棵神树的子孙。"

我们继续前行，大约15分钟后，车子离开公路，开到了路边的河滩上。黄健对司机说："直接开到神树旁边——"

我们咯吱咯吱踩着坚雪，来到了神树的面前。

这是怎样的一棵历经沧桑的老榆树啊，它的直径有两三米，三四个人合抱都抱不过来，然而，它却被拦腰折断，主干半躺在地上，树杈支撑着它顽强地抬起头来，酷似恐龙化石的骨架一般。即使在这严寒的冬天，在它的树枝上，依然挂着许多五颜六色的哈达，那是人们在祈求平安幸福，希望得到它的护佑，宣示着对它的崇拜。

神树是怎样折断的呢？黄健告诉我，正是那些崇拜神树的人，在它身上的树洞里，点燃了香烛，被风一吹，燃起了大火，把神树烧断了。又是在人们的奋力扑救下，它得以重生。每当冬去春来，依然新枝翠绿，榆钱鹅黄……

站在它的面前，我想了很多，在这寸草难生的戈壁滩，在冷酷恶劣的自然环境中，它能够不怕烈日干旱，无惧风霜冰雪，耐得住孤独寂寞，经受住难以想象的磨砺考验……这的确是一棵活生生的神树啊。它又是大漠民族的怎样一种象征？

我们恭恭敬敬地给神树鞠了一躬。

离开神树时，我指着不远处矗立的另一棵树问："那也是一棵山榆树吧？那也是神树的子孙吗？"

黄健说："应该是。这里的树都是孤零零地生长着的。甘其毛都这个名字是蒙古语，翻译成汉语就是一棵树。前辈们说，很早以前，口岸那个地方，也就是界碑那个地方，有一棵树，中蒙双方代表会晤时，他们的坐骑，会同时拴在那棵树上。所以这里就取名为甘其毛都。"

哦，"甘其毛都"，一棵树……

初遇挫折

在当过教师的母亲眼里，黄健是个非常要强的孩子。

在杭锦后旗蒙校（小学）读书时，他事事想争个第一。学校里组织的各种竞赛，他都抢着参加，要争一争，搏一搏。如果哪次考试成绩不好，他还会大哭一场。

因此，黄健学习成绩一直不错。

在接受采访时，他母亲说："那个时候，我在另一个小学当班主任。我给儿子定的目标，将来就是要上北大。"

这，恐怕是很多学习不错的孩子家长，共同的一个梦。要实现这个梦想，他们要做出许多的努力。

一转眼，黄健就要初中毕业了，要想考上一流的大学，首先要上一个好的高中。

在杭锦后旗初中最后一个学期，黄健铆足劲，要报考自治区一所著名的师范学校的附属中学。人们都说进了这所高中，就等于一只脚踏进了名牌大学的门槛。

那一年，这所附中在巴盟招收 10 名学生。

"那些日子，孩子好辛苦呢。起早贪黑，刻苦努力。"母亲说，"我们尽量给他创造好的学习条件，全力支持他。"

黄健真是“蛮拼的”，经过精心的备考、紧张的中考，终于等来了发榜的日子。在众多的考生中，他名列第7名。因而，他信心满满地向爸爸妈妈报告：“应该没有问题!”

然而，事情的发展并非像他们所想象的那样，本来过了录取分数线的他，却没有能够被这所高中录取。

那些年，“赞助生”开始出现在我们的公立学校。学校收取所谓赞助费，录取考试成绩稍微差一点的学生，还美其名曰，弥补教育经费的不足。就这样，本来应该属于黄健的名额，被“赞助生”顶掉了。得知这个消息，黄健的父母后悔不迭。“那个时候，我们家的经济条件虽然不是太好，可要知道这个情况，怎么也得跑一跑，争一争啊!”

这件事情，对一个十几岁的孩子来说，稚嫩的心灵是受到了怎样严重的冲击，家长看得清清楚楚。黄健虽然留在巴彦淖尔市蒙中读了高中，可无论是学习态度，还是学习成绩，都发生了很大的波动。用黄健自己的话说：“由于这件事，致使我在高中阶段没有好好学习。过后想想，那时我就是自己跟自己过不去。”

这件事在他心灵上留下一片阴影。

2001年12月15日，黄健迎来了人生的一个重要转折——他应征入伍，成为一名武警战士。

说起入伍的动机，他很坦诚地说：“当时并没有特别高大上的想法，服兵役是每个适龄青年应尽的义务，从本人的角度讲，也是换个环境，寻找新的发展空间，实现人生的价值。”新兵训练结束后不久，黄健就经历了一次跨系统的角色转换——从武警内卫部队战士到公安边防部队战士。

2002年10月，他被分配到巴音杭盖边防派出所。

那时正值人民公社改为乡镇，巴音杭盖苏木（乡）和另一乡镇合并，苏木政府也随之搬走，这里只留下一个边防派出所。

黄健到巴音杭盖边防派出所报到的那天，正赶上刮大风。北风呼啸着扑面而来，吹得黄健睁不开眼睛。他最强烈的感觉是——这里好荒凉啊！巴音杭盖苏木（乡）政府原先只有十来个人，驻地有一家小卖部，十几户牧民，零零散散住在周边。“说得不好听点，这里平时见到个人都困难。”

黄健第一个工作岗位是：巴音杭盖边防派出所通讯员。

因为会打字，所领导就让他做一些文字类的工作。一些要上报的材料、表格等都交给黄健去处理。在所里的老同志看来，这是发挥年轻人的特长。

“不是专职打字员，和专职也差不多。”黄健回忆说。

那段时间，他帮助老民警往电脑上录入暂住人口登记表——把民警采集回来的信息，录入到所里的流动人口档案。

当时，公安部在全国开展的扫黄打黑行动、清网行动、网上追逃等，上级会下发一个光盘，一线民警用光盘对嫌疑人进行比对。那时网络没有现在这样发达，不可能进行网上更新。公安部下发的各种光盘，需要定期到上级公安局去升级、更新。到上级单位去更新光盘，也成了黄健的“专利”。

“十八岁十八岁，我当兵到部队……”哪一个刚参军的人，没有一个绿色的梦？谁不想在部队这个大熔炉里锻炼成才？

刚开始，黄健对所从事的工作，还觉得挺新鲜，当天天重复这些工作时，就产生了一种枯燥无味的感觉。这和自己刚刚穿上绿军装时的憧憬，差距确实有点大。

眨眼一年的时间就过去了，黄健的想法是，当两年义务兵就回家

（那时服役期就是两年），到时再创业也不晚。

这年夏天，派出所领导告诉黄健，呼和浩特边防指挥学校民族班招生，所有服役的蒙古族战士，只要是高中毕业的，都可以报名参加考试。黄健觉得，这是一个机会，应该搏一搏。他把这个消息告诉了母亲。母亲说，应当珍惜这次机会，相信部队院校绝不可能再有那种交钱就可以上学的情况了。

同时，他开始感到有些后悔，自己高中 3 年要是也像初中时那么努力就好了。

那些天，黄健处理完手头的工作，就开始看书复习。三更灯火五更鸡，经过半年多的努力，功夫不负有心人，走出呼和浩特的考场之后，人们又看到了黄健脸上的自信。

2003 年，呼和浩特边防指挥学校民族班共招收 38 名学员，黄健的考试成绩总分名列第一名。

在呼和浩特边防指挥学校两年的学习生活非常充实，也非常正规。经过两年的学习和训练，黄健的思想水平、军事素质都有了很大飞跃。毕业时，他踌躇满志，规划着怎样到边防去，实现自己的人生价值。

正如他接受采访时所说："上军校，是我人生的一个转折点，也是我扎根边防迈出的重要一步。"

巴音戈壁的历练

军校毕业以后，黄健被分配到了乌拉特后旗巴音戈壁边境派出所。

巴音戈壁苏木是巴盟最偏远、最艰苦的乡镇，方圆几十里荒无人烟。苏木政府所在地，只有 5 户牧民，而且不通电不通水，冬天下场大雪就与世隔绝了。

来到这里以后，黄健下意识地把这里和原来所在的巴音杭盖派出所相比较。巴音杭盖也很偏远，但还有些业务，而这里，根本见不到人。他忍不住问所里的老同志，这里的人都哪儿去了？

老同志告诉他，这里的年轻人都出去了，上学的，当兵的，打工的……哪个年轻人都不想在这里待。辖区内每户牧民之间相距三四十公里，一户也就是三四个人，大部分是老两口。他们的孩子不是在外面读书，就是在城里成了家，留在牧区的很少。年轻人出去了就不想再回牧区。父母不在，他们就把家里的草片转包给别人，一般不会再去放牧。

听着这些介绍，黄健的心里凉了半截儿。

从呼和浩特边防指挥学校毕业后，他憧憬着分配到新的单位，如何把学到的知识和技能运用到实际工作中，干出一番事业。谁知道会分配到这样一个兔子不拉屎的地方，落差也太大了，黄健的心情难免有些低落。

看他情绪不高，一位老民警对他说："年轻人，这里是比较偏远，也很艰苦。但是，你想想，再苦再难的地方，老百姓是怎么过的？咱们这个工作总得有人干吧？既然来了，就得想着去做一些该做的事情。"

边境的牧区地广人稀，10 平方公里的地方，只有 30 来家牧户。派出所的民警要下乡，跑一个牧民点儿就是几十公里。一天只能转一两户最多 3 户。要转一圈，没有一个星期根本回不来。因此，派出所的警察下乡只能骑摩托车。而黄健不会骑摩托车。

老民警手把手地教他："会骑自行车吧？会骑自行车就能骑摩托车，你大胆试一试。"

黄健说："试试就试试。"

第一次骑摩托车，磕磕碰碰是免不了的，摔个跟头更是常事，黄健并不害怕，他相信，别人能干他也能干。

黄健开始跟着老民警下乡，一路上，老民警把自己和牧民沟通的经验告诉他——如果你开口就问，最近有没有生人来过这里？有没有什么情况？你可能什么都问不出来。你得学会怎样和牧民打交道，和他们聊聊牲口，聊聊他的草片儿，再聊苏木里面的一些政策规定……和他们混熟了，他们就会告诉你很多有用的信息。

就这样，黄健在巴音戈壁扎了下来。没多久，他就开始独自下乡了。所领导、组长跟他分享下乡的经验，叮嘱他，下去要先过感情关，跟牧民打交道靠的是个人感情，什么时候他们把你当成亲人了，事情就好办了。感情关不过，是不会有收获的。

有一次，黄健独自下乡，走着走着，眼看着黑乎乎的沙尘暴就要来了，遮天蔽日啊，大白天像是黄昏，黄健心里有些发慌。

正好前面有一户人家，黄健想起派出所的登记本上，这家的男主人好像叫苏和巴图。黄健走进去打招呼，一个表情憨厚、不善言辞的蒙古族汉子问："你是谁？"

"我是咱们派出所新来的民警。起大风了，想到你这儿避一下。"黄健下意识地看了看自己身上的橄榄绿色的制服。

黄健听他的汉语有点蹩脚，就试着用蒙语和他打招呼。用民族语言沟通，就方便多了，苏和巴图把他让进屋里，说："进来喝点茶。"

这是一个三口之家，老两口（说是老两口，其实也就50多岁）和他们十来岁的孩子。这孩子头脑不太机敏，像是智力发育有些迟缓。苏和巴图的老伴拿出手抓肉，上了茶，就忙自己的事去了。大多数蒙古族牧民家庭都是这样朴朴实实的。

苏和巴图说："咱们这个地方，常年刮大风，特别是靠边界的地方，没有什么遮拦，没有山也没有楼，人要是走出去，敢把你刮丢了……"

黄健说："我到巴音戈壁以后，好像每天都在刮风，那些牛啊、羊的要是不及时地弄回家，还不给人刮跑了？"

聊着聊着，苏和巴图的话匣子就打开了。黄健顺势问："有什么难办的事儿吗？"

大叔叹口气说："我这个小孩就是最大的难题。"

黄健说："真是的，这个孩子将来怎么办啊？"

大叔说："我们老两口能把他照顾到多大就照顾到多大，能走到哪步算哪步……"

说这话的时候，大叔的语气不免有几分无奈和心酸。

黄健听着，也感到鼻子发酸。

他想，边防上的牧民，都是这样朴实，面对那么多的难事，他们并不是特别悲观，没有唉声叹气，没有埋怨这个那个，羊群照样放，日子

黄健与护边员在巡边途中

照样过，而且过得还不错，300 多只羊也是一笔不小的财产……

一个公安边防少尉警官和一个普通牧民思想感情之间的距离，就这样一步步拉近了。

两年以后，黄健经历了一次工作调动，从巴音戈壁派出所调到了格日勒图敖登派出所，这是这里百姓眼中的“明星”派出所——也是中蒙边境上一个很小的派出所（现已并入甘其毛都边境派出所），编制只有 5 个人——所长、教导员，外勤、内勤各一个，还有一个司机班长。

派出所虽小，地位可不低，原来的人民公社改成乡镇（苏木）时，苏木政府撤走了，只有派出所留了下来，它就成了政府唯一的派出机构，在一定程度上，它就代表政府。

黄健回忆起在明星派出所的生活，有几分自嘲地说：“到明星派出所，分派我做内勤。所里只有 5 个人，我是新来的也是最年轻的，几乎把所里所有的岗位都干了一遍——业务、政工、后勤、档案等等，全干了一遍。还要管所里的吃喝拉撒，做饭、喂猪、养鸡、种菜……那可真是得到了全面的锻炼。”

有一次，所长带了两个民警下乡，教导员出差，另一个民警休假，派出所里就剩下黄健一个人和两排房子，还有所里养的那条大黄狗。晚上北风呼啸，扬沙敲窗，胆小的人真不敢自己一个人在那儿待着。

黄健曾经感慨地说：“回过头来看，那段时间虽然艰苦，但对我来说是一个全面的磨炼和考验。艰苦，我并不怕，就怕没事干。”

是啊，哪个年轻人不想成就一番事业。军校毕业后的黄健自然也有干事创业的设想。但是，在明星派出所的日子，特别是当他一个人面对大棚种菜的时候，他总会问自己，我学习了那么多边防边境管理知识、军事技能，难道就天天在这里种菜吗？不要说是黄健，任何一个青年学子都会产生这样的想法。他心有不甘，甚至有点英雄无用武之地的感觉。

儿行千里母担忧，母亲一直牵挂着当兵的儿子。儿子时常给她写信，通电话，告诉她，边境派出所条件很差，生活十分单调。母亲想看看这个明星派出所能艰苦到什么程度，于是，她辗转换车来到了这里。当她走在那条不应该称为“街”的街道上时，才真正体会了这里的荒凉程度。

黄健带着母亲，看了他们派出所的办公条件，也看了他时常工作的塑料大棚。看着看着，母亲就开始止不住掉眼泪了。

黄健告诉母亲，如果碰上个节假日，或者是领导有事要离开，这里就会只剩下他一个人值守。母亲问他怕不怕，儿子实实在在地说：“怕倒是不怕，只是心里感觉有点苦……”

此时，母亲的心情是矛盾的，她既不愿意儿子吃苦受罪，又觉得，儿子经过艰苦生活的锻炼，对他走好人生之路是有好处的。

临别时，儿子对母亲说：“实在坚持不下去，我就打报告转业。”

母亲觉得，黄健当兵的时间还不够长，又是经过部队院校培养的，不能轻易就说转业。“你可要考虑好了，如果转业，又能干什么呢？”

黄健有过多方面考虑，他认为自己还很年轻，转业回到地方，说不定能打拼出一片新天地。然而，就在这个时候，黄健接到了通知，调他到新成立的甘其毛都边境派出所工作。

那天晚上，黄健久久不能入睡。前面又是一条什么样的路呢？

“甘其毛都”的成长

中蒙边境的甘其毛都口岸，位于内蒙古自治区巴彦淖尔市乌拉特中旗川井苏木境内。它与蒙古国南戈壁省汉博格德县的嘎顺苏海图口岸相对应。该口岸距离乌拉特中旗政府所在地海流图镇133公里，距离呼和浩特市570公里，距离蒙古国首都乌兰巴托市650公里。甘其毛都对面有蒙古国的两大矿山——塔本陶勒盖煤矿和奥云陶勒盖铜矿，甘其毛都是距离这两个矿山最近的陆路口岸。

以前这里是一个季节性口岸，每季度的第一个月开放20天进行边境贸易，20天之后口岸关闭。

2009年2月，为了适应口岸的变化，甘其毛都边境派出所正式组建。

2009年7月，甘其毛都口岸开始常年通关，中蒙两国边境贸易往来多了起来，主要还是煤炭贸易。一开始，年过境货量只有100万吨，而目前已达到3800万吨，成为内蒙古自治区乃至全国过货量最大的公路口岸。

甘其毛都边境派出所所辖面积967.9平方公里，大约是我们中华人民共和国版图面积的万分之一。这967.9平方公里包括甘其毛都镇区的2.2平方公里和一个嘎查（965.7平方公里）。这个辖区距蒙古国的边境线11.509公里，辖区内共有3个界标。派出所的所在地距离国界线只有1公里。

这里需要科普一下，在我国的边界上，有解放军的边防部队、边防哨所，在口岸上也有公安边防检查站。那么，这个边境派出所又是干什么的呢？

黄健非常简明地告诉我——边防部队值勤巡逻的是一条线，也就是国境线；口岸边防检查站管的是一个点，也就是人员出入境的验证点，他们是国门的第一道关。而边境派出所管辖的是国境线内的那一片边境地区，说得具体一点，管理的就是967.9平方公里的边境地区。

甘其毛都边境派出所的管辖范围和管辖区域的特点与其他的边境派出所的确有着很大的不同。口岸开放以后，特别是当它成为我国陆路口岸煤炭运输量、过货量最大的公路口岸之后，甘其毛都很快发展成一个流动人口聚集地，一个相当繁华的小城镇，一个典型的大漠移民小镇。

随着甘其毛都口岸的变化，黄健和他的战友们对规划管理区域进行综合管理，履行边境派出所的一切职能，新的历练使这支队伍逐步成长起来。

首先是对边境管理区的出入境人员进行管控，防止外来人员误入边境管理区，或者是有目的性或者无目的性地越境。随着口岸的发展，出入境人数增加，每年的登记量都超过 10 万人次，高峰时能达到每日近千人次。

黄健说，这个时候，移民管理警察的责任重大，使命光荣。不管你是张三也好、李四也好，此刻你的名字就是四个字“中国警察”，你在代表国家执法，你的一言一行、一举一动都代表着国家，是在为祖国站岗，为人民守边。

在黄健看来，《中华人民共和国出境入境管理法》在他心中的分量非常重，所有入境的外国人经过边防检查站，就进入了我国的管理区，也就必须接受《中华人民共和国出入境管理法》的管理，有些行为，别的国家可能允许，但是到咱们这儿不允许。所以说，入境人员要知道进入中国以后，如何规范自己的行为，应该怎么去做。

甘其毛都边境派出所对 967.9 平方公里的管理，重点是对甘其毛都小镇流动人口的管理。

随着“中蒙俄经济走廊”推进的步伐加速，甘其毛都口岸成为全国进出口贸易量最大的公路口岸。随之而来的是辖区内流动人口骤增，很快形成了一个流动人口数千的边境移民城镇。这些移民主要来自东北三省（黑吉辽），内蒙东部地区，还有河北、河南、江西、安徽等地，大多是做煤炭生意的。他们来到这里主要是投资买车，租给蒙古国的公司，把那里的煤拉进来，或者是从这里把进口的煤运到内地。

口岸贸易形成规模以后，随着各种生产、生活需求的增加，各种各样的服务业都来了。有的在这里开饭店，搞餐饮；有的在这里建楼房，开宾馆……人口流动性很大，经常是今天来了，明天走了；生意好时来了，生意不好时就走了……

因此，甘其毛都边境派出所一项艰巨的任务，就是对外来人口的管理。这种管理和内地派出所的户籍管理有些相似，但又不是一回事。因为在甘其毛都从事多种经营的人，户籍往往都不在这里。

刚组建的那两年，黄健在派出所做外勤。所长要求，必须把管理区里外来人口的情况搞清楚，做到心中有数。他们从哪里来？有什么习

黄健在甘其毛都镇外国人管理服务大厅为外籍人员讲解政策法规

性？是一个人过来还是一家人过来？他们租住的房子面积多大？房子里放几张床？不仅要搞清人数，还要把住处的平面图画出来。黄健加班加点，把这些搞得清清楚楚。这个基础动作，对于甘其毛都流动人口的管理，起到了十分重要的作用。

2012 年，甘其毛都边境派出所成立执法办案队，黄健被选为第一批执法队员。

执法队成立没几天，就接到一起报警，一位客人的手机在酒吧街被盗。报案人非常着急，却又提供不了其他任何线索。黄健主动请求这个案子由他来办，他火速前往案发地点，挨家挨户进行走访排查，同时又和口岸所有收售手机的商店取得了联系。经过 5 个小时的紧张搜寻，终于将试图逃往境外的嫌疑人成功抓获。

…………

就这样，黄健从甘其毛都边境派出所的一名普通干警做起，他做过执法组长、派出所副所长，2016 年 8 月升任甘其毛都派出所的所长。那一年他刚好 33 岁。

生“死”之间

上任后的黄所长，和所里的同志一起，勾画出了甘其毛都派出所的工作蓝图和发展规划。正准备撸起袖子加油干时，厄运突然降临到他的头上。

2016 年，国庆刚过，中秋将至，黄健和战友们在执勤时，突然晕倒。战友们火速把他送到医院急诊。

其实，就在这次晕倒的前些天，已经有了一些症状，他只是觉得自己年轻，顶一顶就过去了，谁知却在这时突然发作了。

在巴彦淖尔市医院，经过一系列的全面检查、化验、排查，结果出来了。医生并没有给他说病情，而是把他的爱人叫到了旁边说了点什么。黄健很不喜欢这样，我生病，干吗不和我说。

他叫住医生，问："我到底是什么病?"

医生看看他，欲言又止……

黄健说："你说吧，没有关系。"

医生只好告诉他，是肿瘤。

他又问一句："肿瘤是啥?"

医生把化验单给他看，化验单上有些地方是英文，有些地方是代号，他也没有看出个名堂。

医生说，可以给你进行手术治疗……

说来难以置信，那时，黄健压根不知道肿瘤有良性和恶性之分，更不懂恶性肿瘤就是令人生畏的癌症。但他知道，身上长东西绝不是什么好事。

于是，他赶紧给在医院工作的一个同学打电话，把医生告诉的情况转述了一下。老同学沉默片刻，问："医生还和你说了什么?"

黄健说："市医院说可做手术。"

老同学说："你现在听我的，不在这边做。也不在呼市做，直接去北京……"

老同学的话，让他感受到了空前的压力。

对于自己生病的情况，黄健本来不准备和家里人说，免得他们担惊受怕，现在要到北京治病，1 岁多的女儿怎么办? 他和妻子莎日娜商量，还是要跟父母说。

儿子得病的消息，对父母来说，简直是晴天霹雳。妈妈抹一下眼泪，说："妈妈能帮你做的，绝对会帮你做，你不要有太大心理压力，按照人家医生说的做就好。”

黄健说：“老妈，您能帮我做的，就是帮我把这个女儿看好，她才一岁多……”

母亲说，“孩子的事，家里的事儿，就交给我了……儿子，再难的坎咱也能过去。”

黄健夫妇来到了北京，真是“两眼一抹黑”，拐着弯找到了中国医学科学院肿瘤医院，运气还算好，通过亲戚的关系，挂上了号，见到治疗此类病症的专家李主任。经过一系列的检查化验，李主任对他们说：“你今天就住进来，准备两天后做手术，我来给你做。”

住进医院后，主任来查房，对黄健说：“你也不要有过多的考虑，手术后，我们还得化验、切片，最后才确认它是什么，如果是良性的，你根本就不需要担心。即使是恶性，也不用担心，现在的技术已经很先进了，这种病，转移的可能性很小。”

听着专家肯定的语气，黄健和妻子对视一眼，两个人稍稍松了一口气。

手术很顺利，回到病房的第二天，经治医生告诉黄健，准备出院。

他和陪护的妻子都愣住了。这么大手术，做完两天就出院？医生告诉他，这里等着做手术的人很多，可先到附近找一个宾馆旅店住下来，伤口长好后，到他们的协作医院去进行化疗。

病理结果出来了，冷冰冰的两个字：恶性。

医生还给他讲了病情的预后，5 年之内的存活率是多少，10 年之内存活率是多少，每一个病患情况不同，治愈率也就不同。

这个结果，对这一对 30 来岁的青年夫妻来说，实在是太过于残酷。妻子实在忍不住掉下了眼泪，说：“这，对我们太不公平了……”

黄健说："媳妇，没事的……"

出院后住哪儿？莎日娜赶紧去找住处，找了一家看着还不错的酒店，一问价钱，每天1200元。她赶忙对人家说，我们再到别处看看……

莎日娜又找了一家，房价800元。她心里说，北京这房价也太贵了。找来找去，最后在医院旁边的如家酒店找了一个小房间，先住了下来。

7天以后，他们赶到潘家园附近的肿瘤医院分院做第一次化疗。

化疗就是输液体。手臂上的血管承受不了，得从动脉插管，早上6点输液，一直输到晚上7点，药物开始有反应，黄健说恶心，想吐。妻子赶忙拿来一个呕吐袋。

邻床的病友是从甘肃来的，他对黄健说，每个做化疗的人都会这样，过几天会好的。

黄健说，这也太难受了，都不想做了。莎日娜劝他，医生不是说，一定要做3次，才能好的……

黄健看着妻子日渐消瘦的脸庞，没有再说什么。

连续7天的化疗，对每一个病号来说都是一场考验。黄健企图用转移注意力的办法，使自己忘记痛苦。他和妻子聊天，说孩子，说甘其毛都的趣事，和临床的病友聊天……

第一次化疗过后，休息了15天。黄健第二次走进了化疗的病房，发现第一次自己一块儿做化疗的病友没有来。本来是约好了的，他怎么没来呢？

输液的护士告诉他，那个人不会来了，他已经走了。黄健问，"回老家了？"

护士用一种非常压抑的口气说："他不会再来了……"

黄健下意识地看了妻子一眼，妻子赶忙躲闪。沉默，死一般的沉默。

这时，黄健感受到了癌症的可怕。

其实更可怕的还在后头，第二次化疗的一天早上，黄健从病床上坐起来，一看枕头上全是头发，伸手往头上一摸，又抓下来一大把……黄健感到毛骨悚然。

一夜之间，一头浓密的黑发，掉得差不多了……

黄健后来说："当时就感觉要崩溃了。"

妻子赶忙安慰说："大夫不是说了吗？这是化疗的正常现象。跟厌食、呕吐什么的一样。"

黄健不再说话，闭上眼睛，表面上很平静，但内心里却起了波澜。

他想不通啊，自己的家族里没有人得过这个病，为什么就叫我生了这个病？我才 30 多岁，正是干事创业时候，命运真是和我过不去呀……

他想，自己到底还能活几年？医生说，有的能存活 5 年，有的是 10 年，还有的能治愈，我到底是怎样的一种情况？

他想，如果自己真的不行了，1 岁多的孩子怎么办？老婆一个人带着孩子怎么生活？家里的老人又怎么办？

他想到了甘其毛都派出所的小楼，战友们还等着他回去呢，所里有好多的工作，还等着他去干呢……

脑子里装满了各种各样念头，突然听到旁边妻子轻轻地叫他："咱们该吃饭了。"

他睁开眼睛，看到妻子眼睛红红的，现在绝不能把自己的想法暴露在妻子面前，停顿了一下，他说："好，咱们吃饭。"

吃饭的时候，他努力大口大口地吃，让妻子感到他吃得很香。然而再好的饭菜，现在他也难以下咽……

妻子告诉他，老妈又打来 5 万块钱，让咱们好好治病。听到这里，黄健再也忍不住，眼泪掉了下来。

真是可怜天下父母心啊，儿子得病老人难受。中国人都说，养儿防老，自己还没有来得及好好孝敬父母，就遭到这一场大劫，这咋对得起父母啊？

妻子还告诉他，甘其毛都派出所和支队的领导都打来电话慰问，说大家都等着他回去呢。黄健想，自己30刚出头，正是干事创业的时候，组织上信任自己、看重自己，把自己放在了所长的岗位上，自己却在这里躺平了，这算怎么回事啊？

想到这里，他挣扎着要坐起来，妻子拉着他的手，说："怎么了？不舒服吗？我给你按摩按摩。"

他慢慢平静下来，自己对自己说，不想这些了，不再想这些！大不了是个死，还能怎么着？

在妻子的按摩中，他似睡非睡，似醒非醒，眼前出现了从恋爱到结婚那段时间的情景……

没有什么特别浪漫的恋爱故事。两个人既不是青梅竹马，也不是一见钟情，是一个亲戚介绍他们认识的。经过一段时间的接触，俩人性格、脾气比较投合。莎日娜觉得黄健做人挺敞亮，敢担当，从来不搞什么弯弯绕。黄健也觉得跟莎日娜相处，心里特别踏实，于是越走越近，很快就到了谈婚论嫁的时候。

每每想起结婚前那一次波折，黄健多少有点内疚。

当时有人提醒黄健，按照巴彦淖尔的习俗，结婚前要给女方家送彩礼，黄健对这些事情一点儿都不懂，冷不丁地问莎日娜："结婚还得送彩礼，听说彩礼还不少呢。"

莎日娜对这些事情也不清楚，她问家人，问朋友，问同事，问了一圈才知道，巴彦淖尔婚嫁的习俗是，结婚时男方家要给女方家送彩礼，当时的彩礼一般要88000元（吉利数字）。

莎日娜把她了解到的情况对黄健说了，还告诉他，这种风俗不知道流行了多少年，男方娶媳妇要送彩礼，女方聘闺女要送嫁妆。彩礼和嫁妆若是送少了，会被人看不起……

黄健一听就不高兴了："什么又是彩礼又是嫁妆的？我们当兵的不讲那一套，怪不得好多人找不到媳妇儿呢？为孩子结婚，哪一家不得买上房、买上车，彩礼还要那么多……"

莎日娜说，都是上辈子传下来的习俗，左邻右舍都一样……

黄健的倔脾气上来了，说："落后的习俗就不能改一改？"

莎日娜说："你本事大，你能把老辈子的习俗都给改了？"

…………

你一言我一语，话越说越多，越说越难听。

莎日娜被惹恼了，说："谈就谈，不谈就拉倒。"说完，转身走人了。

黄健看着她的背影说："不谈就不谈！"

本来已经谈婚论嫁了，就因为这点事，两个人谁也不理谁，似乎是真的分手了。

这事惊动了双方的家长，也惊动了介绍人……

后来黄健对笔者说："我当时真是个愣头青，人情世故也不懂，人家好说歹说都不行，我妈说也不行，那时我是不是有点魔怔了……"

过了几个月，黄健已心生悔意，有同学告诉他，莎日娜和自己分手后整天少言寡语，也没有另外找对象。于是，他就跑到莎日娜家的楼底下，拨通了她的电话：

"是你吗？你下来，我跟你说两句话。"

莎日娜跑下楼，问他："你来干啥？"

黄健支支吾吾地说："我脾气不好，给你认个错……"

莎日娜哇的一声哭了，黄健的脸上重重地挨了一个耳光。多亏是个晚上，没人看见这一幕……

黄健曾经自嘲说：“我和我媳妇谈恋爱的时候就已经快30了。我俩同岁。她算是个剩女，我是个圣斗士，两人有共鸣。一拍即合吧。兜兜转转还是个她。”

结婚以后，妻子全心全意支持他的工作，把家里的事情、孩子的事情打理得井井有条，并且多次对他说，家里的事儿交给我了，完全不用你分心，你在甘其毛都要好好干……

自己生病以后，他越发感到妻子的感情执着。他也体会到作为妻子所承受的精神压力，一点儿都不比自己小。但她总是那样的坚强，为自己默默地做着一切。

3次化疗，与其说是对身体的摧残，不如说是对人的精神、心理的折磨，意志的考验。黄健通过了这场严酷的考验。在医护人员的精心诊治下，在妻子、家人、组织上等方面的关怀下，黄健的心情渐渐好了起来。

他对笔者说：“首先是对这个病的态度转变了。原先总想，太不公平了，为什么让我得这个病？有时还在想，自己还能活几年？越想越悲观。后来转念一想，光想这些有什么用？黄健你还是条蒙古族的汉子吗，你还是个顶天立地的边防警察吗？于是，我干脆不想了，该吃就吃该喝就喝。跟疾病斗争也是斗争！”

化疗结束后，进行了复查，医生说，效果不错，你可以出院了。

医生叮嘱他们，回家后要休养3个月到半年。术后的恢复很关键，有的病号术后不好好恢复，造成了病情恶化。

3个多月的住院治疗，黄健也明白了一个很重要的道理，做手术也好，吃药也好，只能帮助你去掉病灶，要想彻底治愈，光靠吃药是不行的，还要靠自身的免疫力。

重回甘其毛都

2017年春节前，黄健回到了巴彦淖尔的家中。

“那时身体还有些虚弱，身上没有劲儿，都是那个化疗闹的，化疗的药物杀掉有害的细胞，同时把有益的细胞也给杀掉了，身体好像被掏空了。因此，心情也时常发生波动。过年前后的那些天，有人前来拜年，我就把自己锁在卧室，谁也不见。

“有一天，我媳妇跟我爸妈要去大姑家拜年，我无缘无故地发火了，还摔了东西。当时家里的人也没说啥。我也知道自己不对，但就是控制不住……那个年过得特别难受，把大家的心情也搞坏了。”

说起这些来，黄健还是充满了歉疚感。

过了元宵节，春天的脚步越来越近，黄健感觉到自己的身体也在慢慢复苏。他躺在床上，翻来覆去地总是想甘其毛都的那些人、那些事儿。作为一个单位的行政主官，半年多的时间缺位，有些事情还没做，有些事情做了一半，就都丢给了教导员。教导员一个人在那顶着，快半年没回家了……想着想着，不免有些着急。

他对妻子说：“不行，我得回去。”

妻子当然知道他想的是什么，故意反问：“你做梦了吧？这不是在家里吗？”

黄健说：“你不要装傻。我是说甘其毛都。我在家里闷坏了，我要回去。”

妻子说：“你这才歇了几天？医生说最少3个月……”

原巴彦淖尔市公安边防支队的领导前来慰问，黄健向领导提出了回派出所上班的想法。领导说，身体比什么都要紧，一定要完全康复了再说。

黄健说："单位那么多事儿，我就先躺平了，所里的工作一定受影响。我这心里急呀……"

回到甘其毛都派出所上班后，战友同事非常关心照顾他。为了能够让他很好地恢复，临时改变所长手机 24 小时保持开机状态的规定，改为每晚 10 点关机，如果遇到特急警情，值班室再去报告所长（就在同一个楼上），以确保睡眠质量。早上 6∶30 必须起床，慢跑锻炼。

黄健坚持每天锻炼，恢复体力。一个多月后，他感觉已经恢复到正常状态。

同志们说，你在所里坐着就行，哪里也不要去，事情我们去干。这在黄健看来是不可能的。

这年秋天的一个傍晚，派出所接到报案——有两名外籍男子，醉酒后发生争吵，打架斗殴。

黄健立即招呼两名民警："我们去看看。"赶到现场时，只见其中一个蒙古汉子，正挥舞着一把尖刀叫嚣，另一个人的大腿被划伤，鲜血直流……

黄健冲上去，用蒙语大喝一声："住手！我是警察。"对方一惊，黄健顺势夺下那把尖刀。两名民警迅速将其制服……随后把另一位伤者送进了医院。

黄健麻利的举动，让民警们看到，生龙活虎的所长又回来了！

2017 年夏天，有消息传来，公安边防部队要转隶。边防武警，转为国家移民管理局的移民管理警察。这在局外人看来，不就是从穿军装变成穿警服吗?

其实，可没有那么简单，这是关系到每一个人的切身利益的大事。

在这种大的变动面前，人们的思想产生一些波动，是正常现象，但也能看出每一个人的格局。有一位和黄健同年入伍的战友告诉他，按照相关的规定，他们那一批人既可以选择转业，也可以选择自主择业，还说自主择业也是很好的一种选择。

走与留的问题摆在了每一位干警的面前。

这个消息很快就传开了。妻子在电话里问他是怎么想的。黄健说："还没有想。"

妻子有点生气，说："你一天到晚想什么呢?"

黄健逗她，说："想你呢。"

莎日娜真是哭笑不得。

黄健回临河休假，母亲也问他："听说你们要改为警察了，是不是很多人要走了?"

黄健说："是的，这次变动挺大的。"

"你在边防上干了这么多年了，吃苦受累的，又得了一场大病，听说可以办病退呢? 回来吧，少挣点儿钱无所谓，我和你爸都有退休金，咱们一家生活都没问题。"

黄健说："听他们说我是可以办病退，可我没那么想过。"

母亲看着他，眼神好像在问，你怎么想?

他对母亲说："妈，你都知道，我是其他路走不通了，才选择了当兵。当兵后，也曾经想过当两年义务兵就回去，可你鼓励我考军校。到了那种荒无人烟的戈壁，我也曾经想过转业，还是你劝我要坚持下来，说我会得到很多宝贵的东西。这些年沟沟坎坎过了不少，现在想想，每个阶段都是锻炼、成长。我在这里找到了自己生命的价值，感到我没白活……”

母亲说：“你能这么看，我们当然没意见，你把最好的青春年华给了边防，没享过啥福。人们不是常说吗？大难不死必有后福，但愿我的儿子有后福。”

原巴彦淖尔市公安边防支队的领导和黄健谈话时，黄健的态度非常明确：“我听从组织的安排，干好本职工作。”

就在改革转隶前后的那段时间里，黄健带领甘其毛都派出所的同事完成了口岸辖区治安转型，建成了涉外管理服务中心，升级了综合勤务指挥室，探索出派出所执法队伍规范化建设的新路子，在“三队一室”的警务模式基础上，建立了符合新时期边境管理工作的“四队一室”警务模式。

在此期间，甘其毛都边境派出所荣立了集体三等功。

“赛音察戈达”

“赛音察戈达”是一句蒙语，翻译过来就是好警察的意思。

在甘其毛都，不管是中国人还是外国人，都说边境派出所是“赛音察戈达”，黄健所长是“赛音察戈达”。

2021 年夏天，新冠疫情肆虐，甘其毛都口岸封闭了 3 个多月，任何人不得进出。

后来，按照疫情管控的要求，把以前开放的监管库封闭起来，建立了一个封闭区域，实行全闭环管理。从境外进来的车辆和人员，在车里必须穿防护服，窗户不能开，车子都不能下，把货卸在监管区域，然后立即离开……

那段时间，黄健带领甘其毛都边境派出所的全体民警严防死守，绝对不允许在此区域内出现一例病毒感染者。

再到后来，疫情防控政策发生变化后，封闭区逐渐开放，卸完车后，司机可以把车停下，到口岸这边买东西、休息、吃饭……

边境派出所的工作，也随之发生变化。黄健说，那些日子，对入境外国人的管理，在很大程度上，我们做的工作都是服务性的。

2022 年中秋节前的一天，黄健正在口岸执勤，突然，一个蒙古国的男子晕倒在地，失去知觉。黄健二话没说，就和两位民警将他送到了镇上的小医院。医院急诊的医生判断，说可能是颅内出血，这里没有做手术的条件。

医生对黄健说，他需要马上转院，否则有生命危险。

生命高于一切。在漆黑的夜里，黄健和两个民警用救护车载着这位蒙古男子向市里飞驰，连续辗转了两家医院，最后在巴彦淖尔市人民医院抢救成功。

整个中秋节假日期间，黄健和派出所的民警一直陪护在病人身边，直到他转危为安。

这件事情，在口岸那边（蒙古国），被传为佳话。那位被医治好的蒙古人说，要不是中国的“赛音察戈达”，他早没命了。

有一次，蒙古国的一个大学生到管理区来办事，到达办事地点后发现手提电脑丢在出租车上了，情急之下跑到派出所来求助。

黄健用蒙语问：“电脑是怎么丢的?”

她说：“就在我刚坐的出租车上，下车时忘记拿了。”

问她出租车牌号，她说不记得。

再问她是哪个公司的出租车。她摇摇头，说是那辆车的车顶上没有出租车标志。

黄健明白了，那是一辆非法拉活儿的“黑车”。

问来问去，女孩儿最后能提供的信息只有一条：小轿车是银灰色的，不是新车，但也不太旧。

黄健觉得，这个难度很大——一辆非法运营的“黑车”，又不知道车牌号，因此也就无法从交警那里查到这种颜色的车子的任何信息。要寻找到这辆车，好比是大海里捞针。

黄健还是安慰蒙古女孩儿说：“你不要着急。我们想办法帮你找。”

那时候，监控设备还很少，运营的出租车也并不是特别多。黄健和他的战友们，认真分析了这种车辆可能存在的地方——这种车活动区域大致是固定的，他们一般是从待发区接上刚刚出关入境的外国人，送他们到办公事的地点。

几个警察在锁定的区域内，一辆一辆地去找，每找到一辆银灰色的车，都要让蒙古女孩儿来辨认是不是她坐的那一辆车……

从早晨一直找到黄昏，他们把整个辖区里的银灰色小轿车全查了一遍，硬是把那辆车找到了，开车的司机也找到了……

蒙古女孩接过失而复得的笔记本电脑，竖起大拇指，连声说：“赛音察戈达！”

一传十，十传百，国界那边的人，都知道中国的移民管理警察是“赛音察戈达”！

深夜的刺耳铃声

黄健知道，要保证967平方公里的边境地区的安全，仅靠几十名民警是远远不够的。

多年来，中蒙边境的军民联防体制，党政军警民“五位一体”管边控边防御机制，是行之有效的管边护边的好办法。

在乌拉特中旗边境线上，在辽阔苍凉的戈壁滩上，边境派出所的巡逻队，只能是走一条线，在上百平方公里的区域，你就是天天巡逻，也巡逻不过来。所以，护边员的作用就进一步彰显出来。

这些义务护边员，生在牧区，长在牧区，有的就居住在自己的草片儿范围内。他们对这里的一草一木都非常熟悉，如有陌生人、陌生车辆出现，他们会首先发现，并在第一时间和边境派出所取得联系……因此，人们把护边员称为“流动的哨兵”“有生命的界碑”。

黄健所在的甘其毛都派出所，非常重视发挥辖区内20多位义务护边员的作用，在他们的协助下，多次圆满完成了任务，确保了边境辖区的安全稳定。同时，对这些义务护边员所遇到的困难和问题，派出所也想尽一切办法帮助解决。

钢巴图是乌拉特中旗土生土长的牧民，一家三代都生活在伊恒查干嘎查，钢巴图的父亲，当年就是这里的民兵连长。钢巴图小时候从父亲那里知道了界碑代表着什么。成年后的钢巴图继承了父亲曾经的工作，义务巡逻守护边境线。每天他都会沿着铁丝网巡逻，拿着望远镜观察。在这片土地上，任何陌生的人和异常的事都逃不过他的眼睛。

多年来，钢巴图为甘其毛都边境派出所提供有价值的信息100多条，堵截临界人员13人，截回抵边牲畜500多头（只）……

新冠疫情暴发后的一天深夜，黄健的手机电话响了，打开一看，是护边员钢巴图打来的。黄健知道，一定是有非常紧急的事情，不然他不会这么晚打电话的。

听筒里传来了钢巴图急促的声音："黄……黄所长。我可不行了，快来救我。"

听筒里传来的声音，断断续续，还喘着粗气。

黄健见他说不太清楚，就问："你家里的人呢，让他们接电话。"

"没人，没人呀……"当时钢巴图的老伴儿在女儿那里，家里只有他一个人。

钢巴图断断续续地告诉黄健："实在不行了，顶也顶不住，难受的……高烧的难受的，不想活了。"

黄健知道，钢巴图有阳光过敏的毛病，这种过敏发作起来，头部脸部甚至全身溃烂，非常严重。这可咋整？黄健急出了一头汗。

钢巴图急促地告诉黄健，嘎查（相当于村）不放他出去，再说就他现在的身体状况，出也出不去呀。

当时又正值疫情暴发的初期，全民防控，严防死守，所有的边境地区严禁人员流动。

他安慰钢巴图说："你等着，我们想办法去你那儿。"

黄健放下电话，立即找到了甘其毛都镇上一个诊所的医生，这个医生曾经为钢巴图进行过诊治。黄健拨通微信视频电话，让医生看了钢巴图的病况。

医生说，他的这种情况很危险，要马上救治，但现在疫情防控非常严格，我们是不得出门的。

黄健说："能治就好。我马上去疫情防控指挥部协调。"

他立即起身，赶到了甘其毛都疫情防控指挥部。那时，新冠疫情防控极其严格，黄健非常耐心地说明情况："钢巴图是我们的老护边员了，如果我们不去施救，肯定会有生命危险。规定上不是说，有生命危险的重病可以送医院吗……"

指挥部的同志说："你们现在去那儿，你们也有生命危险……"

黄健说："那也得去。"

指挥部的同志看他如此坚决，说："按照严防死守的规定，我们没有权力放你出去，我们还要请示上级。"

打了一通电话之后，他们又对黄健说："只能你和司机出去，但也要在这里办手续……"

黄健猛然想起什么，说："还有大夫呢……"

在疫情防控指挥部的努力协调下，终于为他们3个人办理了前往钢巴图家的通行证。

赶到30多公里外的钢巴图家里，已经是第二天的上午10点多了。

他们看到躺在床上的钢巴图。紫外线过敏溃烂得特别厉害，由此而引起的高烧不退，那种痛苦，那种无助，简直无法用语言形容。

黄健看望护边员钢巴图

黄健协助医生马上挂起了吊瓶，对钢巴图实施抢救性治疗。

黄健又和司机一起生火做饭。由于钢巴图家里没有别人，上百头牲畜还没有喂，他们又赶快搞来饲料，喂了马，再喂牛羊，然后再喂骆驼。

从上午一直忙到晚上，钢巴图的病情稍有缓解。黄健拉着他的手，说："老哥，你好好休息，我们明早再来……"

第二天一早，他们再次出现在钢巴图的家里。医生开始输液治病，黄健和司机照看牲口。就这样日复一日，坚持了一个多星期，钢巴图慢慢脱离了危险……

钢巴图康复以后，逢人就说："黄所长就是我的救命恩人。"

黄健说："可不能这样讲，这是我们应该做的。咱们都是守边护边队伍中的一员，为了边境的安全，我们应该这样做，也必须这样做。"

10 多年来，甘其毛都边境派出所，通过完善护边员制度，健全护边员队伍，形成了相信群众、依靠群众、军警民共同守边护边的局面，受到了上级单位多次奖励和表彰。

防诈骗的"金钟罩"

到甘其毛都采访时，发现这里的车站或是宾馆乃至餐厅都有醒目的宣传画——身着警服的移民管理警察在提醒所有来这里的人，谨防电信网络诈骗。

黄健会告诉你，这都是他们派出所做的。境外的电信诈骗，在甘其毛都口岸也很严重。因为这里有 100 多家公司，煤炭贸易资金流动大，引起诈骗分子的关注。而诈骗分子大小通吃，被骗 60 多万、40 多万的有，少的 10000、5000 的也有。随着一批一批境外诈骗团伙被抓获，电信网络诈骗才有所下降。

公安部门有一个通报平台，随时推送防诈预警。他们能够监控到哪部手机收到了诈骗信息，并且按照诈骗分子的要求开始操作，平台会在第一时间通报到手机所在地的派出所，收到信息之后，派出所的民警立即联系可能的受害人……

那天，甘其毛都派出所收到了确切信息，驻地一个公司的小车队长，接到诈骗电话后，给对方打了40多万元。

大家都说，这人是不是脑子有病？怎么能平白无故地就给人家打出40万呢？找到他公司，再找到他本人，询问是否确有此事。

但这位小车队长却说，他是在进行投资，一个月之后对方会连本带利全退给他。

黄健说："哪有天上掉馅儿饼的好事儿？在他那儿放一个月，就能给你几万块，骗鬼去吧。"

那人却说："我又不是傻瓜。没事儿。是我自己的投资，赔了赚了到时候他都会明确告诉我的。"

无论警察怎么说，他依然像没事人儿一样，相信他的"投资"会有回报。

黄健他们很着急，但人家毫不在乎，大家都觉得这事儿太没劲，真是警察着急，事主却不急。

第二天派出所副所长带着民警再次登门，做这个人的工作，依然是无功而返。

第三次去找他的时候，他才说："对方联系不上了，看来是被骗了。"

但是他的态度很平静，还像没事人儿一样。

大家都觉得这人太不可思议。有的说："这种人活该。"有的说："这40万块钱肯定不是好来的，要是一分一分挣来的，他才不会这样呢！如果这40多万是他的救命钱，他还会这么淡定？”

面对如此猖獗的诈骗活动，为了辖区内群众的财产安全，上级通知甘其毛都边境派出所，要和辖区的所有牧民联系，逐人逐户见面，逐条落实防诈措施。要人人都懂得防诈骗知识，每个人都要装上反诈App和“金钟罩”（防诈软件）。如有异常的资金流向，它会预警，而公安部门的反诈骗系统，会把有关信息及时地反馈到所在地，民警可以立即找到被骗的人……

甘其毛都一家公司女员工柴某，遇到了刷单方式的诈骗（刷单购物，实际上只是刷单不用购物，下家会接手再买卖出去……），她一次刷了5000元后，反诈骗系统提示就传到了派出所。

负责反诈宣传的民警杨惺立即赶到这家公司，告诉柴某，她可能被诈骗了。

小姑娘说：“没有啊。”

“你刷单了吗？”

“刷了呀。”小姑娘说，“我刷到一定的程度，他会返给我呀。”

民警问：“返给你了吗？”

她说：“已经返给我一笔了。”

“那他们是在钓鱼。那是个无底洞，你有多少钱够往里面刷呀？”

小姑娘还是不信，觉得挣了200多块钱，还是挺划算的。

两天之后，防诈骗系统再次预警。民警再次找到柴某，发现她还在和几个同学、朋友玩刷单。民警给她详细讲了刷单的把戏，组织刷单的人永远不会赔，而刷单的人永远不可能赢，并且严肃地对她说，赶快停下来，否则会血本无归。

这次，民警说中了，柴某的朋友已经赔进去了1万多元……

事后，柴某对甘其毛都派出所的民警感激不尽。她说：“我一个打工的，挣5000块钱不容易，要不是你们，我可能也就彻底地赔进去了。”

甘其毛都的守护者

由于这里是一个移民小镇，发生在这里的一切治安事件都要由派出所来管理，换个角度说，处理好边境地区的治安问题是他们的重要责任。

2020年10月，有受害人到派出所报案，说他的大卡车上的蓄电池被偷盗，致使他的车趴窝，无法完成运输任务。

接到报案，民警的第一反应是，可能有车的电瓶坏了，把别人的好电瓶给拆走了。谁知，第二天又有人报案，也是电瓶被盗。三五天之内连续发生了多起电瓶被盗案件，而且作案手段高度一致。

此时，执法办案组组长黄健认为没那么简单，管理区出现的这个案件可能不是一起普通偷盗案，如果偷盗的是外国车辆上的电池，有可能引起外交争端，因此，必须抓紧时间，干净利索地破案。

他们开始大面积地走访排查，连续两天查看了发案区域170多个小时的监控录像，没有发现可疑车辆，也没有值得参考的线索。

这引起了派出所领导的极大重视，再次加大排查力度，不留任何死角。终于，发现有人往一辆白色的小面包车上搬东西。再细看，发现那东西正是汽车电瓶。顺藤摸瓜，再查这辆车的车牌号，因角度问题，却看不清楚。而后，这辆小面包就无影无踪了。

怎么办?

黄健考虑，这会不会是流窜作案？随即与刑警队联系，调取乌拉特中旗范围内所有这种车辆的信息，终于查到这辆车。

车找到了，但涉案人却不见踪影。

两天之后，3名嫌疑人归案，他们承认盗窃汽车电瓶180多块，车辆启动机3部，并详细交代了销赃渠道（也就是电池的去向）……

初步调查完成后，按照法定程序，甘其毛都边境派出所将此案移交给了刑警队。

对于在甘其毛都的合法经营者，派出所就是他们的守护神。

2022年10月的一天，辖区内两姐妹经营的一家蒙餐馆电话报警，说是有3个人喝完酒不结账，与店主发生了激烈争吵。

黄健对一个刚到所里的民警说："走，我们俩去看看。"

赶到蒙餐馆，两姐妹还在和几个人争执着。黄健扫了一眼，吃饭的3个人酒气熏天，明显喝多了，晃晃悠悠地在那站着，嘴里不干不净地说着。

酒店的女老板说："他们吃完饭不结账，要走！"

黄健问："为啥不结账？"

3个人见警察过来，也没给好脸色。其中一个说："你看，这个菜就这么两块骨头，她要58块钱？"

黄健看了一下账单，又看了一下菜谱，两边是一致的，就问："这菜是不是你们用了？"

那几个人不说话。

黄健又问那两姐妹："你们收服务费了吗？"

"我们从没有收过服务费。"

一个人喷着酒气说："她们就是收了。这个钱就不给！"

黄健说："人家是正常经营，你们没必要这样，不就是喝点儿酒吗？

你把这个钱先给老板，明天再过来核对一下，如果老板多收了，她必须退给你。咱们明天再说。”

另一个人朝黄健吼道：“你们派出所咋了，你想让我结账，我就得结？”

黄健还想给他们台阶下，就说：“今天你们也喝大了，没有带钱吧？这样，今天这个账先记一下，你签个字，明天过来核对。该交你就交，该退就给你退，咱们明天再说……”

那汉子跳了起来：“门儿都没有！老子有钱也不给！”

好说歹说都不行，跟黄健一起过去的民警说：“你们想咋？”

“想咋？想跟你去派出所！”

“你跟我去派出所干啥？”

黄健说：“你这是怎么说话呢？我们过来是调解纠纷的，咋就好说歹说都不行？喝酒了你就是天王老子？希望你对你自己说的话负责。”说着黄健打开了手机（那时还没有执法记录仪）。

那人上来一巴掌，把黄健的手机打掉了。

黄健说：“我以警察的身份在执行公务，你对我进行人身侵犯，你把我取证的手机给打到地上，我告诉你，你已经违法了！如果你再不收敛，你们这个事儿先放一边，先处理咱们这事儿。”

那人说：“你吓唬我，你穿着警服咋了？”

说着又推了黄健一把。

另外一个人赶快去拉他，但拉都拉不住。

同事给所里打电话呼叫支援，10 分钟后，4 个民警就到了。那人还在骂骂咧咧非要把矛盾扩大，民警只好把他带回派出所醒酒。

第二天早上，酒醒了，民警给他喝了点水，吃点粥。黄健问他：“知道自己昨天晚上干啥了吗？”

他说："昨天晚上喝多了，说不上，反正喝完酒以后……不太好。"

黄健把手机上的视频给他看，说："昨天晚上的事儿不记得？你自己看看，帮你回忆一下。"

看了当时的画面，他说："我错了，真的错了，我一会儿去给老板道歉，我也给公安道歉……"

黄健说："本来，我们过去就是想解决那一个菜的纠纷。你们就是不听，嘴里不干不净，还动手打掉我的手机，连推带搡。知道你的行为严重违法吗？"

"知道，干了啥我都认，但能不能放我一马？"

黄健告诉他，法不容情，妨碍警察执行公务，法条上有明确规定……

第二天，蒙餐店的姐妹俩拿着锦旗到派出所来表示感谢。黄健对她们说："不用感谢，我们派出所是干什么的？不就是维护治安吗？不就是要给在这里工作生活的人一个安定的环境吗？如果连这点也做不到，就是我们的失职。"

姐姐说："你们说过，只要我们守法经营，遇到问题就找派出所，昨天多亏你们去了，要不，他们趁着酒劲，还有可能动手砸我东西……"

黄健说："这是我们派出所应该做的。我们的牌子上写的就是人民公安派出所，就是充当百姓的守护神，要给这里的从业者，创造一个和平和谐的环境……"

"和事佬"的"调解经"

黄健告诉我，边境派出所的民警，往往是一警多能、一职多能。遇到治安案件，他们就是执法警察；遇到老百姓之间的矛盾纠纷，他们就要当居委会的老大妈、和事佬，把大事化小、小事化了，让矛盾双方找到一种平衡。

在我们生活的这个世界，只要有人群的地方，就存在各种各样的矛盾。

甘其毛都965.7平方公里的牧区，经常会发生骆驼、牛羊等牲畜越界的事。虽然牧民都给自家的草片儿装了围栏，但有时围栏篱笆破了洞，牛羊钻过去也会吃别人家的草，别人就说是故意的，于是就吵吵起来，甚至会闹到派出所。

黄健认为，远亲不如近邻，冤家宜解不宜结，民警处理这类事情，要以和为贵，千方百计把这些矛盾解决在眼前，不能让它发酵。因此，有人说他是“高级泥瓦匠”——抹不平，绝不罢休。

24号公路的口岸临河段施工时，工程部和沿途牧民发生了矛盾。工程部打电话报警称：有牧民把他们的车子、拖拉机什么的堵在了路

黄健到甘其毛都镇某煤炭进出口企业开展走访排查

上，造成工程队无法施工，双方形成对峙……

黄健带了几个民警，火速赶到了现场。工程部的工人站一边，牧民牵着牲口站另一边。

牧民中有认识黄健的，见他们到了，七嘴八舌地朝他嚷：他们太不像话了，你要为我们做主！

工程部的人却要求派出所让这些牧民退走，否则他们无法按时完成施工任务。

事情并不复杂，修路征地时，按照国家规定，占用牧民的草片儿给予应有的补偿，补偿标准是多方征询意见后确定的，动工时，每一户牧民都拿到了补偿款。但是，施工开始以后，各种工程机械开动起来，暴土扬沙，被风一吹，许多牧民家的草片儿被掩埋，有的草片儿就彻底沙化了。因此，他们找到工程部，要求给予补偿。工程部态度很明确，应有的补偿款都已经如数到位，再要补偿是不可能的，国家也没这个规定，这些牧民就是敲诈，就是要买路钱……

公说公有理，婆说婆有理。工程部是在为国家（当然也是为当地百姓）修路，牧民们是在为自己维权。遇到这种事情，派出所并没有担负调解施工方和牧民矛盾的义务。但事情摆在了面前，双方剑拔弩张，派出所怎么办？把这件棘手的事情交给政府，政府又能怎么办？投入大量的人力物力不说，搞不好还可能酿成群体事件。

黄健他们耐心地做双方的工作。他来到牧民中间，认识这位所长的嚷嚷着要所长为他们做主，黄健说："大家先别吵，听我说点行不行?"

黄健跟牧民说："国家修这条路，还不是为了口岸地区的经济发展？你们也都知道，这条路很重要。说近点儿，它连接到临河；说远点儿，它连接到呼市，连接到北京；再往远走，能连接到新疆；说得再大点，跟'一带一路'还有关系呢。这路修好了，咱们牧民也是直接受益者。这些道理你们也都懂，可是现在大家把路堵上，叫他们还怎么修啊？”

牧民说，他们的草片儿受损，必须给补偿。黄健又和他们说：“别把话说得那么死，大家有什么诉求跟我说，我们去协调行不行？”

在旁人看来，黄健这一句话，等于揽上了一个很大的责任。你有多大的本事，能把这事儿给协调下来？

…………

黄健又去找施工方的经理，说：“牧民这么大的情绪，知道他们的诉求是什么吗？”

经理说：“要钱呗！我们已经按规定给了他们钱，一分钱也没少给，这不能无休无止啊，是不是？”

“这里的牧民都还比较老实，你们施工暴土飞扬，影响到草片儿也是事实吧。牧民吧，草片儿就是他的命根子，你们就不能想想办法，洒洒水，别让那沙土都跑到人家草片儿上去。”黄健说。

黄健在甘其毛都镇向群众开展普法工作

经理说："那怎么办？沙土是大风刮的，你说我能怎么办？"

黄健说："焦点就是扬沙，你施工的时候，隔几天洒一次水，就像城里盖楼的时候，你也要控制扬尘吧。"

经理说："咱们这里缺水，拉一趟水得跑几十公里，我这得增加多少费用啊？这个钱从哪儿出啊？补偿条款里可没有这一项。"

黄健非常耐心地和他说："不能激化这个矛盾，我知道会增加费用，咱们不是精心设计精心施工吗？尽量控制成本。如果这样僵持下去，施工耽误一天，成本增加多少？这个账得算清楚啊。再说了，从牧民的角度考虑，你把他的草片儿弄没了，你干完活走了，他怎么办？如果牧民再跑去串联几家，你这活儿还干不干了？"

…………

就这样，黄健他们跑了一趟又一趟，苦口婆心地做工作，终于协商出了一个办法：刮特大风时，尽量不施工或少施工；风小时，隔 3 天最多隔 5 天洒一次水。终于把这件事情抹平了，把这个矛盾化解了。

内地派出所的片儿警，有时候需要处理居民的民事纠纷，边境派出所也要处理民事纠纷吗？黄健说，在这一点上，他们和内地的派出所没什么区别。在甘其毛都移民小镇，派出所要处理大量民间纠纷，特别是帮农民工讨要工资。

有一段时间，农民工的工资问题上了热搜，政府出面，正式发文，要求不得拖欠农民工的工资，然而这类问题，却是屡禁不止。

其实大家都明白，无论是挖土方的、盖大楼的、修公路的，还是搞其他施工的，很多工程都是层层转包。甲方承揽到了项目，他并不干，而是转包给另外的公司。承揽到这个项目的公司实际上也不干，再转包给包工队。就这样层层转包下去。

如果是国家项目，从做预算到拨款，有一定的时间过程。因此，施工方要垫资，实际上甲方并不垫，而是要下边的施工方先干活，后给钱。有的老板垫付一两个月还行，三四个月就有点吃紧了，半年就没钱垫了。农民工可不管这些，我干活就得给工钱。矛盾纠纷，在所难免。有时包工头儿干脆领着农民工一起去要钱……

在这种情况下，很容易形成群体对立，甚至酿成群体性事件或治安刑事案件。

在实践中，黄健深深体会到，作为基层的政法工作者，应该尽最大的力量，把矛盾纠纷化解在萌芽状态。习近平总书记批示的“枫桥经验”提供的范例正是如此，遇到矛盾要化解矛盾，而不是把矛盾上交。

有一天，黄健接到电话报警，一位农民工，气呼呼地在电话里吼道：“给黑老板干了三天活，不给钱，还要打人……”

黄健带一个民警赶过去时，双方还在争吵，有点剑拔弩张的味道。黄健先把两个人分开，让他们有话好好说。

事情摆在面前，抹水泥的工人在这里干了 3 天活，事先说好 1000 元的报酬。活干完了，老板只答应给一天半的钱。理由是，他抹的墙也不平、地也不平，质量不达标，只能给一半的工钱。

工人却说：“警察同志你看看这地抹得怎么样？他是不是鸡蛋里头挑骨头，没见过这么黑心的。”

老板指着地面对黄健说：“这里是不是不平？是不是没有达到要求？”

黄健说：“我们也不是干抹地专业的，抹地是不是有标准？咱们要不要找管委会的人来给你们鉴定一下。”

老板说：“不用找管委会，我就觉得不行。连我这一关都过不了，还用找管委会?”

当面吵下去，不会有什么结果。黄健就按照惯例，把矛盾的双方分开，一个民警找一方谈。他先找了农民工，问他：“你自己觉得你干的活达到标准了吗?”

农民工说：“当然达到标准了。他把我干的活儿和几个月前别人干的活儿相比，那个时候天暖和，现在这里已经要结冰了，水泥抹在地上能一样吗?”

“有什么不一样呢?”

“肯定没有天热时候那样光亮。”

“所以啊，他就挑你的毛病。我说个办法，你看这样行不行？你也别死死地咬住1000块钱不变，少要他一点儿，给他个台阶下，这事儿就解决了。如果你在这里和他打官司告状，少说也得好几天，还不一定就能赢。”

农民工想想也是这个道理，说：“那也不能就给我一天半的工钱，最少得给我900块钱。”

“我们再和他商量商量。”

这边黄健和农民工谈完，那边和老板交谈的民警也来了。两个人一碰，决定一起去和老板谈。

黄健对老板说：“我看了他给你抹的地，也问了原因。天冷和天热抹水泥是不一样的，我虽然是外行，但看着也还行。你说只给人家一天半的钱，有点过了吧？你也是个小老板，在这里包了那么多的工程，有必要斤斤计较吗?”

老板说：“我也不愿意跟他狗扯羊皮弄不清楚，我跟他耗不起这个时间，我的事儿多着呢。”

“是啊。既然这样，我出个主意，你给他 900 块钱，让他走了，赶快忙你的大事儿去。”

老板毕竟是生意人，说：“900 块给多了，我只能给他 700 块。”

黄健示意同去的民警去找那位农民工，并且说跟他好好商量。

…………

经过 40 分钟的协调，最终，农民工拿到了 800 块钱。此事了解。

多年来，黄健总结了一套“调解经”。

他告诉年轻的战友，要做好调解工作，得懂人性，一定得学会察言观色，先判断当事人是哪一类人。如果是虚张声势的人，跟他好说歹说，不如给他一句硬话。说到点儿上的硬话不要多，一两句他可能就松口了。有的人则是吃软不吃硬，你跟他来硬的，他越来越硬；你跟他说两句好话，问题可能就解决了。

…………

黄健多次提醒年轻的战友，调解工作要有耐心，要能压住自己心头的火，脾气急躁是做不了调解工作的。面对双方当事人，一定记住，自己要冷静再冷静、耐心再耐心，不要因为自己的情绪变化影响矛盾的处理。就当他们是自己的兄弟姐妹、亲戚朋友，帮他们把矛盾冲突解决了、调和了，才是本事。

当然，碰到那种正话反着说，非要胡搅蛮缠的“滚刀肉”，也不用害怕，找对了矛盾焦点，正面攻不下，就从侧面攻，找和他熟悉的人，找到能够和他说上话的人去帮忙做工作，很可能就攻下来了。只要不违法，方法上不限制……

铁汉子“媒婆”

黄健还在武警部队的时候，军委主席习近平就提出要建设“四铁”部队——铁一般的信仰，铁一般的信念，铁一般的纪律，铁一般的担当。黄健出任所长以后，带领甘其毛都边境派出所的警察队伍，向着“四铁”的目标迈进。

他狠抓管理，抓警务运行机制——

所有民警值班期间10天之内保证24小时待命，随时有事，立即出发，稍有延误立即处理。不允许有任何应酬，严格执行禁酒令。如有饮酒被查，直接上报支队。

每天早上9点交接班，控制在10分钟内，值班民警通报昨天情况，所领导部署今天的工作任务，然后民警发言，说完就散会。派出所的会，最长不超过半小时。

抓而不紧等于不抓。搞反诈宣传的时候，所有民警一个礼拜至少要下去4天，第5天要把下乡的情况汇总。所有民警，必须看着第一个用户，把金钟罩软件、防诈App安装上去。派出所人员分片包干，走访到口岸的每一个人，而且要求签字记录……

正是这样的一整套监督检查机制，确保了各项任务的完成。

甘其毛都边境派出所为口岸地区的安全稳定作出了突出贡献，因而也受到了驻地党委和人民群众的高度赞扬。派出所荣立集体二等功一次、集体三等功一次、先后获评“公安部直属机关先进青年集体”、国家移民管理局“四强”党支部、内蒙古自治区“五四红旗团支部”、内蒙古边检总站基层建设先进单位等荣誉。

在黄健看来，对所有的民警既要严格要求，又要关心关爱，帮他们解决实际问题。

近年来，国家移民管理机构把民警的婚恋问题列为一项党委工程来抓，充分体现了各级党委对一线民警的关怀和爱护，确保了这支队伍的稳定。

在内蒙古边防，民警的恋爱婚姻问题尤为突出。以甘其毛都为例，辖区 967 平方公里，就那么几千人，男多女少，在驻地找对象、谈恋爱几乎不太可能。近年来，随着口岸的发展，来这里务工创业的多了起来，但是来此地的大部分是男性……

黄健像多数民警一样，到二十四五岁的时候，每次回家休假，都会有人问他有对象了吗，亲戚朋友也给张罗、介绍。黄健曾经见过几个，但那时假期很短（部队单身干部，每年 30 天假期），回家休假介绍一个，谈不了几天就回部队了。那时没手机，写的情书还没寄到，姑娘的心就凉了。你说这恋爱怎么谈？

黄健说，我那会儿相亲，有当老师的，有在机关单位上班的，有个体私营业主，也有创业的，反正都没有成功。主要原因就是嫌我工作的地方远，没有沟通的时间。女人就是希望有人陪伴，我天天在口岸执法，能够陪伴人家吗？

黄健还说，好不容易碰见个顺眼的，见了一次面，我就回巴音戈壁了。我琢磨着要给人家打个电话，当时没有手机，派出所里仅有的一部固定电话还是卫星电话，我们跟外界保持联系就靠它了。那时电话费贼贵，打一分钟要一块多，因此，所长把电话锁在他那个屋里。有一次，我跑到他屋里打通了电话，偏偏那天风大，听筒里边就跟放鞭炮似的，啥也听不清楚。我打了大约 5 分钟，没有听清楚几句话。派出所的人差点儿把我赶出去，说电话费全被我花光了……

黄健当所长以后，作为过来人，对所里民警的恋爱婚姻问题非常重视。每次地方政府组织鹊桥会、相亲俱乐部等活动时，他总是积极鼓励单位的适龄青年踊跃参加。听说哪位民警开始谈恋爱了，他就和教导员商量，一定多给他们时间、机会，让大龄民警“脱单”。

有一位在派出所工作多年的民警，性格稍微有点儿内向，35 岁了还没有成家。对象找过好几个，总也没有谈成。黄健都有点儿替他着急。有一天问他：“情况咋样?”他说：“找不着就不找了。”黄健说：“那可不行，你爸爸妈妈也不会同意呀。”

去年，听说这个民警谈上了。黄健就和教导员商量，这得好好帮助他，如果为这事儿请假或是倒休，都要想办法成全他……

但黄健从未想到，自己这个粗线条的男性，会直接“下场”当起了“媒婆”，而且成功率还挺高。

甘其毛都派出所有位民警叫李逢州，很青春、很阳光的一个小伙子，特别是工作起来认真负责，性格也挺好，就是有点怯生，见了生人特别是见了异性，就不知道话该怎么说了，一眨眼，到了晚婚年龄（25 岁）还在单飞。

有一天傍晚，黄健约李逢州出去散步。黄健问：“怎么着啊? 还没有眉目啊?”

李逢州有点腼腆地点点头。

黄健开玩笑说，那些女的怎么回事儿啊? 有眼不识泰山。咱们这么好的小伙子能找不到对象?

他越是这么说，李逢州越是不说话。

黄健认真地跟他说：“不开玩笑了，上次我到临河，认识了农业局一个姑娘。人家说想找一个部队的小伙子，挺喜欢穿制服的，崇拜军人警察……”

说到这里，黄健看看李逢州，发现他侧着耳朵细听，于是接着说：“我把你的情况跟人家说了，说你各方面都很优秀，身体素质也好，很喜欢运动，就是性格有点内向。你猜人家怎么说?”

这时候李逢州开口了，问：“她怎么说?”

“姑娘说，性格有一点内向都不怕，关键那个人是不是正直。”

李逢州看着黄健，听他继续往下说。

“我对人家说，我们这小伙儿可正直了，各方面都比较优秀，给你引荐一下怎么样?”听黄健这话，李逢州又不好意思起来。

黄健看李逢州的表情，就说：“要不下次到临河的时候，我请你俩吃饭，先见个面?”

李逢州说：“不用吧？加个微信不行吗?”

“这样好，我先用微信把你的照片发给她，叫她把照片也发给你，先看看有没有眼缘。”

于是，这两个人就联系上了。

找对象这个事儿，有时候就是缘分，只要两个人的三观相合，看着顺眼，介绍人就是个牵线搭桥的事儿。

3个月之后，黄健问李逢州：“怎么样啊?”

李逢州不好意思地说：“差不多了……”

黄健半开玩笑地说：“我一直想请你们俩吃顿饭呢，这饭还没有吃呢！你俩要是真处成了，到时候别缺我一条羊腿!”

这是巴彦淖尔的地方习俗，也是民间的一个说法，一桩婚姻介绍成功之后，要给媒人送一条羊腿。

订婚的时候，李逢州真的给黄健送来了一条羊腿。黄健接过羊腿，哈哈大笑，说：“你还真的弄条羊腿来给我？咋就不能弄个整羊来呢？”

这一桩婚姻的促成，让黄健信心倍增，看来自己这个“媒婆”还是能当下去的。

他想到了派出所的另一位大龄青年张家昊，这也是位多年在一起的战友。他平时工作认真负责，转改之后，在执法工作上特别用心，工作作风非常严谨，是那种全面发展的优秀青年民警。

有一天，黄健问他：“对象谈得怎么样了？”

他说：“正在谈着。”

黄健问：“女方是干什么工作的？”

“是一个实习老师。”

“那就好好谈，岁数也不小了。”

既然在谈着，黄健也没再多问。

过了一段时间，黄健看张家昊心情有点不好，就问：“你是咋了？”

他说：“没啥，分手了。”

黄健站住了，问：“又咋了？”

张家昊告诉他，那个女孩儿和自己性格不合，说不到一块儿。

“主要是什么问题？”黄健平时像抓工作一样，直问要害。

张家昊说，那个女孩儿对边防工作不太了解，他也不会讨人家喜欢，人家是要找个天天围着她转的男人。

黄健说：“哪个女人不希望男人天天围着她转？”

“人家在大城市里，我在大沙漠里，我怎么能围着她转？”

黄健笑了，说：“看来她是不配当我们边防军人的老婆，不是哪个女的都能当我们这类人的老婆的。她能不能理解我们的付出，支持我们在边防的工作，这很重要。如果找个对象，天天拖你的后腿，还怎么干工作?”

黄健告诉他，有一个安稳的家很重要。他还举自己妻子的例子，说：“我老婆，那才叫义无反顾。和我结婚以后，人家就说，家里的事儿不用你操心，小孩的事也不让你分心，支持你干事业。我生病了，人家不离不弃，还和以前一样。”

张家昊说，“嫂子这样的人太少了，打着灯笼找不到。”

黄健说：“好女孩有的是，这一个和你没缘分，说不定是在给你另外的机会。”

从那天起，张家昊找对象的事儿，就提到了黄健的“议事日程”。

一个多月后，黄健回临河休假，参加同学聚会时，见到了在市医院工作的同学，询问有没有想找军人的医生护士。两天后，老同学告诉他，有个女护士就想找个军人或是警察。

“人家姑娘个子很高，172cm，要找的男生不能低于180cm。”

黄健说：“我们那哥儿们179cm，穿上皮鞋肯定够180cm。你把女生照片拿给我看看。”

老同学说：“你也把小伙子的照片和基本情况发我。”

这两个老同学，把人家两个人的材料研究了一番，觉得挺般配。于是，就开始了这一次“媒婆”的经历。

说来也许是巧合，这两个人联系上以后，感觉都很好，不到半年就订婚了。

黄健不忘提醒张家昊，如果结婚，人家女方家里要彩礼，你可不能像我那样傻不愣登的，跟人家闹脾气！

尾声

结束了在甘其毛都的采访，我们驱车赶到了巴彦淖尔市临河区。

边境管理支队的同志已经和黄健的妻子、母亲约好，让我到他们家里去采访。

在临河区的一栋居民楼里，黄健的母亲把我们迎进了他的家里。

采访是从黄健的小女儿拿来的一份获奖证书开始的。黄健的妻子莎日娜问女儿："这是谁的奖状啊?"

小姑娘一脸自豪地说："爸爸的，我爸爸的——奖状!"

这里有全国移民管理机构"十大国门卫士"并荣记一等功的奖状、全国公安系统二级英模称号的证书，有"全国优秀人民警察"、"公安机关成绩突出个人"、公安部"全警实战大练兵的标兵个人"、内蒙古自治区"十佳法治人物"证书，还有获评内蒙古自治区"最美职工"、内蒙古"五一劳动奖章"、内蒙古"五四奖章"以及巴彦淖尔市"道德模范"的证书，等等。

我对莎日娜说："这奖章勋章，应该有你的一半。"

莎日娜却说："应该有老妈的一半儿。这些年来，婆婆是看着我们一步一步走过来的。没有老人家的支持，就没有黄健的今天，也没有我们这个家的今天。"

黄健的母亲却说："这几十年来，我儿子的确不容易，他选择了边疆，组织也给了他这么多荣誉，我们支持是应该的。没有我儿媳妇的支持，他也走不到今天。那天在电视台接受采访时，他对媳妇儿说的话，全是发自内他内心的……"

我没有看到过电视台的那次采访，后来专门找来那段视频，那是

2022年度内蒙古自治区“十佳法治人物”的发奖现场。黄健在接受采访时说：“我想了一下，还是要跟我的妻子说，我俩结婚的时候，你的微信上个性签名就写着‘有选择，就会有牺牲’，到现在还是没有改变。我觉得，我们的爱情也是一样，你爱着我，我爱着边疆也爱着你。”

我想，用黄健的这段话作为本文的结尾再合适不过了。

全国移民管理机构第二届“十大国门卫士”欧阳轩乾

我在珠海等你

——珠海出入境边防检查总站欧阳轩乾纪事

崔 民

小时候，欧阳轩乾是邻居口中“别人家的孩子”。

欧阳轩乾1982年出生，算一算，是中国第三波婴儿潮的一员，那一年人口出生数据统计为2230万。在他出生的前一年，中国奥数国内竞赛模式初具雏形，等欧阳轩乾上了小学，奥数热度骤增，欧阳轩乾由此展现了日后成为标准理工男的特质——他喜欢数学，特别认真的那种喜欢。小学的时候，他拿过好多个奥数竞赛三等奖，基本上是出手就有，所以，在班级年级里，也是小明星一样的存在。然而，到了小升初的关口欧阳轩乾才知道，他没有达到保送资格，因为，虽然他拿了好多奥数竞赛奖，但都是三等奖，十个三等奖也抵不过一个二等奖，没错，一个二等奖就可以保送。数学老师特别喜欢他，为他据理力争，但是，规则就是规则。数学老师笑着鼓励欧阳轩乾，说，只要是金子就会发光，你一定能凭自己的本事考上重点中学。当时欧阳轩乾年纪还小，不太懂，但还是能清楚看到老师眼底的黯然神伤。那是小学的最后一个学期，欧阳轩乾使劲学习，加倍努力，想要回报老师的知遇之恩。但是，造化弄人，因为偏科厉害，只一分之差，欧阳轩乾没能进入那所他心仪已久的重点中学。那是欧阳轩乾第一次深刻理解了什么叫作惆怅。暑假的最后一天，他一个人悄悄去了那所重点中学，在操场上坐了好久。

开学了，欧阳轩乾以超乎年龄的平静接受了现实，安安静静地上学放学，但谁都看得出来，他憋着一口气。初中三年，他更加认真更加努力，不仅是数理化，语文政治英语，他都很下功夫。3 年后，他以绝对的辗压性优势，考取了当年失之交臂的那所重点中学的高中部，毫无悬念地进入广雅中学高中部唯一的重点班学习。

看榜那天，一家三口开开心心地回家，这天晚上，餐桌上多了半只白斩鸡和一锅靓汤，爸爸妈妈看着儿子，目光里满是爱意。

好学校的氛围是不一样的，优秀的人汇集在一起，或为队友或为对手，在这种你追我赶的状态中，每个人都得到了磨砺和提高。

高中 3 年，欧阳轩乾参加了更多竞赛，不仅仅是数学，物理和计算机都拿了奖。也是这时候，欧阳轩乾发现了自己最热爱的不是数学，不是物理，甚至不是竞赛，而是计算机。

在同龄的孩子里，欧阳轩乾差不多是最早接触到真正的计算机的，这种爱好一直贯穿了他的高中时代，所以，他在高考时毫不犹豫地报了计算机专业，然而，最后阴差阳错选定他的却是电子通讯工程专业，严格来说，这不是计算机专业，最多也就只能算是跟计算机沾点边儿的相关专业而已。

对大学的向往，适时地弥补了这小小的不如意。

在欧阳轩乾眼里，相较于学业严苛繁重的高中时代，大学生活简直是绚丽多彩，他积极参与大学校园的社团活动，负责学校团委秘书处工作，后来还当选了秘书长。这些经历让他从一个标准的理工男，成长为一个具有文艺气质，有着管理才能，沉稳持重，善于与人沟通的理工男。

欧阳轩乾很早就拿到了中国电信的 offer，那时候虽然毕业了，走向社会了，但是他对人生对未来并没有多么清晰的规划和设计，就，平平淡淡吧，就，岁月静好吧，就，顺其自然吧，就，三餐四季吧，至于未来，就，一家三口吧……

他这样想，也很理所当然地认为，今后就干通讯专业的工作了。

但是有时候，有一种安排事后看叫作宿命。

舍友要去考公务员，非拉着欧阳轩乾一起做伴。欧阳轩乾天生考试型人才，任何带有竞赛性质的活动，都会让他迅速投入。最后的结果就如同许多故事里的桥段，舍友没考上他考上了。他考上的那个单位，就是珠海出入境边防检查总站。

和舍友捶胸顿足扼腕叹息完全不同的是，欧阳轩乾犹豫了，是留在中国电信，还是选择去自己从来没想过的珠海出入境边防检查总站？如何取舍，他有些纠结。那时候，一个有编制的正式工作可是大家眼中的“金饭碗”，是很让人向往和羡慕的。但是，在中国电信这种国字头的大型企业做技术岗，福利待遇和灵活的用人机制在欧阳轩乾看来也是相当诱人。

做决定的时间一天天迫近，检索边检站工作内容，当看到那身制服的时候，男人骨子里对于纪律部队的敬畏和崇拜所生发出的豪情，盖过了一切。

何况还有家人的神助攻。

欧阳爸爸妈妈表现得比当年老师悄悄叫他们去办公室许诺要保送欧阳轩乾去重点高中还要兴奋，在他们眼里，白白净净的，戴着眼镜的，天天抱着书本的，经常熬夜“玩”电脑的儿子，纵然身高180cm体重90kg，但总归还是有那种父母认为的“文弱”，可是穿上制服，就代表国家盖章认证，代表得到了纪律部队的肯定，顿时背后光芒万丈，身上正气凛然——于是天天追问，什么时候报到，什么时候发制服……

还有个渊源，是欧阳乾穿上制服之后，爸爸妈妈才告诉他的。

欧阳轩乾出生长大在广东省广州市，但实际上，他的祖籍在湖南。全国刚解放那会儿，欧阳爷爷作为技术人才从湖南一路开着卡车来到广州铁路局报到，紧接着就参加了抗美援朝，一直在大后方为部队运送补给。每每说到这些，欧阳爷爷就非常自豪，这可是能写进族谱的荣光。但他也有一个遗憾，那就是一直到战争结束，欧阳爷爷也没能穿上梦寐以求的军装。所以，对制服的崇拜，从那时候开始就刻进了欧阳家族的血脉。欧阳爸爸是当时家里年纪最小的男孩儿，欧阳爷爷所有关于制服的梦想都寄托在这个小儿子身上，可惜差了那么一点点——欧阳爸爸最终的制服不是军装不是警服，而是铁路局列车员的制服。

眼下，家族的梦想终于要实现了，欧阳爸爸怎能不欣喜？

欧阳轩乾穿上制服那天，欧阳爸妈专门去理发店打理了头发，爸爸开车载着妈妈从广州赶到珠海，接上宝贝儿子一起去照相馆照了一张全家福。穿着制服的儿子站在身后，爸爸妈妈脸上全是发自内心的骄傲和光荣。

这张全家福一直挂在欧阳轩乾广州家里客厅的墙上。

欧阳轩乾正式成为珠海出入境边防检查总站的一员。

他的第一个岗位在拱北边检站旅检队，工作内容是查验通关旅客。

年轻人步入社会刚开始工作，一切都是新鲜的充满向往的，他兴致勃勃地安排了工作和学习时间，开启了自己全新的生活。

事实证明，做这份工作，就好像这世界为他打开了一扇崭新的窗口。

比如说遇到一个老人，少年时候偷渡澳门，在那里生活了几十年，现在年纪大了，思乡心切，想要回家探亲。但是这类人群没有身份更没有指纹记录，现在返回内地，需要接受边检的询问、查明身份，依法办理相关手续再放行通关入境。

老人具有乐天的性格，一直笑呵呵的，行动和反应都还算灵活，就是有点儿耳背，交谈要很大声才行。欧阳轩乾看着他身上的衣服虽然是崭新的，却质地廉价，还有那双沧桑到指纹都斑驳的手，就知道这是个底层的劳动者，心生恻隐。欧阳亲自带老人办理相关手续，在交谈中得知老人终生未娶，和家人重新联系上以后，知道父母已经过世，兄弟姐妹都还在，亲人们日子过得都不错，有车有房有果园，有个哥哥还开了家小工厂，整个家族人丁兴旺，纷纷表态希望他回来。欧阳轩乾就安慰他，说："叶落归根嘛，回来是对的。"没想到老人瞬间红了眼眶："其实很没有颜面，几十年了，我混得并不好，要钱没钱要人没人，真怕他们会看不起。"

欧阳轩乾送他出去，外面呼啦围上来一群人，不说穿金戴银吧，一看生活水平就不低。这些都是老人的亲眷，有个须发全白的老头儿抱着老人涕泪横流，拍着他的肩，不停地念叨"回来就好回来就好"！年轻后辈帮着他拿行李，一群人亲亲热热走向停车场，老人回头远远地朝这边挥手告别。欧阳轩乾能感受到，老人卸下了心防，没有了之前的顾虑，看着老人满眼满脸的激动和幸福，他也高兴地朝老人挥手告别。

澳门回归以后，从珠海去澳门做工地劳工的人渐渐多起来，为了节省住宿成本，这些人每天早上从珠海过关到澳门工地上班，傍晚下了班再过关回家。这一类劳工人群本可以持逗留签注使用快捷通道，但是因为常年做苦力，指纹磨损非常严重，快捷通道指纹识别需要很长时间，或者干脆识别不了需要人工处理，“快捷通道”变得“不快捷”，经常引发高峰堵塞，有些性子急赶时间的旅客还会在此发生冲突。每当遇到这种情况，当值的工作人员就要进行引导和分流。

再比如说，有的旅客明明是自身原因导致通行证过期，虽然只逾期一天，但按照法律规定也无法办理通关手续。旅客也知道是自己的错，却还是要大吵大闹，恶意诋毁边检人员，喊叫着要投诉甚至还跟检查人员动手，最终结果当然还是依法不予通关，但这口气就得检查员自己忍着。

欧阳轩乾遇到过最匪夷所思的一次经历，是有个旅客想要把客死他乡的同事带回去安葬，没提前报备就想悄悄带着骨灰罐过关，结果差点被当作贩毒运毒的毒贩，查验了好半天，最后总算摆脱嫌疑。欧阳轩乾觉得，如果对方大方地把事情说出来寻求帮助，根本不会浪费双方那么长时间。

还有那些带货的“水客”，海关有规定，港澳居民及因私往来港澳地区的内地居民通关时，一人只能带一瓶750mL以下的酒，短期多次来往港澳的旅客不能免税带酒。有些存有侥幸心理的人偏要多带，看实在是不能蒙混过关，找不到其他人帮忙带，又不舍得就这么丢掉，于是就自己喝掉！最多的一个月，欧阳轩乾遇到过三起因为这种情况喝多了睡成一摊泥的、耍酒疯的，误了通关的时间。

后来看电影《泰囧》，看到王宝强扮演的王宝在登机前喝掉一大桶牛奶的情节，欧阳轩乾觉得，电影真的是来源于生活啊！

时间过得很快，所有的新奇终将归于平常。

当工作按部就班形成定式后，欧阳轩乾感觉到了一种突如其来的空虚。

一个平平无奇的夏日傍晚，在结束了一天的工作后，本来应该好好睡一觉，但是，一向睡眠质量优异的他，却破天荒地睡不着了，越是夜深，脑子就越像被强力洗衣粉洗过，无比清醒。他眼前走马灯一样闪现自己从小到大赢得的无数奖杯和奖状，物理公式、化学元素，还有计算机编程语言，以各种花式演绎的方法在他脑海里沉浮。少年时候，他有过当数学家、物理学家甚至航天员的梦想，但是，他无论如何也没有想过如今的自己，端坐在一方小格子间里，每天的工作就是盖章，对，重复地，不停歇地，盖章。

那是 2005 年，通关查验前台用的还是比较传统的 DOS 系统，因为机器运行规律和个人习惯等原因，证件阅读会出现些许偏差，遇到这种情况，没有别的办法，只能睁大眼睛逐项仔细核对。队里有些年近半百的老同志，戴着老花镜或拿远或拉近地查验通关手续，遇到高峰期人多，核对时间稍长，就难免造成排队拥堵，听着旅客的抱怨声，工作人员也会变得焦虑，这种情况下，出错简直无可避免。这种差错，在岗的大部分人都发生过。一整天下来，那种疲惫和压力，不是亲身体验过的人，完全没办法理解。

2006 年，欧阳轩乾已经成长为能够独当一面的熟手，性格不允许他知难而退或半途而废，何况有消息说，全新一代的边防检查查验系统即将上线。欧阳轩乾对此充满期待。很快，欧阳轩乾就看到一些胸前挂着工作牌的人出现在身边，搭建模拟场所，夜以继日地安装调适机器。那些人，都是和自己年龄相仿专业相近的年轻人。

欧阳轩乾按捺不住内心强烈的好奇和向往，每天，完成了工作交接后，他也不回宿舍，就跟在那群人身后。他惊喜地发现，他们讨论的、实践的、设计的东西，他完全不陌生。那种熟悉亲切的感觉，就好像穿越回大学校园，置身于热火朝天的社团当中，他的心里升腾起一种为之战栗的热烈，他知道，这种感觉有一个词可以概括——投入。

终于，梅沙系统上线，解决了大部分机读证件的问题，让查验效率大幅提升，得到一线工作人员高度认可。而这一次，欧阳轩乾收获了人生的第一个明确目标，他强烈地想要为之燃烧为之奉献，想要把自己所知所学倾囊而出，他强烈地想要日夜敲击键盘，看着一行行代码在电脑屏幕上疯跑……第一步，他得想办法加入到从事技术的队伍中去，他把目光盯上了拱北边检站技术保障队。

欧阳轩乾毫无疑问是个如假包换的理工男，但并不是大家寻常认知里的“社恐”理工男，他可是一个具有文艺气质、管理才能，沉稳持重，善于与人沟通的理工男。而仅仅是善于与人沟通这一条，进入社会以后，无论对谁都是绝对的加分项。

有了明确的目标，欧阳轩乾立刻付诸行动。首先，他冷静客观理性地罗列了自己的优点和缺点。优点：年轻，身体好，记忆力强，理解能力优秀，学习能力强，熟练掌握计算机编程，熟练运用计算机工作流程，全面了解通关查验工作内容。缺点：年轻，工作时间短，专业不对口。欧阳轩乾开始自己琢磨投入试用的梅沙系统的工作原理，反复验算，这让他越来越有信心，他相信自己的综合优势远远大于缺点。

渐渐地，技术保障队的同事发现，只要他们去食堂吃饭，就会有个文质彬彬的年轻人端着餐盘凑过来，自我介绍说是旅检队的，叫欧阳轩乾。这么高大上的复姓，大家当然印象深刻并且很快就熟悉了，亲切地叫他欧阳。

开始，欧阳只是听他们边吃饭边聊工作上的事儿，渐渐地，他开始参与话题，让技术队同事深感意外的是，对他们谈论的、争论的、阐述的、探讨的所有问题，欧阳不但知道，而且，他懂！快捷通道上线那会儿，技术保障队大多数人的业务还锚定在软件编程上，不会硬件编程，而旅客快捷查验通道是一套软硬件相结合的集成系统，大家都有点蒙。这时候，博览群书并且善于融会贯通的欧阳轩乾充分发挥大学所学的电子通讯的专业优势，结合自己针对性学习的编程知识，主动给大家讲解硬件控制器工作原理和与上位机（电脑）的架构体系和通讯原理，一群人听得眼睛发亮，甚至忍不住拍桌子。后面再去食堂，技术保障队同事都习惯性地要寻找一下看欧阳轩乾来了没有，如果他来得晚，他们会抬手招呼："欧阳，这里！"

技术保障队有个非官方的业余篮球队，队领导和站领导不定时参与训练和比赛。欧阳轩乾既然想融入这个集体，也就当仁不让地加入了不定期的篮球训练。大家一致评价，欧阳轩乾技术一般，遇着比赛就只能在场下帮着买水看衣服，但他心细周到，自他担任比赛后勤以来，得到所有队员的一致赞美。

只要时间允许，欧阳轩乾不放过任何一次训练和比赛的机会，休息间隙，他会很大方地走近队领导和站领导，自信满满地介绍通关口岸自助通道结构、可以升级的编程语言以及他结合实际工作而设想的改良办法。

功夫不负有心人，欧阳轩乾如愿以偿从旅检队调到了技术保障队。

在旅检队工作的最后一天，欧阳轩乾认真收拾好桌面，看着慢慢关闭的旅客通道，暮色四合晚霞灿烂，他暗暗下定决心，要在技术保障队把警察这份职业做得更好。

技术保障队主要的职责是保障系统运行，需要每天去机房做巡检、需要通过电脑检查服务器的运行状态。看着那一排排高大的电脑设备，听着那浑厚的轰鸣声，欧阳轩乾心里充盈着拥有千军万马的喜悦。迅速深入工作，欧阳轩乾立刻意识到，自己很多方面的实践经验不够用。这是一种压力，更是一种动力，欧阳轩乾利用所有业余时间自学操作系统、数据库等专业知识，很快，他根据自己在一线的工作体验和改良设想，编辑了一个巡检程序来检查服务器、数据库状态。

事实证明，在哪里下功夫就会在哪里出成绩，这套巡查程序，至今仍在使用。

这一年，珠海出入境边防检查总站准备对正在运行的梅沙系统做第一次升级研发。欧阳轩乾因为对工作认真，对业务热忱，技术上肯钻研，主观学习意愿强烈，队里有心把他作为年轻的后备技术力量培养，让他作为替补队员前往深圳参与梅沙系统升级工作。

这是欧阳轩乾正式和梅沙系统结缘，这时候，他还不知道这是他人生中第一个重要节点，可以说，这为他之后的人生确立了方向。

能去深圳参与梅沙系统升级研发项目的都是各相关领域的技术骨干、业务翘楚，欧阳轩乾是整个项目组最年轻的，而且他第一时间就赢得了大家的喜欢。

最开始，欧阳轩乾被安排在业务测试组，在欧阳轩乾清醒而谦逊的认知里，参与梅沙项目，与其说是工作不如说是学习。因为相关业务他才做一年，连基础的前后台业务流程都没亲自上手走通一次，就这样来深圳参与梅沙系统项目组，就好像武侠小说里写的，一个少年被丢进高手云集的山谷，伏笔就此埋下，若干年后，世间多了个深谙各种招数的绝世高手。欧阳轩乾就是那个天赋异禀、骨骼清奇的少年。

通过并不漫长的 24 年的人生经验，欧阳轩乾清楚自己的强项所在，那就是，学习。就好像海绵吸水那样，欧阳轩乾最大限度最快速度地吸收知识理解眼前崭新的业务。除了琢磨眼睛里看到的，消化大神们讨论的，更多时候，他就自己拿着教材对着测试电脑操作，在他朴素的认知里，哪怕有样学样依葫芦画瓢，只要肯下功夫，一定能提炼并掌握业务的核心运算方法，再运用思维实验的方式演算业务操作逻辑与程序实现，很快就将业务和技术结合起来，比所有人预期的时间都要提前一大截。他和大家的讨论渐渐合拍，从一开始的只是听，到后来能主动提问积极作答。

于是，在测试组只干了一个月，领队就把欧阳轩乾调到技术组，开始学习系统编程，并且跟着软件公司的研发团队一起参与实际工作。

欧阳轩乾在家挑灯夜战，埋头学习数据库开发

研发团队都是年轻人，有一个叫阿杰的组员，很年轻，应该跟欧阳轩乾差不多年纪，但是，肉眼可见，大家对他十分尊敬。在接触中，欧阳轩乾了解到，他眼中的大神阿杰完全不是他想象的高深学历，阿杰高中肄业，但却是个真正的牛人，计算机编程方面他完全自学成才，路数很野但是超级实用。

来自理工男的好胜心和慕强心理，欧阳轩乾很自然地被吸引，他经常跟在阿杰身边，不懂就问不会就学。两个人年龄相仿志趣相投，很快就建立了深厚的革命友谊。这份情谊，没有因为这一期梅沙研发项目结束而结束，他们始终保持联系，只要有机会就想办法见一面，理工男在技术层面上的惺惺相惜，一般人也不会懂。

欧阳轩乾从阿杰身上学到很多课本之外的研发知识和门道，他越发坚定了自己的决心，要不声不响地把事情做到最好。

这一期梅沙项目结束，总站领导对欧阳轩乾的表现表示了满意和认可。很快，欧阳轩乾就调到总站技术处。在这里，他有了真正意义上的第一个师父。如果说，和阿杰在一起更多时候是年轻人之间的默契和欣赏，那么，这个师父，是除了工作业务层面之外，第一个给欧阳轩乾以人生引导和指点的那个人。

师父是“60 后”，业务扎实，技术过硬，更难能可贵的是，他胸怀宽广，勇于担当，有困难他上，有荣誉他全给年轻人。这个集体，温暖而且团结。所以，当师父要被调走时，欧阳轩乾头一回感觉到了莫名的恐慌，就好像小树苗突然失去大树的荫蔽，从此以后，所有的风雨都要自己承受。失去主心骨，茫然和不安的情绪笼罩了整个团队，还是一样的工作，可是大家好像突然间失去了精气神儿。欧阳轩乾明白，自己是时候成长了，要成长为师父那样可以给大家以信心和鼓舞的那个人。

此时，梅沙系统经过升级研发试运行稳定后，在全国范围内推广应用。

其实，参与梅沙一期升级研发项目时，欧阳轩乾心里是有疑问的，承载着国门重要通关任务的运行系统，主要核心技术由外包公司提供支持，最为关键的源代码掌握在他们手中，一旦遇到业务变更或者改进升级，就必须向这些公司报备求助，不仅效率低速度慢，更重要的是，国门口岸的数据安全存在隐患。

这些疑问萦绕在他的心头挥之不去。

为什么，我们自己不能进行全面维护？

为什么，我们自己不能进行升级换代？

为什么，我们自己不能进行独立研发？

当欧阳轩乾把这些问题摆在队员们面前时，他们的眼睛慢慢亮起来。

欧阳轩乾从这些热切的目光中得到了自己想要的答案：再苦再难再累，我们也必须全面自主研发，才不会受制于人，才能做到安全高效！

欧阳轩乾开始带领大家全面学习相关专业知识。

师父的离开，让他们有片刻失落，但同时也让他们有了加速成长的目标和前进的方向。

这是充实的一年，是努力学习的一年，是为厚积薄发积蓄力量的一年。

好久不回家，难得回家一次，欧阳轩乾在饭桌上睡着了。爸爸妈妈心疼坏了，问儿子："工作这么累吗？"欧阳轩乾故意用轻松的口气想逗爸妈一乐，他说："以前觉得鲁迅先生写的'我家门口有两棵树，一棵是枣树，另一棵也是枣树’完全是在凑字数，不过最近把这个句式带入‘这个周末有两天，一天要加班，另一天也要加班’马上就懂了，不愧是大文豪，氛围感一下就出来了。”

他笑了，爸爸妈妈都没笑，他们默默地去到厨房，重新端上热过的饭菜。

2007年，是欧阳轩乾记忆里最美好的一年。

这一年的春天，他恋爱了。

其实从大学毕业，家里人就开始操心他的终身大事。欧阳妈妈总觉得儿子内向，不爱说话，不会跟人套近乎。每次看电视上的相亲节目，那些会说的能说的，都引得女孩子眉开眼笑，那些不会说不爱说的，没站几分钟就被砰砰砰地灭灯。每到这时候，欧阳妈妈就感觉心惊肉跳，她完全把那些人自动代入了自己的宝贝儿子。儿子读书时不好催促，但是现在儿子工作了，父母当然能名正言顺地催婚了。

这一年春节，欧阳爸爸欧阳妈妈把能请到的亲戚全请来做说客，想让儿子明白他们急于看到他成家立业的迫切心情。

亲戚们围成一圈，朝着欧阳轩乾七嘴八舌，以高度的理论水平和真实案例完成欧阳爸爸妈妈下达的任务。

爷叔辈的说：“怎么还不找对象嘞？岁数不小了啊？”

欧阳轩乾说：“也不是不找啊，没有遇到合适的呢。”

婶娘辈的说：“哪有十全十美的人，不要太挑，你优秀，可就没有一点不足之处吗？”

欧阳轩乾说：“您说得对。”

叔伯辈的说：“你看你这个消极的态度，你得主动找啊！”

欧阳轩乾说：“我天天工作那么忙，忙得回家的时间都没有，怎么找啊?”

兄弟辈的说：“网恋啊，你不天天打电脑吗？现在老人又不保守，你可以在网上找!”

欧阳轩乾实在无言以对，只好沉默。

兄弟辈这个堂哥在亲戚里是最年轻的，闯荡的地方也多，结婚两年，他和媳妇就是网恋奔现成功，这次带着媳妇一起来了。看欧阳不说话，他觉得自己点到穴了，兴奋地说：“互联网让世界变成了地球村，跨国恋都好多，快说说，你想找啥样的?!”

欧阳轩乾说：“互相喜欢的。”

堂哥有些鄙夷：“哎呀，差不多得了，感情可以培养的呀，能过日子就好呀!”

欧阳轩乾实在不知道怎么破局，突然脑子里灵光一闪，想起在网上看到过的帖子，活学活用：“哥，你找了喜欢的人，让我差不多就行?我不，我要以你为榜样。”

一屋子人，顿时安静了。

堂哥的媳妇就在那边看电视，此时明显调小了电视机音量，堂哥整个人定格了足足30秒，然后打着哈哈一连声说“是是是”。

欧阳轩乾长出一口气，从那以后，他就更少回家了。

但是，这不代表他没把父母的话放心上。其实他知道，长时间单身是件危险的事儿，一旦你开始享受那份平静，可能就不想再应付他人了。想到这里，欧阳轩乾吓了一跳，我才25岁，怎么会有这样的念头?同事有时候也会拿他打趣：“欧阳，是时候考虑个人问题了吧？真要当个工作狂啊?”他刚开始还解释：“三十而立，我到三十岁再考虑这些。”可他们还是要说，有时候说恼了欧阳轩乾也跟他们急：“不要再问我为什么不谈恋爱了，你当初为什么不上清北，是因为不想吗?”

欧阳轩乾也相过亲，有长辈介绍的，也有领导牵线的，可能大家觉得理工男一定很内向，所有被介绍的姑娘都属于活泼开朗型的。只有欧阳轩乾自己知道，这有多煎熬。他觉得自己好像一个加载特别缓慢的网站，其实有超酷超丰富的内容，但通常外向的女孩都性子急，还没等网站加载完成就离开了。而外向的女孩，不管动作行为还是说话语速，都像弹窗广告一样让人防不胜防，不胜其烦。

2007 年春，欧阳轩乾带领技术团队成功升级站内巡检程序，上级领导强制他休假，他也想好好调整一下作息，就接受了。QQ 群里，同期休假的同事们在计划组团旅游，气氛极其热烈，他也报了名，花了整整一天时间做攻略。然而，出发那天他才知道，最后到位的就两个人，他和一个女同事。

女同事李邈，比他早入职三年，级别比他高，因为不在一个部门，所以没怎么打过交道。一直到他调离，他对她的了解仅限于性别、姓名和职务。

两个人你看看我，我看看你，这时候去询问其他人为什么没来是没有意义的，别人没想到真有两个认真的人，而这两个人也没想到别人都没有当真。

有些时候，做判断只需要一秒钟，而命运的齿轮，就在这一秒钟开始转动。

两个人决定如约而行，因为有欧阳轩乾提前做的攻略，这一路玩得充实而且尽兴。

李邈现在依然要高一个级别，这导致最开始的时候欧阳轩乾拘谨到有些小心翼翼，不过很快他就发现完全没必要，不在工作单位不穿警服的李邈，契合了他对理想女孩的所有幻想。

他拿出攻略，她接过来看一遍，点头："非常好，出发。"

简单明了，干脆利落。

他买奶茶，问她："我要青柠，你呢？"

她从来都是："一样。"

她买汉堡："我要鳕鱼堡，你呢？"

他也从来都是："一样。"

那天在阳朔玩了一天，因为有攻略，他们几乎是在时间允许范围内，把所有该去该看该体验的全部感受了一遍，虽说都有点儿累，但是也都很开心。天空下起了小雨，两个人同时想到，下雨天和火锅是最配的，于是就找了家新开的看起来还不错的店。

欧阳轩乾看着菜单，突然冒出个疑问："你说，火锅有小肥牛小肥羊，为什么没有小肥猪呢？是小肥猪不配吗？"

李邈头也不抬："因为小肥猪围在桌边吃小肥牛和小肥羊呀。"

欧阳轩乾哈哈大笑，记忆中，他还没有过这样在一个女孩面前开怀大笑的经历。应该就是这个时候，就在那一瞬间，他觉得他喜欢上这个看起来比南方女孩还要南方、行动起来比北方女孩还要北方的北方女孩。

有了这个心思，欧阳轩乾就开始在意李邈的哪怕一个微小的感受，他想学着电影里那样表现一下，结果发现完全没必要。身高 170cm 体重 48kg 的李邈没有半点矫情和做作，她不会假装拧不开瓶盖，更不会拐弯抹角以达成自己的意愿。假如遇到警情，欧阳轩乾毫不怀疑她会比他还先冲上去。对，就是这么干练！两个人之间的交流从来简单明快。欧阳轩乾爱这种感觉，这种高质量的有效沟通让人轻松愉悦。

心灵鸡汤曾经说过，要想了解一个人，和他（她）去旅行。

欧阳轩乾曾经对这种鸡汤文不以为然，但它真的发生了，他觉得这简直是一句箴言啊。一段旅行让他们发现，两个人三观高度一致，步调合拍到让他们自己都感到意外的程度。

旅行进入尾声，欧阳轩乾表白了，典型的理工男的做事风格，想到就做。

李邈没有立刻回答，她看着他："你不知道吧，十二生肖的偶数位都是很好吃的食物，奇数位都不是——不许你说广东人看什么都好吃！"

欧阳轩乾有片刻的茫然："这是一种新的拒绝方式吗？"

李邈接着说："我属马，你呢？"

欧阳轩乾本能地回答："我属狗。"

李邈笑了："看吧，咱俩都是奇数位。"

欧阳轩乾笨拙地掰着手指头数了一会儿，恍然大悟，看着李邈："你是想告诉我，你比我大四岁？你觉得这是问题吗？"

李邈很认真地回答："我觉得这是问题。我比你大四岁，如果开始一段感情必然是奔着结婚去的，我没有时间等你成长，况且，姐弟恋，大多不被看好……"

欧阳轩乾打断她："如果你同意，我们回去就领证，这样，够诚意吗？"

李邈被气得笑了："你觉得结婚只是两个人的事儿吗？"

欧阳轩乾有些急了："结婚难道不是两个人的事儿吗？"

李邈看着欧阳轩乾涨红的脸，想了想："这样吧，等这趟旅行结束后一个月，如果你还是这样的想法，咱们再聊。"

整整一个月，两个人没通话也没见面，到了李邈说的那个日子，零点一过，欧阳轩乾立刻拿起手机，拨号，只响了一下，对面就接了。

欧阳轩乾直截了当："李邈，我喜欢你，可以做我女朋友吗?"

电话那头没动静，欧阳轩乾一下子有点慌："你，你说话呀，就算是拒绝，我也要你亲口说出来……"

对面传来李邈的声音："我在点头。"

欧阳轩乾举着手机呆愣了半天，腾地站起来："我有女朋友了。我有女朋友了!"

好的爱情，从来不折腾。

自从恋爱，欧阳轩乾感觉工作起来更加有动力有信心，如果一定要形容，可以说是一路高歌、突飞猛进。寻常男女爱情中发生的小事故，在欧阳轩乾和李邈之间，完全不存在。李邈从来不会夺命连环 call，从来不会追问他去哪儿了，从来不会因为他没有及时回电话而闹脾气生闷气，两个人更加默契更加合拍。欧阳轩乾还是经常加班，不过和以前不同的是，遇着李邈下班或者休息，她会来看他，她就安安静静坐在那里看书，从来不会打扰他的工作。

有一天，因为工作干得顺利，欧阳轩乾兴之所至给李邈介绍起梅沙系统运算规律，李邈听得十分认真，然后用语言和惊叹词狠狠地赞美了计算机技术、欧阳轩乾和精通计算机技术的欧阳轩乾。

现在回想起那一天，欧阳轩乾只能用一个词形容：流光溢彩。

有时候，欧阳轩乾加班连轴转，李邈会在下班后带着他喜欢的饭菜来陪他，还笑着说："咱们必须有福同享，"然后把他喜欢的菜推到他面前，"有肉你长。"

比起刚入职，现在的欧阳轩乾瘦了差不多 30 斤。欧阳轩乾知道，她是想让他多吃一点吃好一点，好有体力抗住压力。太累的时候，他经常不吃饭，可是她来送饭，无论如何，他都不能让她担心。

2007 年 10 月，欧阳轩乾入党，面对党旗举起右手时，他无法抑制地泪目：“我志愿加入中国共产党……为共产主义奋斗终身，随时准备为党和人民牺牲一切……”

2008 年，原公安部出入境管理局决定启动梅沙系统自主研发项目。消息一经发布，研发中心立刻吸引了全国各地公安系统的优秀技术人才前来交流。这解答了欧阳轩乾当初的困惑，让他明白，高层对此早有计划。

进入 21 世纪，科学技术日新月异，计算机行业的发展更是一日千里，也因为这样，所有相关业务要跟上高科技的节奏和步伐，梅沙系统建立之初需要外援，但外援再强，也是用钱砸出来的，归根到底，还是要把核心技术掌握在自己手上。

当初梅沙一期系统升级研发，各边检站都派出年轻的技术人才，就是为日后打造自己的技术队伍做准备。所以，当上级下达自主攻关研发的命令时，欧阳轩乾又激动又释怀，他坚定地回答：“请领导放心，保证完成任务！”

欧阳轩乾来找李邈：“我要参加。”

李邈的回复也是四个字：“必须参加。”

事后复盘，欧阳轩乾自己总结道：“这是机会是机遇，也是挑战是考验。”

在生活中，欧阳轩乾是个特别随和的人，随和到有时候甚至有点没原则，但是，在工作上，特别是在梅沙系统的自主研发项目上，他倔强得几乎不近人情。

在局里开研发工作讨论会，欧阳轩乾向来都是直接表达自己的思路，直来直去，完全不知道世界上有委婉两个字。

有一个到现在也不能外宣的技术项目，局里已经做过前期沟通，并且有了初步方案，指示欧阳轩乾及研发组按照既定思路去做。欧阳轩乾领着团队成员看完，当下就把这方案给否了，直言不讳地说设计逻辑和实际操作习惯完全不符！

相关负责人接到这份明确否决的评估报告都蒙了。

不过，理工男行事做事有一个特别好的习惯，他们笃定事实胜于雄辩。

欧阳轩乾领头，去现场找一线民警和通关人员做详细调研，然后打报告，虽然是一个否定既定思路的报告，但同时附上了重新制定的技术方案。再然后，局里相关部门领导专门从北京来珠海召开研讨会，现场效果堪比辩论大赛，技术团队坚守阵地有理有据，最终让领导同意了研发组的技术方案。

欧阳轩乾给李邈复述的时候，脸上依然洋溢着胜利的喜悦，李邈不由得感慨："还好团队齐心合力，还好领导开明大度，看看网络小说，一般像你这样的，活不过十页纸。"

欧阳轩乾想了想说："你是要我改吗？"

李邈笑了："江山易改禀性难移，你骨子里就这样，改不了，也不需要改，改了就不是你了。"

因为梅沙系统自主升级研发项目，欧阳轩乾的名字被广而告之。一向淡定从容的李邈，也会生发出些微的不安。她问欧阳轩乾："你这么优秀，会被越来越多的人看到，会被同样优秀的人喜欢，我怎么办？"

欧阳轩乾毫不犹豫地说："被我喜欢。"

这是欧阳轩乾说过的唯一的情话，专属于理工男的浪漫情话。

北京方面正式发出邀请，要欧阳轩乾去北京工作，这是升迁，大概率会留下。

欧阳轩乾接到消息第一时间打电话给李邈。

李邈没接。

李邈看着手机上一连串的未接来电和短信，她不知道怎么回应。如果欧阳轩乾只是她的同事她的下属她的朋友，她会第一时间向他表示祝贺，甚至会为他筹备一次隆重的送行，但是，他是她的男朋友，是她奔着结婚去的对象。她很纠结，如果不同意他去，那么以后，她会觉得耽误了他的前程，从而演变成感情和婚姻中的不平等，会产生罅隙，甚至，极大概率会导致感情破裂。理智上她知道应该同意他去，但是，她承受不起异地恋可能带来的后果，年龄和理智都不允许她去赌。

一夜无眠，看着天光渐亮，李邈的心思也随之清晰，她也做出了决定。

李邈开门，震惊地发现迎面是欧阳轩乾虽然疲惫却安静的眼睛："接下来的攻坚阶段我会更忙，咱们抓紧时间把要办的事儿办了吧。"

李邈反应有些迟钝："什么是……要办的事儿?"

两个人从民政局出来，你看我，我看你，那情形，像极了那次旅行的车站。

欧阳轩乾扬了扬手上的小红本："我们来交换礼物好不好?"

有亮光慢慢从李邈眼底泛起，她粲然一笑："好啊!"

欧阳轩乾把自己的小红本交给李邈，接过李邈手中的小红本，郑重地放在胸前的口袋里，还用手按了按："好，从现在开始，我是你的，你是我的。"

李邈抱住欧阳轩乾，泪光盈盈：“不去北京，你不会后悔吗?”

欧阳轩乾轻声却是坚定地说：“不娶你，我才会后悔。”

2009 年元宵节，欧阳轩乾和李邈的漂亮女儿出生，欧阳轩乾实现了一家三口、三餐四季的纯朴愿望。正应了成家立业的深意，女儿出生的同时，欧阳轩乾如愿晋升梅沙系统前台组长，梅沙系统迈进全面自主的崭新局面。

梦想的无穷力量像巨大的磁铁，吸引着全国边检系统的技术尖子和业务高手，许多人离开熟悉的岗位和温馨的家，甚至有人放弃晋升机会前来集结，由此，一支全新的年轻的完全自主的技术团队产生。

2009 年，梅沙系统的核心任务就是“源代码全自研”，整个团队要在不到 2 个月的时间里，掌握并熟练系统涉及的所有理论知识及实操——欧阳轩乾仿佛回到备战高考的岁月，没日没夜地学习，从客厅到卧室，随手都是学习资料，墙上到处贴着写满要点的纸条，抱着女儿时也在看书，甚至连睡梦中都嘟嘟囔囔在说话……

星光不负赶路人，欧阳轩乾带领年轻的技术团队一举拿下梅沙系统最难的部分——前台查验模块，实现了梅沙系统最为关键的“源代码”全部自主研发，真正做到了将“命门”牢牢掌握在边检人自己手中。

那一刻，星辰璀璨宇宙辽阔。

全国梅沙系统运维保障需要 24 小时专人值守，系统升级需要等到所有口岸关闭的深夜才能开始，作为全国系统应急小组骨干成员，欧阳轩乾经常会在凌晨接到其他总站技术人员打来的求救电话，希望帮助解决系统升级出现的问题，这种午夜来电欧阳轩乾已经习以为常。

有一回，难得在家过周末，欧阳轩乾哄睡女儿，凌晨 3 点，岁月静好的夜晚被急促的手机铃声打破，安徽总站致电，说他们机场站服务器升级出现故障，而此时还有航班等着验放出境。欧阳轩乾发现电话里很难说清，立刻起床开车回单位帮助对方远程解决问题。欧阳轩乾跟李邈提起的时候就一句话："还好没造成不良影响。"

后来站里统计过，欧阳轩乾带领的技术团队，累计为全国提供远程技术支持8700余次，排除紧急故障130多起，为全国各口岸查验系统安全运行提供了坚强有力的技术支撑。2012年，欧阳轩乾和他的技术团队已经圆满完成上级部署的各项任务，并总结出团队宗旨：灵感源于一线，业务需要什么，我们就研发什么。

2015年，欧阳轩乾33岁，年轻的师父开始带更年轻的徒弟。

欧阳轩乾拟定的培养计划：3周熟悉工作流程、3个月上手、3年内独立研发。

欧阳轩乾与同事对机房设备开展巡检

徒弟出师后跟大家讲：那时候听到师父的计划，我觉得开什么国际玩笑，我才来3天，怎么能就把未来3年安排明白了呢？

徒弟很年轻，学业出色，技术一流，个性也是非常突出。但是，在欧阳轩乾这个具有文艺气质，有着管理才能，沉稳持重，善于与人沟通的理工男的关爱培养教导下，很快就变得服服帖帖。

第一周，欧阳轩乾安排徒弟部署一台模拟环境下的验放服务器，而且特别强调："这个服务器没跑起来今晚可别走哦！"

最温柔的语言，最严苛的考验。

欧阳轩乾心里明白，这项工作就像组装一辆汽车，成百上千的零件待安装，哪怕一个环节出错，都会导致服务器无法正常运行，需要全部推倒重来。欧阳轩乾更知道，这对徒弟来说很难，但是，他必须磨他的性子，让他沉得下、坐得稳、想得通、耐得住。

果不其然，徒弟年轻不羁的脸上，满是千万不能被师父看扁的神情，立刻就埋头跟五颜六色的代码和服务器五花八门的报错开战。

经过5个小时不懈的努力，系统报错量成功翻倍！

徒弟捶胸顿足仰天长啸，开始怀疑人生，瞪着机器说："怎么我做这么多，反而出错的更多！服务器你再不跑起来，我就跑了！我说真的！"

欧阳轩乾站在他身后，拍拍他的肩："不能急，更不能怕，解决问题就是我们的日常工作，这个过程就是成长的过程。你只管按自己的思路去做，错了，我兜底。"

有欧阳轩乾的坐阵和点拨，小徒弟稳定了一下情绪，重新投入，两小时后，看着整齐的屏幕，他以为大功告成，喜滋滋地想要得到表扬，欧阳轩乾却一脸平静地盯着他："你确定没有遗漏的地方吗？"小徒弟赶紧回过头去反复梳理代码，整个人都不好了。怎么形容呢？有两个模块就像给腿部残疾的人装了条猪腿。

是腿吗？

是。

合适吗？

不合适。

可是，怎么把它调配合适了，小徒弟却不得章法。

时间一点点过去，小徒弟还在忙活，欧阳轩乾还是一言不发。小徒弟肉眼可见越来越紧张越来越急躁，但始终找不到解决办法。欧阳轩乾终于开口："我来。"

还有一个小时就要开启通道，如果做不好，会耽误一线工作，这就是事故。

看着欧阳轩乾手指在键盘上飞舞，小徒弟折腾了快一晚上没啃下来的硬骨头，做师父的十来分钟就搞定了，服务器跑起来了。

小徒弟心服口服。

欧阳轩乾却对徒弟说："你悟性好，热情高，是个好苗子，我对你有信心，你也要对你自己有信心哦。"

小徒弟被感动到："师父，除了我爸，你是第一个这么挺我的人。"

欧阳轩乾拿出两桶泡面泡好了亲自递给徒弟："今天你成了，以后你就成了。"

那是师徒二人一起奋战的第一个通宵，后来，他们并肩战斗了无数个日夜。

2016年，欧阳轩乾去珠海最远的站点桂山岛检查设备，李邈是接到电话才知道他来回各坐了一小时船，她赶紧开车去接人。欧阳轩乾没跟别人说，他晕船，非常严重的那种，回到珠海下了船，他一步也走不动，摇摇晃晃走到码头上乖乖地等着李邈去接他。因为面色实在难看神情实在萎顿，被路人以为失恋，以为宿醉醒酒，有好心的大爷大妈劝他，年轻人，回家吧，回家睡一觉就都忘了。还有热心人往他耳朵上别烟，甚至有好心人特意买了瓶雪碧塞给他。

看到李邈，欧阳轩乾伸出手臂：“没有你我怎么办啊?”

李邈强忍着笑，给他摘下烟卷打开雪碧：“没事了，走，我们回家。”

这是属于理工男的脆弱，只在自己最亲近的人面前才敢表露。

2017 年夏末，台风“天鸽”正面登陆珠海。李邈夜班，白天觉都没补就开始备战：采购、囤货、在窗户上贴报纸和不干胶。欧阳轩乾留守总站，看护设备。

那是惊心动魄的一天，后来的惨烈景象大家都在新闻上看到了。

机房毫发无损，欧阳轩乾在李邈面前炫耀左手臂因公挂彩，还嘚瑟，说这点小伤根本不影响敲代码拼速度，一脸得意。

直到女儿发出灵魂拷问：“隔壁天天的爸爸妈妈都在家，楼上轩轩的爸爸也是在窗户飞出去前赶回来的，为啥我的妈妈和爸爸都不在家?!”

李邈抱起女儿：“宝贝，你长大了，也要懂事了，这就是咱家的常态，你得习惯。”

欧阳轩乾在业内声名远扬，有成就，也有诱惑。

大学同学聚会，提前半个月就通知欧阳轩乾一定要挤出时间参加。大家见面都很激动，青葱校园仿佛昨日，如今都在各自领域出类拔萃。舍友在深圳一家半导体公司做技术总监，他听说了欧阳轩乾在做软件研发，诚邀他到公司做新生产线的软件负责人，而且当即承诺，年薪必过百万。欧阳轩乾婉拒。回去的路上，李邈挽着他的臂膀："那可是百万年薪诶，不是小数目，也就是你了，换个人，至少得考虑一下吧？"

欧阳轩乾问李邈："要是有人给你100万，买咱们家宝贝女儿，你愿意吗？"

李邈用胳膊肘磕一下他："一个亿也不给！"

欧阳轩乾笑了："这不就行了？"

2018年，这是欧阳轩乾职业生涯中又一个重要的时间节点。

横跨伶仃洋，连接香港珠海澳门三地的港珠澳大桥于2018年2月6日完成主体工程验收。从被国外专家断言不可能建成，到创下多项世界之最成功建成通车，习近平总书记对港珠澳大桥建设者给予高度评价：逢山开路、遇水架桥。

同样，在移民管理领域，港珠澳大桥也是内地与港澳之间出入境查验模式改革创新的最前沿，面对全新的领域，要"管好、用好"大桥。

没有经验可循，也没有先例可学，唯有开拓创新一条路可走。

而开拓创新从来都不是康庄大道。

要闯出一条新路，首先要有敢于打破传统的勇气。"合作查验，一次放行"的创新勇气，其实是被逼出来的。

早在2014年，当时珠海澳门之间旅客的年通关量就已经高达一亿人次，两次排队、候检时间长，成为了很多旅客的主要通关痛点。其后，随着通关人次的逐年递增，珠海边检提出"合作查验、一次放行"的研发立项。

就和港珠澳大桥的设计理念问世就被质疑一样，这个研发项目当时在很多人看来就是空中楼阁。因为，要实现"合作查验，一次放行"，不仅需要在查验场地、查验设备上大胆创新，还需要解决一项政策层面的大难题——在内地与澳门现行法律法规不变的前提下，如何避免出现“跨境执法”的问题。

现行政策不允许，这对很多开拓创新项目而言可能是“一击必杀”。

珠海边检没有退缩。

经过相关部门反复研讨论证，最终提出一个大胆构想：以技术手段让珠澳双方仍然在本方管辖区域内执法，通过信息互换、执法互助、监管互认来避免出现跨境执法的问题。

珠海边检与澳门同行从最熟悉的陌生人，变成最新模式的合伙人。

这是打破传统的，史无前例的。

但开拓创新不就是要当“敢第一个吃螃蟹的人”吗？

可是“吃螃蟹”不能靠蛮力，开拓创新也一样，需要突破瓶颈的智慧。

为了避免跨境执法，“合作查验，一次放行”流程中，人不能跨境，就只能让信息跨界。

欧阳轩乾带领技术研发团队必须要攻克出入境数据安全交换这个技术难关。现在回忆起当时的过程，欧阳轩乾依然笑称这是自己在给自己“挖坑”。

因为“合作查验，一次放行”的技术系统既要求内地与澳门出入境信息的数据库要保证绝对的独立、绝对的安全，同时出入境人员的信息又需要实时双向交互传递。

听起来很复杂，打个比方，就好比两个水桶，共用一套进出水的管道，既要水能顺畅地进出两个水桶，还要确保两个桶内的水之间不能相互流动。

这样一个既独立又要互通的两难命题，欧阳轩乾与同事们足足攻关了两年半。

欧阳轩乾与同事共同研究“合作查验，一次放行”新型查验模式的技术研发方案

一遍遍提出新的方案构想，又一次次在实验中全盘推翻。

在两年半的技术研发中，欧阳轩乾带领研发团队全身心投入，不破不立、先破再立，共制定了 20 多套方案反复实验论证，最终攻克技术难关。也有过灵光一闪的时刻，但更多是在上下求索中不断试错、不断改错。

把所有错误的选项排除了，那么剩下的就是正确的最优解。

但是，即便找到最优解，也不代表万事大吉。

2018 年 7 月底，“合作查验、一次放行”新设备全部安装调试完毕，迎来了第一次全仿真大流量压力测试，结果，出师不利。

不同于以往在实验室的测试环境，实地操作中，“合作查验、一次放行”的新设备就显得有点娇气，证件有点脏就读不准、数据传输有延迟、长时间运行弹框报错、标示不清晰、旅客不会用……大大小小的问题累计出现了近百个。

这时候，距离港珠澳大桥口岸开通还不到 100 天。

迅速调整，迅速纠正，下一次的压力测试就定在7天后。

顾不上崩溃，也没时间郁闷，欧阳轩乾跟同事们像上紧了发条的闹钟，一刻不停。用他们的话说：在测试中暴出来的问题都不是问题，是宝贝。他们就抱着一百多个宝贝闭关去了，经过5个通宵的奋战，上百个问题被一一清零。

7天后的第二次压力测试，没有一个问题重复出现第二遍。

2018年10月24日上午9时，港珠澳大桥开通运行。欧阳轩乾带领技术团队亲眼见证了那个时刻。李邈是在新闻画面里看到的。回家以后，李邈问欧阳轩乾："那一刻你看起来好严肃，你在想什么？"

欧阳轩乾特别认真："总在各种论坛上看到有人问，在哪一刻，你觉得中国变得强大了？对我来说，就是那一刻。"

如今，"合作查验、一次放行"新模式已推广应用于横琴、青茂等口岸，成为了"一国两制"在移民管理领域的创新实践，也成为欧阳轩乾和他的技术团队职业生涯中一座最重要的里程碑。

随着"湾区"概念的深入人心，横琴粤澳深度合作区的蓬勃发展，横琴口岸成为加速粤澳人员往来、促进粤澳深度融合的重要门户。

2021年，欧阳轩乾去横琴边检站入境车道调试系统，发现横琴口岸车道排长队，民警抱怨："车太多，通道全开系统也放不过来，你们想想办法啊。"欧阳轩乾想起团队的宗旨：灵感源于一线，前台需要什么，我们就研发什么。他萌生一个大胆的想法：如果用手机类电子设备提前进行无线查验，不就可以解决问题了吗？

他使劲挥舞了一下拳头，这真是个好主意！

说起来容易，做起来难。创新研发永远不可能一蹴而就。

用什么设备？资料怎么录入？安全问题有保障吗？所有这些，都困难重重。

欧阳轩乾理工男的脾气上来了，无论如何都要试一试！

为了寻找合适的设备，欧阳轩乾和他的技术团队打了500多通电话，联系了几十家公司，终于找到一款加密处理的特殊机型。可是欧阳轩乾又犯难了，他和整个技术团队对手机端的开发完全没有经验！要用全新安卓系统语言开发，还要完全移植梅沙的功能，并且必须保障数据传输安全……

欧阳轩乾硬是通过3个月自学，搞定了手机端开发问题！功能没问题了，但怎样才能保证高效、准确地录入，又是一道山一样沉重的课题。欧阳轩乾通过测试发现"图文识别"不能做到百分百精准，必须解决。他走路想、吃饭想、睡不着夜夜想。一天，他回家掏手机刷门禁，突然灵光一现——用手机的NFC功能读取证件芯片，不就是最好的补充手段吗？他掉头赶回办公室，一头扎进代码堆开始编写。最终，图文识别、芯片读取双管齐下，成功解决了资料录入的难题。

2022年，移动查验终端在横琴边检站试点。高峰期使用率高达95%，平均每台车通道候检时间缩短20%，减少高峰时间15分钟以上，降低了一线工作人员的劳动强度，提高了口岸通关效率，也赢得了广大出入境旅客的点赞好评，再一次印证了科技创新的魅力。

双胞胎人员提示系统的应运而生，更是让一线工作人员齐赞神奇。

在没有这个系统之前，双胞胎核验单纯依靠前台民警的"火眼金睛"。欧阳轩乾到横琴边检站调研，就有经验丰富的老民警说："最怕的就是双胞胎冒名顶替，往往要比对、询问很久才能确定。"

说者无意，听者有心。

欧阳轩乾回来后就向团队提出，要用技术解决这个问题，从证件号码中寻找规律，建立一套数据筛选逻辑。

系统甫一上线，前台就查获了一起双胞胎冒名顶替案件。

如今，前台每年收到上万条相关提示，实实在在解决了检查员的难点痛点，为口岸安全又上了一道保险。

队员们打趣："老大，以后调研，你别去了，一去就带回来新任务。"

话虽这么说，其实大家心里都喜滋滋的，看着自己的研发成果用于实践并且带来显著效果，那种成就感，那种被需要的感觉，那种油然而生的自豪，令人无法自拔。

有些人来到这世界，就是为了升级打怪拯救地球，这是他们的使命。

欧阳轩乾忙得几乎要飞起，平时就李邈一人带女儿多，她带女儿回家看老人也比较多。

年底，欧阳轩乾又到了最忙的时候，李邈照例自己开车带女儿回家看姥姥姥爷，她无意中发现一个小变化——父母把她的电话和微信备注都改成了"女儿"。

李邈有些意外："咦？你们不是说联系人不能存关系吗？怕被诈骗什么的？"

微信普及以后，"相亲相爱一家人"的群里，老人总是爱转发一些所谓的科普视频，他们就是从那里面学到的，通讯录联系人要存姓名，不能让外人看出家庭关系——怎么现在变了？

爸爸妈妈在对方通讯录中的姓名分别改成了"李邈爸""李邈妈"，原来存的"李邈"改成了"女儿"，"欧阳轩乾"改成了"女婿"，还有一些走得近的亲戚的名字也都改了。

妈妈是医生，退休以后返聘继续工作，她装作不在意地说："医院里小护士教我的。"年纪大了，怕万一有事，医院联系不上直系亲属。

李邈突然间就觉得嗓子一紧鼻子一酸。她似乎突然间明白，自己原来已经不小了，爸爸妈妈原来也已经变老了。

妈妈看出她的情绪，赶紧过来搂住她，又搂住外孙女："傻孩子，我们不老，孩子们怎么长大？"

那天回家，李邈一直等到深夜欧阳轩乾下班回来，对他说："再忙，咱们也要抽空去看看爸妈，至少也要一个月一次。"

欧阳轩乾点点头："好，一个月一次。"

李邈又说："咱们一定要好好的，咱们有女儿，还有爸爸妈妈呢。"

欧阳使劲点头："好好的，咱们女儿和爸爸妈妈，都好好的。"

2023 年，欧阳轩乾已年过不惑，但见到他的人都不约而同感叹：

幸福的欧阳轩乾一家三口

“你看起来好年轻!”是的，戴着黑框眼镜，背着双肩书包，头发依然浓密，身板依然挺拔的欧阳轩乾，走在大学校园也毫不违和。稍有闲暇，李邈会带着他泡在她喜欢的咖啡店一起静静地看书，她看青少年教育，他看专业书。

这时候，女儿14岁，已经具备自己的独立意识，再也不喜欢吊着爸爸妈妈的手臂跟他们一起出去玩，她遗传了爸爸的好学和妈妈的自律，学习上基本没怎么让欧阳轩乾和李邈操心，无形中反而让两个人有了久违的二人世界的时间。

欧阳轩乾就带李邈看科技展，饶有兴致地和机器人对话：“0除以0等于多少?”

机器人答：“你有0块饼干，分给0个朋友，请问每个朋友能分到几块饼干？你看，你既没有饼干也没有朋友。”

围观的人哈哈大笑，欧阳轩乾也笑。

李邈涨红脸，小声训他：“拜托你成熟一点!”

欧阳轩乾一脸无辜：“我不要，男人至死是少年。”

李邈捶他一下：“狡辩!”

欧阳轩乾依然一脸无辜：“不是我说的，网上都这么说。”

李邈就摇头：“比带一个团的兵都累。”

欧阳轩乾：“报告团长，我饿了。”

李邈领着欧阳轩乾去吃饭，心里暖洋洋的，她想，这就叫作幸福吧，一定是的。

欧阳轩乾做研发十几年，提供支撑服务十几年，跑遍全国，每到一个地方同行们都表现出极大的热情。有一年，欧阳轩乾和李邈带女儿到甘肃河西走廊自驾，那时候女儿还小，还喜欢赖在妈妈怀里撒娇，一家三口一路欢歌，欧阳轩乾没忍住，发了个朋友圈，结果其后每到一处，都受到兄弟单位绑架般的热烈欢迎。去新疆走大环线自驾时，被徒弟“出卖”行程，那一路，电话追着他的人和车，每个城市都有热情的同行兄弟让他必须领受地主之谊。这种被需要被尊敬的感觉特别让人自豪，尤其是女儿，看着爸爸一脸的骄傲。但是，自此以后，欧阳轩乾和李邈再出门，绝不发朋友圈，不给兄弟们添麻烦是其一，不让难得的假期变成团建是其二。

2023 年，欧阳轩乾和李邈结婚 15 周年纪念日，本来想一家人好好庆祝一下，结果春夏交季，俩人一个加班一个夜班，都感冒了，只能取消计划。欧阳轩乾倒好了水，李邈却推开了：“感冒嘛，吃药也是 7 天好，硬扛也是 7 天好，咱们就不吃药了，扛过去吧，也让身体免疫系统运转运转。”

欧阳轩乾有些迟疑：“咱俩没问题，那女儿呢？万一这 7 天里把她传染了怎么办？”

李邈就翻出板兰根：“那就让她喝 3 天板兰根预防一下，3 天以后咱俩应该也差不多了。”

结果女儿特愤怒：“为什么两个生病的人不吃药，我一个没生病的却要吃？”

欧阳轩乾和李邈这一对父母被问得哑口无言，只好在女儿监督下乖乖吃药。

是的，吾家有女初长成，那个降临于 2009 年元宵节的小美妞长大了，兼具欧阳轩乾理工男的清晰逻辑和李邈文科才女的细腻敏锐，计划性极强，执行力更是出色。看着爸爸妈妈吃药、喝水，然后把他俩赶去卧室，特别叮嘱：“盖厚一点的被子，发发汗就好了。”两个人这才看到，床头花瓶里一大捧红玫瑰，娇艳欲滴。

这是女儿买给他们的结婚纪念日礼物。

两个人互相依偎着，享受着这份甜蜜、安宁和温馨。

欧阳轩乾突然看向李邈：“我一直想问，那一天，就是咱们领证那天，我刚到你家门口你就开门了，你想说什么被我打断了，我当时心里特别忐忑，不敢问你，就想着拉你去民政局……李邈，那天，你想说的是什么?”

李邈看着欧阳轩乾：“其实，那天你看到我的时候，我一夜没睡，你来找我的时候，我也正要去找你，我想跟你说……”

欧阳轩乾有些紧张地看着李邈。

李邈一字一句地说：“我想跟你说，我在珠海等你。”

全国移民管理机构第二届“十大国门卫士”陈静波

静水流深不扬波

——北京出入境边防检查总站陈静波纪事

李球璐

他，以鼠标和键盘为武器，在无形战线上，寻找蛛丝马迹，让沉默的数据“开口说话”；

他，习惯在无数日夜伏于案前，总结提炼技战法，循线深挖线索，在方寸之间屡破大案；

他们，在探索中起步、在实战中历炼、在创新中发展，走出一条移民管理工作现代化全新探索之路；

他们，发挥数据研判引领支撑作用，推动边检工作高质量发展，将数据研判工作的发展从经验思维转变为数据思维，实现从被动防御向精准打击的跨越，实现从孤岛信息分析向多维研判排查的升级换代；

他们，是守护在国门云端的出鞘利剑。

——引子

一、起——英雄不问出处

“这可是位真大神！”

“外事不决问百度，内事不决问静波，百度可能掉线，但静波一直在线。”

“他是个平平淡淡又很实在的人。”

“他的口头禅就是，‘我来，这个我可以来’。”

“他获评‘十大国门卫士’后，可能有人觉得他会飘了，会有距离感，但对他来说完全不存在。不论是领导、同事，还是刚进单位的年轻人，不管什么时候找静波，他都 24 小时在线。”

你不禁要问，静波是谁？

那一天，主角还未进会场，一群忍不住评说他的同事们就聊开了。有人兴奋地说着他的好，有人边说边竖起了大拇指，还有人认真倾听，不时认同地点点头。

故事要从 2018 年说起。

那一年，北京边检总站数据研判室一级警长陈静波干了一件大事——由他开发的执法办案 OA 系统正式上线。北京边检遣返审查所的同志们一打开系统，可即刻对前台查验民警搜出的可疑人员进行分析，迅速调出相关处罚表单，将最初处理一位可疑人员需要的 20 多分钟缩短至 45 秒，让办案人员的“幸福指数”大幅提升。

做执法办案 OA 系统的想法源自北京边检总站数据研判室主任武玉峰在北京边检总站遣返审查所当副所长时，他发现前台民警工作非常辛苦，重复性工作很多。“一个有问题的旅客来了之后，处罚时间需要很久。如果来了两三个有问题的旅客，那我们一时就很难处理过来，因为民警是有限的，要做很多固定的法律文书等等。”执法办案岗位的战友们在做案卷时需要手工录入资料、反复核对，经常出现法律文书出错、签批流程较长等问题。总站计划开发执法办案系统，但是研发公司报价高达上百万，而且他们不能精准理解执法办案需求，项目一度停滞不前。看着战友们每天被牵绊在繁复的执法程序中，武玉峰找到陈静波，问他是否有解决办法。

“我试一试吧。”陈静波一开始并没马上答应，“因为心里没底。”但经过一段时间编程测试后，他告诉武玉峰，自己应该可以完成，但需要时间。

从那以后，无论是在单位还是在家，陈静波的主要工作就是编 OA 程序做代码。

“静波，程序如何了?”每隔一段时间，武玉峰就会忍不住问他，得到的答案永远都是“领导，我快完成了”。为了赶任务，陈静波的作息时间常常从早上 8 点到夜里 2 点，除了吃饭喝水，他便伏案在桌前写代码，为了让系统好用，有时一个小小的功能都需要反复修改好几天。孰不知，在系统研发期间，陈静波犯了严重的颈椎病，头晕得站不住，天花板上的吊灯就在他眼前转啊转，他不得不躺下休息会儿再爬起来继续写。

半年后，陈静波把做好的系统让武玉峰看。“当时很兴奋，他已经把这些日常所需的文本表格实现了数字化处理，这是一个彻底的变革。”

向科技要警力、向科技要战斗力，绝不是一句空话。陈静波从使用者的角度出发，着力解决案件办理过程中的痛点和难点，利用技术手段让大家的工作效率进一步提高。

做系统伊始，有人告诉陈静波，你不可能一个人完成开发。没有人相信他一个人可以做成，唯一信任他的就是武玉峰。

“无条件支持你，放手去做。”

“在办案时，当事人的资料都要手动录入，每个文书都要录，很繁琐。其实这些数据在最开始检查员查验时都已经录入过了，我就想，如果把前面的数据拿过来直接复制，快速生成文书就便捷多了。”

想到什么就马上去做。经过逐级程序审批，陈静波终于可以复制数据，大大提高了效率、节省了时间。每次接到任务，他并不是忙着开始，而是先用70%的时间思考，如何才能做好它？

那时，陈静波的工作单位是北京边检遣返审查所，深知同事所需。但任何系统都存在难以避免的漏洞。他举例，外国人非法居留的情形也许有20多种，有人建议他，20个情形做20个选项不就好了吗？“实则不然，因为每种情形还会有延伸情况，可难道要做60个选项出来？”

陈静波查阅了相关业务书籍，把所有情形全部都整理出来，各种分类情形最终落到分支，再去梳理中间的所有节点。他用3天时间画了大致草图，翻阅了7万多字的资料后，这才开始真正动手写代码。

配服务器写接口、协调数据源、系统后期维护，这是陈静波第一次面对如此庞杂的系统代码编写，对他来说是一个成长的历练。“写代码得有项目去练它才能提升。你看得再多、学得再多，不实践其实就没什么用。”

经过上百次的测试修改，陈静波用不到半年时间，写完7万余行代码，提前完成建设任务。系统让案件处理完成从“汗水警务”到“智慧警务”的转变，实现了案卷一键生成、案件快速处置，案卷流程从10分钟缩短到50秒。5年来，系统处理案件4000多起，为同志们节省办案时间近700个小时。

在数据研判室，陈静波先后完成了案件线索管理系统、专项工作数据抽取程序等8项智慧警务技术研发，他和同事以科技手段作为引擎，助推移民管理工作转型升级。

你不禁又要问，数据大神是如何“炼”成的？

陈静波小时候是在湖北十堰长大的。让他印象最深的是冬天，因为太冷了，每天最难受的时刻当属晚上睡觉进被窝。被子湿凉湿凉的，钻进去的时候要小心翼翼，“蜷着腿一点一点往里钻”。上高中第一年，陈静波开始住校，学校是第一年搬去的，就建在山谷里，宿舍里没有窗户，没有取暖设备。晚上，寒气顺着山坡灌进屋里，这间宿舍有 8 个人，分别睡上下铺，待冷到极致，睡在上铺的同学就会下来，干脆俩人挤一张床取暖。每日连取暖都成问题的求学时光，哪里顾得上人生规划呢？

陈静波的童年和大部分“80”后无异，只不过与大城市孩子相比多了点野趣。下河摸鱼，上树抓鸟，父母散养，基本上不约束，就这样一路跑到了上学。15 岁时，他坐车走了两个多小时的盘山路离开家，就这样摇摇晃晃到了学校，因为交通不便，陈静波基本一个月才回家一次。“在学校也很辛苦，早上六点早自习，晚上九点五十下晚自习，一周上学六天，两周才休息一天。”

他从不睡懒觉，小时候父母给他定下了死规矩，每晚必须 8 点上床睡觉。上小学时，陈静波常常是早上起来写作业，“这个习惯就导致我不爱睡懒觉”。周末六点半就醒了，打开电脑或是看看书。在查验岗位上班时，下了夜班的陈静波也不喜欢回家就睡觉，一直工作到当天晚上的半夜一点再睡觉，第二天还是早上 7 点前就起床了。同事们都说：“静波特别适合上夜班，因为他能熬。”还有个特点，陈静波在什么环境下都能休息。上大学时，宿舍 8 个同学，有 4 个同学常常聊到半夜，也不影响他休息。一位在 4 层打呼噜，1 层都能听到的同事，呼噜声能把自己吵醒的人，居然都没有影响陈静波的睡眠。

初中时，陈静波的政治、历史成绩欠佳，初三时考试不考政治后，他的名次开始在班上拔尖，中考时考进了县里的前 10 名，只有排进前 10 名，才能到市里上高中。“当年各个学校都在抢生源，免学费，每个学期还给 500 块补贴。”一次，班主任和陈静波开玩笑，问他有没有信心考到前 3 名。陈静波心想，高手如云的高中，都是从各个地方来的尖子生，哪承想，第一次考试他考了全年级第 2 名。

高三时，考试编考场，一个大阶梯教室坐 200 人，年级前 200 名就可以进第一考场，从一考场、二考场、三考场往后排，陈静波常年坐在阶梯教室的第一排参加考试，一模二模三模考试，他的数理化成绩都是满分，也是全市的前几名。陈静波轻松地度过了整个高中学习。

高考前，班主任直接告诉陈静波父母：“不用担心他，考清华、北大肯定是锁定了，没问题。”结果，他在高考时发挥失常。“那时心理素质不好，语文没考好。”当然，考清华、北大的梦想只能深埋心底。

当时，陈静波所在的班级叫火箭班，班上的学生都很优秀，大多数同学考上了武汉大学和华中科技大学，但陈静波不想随大流。后来他的英语老师建议他，要不填中国人民大学试试看，陈静波就报了中国人民大学法学专业，服从调剂。“人大的法学其实和北大分数是一样的，所以我被调剂了。”当年，北京大学数学系在湖北招 4 名国防生，陈静波提前批次报了北大，第一志愿报了人大，国防生最后入围了 5 个人，通知 5 人到湖北襄阳体检，体检后退档一个，那个退的就是陈静波。

彼时，陈静波正在街边的网吧查阅资料，他的大学录取通知书到了。那几日，他已经给自己做好思想工作，准备复读了，结果陈静波父亲将“热辣滚烫”的录取通知书放到了他面前。

陈静波所学的公共管理专业是文理科兼收的专业，时至今日，陈静波谈起来还是有点儿后悔。“年轻人还是没有高人指点，当年我没敢下决心，应该退学再去考计算机专业。”但一切都还不晚，大学里，陈静波自学了计算机编程，又攻读了北京大学软件工程专业硕士研究生，这也对他日后开展数据研判工作有很大的助益。

2008 年，互联网行业还没有兴起，加之经济危机的影响，工作很难找，很多同学都好奇陈静波为什么会对计算机感兴趣。小时候，陈静波父亲的办公室有台电脑，每到周末或寒暑假他都会过去玩，从玩游戏，到刻光盘，再到编程。

如何来证明陈静波对计算机的痴迷程度，也许他的徒弟胡冰讲述的故事可以窥探一二。上大学时，陈静波在宿舍用电脑编程一天，中间也没顾上吃饭，傍晚出来在操场散步时，一个篮球滚落到脚边，场上的同学请他帮忙捡球，可他刚一弯腰，就由于体力不支晕在了操场上。

到北京上学是陈静波最远的一次旅行，更早的时候，他只去过一次武汉。他心想，如果毕业后能找个好工作留京，既能站稳脚跟，又能圆了父母的心愿，何乐而不为？

大四那年，陈静波考公报考了一个竞争激烈的岗位，第一年没考上。第二年他开始考北京市公务员，当年考过之后会发个合格证，大学生再拿着合格证到招聘会上找工作投简历。那年他考得分数不错，但那年北京市所有单位招聘的基本要求都是北京市常住户口，陈静波在里面转了几圈，发现自己连个投简历的机会都没有。2008 年 7 月，陈静波大学毕业，想着在 7 月底再考一次，正好赶上北京边检总站为迎奥运招毕业生多，他一下就考上了。

二、承——精金百炼　百炼成钢

2008 年，“奥运新警”陈静波正式入伍。

初来乍到，他最开始的工作是每天佩戴“八大件”进行现场武装巡逻。巡逻一小时，再到台上跟师父杨生产学一小时前台查验。师父上台子的时候他就跟着学，师父下去休息了，陈静波就继续巡逻。

终于有一天，陈静波可以独立上台了，但杨生产并未离开。

师父默默不语，坐在陈静波身后。

陈静波迫不及待地坐到杨生产身前，笑着说：“师父，我来！”

“请收好您的证件。”陈静波前后翻了翻面前这位女士的签证。

就在他刚要给旅客证件盖章放行时，杨生产一把抓住了陈静波的手：“别盖。”

“怎么了，师父？”

“你仔细看看！”杨生产的语气中带着愠怒。

原来，陈静波没有注意到证件有效期，旅客手中的签证已经过期了，不能盖章。

站在后面排队的旅客有些着急：“你们快点儿呀！”

“这位旅客很抱歉，您的证件有效期过了一年。请您跟我到后台查验一下。”杨生产不容置疑地说。

“这孩子有时候有点自信，认为自己都掌握了，这时候就需要我这个当师父的敲打一下。”

后来，经验多了，陈静波类似的错误再也没犯过。

刚入警时，杨生产建议陈静波多写些文章，做外宣写稿还可以加分，分数高了奖金就多一些，而且，文章发得多了，年轻人在领导面前自然会受重视。一有写稿任务，还没等杨生产开口，陈静波常会苦笑着挠挠头：“师父，我写作水平确实不行，咱换个人行吗？”

几年前，北京边检总站前台查验人员在查证过程中，经常遇到有些国家的签证不太常见、不好核实的问题，有时候是一个印章，有时候甚至是手写的，完全没有固定模式。陈静波知道后，开发了一个可以简单通过点击鼠标即可出现相关业务知识的带图软件。

从亚洲板块点进去，会出现所属国家，再从国家点进去，又会出现当地的人文地理、生活习惯及证件样式和特点。那时候，杨生产记得不分上班还是下班，陈静波总是挎包背着电脑，在单位琢磨完回家继续研究，系统做出来后，让大家觉得很“轰动”。

陈静波任职的第一个岗位是前台验放旅客，这一干就是十年。“我们在一线旅检岗位工作，每年验放几万人都是很平常的事，最多的一年能验放十万人。”他坦言，随着工作经验的逐渐积累，很容易甄别想偷渡的旅客。

观察至关重要。陈静波有个习惯，在查验证件的同时，会不时瞥一眼附近队伍中的人群：有人在四处张望，有人在低头看手机，还有的人眼神飘忽，而这些可疑人员的小动作早已在前台检查员的眼中暴露无遗。“你看现在队伍中看着比较正常吧，如果突然出现和队伍中不合群的人，就需要提高警惕，是需要关注的，我们需要更加仔细。其实，在台上需要照顾的地方非常多。”陈静波说，这份工作压力很大，“因为你很容易就放过一个有问题的人。”

在北京首都国际机场 T3 航站楼，有一个专门查验假证的房间。如果在前台发现了可疑伪假证件，都要拿到这里进行鉴别，简而言之，就是通过精密仪器再次鉴定证件真伪。“现在防伪措施很多，有时候仅靠肉眼很难辨别。”

在验证前台，民警要掌握超过 200 多个国家或地区的证件类型特点。“每个国家或地区证件打印方式都不同，有喷墨打印、激光打印，还有一种叫热转印。比如，这个地方应该激光打印，你用了热转印，那就说明是假的。”还有一种是手写证件，对于新警来说，这简直如同天书。一位民警有次遇到一本外国的手写证件：“我直接就崩溃了，这到底是真的还是假的？”但真假拿不准的证件放到陈静波面前，很快可以断案。

凡是作假，必留痕迹且无处遁形。“真假证件的触感不同。你摸得多了，自然形成一种感觉。就像人民币的真假一样，有人喜欢看水印辨别真假，有人单纯靠摸上面的出版印刷辨识。”

内行人知道，一些打印方式受到严格管制。譬如，凹版印刷，若没有打印机很难伪造出来。油墨凸出在纸张表面的印刷技术，被称为凹版印刷。“外边其实做不出来，但为了仿造，违法者会用很多方式。比如，证件印好后，在背面拿个东西往外顶，把它顶凸起来，然后摸起来也有触感。”陈静波说，凹版印刷的机器很贵，要大几千万，做假证的成本有限，很难通过外购机器作假。“做假也要有版式，然后还要有机器，并不是随便拿张纸，一打印就能用。如果做得很真，那真是很难鉴别。所以，需要专业部门来进行鉴定。如今，我们通过机器很快就可以鉴定出来。”

让陈静波印象最深的是暑期高峰。夜里上夜班，他看到T2航站楼查验大厅站满了人，空气闷热，大家脖子上的汗顺着就蹭到了警服上，一晚上下来就起了痱子。“我们都这样梗着脖子工作，那时平均一小时至少要过60位旅客。”

这是陈静波和队友在短短几十秒内完成的一系列检查。内部要求，中国公民排队等候时间不超过30分钟，这就要求每位查验人员都要技术过硬。在T3航站楼，旅客的到来通常有节奏，他们会按照每一班小火车的时间定时接送旅客。而在T2航站楼，等待查验的人群直接在大厅排队散开，这对民警的要求也更高。

近两年来，陈静波和同事发现电信诈骗案猖獗，更是加大了现场查验力度。“上次在机场我们发现几个人状态不对劲，带到一旁询问，没多久几个人就承认了，我们当场没让他们出境。”

心思缜密的陈静波外出培训前，嘱咐同事，他认为这几个人很有可能会拿着签证换口岸走。经过同事的一系列研判发现，这几个人果然转战去了郑州企图出境。“请你们务必将这几位拦住，他们要出境搞电信诈骗的。”北京的同事迅速与郑州做数研工作的同志取得联系，再次阻止他们出境。

有两次牵涉电信诈骗的嫌疑人让陈静波印象深刻。一位是刚满 18 岁的青年，没有任何社会经验；一位是 50 岁的中年人，执意到国外寻求高薪。为了发财他们愿意铤而走险，即使有可能刚一出国就被限制人身自由。“他们不在乎。如果没去，他们可能错过一个大好机会。”

在陈静波所住的小区，几位居民正在受一起电信诈骗困扰。“几天时间就被骗了 10 万，放眼全国，你想想这能骗老百姓多少钱。”陈静波的一位同事，坐在飞机上马上出差，突然给他打电话，告诉他领导手机没钱了，让其帮忙充值。同事不敢怠慢，马上开始充钱，担心自己钱不够，还让同事帮忙一起给领导充，最后才发现是骗子。

陈静波说：“我们的工作是保平安，很多时候是多问一句的小问题，我们逐人问逐人放，是真的能感受到电信诈骗危害很大，需要我们这种职业的人去保护他们不受骗，或是减少被骗。”而陈静波的隐忧在于，现在科技手段发达，诈骗手段越来越高超，进化很快，防不胜防。

渐渐地，当年的小陈也当了师父。

徒弟史宗良说，陈静波对签证查验细节把握得很透彻。

“师父，这个能不能放?”史宗良碰到拿不住的，一个侧头，轻声低语向陈静波求助。

陈静波打眼仔细瞥了几眼，用手扒拉扒拉，点点头：“放。”

“每个人的气质都不一样，比如一看这个人就知道是来读书的，或者打工的；比如说一个人走到我们前台前，我们先通过口音判断这是哪里人，是不是学生，这是一个最初的判断。”

在前台查验上班，陈静波常常是三天上一个班，一个白班、一个小夜班、一个大夜班，日日轮回。“这十年过得很快。在查验前台我干得很快乐，我从大山里走出来的，从没见过外国人，没想到毕业后在自己的工作岗位上见到各式各样的外国人，还能跟人聊天，我觉得挺有意思的。”

2015 年，胡冰成为了陈静波的徒弟，两人多年一直在一起工作。那年，胡冰刚入警，本来还有些忐忑和不安，在看到陈静波后迅速缓解了紧张情绪。师父虽然教业务，但不严厉，批评也不真批评，对事不对人。

再后来，胡冰也做了师父。胡冰在做组长时，一次碰到陈静波，陈

陈静波在停机坪执行航班监护任务

静波就顺势考他几道题。“他一问我，我还挺紧张，好在当年学得扎实过硬，但师父时常督促我，让我不能懈怠。”

2017 年 12 月，陈静波调往北京边检总站遣返所。临走，他很不舍，悄悄拜托同事，如果可以，能不能把他的验讫章留着，万一还回来干呢。后来，因为遣返所的工作实在太忙，陈静波不得不注销了他在前台查验使用的验讫章，再后来，他彻底从原宿舍搬走了。离开时，他有些伤感，拍着兄弟的肩膀说：“这次是真的要彻底告别这里了。”

兄弟话锋一转，说：“嗨，别伤感，在哪儿你都能发光!”

查验见真功，问询露峥嵘。2019 年，陈静波在北京边检遣返审查所办案时，遇到一位曾被他遣返的外籍人士跑到相邻国家，换了其他国家的护照又来了。面对民警的问询，他一开始装聋作哑什么都不说。后来，陈静波进去跟他谈话：“我看着他，他看着我，我们互相谁也不先开口。过了 10 分钟，他开始讲话，但无论他说什么，我都说我听不懂。过了一会儿他急了，开始跟我讲中文。哈哈，这就好办了嘛，他很快就招了。”

外人也许以为这里的工作就像警匪片里演的，日日和犯罪分子打交道，但实际上来了才知道，这里的日常工作太平淡了。新警训练和常规训练很多，可到了现场就只有一个查验证件的工作，而且许多人一干就是一辈子。杨静波感叹：“从警生涯就是这样，这就是坚守的价值吧。我们就像是万里长城上一块沉默的青砖，无言却坚定，我们日复一日没有任何差池地工作，就是为了让这长城永固。”陈静波在查验岗位、遣返所等岗位十余年，这是心力、耐力、体力的综合考验，也为他的后续数研工作做了大量积累。

三、转——锲而不舍　金石可镂

在过往的十余年中，陈静波和同事们查获口岸案件主要依靠民警的个人工作经验，以个体打击为主。数据研判队伍成立后，大家开始尝试以数据思维提高查缉的精准性和系统性，系统梳理口岸多年来查获的个案，以模型构建的逻辑提炼总结案件规律，预先发现可疑人、可疑事。

2021 年 7 月，北京口岸查获了一起内地居民持伪假加拿大永居卡出境案。陈静波在研究这起案件的时候，发现类似的案件曾经在 2013 年和 2017 年各发生一起，而在 2021 年 7 月，短短半个月的时间就连续发生两起。陈静波总结了这些涉案人员的特征，并迅速做出预警，短短 3 个月的时间内，多个口岸陆续查获了 7 起 8 人次使用同样手段的偷渡案件，在数研人的打击下，10 月以后此类案件就消失了。一个口岸发现风险隐患，迅速提炼为模型，形成全国边检机关集群打击态势。

2019 年 9 月，北京边检总站数据研判室正式成立，通过构建大数据合作共享平台，实现精准锁定、精准打击，为全国边检机关查验处置和侦查办案提供大数据支撑，从此一支守护国门的云端利剑愈发锋利。

听闻自己又将被调往新单位数据研判室，陈静波有些想不明白。

“明明在一线岗位做得很好，为什么要调我去后台呢?”

“从数据里究竟能挖掘出什么呢?”

“数据研判又做哪些工作?”

武玉峰决定找陈静波聊一聊。“数据本身看似枯燥，但这个数据和你理解的数据可能不太一样，通过一串数字可以发现很多的伪假信息，通过一串数据可以发现很多的违法犯罪人员，通过自己写的代码，你可以把批量数据进行处理以后发现疑点。”

陈静波这才明白，自己一直感兴趣并钻研的计算机，都将在日后工作中发挥大作用。

有一次，陈静波在检查两名有偷渡嫌疑的旅客时，发现他们自述新买的电脑却有拆卸的痕迹，陈静波初步判断这台电脑有问题，于是立即请示领导是否可以拆开电脑一探究竟，领导毫不犹豫地对他说："相信你的判断，你放心拆!"结果，这台电脑的面板后面果然夹着两本假护照。这件事对陈静波激励很大。

从此，陈静波开始琢磨"我还能做些什么"。他把学生时代那股学习劲头拿出来，人员查验要点、证件鉴别特征、最新偷渡形势……笔记本里密密麻麻地写满了学习心得。每天结束工作后，他还会抽出时间总结归纳出入境人员查验方法，研究最新口岸案件通报。

凭借技术优势和丰富的工作经验，他很快就得心应手了，从数据研判分析到非法出境入境案件办理，他总能从细微处找到突破口。同时，在大家遇到难题时，他常能提出突破性思路和有效的解决方案，因此被身边的同事亲切地称为"大神"。

清晨6点的北京静悄悄，一切都在等待苏醒。

北京边检总站数据研判室的年轻人被一个总是报错的系统困住。

"这个指标项不匹配，所以系统总是报错。"刚刚值完夜班的陈静波略带疲惫地给大家讲解数据模型中的漏洞。

"如何让数据开口说话"，成为陈静波无时无刻不在思考的问题。从海量数据中的"蛛丝马迹"循线深挖出整个犯罪链条脉络，让隐匿在国门口岸的犯罪伎俩原形毕露，是让陈静波沉迷的"福尔摩斯探案之旅"。

"通过技术手段'一键推送'可疑人员信息，让每一名移民管理警察查验时都能做到心中有数、火眼金睛……"说起数据和案子，陈静波似乎总有说不完的话。他上班时会随身携带一个黑色的笔记本，里面密密麻麻地记录着数据需求、建模思路、模型算法、应用效果等内容，用他的话说，这就是他工作的“宝典”。室里年轻同志常“觊觎”这本“武功秘籍”，他却认为，“宝典”并不是秘籍，真正的秘籍是要时刻记着“一天天积累，一点点努力，一步步前进，一滴滴汇聚，成功需要每天进步一点点的坚持”。

同事总喜欢问他是怎么挤时间的，陈静波常说：“如果达成目标过程中做不到自律，那就从10分钟开始，别小看这10分钟，坚持到一定时候，可能是一次巨大的跨越，收获意外的惊喜。”在他强大执行力的感染下，很多同事开始了“10分钟计划”。看似简单，执行起来却很难。有时候因为忙于工作就忘记了，有时候累了就觉得反正10分钟，明天补上就行，就这样不少人的“10分钟计划”纷纷“夭折”。

再看陈静波，即使在研发系统最忙碌的阶段，他都没有忘记自己的“10分钟计划”。每天午后就拿出笔记本，认认真真复盘工作中遇到的各种问题。正是在这10分钟的自律中，他准确把握了各个研发项目的整体推进，调试修正了一个个数据模型，逐步提升了数据研判技术领域的知识能力。

一分耕耘，一分收获。陈静波紧盯严查严打跨境违法犯罪、“三非”外国人治理等工作，总结提炼数十个技战法，实现了对出入境违法犯罪人员的“精细画像、精确预警、精准锁定”，有力推动了口岸查缉模式向“先发制人”的变革。

在数据研判室，陈静波继续收徒，黄志铭就是其中一位。

5年前初入研判室时，他还是一位跨专业的小白，在工作中时常碰壁，而陈静波早已是大家眼中“神”一般的存在。

刚开始接触研判工作时，面对密密麻麻的Excel表格、纷繁复杂的信息系统，黄志铭的脑子是一团乱麻。看到预警事件，在排查时心里也是不停地打鼓，生怕一不小心就把预警事件变成预警事故。每当这时候，陈静波就像“哆啦A梦”一样掏出各式各样的法宝来解救他，处置流程图、数据函数表、系统操作技巧，等等。好像他所有的问题，陈静波都能即刻提供一套标准答案。那个时候，师父在他眼中就是天才般的存在。但是没有人天生就是天才，天才的背后往往是用心和下功夫。

陈静波总是在接触一项新工作时，习惯于迅速总结提炼，甚至可以把经验总结迁移性使用、举一反三。他曾说，繁多的工作就像一根根的线，每总结一次就是打一个结，结多了就会变成网口，网口越多，越有机会在工作中捕到大鱼。黄志铭回忆，前不久北京边检总站组织广播体操大赛，陈静波虽然不是做得最标准的那个，但却是记动作最快的一个。他边学边总结，整套操有几节、每一节几个八拍，他都能对答如流。在他的总结下，大家很快掌握了广播体操的整体架构，记动作也快

陈静波利用下班时间自学计算机知识

了很多。

“科研小达人”“选房小能手”……陈静波好像干什么都行。定期在群里分享小 tips 的陈静波，不仅是黄志铭心中行走的“百科全书”，也成为了大家的“好老师”。遇到问题找“大神”，已经潜移默化地成为数据研判室全体民警心中的共识。就算遇到不会的问题，他也会尽力去学、想办法去解决。在陈静波的影响下，黄志铭也开始学着做工作中的有心人，把动脑总结的好习惯用在工作中，总结如何处置重点人员、怎样深挖关系人、归纳偷渡人员规律特点。慢慢地，他也有了一整套自己的总结处置策略网，成为了室里最快单飞的青年民警之一。这也是他在陈静波身上学到的第一课。

数据研判室作为新兴部门，面对新任务、新情况，大家都是在“摸着石头过河”。2020 年年初，新冠疫情刚暴发时，“严防境外疫情输入”的任务让数研室面临前所未有的压力。黄志铭记得，专班电脑屏幕上预警信息不停地闪现堆积，电话铃声此起彼伏，“白+黑”“7×24”连轴工作成为专班常态，专班同志忙得连睡觉的时间都没有。

看到大家被海量数据折腾得不成样子，陈静波开始琢磨能不能用数据工具把大家从上万条数据排查中解放出来。其实专班没有什么休息时间，陈静波下了班不舍得睡觉，就“钉”在办公室里研究涉疫轨迹特征。上机地怎么确定、重点的涉疫国家有哪些，一遍遍进行关键字段信息比较的推导演算。看着陈静波熬红的眼睛，黄志铭忍不住劝他慢慢来，该休息要休息。但陈静波坚定地说：“数据工具早研发一天，大家就早解放一天。早解放一天，大家就能腾出手来做更多的事。”大概也就一周的时间，陈静波设计的数据分析工具就在大家的期盼中成功落地，只需导入当日的航班旅客信息表，程序就可以自动分析，“一键”实现涉疫人员信息数据输出。

黄志铭说，这样的事情还有很多，排查工具、案件线索系统、航班流量监测工具，等等。每当遇到问题时，陈静波总是云淡风轻地说“试试吧”。然而“试试”的背后是日复一日的经验积累，是一次又一次灯火通明的攻坚，是数不清抱着书籍啃读的夜晚。他似乎总能发现工作中困扰大家的难题，以探究未知的无限耐心和热情，想方设法地为大家提出解决方案。

2022 年 4 月，一线执勤民警查获 2 名骗取出入境验讫章的内地居民，案件通报到数据研判室后，陈静波敏锐意识到其中暗藏端倪。“这是个手法比较隐蔽的偷渡案件，应该不会是偶发个案”，带着这个想法，陈静波逐一调查偷渡人员的相关信息，经过抽丝剥茧，最终成功发现组织内地居民偷渡出境从事违法犯罪活动的系列案件线索，涉案人员遍及全国 20 多个省市。有关部门根据线索通报查处非法出入境人员 1000 余人，抓获组织者、参与者 90 余人。该案被公安部纳入“百日行动”第二波次集群战役打击。

2021 年以来，陈静波带队研判搜集重要案件线索，一方面推送地方公安机关，推动线索落地立案，大批犯罪嫌疑人落网；一方面推送口岸一线，助力全国多个口岸依法阻止违法犯罪活动人员出境，精准查获 7 起 8 人次偷渡案件，实现“社会面”和“口岸”的精准衔接，形成最强侦查打击合力。

“如果事情没想透做透，我自己就放心不下。”这是陈静波经常说的话。数据研判工作是对海量数据采集、分析、筛查，精确锁定，精准打击，工作事无巨细，必须想透做透，正是这种执着催生了陈静波的大局观念。“失败就是差一点点成功，成功就是差一点点失败。”这句话始终警醒着陈静波，大到案件线索跟踪落地，小到日常琐碎工作，无一例外。

有一次，数据研判室要购置一批跟数据研判领域相关的书籍，便于大家开阔视野，提升业务技能。同事从网上搜索了数据研判、大数据分析等畅销书目后便准备申请采购。恰好陈静波来探讨一个业务需求，同事说起了买书的事情，征求陈静波的意见。

“咱们可以广泛征集一下大家的需求，我也问问我的同学老师，避免书买来了没人看。”同事没想到这随口一问，陈静波这么当回事，他立刻与北京大学的导师和同学打电话询问，又利用食堂就餐、工作间歇、微信聊天挨个了解民警需求，最终才敲定了购买书目。果然，这批书籍利用率很高，民警反响很好。

在数据研判室，同事们听陈静波说得最多的两个字就是“我来”。当同事家有急事请假无人顶班时，他主动说“我来”；看到新来同事使用系统很是费劲时，他总会说“我来”；在面对数据排查一筹莫展时，他经常说“我来”。

有一次，数据研判室接到一个紧急专项任务，第二天就要上报排查结果。但是数据量有十几万条，大家急得火烧眉毛，只好试着给已经下班的陈静波打电话求助。陈静波大晚上从家里赶到了值班大厅，“我研究研究”，他说罢就坐在自己的工位上，一边处理数据，一边指导同事进行线索串并。经过几个小时的摸索，终于在海量数据里锁定了相关线索。

同事们都说，这就是静波，所有问题照单全收，事事有回应，件件有着落，凡事有交代，进度有反馈。“敢于担最重的担子，敢于啃最难啃的硬骨头”“遇事永不退缩、立马就做”，是他鲜明的个人特色。

此外，陈静波还一直定向资助山西省灵丘下关中学的学生，在他的建议下，数据研判室党支部与山西省灵丘下关中学党支部开展了警地支部共建，大家自愿捐款设立专项教育帮扶基金，为品学兼优的贫困学生家庭减轻生活压力。2022 年，陈静波把自己获得的一等功奖金两万元都捐了。在陈静波的带领下，大家纷纷行动起来，有时到外面上课，数据研判室的年轻人就把课时费捐到基金里。同时，支部组织开展扶志助学活动，定期为学生授课辅导，以视频连线等方式解答生活困惑。有位年轻同事说："在遥远的山区撒下一颗希望的种子，这是我们从静波身上学到的最宝贵的人生一课。青春路上，他就像灯塔一样指引着我们向上、向善、向好，激励着我们在移民管理事业现代化的新征程上笃行实干、勇毅前行。"

其实，早在陈静波读大学前，父母资助过一位与他年龄相仿的高中生。毕业后，这名学生成为当地一名优秀的外科医生，他俨然是陈静波父母身边的另一个儿子。陈静波说，他从父母身上感受到了爱的传递，他希望通过自己把爱传递下去。

2022 年新冠疫情期间，陈静波的母亲肺炎较重，正是这位情同手足的哥哥安排母亲及时住院检查。陈静波的父亲患冠心病十多年，半年前在家中突发心脏骤停，检查后发现心脏积水严重，惊险地在鬼门关走了一遭。

这是陈静波第一次体会到"上有高堂，下有稚儿"的深意。犹记得刚参加工作时，师父告诉他："新同志让老同志回家过年。"等陈静波真正成为老同志，看到办公室离家几千公里外的年轻同事，他又心软了。2023 年春节，数研室的所有人都没回家，分批在办公室值班，这是一个团队不用多言即可达成的默契。

2023 年 5 月，陈静波第一次利用五一假期回老家探亲，因为妈妈总是念叨，别人家的小孩放假都回家了，你们怎么不回来呢？话虽然不多，但陈静波听了心里很不是滋味。

四、合——团队精神放光芒

"你说这是为什么？"

“你自己想！这样做就是不完善的，漏洞百出！”

一日清晨，武玉峰刚上班，一阵激烈的争吵声从隔壁传出。原来，数据研判室有两位同事因为前一晚工作互相觉得没做到位，在一起争论。“我们允许有争论，表面上的一团和气不利于做工作。任何工作一定要有反对意见。”

这几年，陈静波并没有因为业务上取得的成绩而骄傲，相反，他时常感到危机。在比他年龄更小的同事中，产生了一批大神级人物。他不禁问自己，自己的能力能坚持多久，能用到什么时候，以现在的能力如何克服自己的短板。“技术发展这么快，扩展的知识越来越多，人的精力有限，时间有限，我能学到什么程度，会不会有一天就突然没有精力学了？”能力恐慌一直伴随着陈静波。

武玉峰常说，干数据分析工作，并不是仅有数据思维就可以了，还要懂技术，业务技术深度融合，“如果不懂，那是没有战斗力的。”如何通过写代码产生更多的价值、产生更多的战斗力，就需要业务思维，所以数据研判室成立之初，武玉峰将懂技术、懂业务的人都招过来，创造一个业务、技术融合的环境。从数据的抽取，到数据的批量治理、数据的应用，这就是量的变化。

在数据研判室，武玉峰更希望大家“没事找事”。譬如，在过去几年办理的案件中，“线索都是我们自己发现的，并不是领导安排什么工作就做什么。我们看到一个数据，如果不把它深挖下去，不把它一挖到底，总感觉有些不舒服。”在这里，团队将每一个案件中的每一个数据榨干所有利用价值，不放弃任何一个信息点。武玉峰说：“北京边检总站是研究基地、创新和实践基地，创新是很重要的一环。陈静波开发的执法办案 OA 系统，就是好的实例。这种研究完全是基于前台验证遇到的难点和痛点问题开展探索性、研究性、突破性工作。”

陈静波在数据研判室研判大厅与同事探讨业务问题

有些问题时常萦绕在武玉峰的脑海中，他也很想知道数研室的年轻人是否会好奇——

我们未来的工作是什么样的？如果常被时间推着走，人永远是落后的。我们能不能走到时间前面？

未来出入境旅客是什么样的？未来的违法犯罪类型和形势是什么样的？我们应该建立怎样的数据模型？

在数据研判室，武玉峰强调每个人都是主角，每位民警都能体会到参与的快乐。这份快乐体现在，拿到的一批数据，尽管在他人眼里仅是一串代码，但在专业人士眼里就是案件。

新冠疫情期间，武汉刚刚被封锁，武玉峰就想：“我们能不能为疫情做些事？”2020 年，数据研判室利用多种模型分析，为疫情期间的防控做出大量工作。“其实我们所有的工作都是随着时代变化、事情的发展在调整。这很有意义。”

数据研判室是个充满战斗力的团队，这个平均年龄 28 岁的团队一直是武玉峰的骄傲。前段时间北京边检总站组织各单位广播操比赛，大家白天忙工作，下了班就自发练习，最后取得了系统第一名的好成绩。

数据研判室派出的参加总站各项考试的几个年轻人都是名列前茅，书法、绘画比赛拿奖，英语专业八级以上的有 10 人，全国英语演讲比赛也是数据研判室的同志获奖。“谁出去谁就拿奖。”武玉峰对部门的年轻同志们褒奖有加。

除了培养本单位年轻骨干，一些来自山东总站等地方边检同志也来到数据研判室交流学习。“地方边检总站派人过来锻炼数据思维。我们这个团队应该说是实践基地，对于大的移民管理机构而言，一个单位强不叫强，全国各个系统都要强，才是真正的强大。”

武玉峰在边检系统干了 33 年，从最初的前台验证盖章开始，一路做到幕后“黑马”。“我自己一直庆幸，这么多年一直热爱这份工作。”武玉峰在前台验证工作做了 5 年，在后台干了 8 年。多年的实践经验让武玉峰锻炼出了火眼金睛——与人一照面，他就能知道大概。这人心里有鬼吗？他看你的时候在想什么？他为什么带行李？他带这个行李的目的是什么？他的眼神是不是有什么问题？有的话，疑点在哪儿？这些疑点背后的原因是什么？

数据研判属于幕后工作，北京边检总站鼓励后台民警每周去一次前台，了解前哨最急迫需要解决的卡点。陈静波特别理解这样做的价值，后台民警不可能仅仅通过数据了解案件全貌，具体情况具体分析，随时到前台掌握实际情况，才能让后台数据工作更好地服务实战。

在武玉峰看来，一个人从下飞机开始，他的行为都有迹可循——首先要看一下这个人是怎么走下飞机的。如果冲在前面跑出来的，意味他要着急出去，他来过这里，知道方向；如果第一次来，他一定会东张西望，和团队一起来的人会站在边上等候，接着三五成群地开始慢慢走，不慌不忙的；有一部分人动作和行为都很拘谨，他们是另一种重点人群。武玉峰谈到了重点分类，包括重点人群和重点地区。数据研判室的民警需要不停地从前台获取经验、灵感，发现难题、困境，然后通过数据模型，用科技为工作赋能。

据北京边检总站数据研判室副主任张绍毅介绍，假设某口岸发生系列案件，首先会把案件的一些共性特点进行梳理和总结："有风险的人员我们就要去呈现精准的人物画像。"

"向前台查验人员推送预警信息，再移交给证研部门核查，这也进一步完善了之前的模式，即前台民警面对面接触这本证件后，通过证件鉴别方式发现伪假。现在直接通过后台数据之间的关联，即可做出相应判断。"张绍毅介绍。由数据研判室做出的模型在国家移民管理局举办的基层科技创新大赛中获得一等奖。

模型的雏形一开始并不完善，是在打击犯罪团伙的同时不断优化升级。

"尽管我们破案很多，但目前掌握的数据仍然太少。"陈静波有时也会陷入困惑，数研的工作并不是万能的。"数据治理问题也需要相应机制来完善，相关专业人才亟需补位。"

"桃李不言，下自成蹊。"在陈静波的影响下，身边的青年移民管理警察纷纷以他为榜样，向他学习工作心得。数据研判室党支部顺势而为，成立了"陈静波云端前哨突击队"，让陈静波个人的"星星之火"发展成一支队伍争先创优的"燎原之势"。"陈静波云端前哨突击队"成立以来，队内涌现出一批后备"大神"：4 名移民管理警察荣立个人二等功；7 名移民管理警察荣立个人三等功；他所在的支部被北京市授予"青年文明号"，被公安部评为"直属机关先进青年集体"。至此，"大神"不再是个人的专属，而是属于一个集体的称谓。

全国移民管理机构第二届“十大国门卫士”谷有琪

东方国门有奇兵

——上海出入境边防检查总站上海机场边检站谷有琪纪事

郭　超

引子：风起边陲

暮色四合，微风送凉，一辆破旧吉普行驶在坑坑洼洼的土路上。在西南边陲小镇，这是一年中最好的时节，景色撩人。而且，这是疫情最严重的时候，外面几乎看不到什么行人。不过，车里似乎没人有心情欣赏车外的风景。用一句网络流行语说，这美景终究是错付了。

这是强子换乘的第四辆车了。头天，他来到了指定地点，却怎么也联系不上水哥了。到了今天上午，他接到一个电话："我是水哥，昨天这边断电了，信号也没了。你再等等吧，现在风声紧。什么，再加五万，好，你等我消息。"

原来，这水哥是做毒品生意的。疫情后，出境越来越难，偷渡的价钱水涨船高，甚至一度涨了百倍，所以，水哥又干起了偷渡。强子是从上海来的富二代，犯了事，不想坐以待毙，通过各种渠道联系上了号称能把他带出去的水哥。

水哥让他中午 12 点在小镇的舞厅门口等，并告诉他接头暗号：“9527。”

上了车，对了暗号。“哪位是水哥?”“你认识水哥?”“不认识。”“我们也没见过，人家是遥控指挥，压根不在国内。”“那我的钱怎么给?”“你放心，到了那边，自然会有人管你要。你可得老实点。”

路上，辗转换了几辆车。汽车时而在高速超速行驶，时而在乡间小路绕来绕去。这是蛇头转移偷渡者的惯用伎俩，就是为了防止警方跟踪。

终于，强子坐到了一个胖子和瘦子开的吉普上。

突然，车里的音响响了起来，一个低沉的男声唱道：“我带着比身体重的行李，游入尼罗河底，经过几道闪电……他们拿着剪刀摘走我的行李，擦拭我的脑袋，没有机会返回去……”是一首民谣风歌曲，说是唱，更像念经，因为是念，所以歌词的内容七七八八听个差不多。强子不知道，为什么在这个时候，胖子放这个音乐。不过这倒是勾起了他童年的一段回忆。

那时他还小，父母都上班，经常留他一个人在家。一次，他在乡下奶奶家，4 岁，陪大孩子钓鱼，钓到的鱼装在网兜里，由他拎着。他拎着 3 条鱼在田埂上走来走去，鱼则甩来甩去，一不留神，他被甩动的鱼打破了身体平衡，掉到了河里。他感到天旋地转，过了好一会儿，几个人跑过来，把他给捞了上来。虽然他感觉过了很久，实际应该是没有几秒，不然他也不能活着出来了。这是他童年记忆里印象最深刻的一次危险经历。

正在回忆，车哧的一声停了下来，旁边是个破旧的水库。“下车吧，你这个包不能带，放车上。”瘦子说。强子不由自主地紧抱了一下手中的包，脑海里瞬间闪过一个词：沉塘。在道上，这是一种做掉一个人的方式，即把人捆绑住，随着石头一起沉到湖底。这个词大约和表现解放前上海黑帮的影视剧里常出现的一句台词的意思差不多——“把你扔到黄浦江里喂鱼”。来自上海的强子，自然对这个很熟悉。

他的心猛地收缩了一下，难道哪里做得不对劲了？也就这么想了一两秒，他很快就定了神，恢复了平静。胖子、瘦子已经下车了。他也下来了。“怎么停在这儿了？我们什么时候能出去啊？”他一边装作漫不经心地问道，一边活动活动肩膀。“等一下，现在疫情管控严。”胖子点了根烟，“等天彻底黑了，骑摩托闯过去。”他刚才还悬着的心，终于放了下来。他一边假装拍摄边境美景，一边悄悄拍下胖子和瘦子的照片，用微信发了出去。

“我去方便一下。”强子蹲在草丛中。迎着夕阳，他隐约看见两个戴着大盖帽的人走了过来。余晖下，警徽闪闪发光。强子暗自窃喜，胖子和瘦子不知所措。“你们在干什么?”两个巡逻警察厉声说。

原来，强子是化名，真名叫谷有琪，他的真实身份是上海边检总站上海机场边检站执勤十五队的警察。国家移民管理局为打掉这个组织内地居民非法出境的偷渡团伙，指导上海边检总站联合几家兄弟单位成立专案组侦办此案，而谷有琪担负乔装深入任务，冲在第一线将犯罪分子一网打尽。

乔装深入犯罪团伙内部搞情报，谷有琪是“大姑娘上轿头一回”。但为了这次行动，他毅然决然肩挑重任。每次与不法分子接上头，他便趁人不备，偷偷给工作组发定位，随后立即删除，以确保专案组同志及时获取信息。在与这些组织偷渡的犯罪分子的聊天中，谷有琪梳理掌握了他们的大部分资料和几条偷渡路线，以及“幕后蛇头”的重要信息。可一旦谷有琪身份暴露，哪怕只短短几分钟失去保护，就很有可能付出生命的代价。幸运的是，深入虎穴的谷有琪，按照计划，平安脱险！

“蹲下！不许动！双手抱头！”一众不法分子被悉数抓捕归案！法网恢恢疏而不漏，蛰伏境外的“幕后蛇头”也被列入追捕对象，终究难逃法律制裁！

突然，舞台上灯光大亮，三名移民警察赫然站在台上。原来，这是上海边检总站根据谷有琪先进事迹创作表演的多媒体情景报告会上的节目——《东方国门有奇兵》。

“作为国家安全的守护者，作为保卫人民的勤务员，我们有责任、有义务为百姓守好国门。”在节目最后，三名警察齐声高喊。

台下爆发出热烈掌声。谷有琪的事迹感染了每一位观众，有的人佩服他勇敢，有的人赞叹他机智，有的人为他捏了把汗。而感动触及灵魂深处的，要数一位名叫吕娟的女观众，她也是上海边检的一名移民管理警察，同时也是谷有琪的妻子。

回想起当时的情景。她正在上班，谷有琪突然跟她说，要临时出个差，然后马上回家整理行李。临走时，又说了一句，今天不要联系。在吕娟看来，谷有琪平时就是一个喜怒不形于色的人，一件事只有搞定了，才会和她分享一下喜悦，但在过程中，他基本不会说什么。

这次吕娟也没有多想。平时他们每天都会打电话，谈工作、聊孩子。也许是谷有琪今天工作太忙，所以不让她联系。回来之后，吕娟才知道，谷有琪原来是去做卧底。这是吕娟在电视上才看见过的危险角色。她只是觉得，卧底，离主要工作是核验签证、盖章放行的边检警察，似乎很遥远。她不得不重新审视身边的这个人，他叫“琪”，而且经常奇得刷新她的认识。

说起那几天，他讲得轻描淡写，省略了所有惊心动魄。她没多问，只是说，以后有这样危险的事，无论如何要给她交个底。

直到这次报告会，当她亲眼看到战友们把谷有琪的事迹搬上舞台，绘声绘色地演绎出来，才终于有点绷不住了，后怕的情绪开始在全身蔓延。那天晚上，她做了噩梦。

一、英雄辈出

上海，黄埔江畔的一颗明珠。浦东国际机场，则像是盛放明珠的宝匣的一个锁眼。

浦东机场，位于长江入海口南岸的滨海地带，距离上海市中心约30公里。这是上海人，中国人，乃至地球人都熟悉的著名机场。上百条国际客货运航线，将中国与世界上50多个国家（地区）连接起来。2024年春节，浦东机场口岸累计出入境人员超70万人次，更是创下单日9.73万人次的高峰。

当行色匆匆的旅人路过这个以黄浦江命名的机场时，不知其中是否会有人偶然想起两千年前的一个人——黄歇，那个让黄浦江冠以其姓的人。

传说很久以前，上海是一片沼泽地，有一条浅河，雨水多时泛滥成灾，雨水少时干涸无水，百姓深受其害。战国四公子之一、楚国令尹黄歇带领百姓疏浚治理，使河道接入长江口，奔流入海。从此，大河两岸百姓无虞。人们感激黄歇，便将这条大河称作黄歇江，因“浦”是古吴语人工河之意，便将黄歇江简称黄浦，后来黄歇被封为春申君，此江又名春申江。

说来有趣，春申君黄歇还有一件和“边检”有关的故事。当年，他和楚国太子作为人质留在秦国，楚王病危，秦王不许楚国太子回国。春申君让太子假扮成车夫模样逃回楚国，他再面禀秦王。最后他也顺利回国，和继位为楚王的太子成就了楚国的一段传奇。

放在今天，楚国太子的行为属于冒用他人身份出境，即“偷渡”。而打击“偷渡”，正是谷有琪和他的战友每天的工作职责之一。

“不该进来的，一个也进不来；不该出去的，一个也出不去。”上海出入境边防检查总站，就像守卫“宝匣”的那把“金锁”，严格核验着每一位出入“宝匣”的人的身份。谷有琪所在的上海边检总站机场站执勤十五队，主要负责浦东国际机场口岸边检行政案件办理、打击非法出入境活动、境外遣返人员审查工作，也肩负着出入境证件研究与鉴别、边检数据分析研判等重要职责。

这是一支有着辉煌战功的队伍。

2015 年 4 月 22 日，我国公布“天网”行动“百名红通”逃犯名单。上海边检总站机场站当晚就组建专班，经过 20 个小时的连夜排查，从海量出入境人员信息中，锁定了已变换外籍身份、潜逃境外 15 年之久的“红通”要犯戴某某在境内的踪迹。3 天后，沪苏皖等省市公安机关与检察机关密切配合，一举将之缉捕归案。

随后，执勤十五队开始将信息排查应用融入证件研究、前台快速查验、非法出入境人员追踪等各个环节，创新研究出一套“信息排查+”新战法，破获多起大案要案：锁定涉嫌挪用资金 1500 余万元、“人间蒸发”10 余年的“红通”逃犯曲某；在重大安保期间，查获涉嫌危害社会安全的外籍人员；参与抓捕“漂白身份”潜逃 10 年、涉案金额超 4 亿的公安部 A 级通缉犯范某某；锁定潜逃境外 23 年、以进博会参展商入境华裔……

出色的战果让这支队伍荣膺一长串荣誉：公安部集体一等功、全国公安机关执法示范单位、全国移民管理机构“四强”党支部、全国优秀公安基层单位、全国“人民满意的公务员集体”、全国青年文明号……队伍中也涌现出了全国先进工作者、全国公安机关爱民模范高波，首届全国“十大国门卫士”、全国五一劳动奖章获得者、全国公安系统二级英模陆卿，第二届全国“十大国门卫士”、全国特级优秀人民警察、全国五一劳动奖章获得者谷有琪，全国优秀人民警察朱嘉宁，全国公安机关成绩突出青年民警王惠斌等一大批业务精英。

二、福尔摩斯迷

“不好，我们中埋伏了！”一个孩子喊道，周围几个孩子不知所措。叮——咣——噼里啪啦——一阵巨响，顿时在他们周围炸开。他们还没有站稳，就被全部“缴械”。这是20世纪90年代初的一个春节，地点在江苏南京高淳。小孩儿喜欢过年，不仅因为能敞开了吃，还因为能肆意地玩。在那几天，闯点儿祸、出点儿格，都是要被大人赦免的。于是，这些小孩儿以炮仗为武器，以院子划分阵营，玩起了“战争”的游戏。其中一个叫谷有琪的小男孩儿，不过六七岁，却是他所在阵营里的“军师”。他模仿电视里大人的样子说：“咱们不能硬来，得以智取胜。”在一番“密谋”后，他胸有成竹地走到另外那个院子，几句话就把他们诓骗到这个院子。

就这样，年纪不大、身材瘦弱的谷有琪“智多星”的名号，在方圆几里的孩子中叫响了。

谷有琪，原来叫谷有祺，“祺”乃吉祥之意，寄托了长辈的爱与期许。怎奈上户口时，“祺”被写成“琪”，后来他干脆改作“琪”，意为美玉。比较起来，“琪”的意思也不错，还较常用，有名人杭天琪、梁咏琪等，“祺”字则较生僻。谷中有美玉，正如匣中有明珠。既然能在幽谷中藏好美玉，保护匣中的明珠，自然也不在话下。冥冥中，谷有琪的名字，有深意存焉。

谷有琪的童年是在南京郊县高淳度过的。这里现在叫高淳区，是南京的南大门，处于苏皖交界处。谷有琪的父母都是在农村长大的。母亲是村医院里技术最好的护士，即使是打针、抽血这些基础操作，她做得也比别人漂亮。小孩子、老年人，血管不好找时，就得请她出马。因为技术突出，母亲从村里的医院调到了县城的医院。直到退休，她赢得了医院历任领导的一致好评。父亲则是当地纺织机械厂中“最好的工程师”。县委书记对小谷有琪感慨道：“就没有你爸修不好的机床。”不过，父亲脾气不太好，有点“桀骜不驯”，在家里，对谷有琪严加管教，在外面，则容易得罪人。

谷有琪完全继承了父母的钻劲儿并将之发扬光大，也部分地传承了父亲的倔劲儿。虽然大多数时候他都很温和、有风度，但有时“说一不二”的样子，颇有点大男子主义。这两年，他经常反思，在家庭教育中是否对孩子过于严厉了。

在要上幼儿园大班那年，谷有琪一家从村里搬到了县城。大院里有一排房子，六七家挨着住。父母白天上班，只有中午回来给他做顿饭，上午和下午都是他自己待在家里，要么自己看看书，要么自己玩玩具。搬过去三四个月，邻居愣是不知道他的存在。等到大班开园了，邻居才发现，旁边房子里竟然一直有个安静的小孩儿。

学龄前孩子自己在家，难免会发生危险。一次，谷有琪把药片盒的金属铝片撕下来，夹到了台灯插头中间，整个插头瞬间喷射出蓝色火焰，一时火光四射，保险丝短路，灯全部灭掉。幸好发生了短路，否则后果不堪设想。被反锁家中的谷有琪，在黑暗中等到家长回来。在揍了儿子一顿后，父亲把所有危险的插头全部都换掉了。

上了小学，谷有琪幸运地遇到了当地最好的数学老师。他教学水平高，管理上也颇有手段，只是现在看来，有点粗暴。三四年级时，班里

64 个人，考试时数学一百分的 50 个左右，99 分就是倒数，成绩遥遥领先于其他班级。那些考得不好的人，免不了挨老师一顿揍。不过，在数学老师的调教下，班里形成了浓厚的“比学赶帮超”的学习氛围。虽然当时谷有琪根本不知道自己长大会做什么，但是扎实的数学功底，无疑为他日后大显身手，打下了第一块坚实的基石。

现在，谷有琪对自己的孩子说得最多的话之一就是：“对你们的要求就是太低了，我当年……”

谷有琪对数学的热爱，顺理成章地延伸到逻辑推理上。他痴迷推理探案故事。三年级时，谷有琪在父亲工厂的图书馆里发现了《福尔摩斯探案全集》，故事扑朔迷离，插图阴森恐怖，他却如获至宝，爱不释手。借来看还不过瘾，为了攒钱买书，他下了课就去捡废铁、卖废铁。终于攒够了几十块钱，到书摊上，买下一套价格不菲的《福尔摩斯探案全集》。拿到手后，谷有琪废寝忘食，前后看了三四遍，有的书页已经被摩挲得破旧不堪。

后来，他又陆续看了《名侦探柯南》、波洛侦探系列丛书等，波洛就是《尼罗河上的惨案》等影片中那个鼎鼎大名的侦探。

1996 年年初，谷有琪小学还未毕业时，南京发生了一起震惊全国的凶杀案——南医大女生被害案。离奇恐怖的案情、血腥残忍的细节，让当地百姓人心惶惶。这个案子成了当时南京人茶余饭后谈论热度最高的话题。谷有琪和同学们也忍不住去讨论。只有十一二岁的谷有琪，分析起案情来头头是道。课余，大家都爱围在他身旁，听他的推理分析。这个案子的血腥恐怖程度，明显超出一般小学生的想象，却让他们一直讨论了好几个星期。

在初高中阶段，谷有琪的一大乐趣就是解数学难题。他不满足于做课本上的题，还从各处找难题来做。解难题，成了他挑战自己的方式。

每解开一道难题，他都有极大的成就感。同一道题，他不满足于一种解题方式，总是会去想还能有几种解题方法。

考试如果数学题很难，那就是谷有琪大展身手的时候了。有时全班的数学成绩几乎“全军覆没”，他可能会来个满分。说到语文等科目，谷有琪的分数波动就比较大了。考得好时，总成绩甚至能排年级第一，考得不好，只能是中上。

高考时，谷有琪没有考好，比模拟成绩差了70多分。那是2001年，网络还没有那么发达，在网上给人提供考学建议的人还没出现。谷有琪咨询了老师，根据他的数学专长，老师建议他在相对普通的一所大学里选择了一个和数学有关的专业。

在大学的四年里，他先后当了班长和学生会干部。那时，大学生比较流行玩星际争霸、魔兽等游戏，他也喜欢研究这种制定战术的即时战略类游戏，而不太喜欢玩反恐精英那种射击类游戏。

谷有琪甚至还组织了学校和校际的电子竞技比赛，这在当地是一个创举。这是一个困难重重、看起来不可完成的任务，至少得突破三重难关。首先是学校不同意，谷有琪磨破嘴皮，扭转学校领导对电子游戏的偏见；其次是没有经费，谷有琪去企业里拉赞助，甚至拉到了国际知名餐饮企业的赞助；第三是没场地，谷有琪跟学校各部门沟通，和网吧谈判，协调场地；第四是没人参加，谷有琪组织大家参加，还邀请职业、半职业玩家来站台，将比赛从学校内扩展到校际之间。效果出人意料的好。

谷有琪毕业后，还有学弟想效仿他，向他来取经。“越过那道坎，一切也就那么回事了。”作为过来人的谷有琪，颇有感触地说。经此一役，谷有琪的组织领导功力大增。

毕业后，谷有琪在老家找到了一份保险公司的工作，做与他的专业有些关系的船舶理赔业务。他主要负责受损船舶的现场勘验。谷有琪的师父说，你一定要做到非常专业，否则会被人瞧不起。“如果你给他勘验赔付多了，他不会感激你，而是会在背后笑话你。”谷有琪牢牢记住了这句话。

虽然工作干得还不错，但他心里不踏实，总觉得缺点什么。工作应酬很多，总是在外面吃饭。爸爸也很不喜欢他这份吃辛苦饭、看人脸色的工作。后来，一个偶然的机会，谷有琪报考了上海的公务员，选择了上海边检的工作岗位。虽然没抱多大希望，但一次就考上了。

怀抱着对新工作的憧憬，谷有琪打起背包，踏上了从南京前往上海的旅程。

三、从“菜鸟”到达人

2007 年，接受完入警培训，谷有琪来到了浦东边检站，即现在的上海机场边检站。刚来的时候，他有点晕头转向。

那时，浦东机场只有一个航站楼。下午高峰期，十几架航班同时到达。入境旅客像泄了闸的水一样，瞬间填满了狭窄的大厅，乌压压一片，这种压迫感让初出茅庐的“菜鸟”傻了眼。

谷有琪本是怀着成为福尔摩斯的梦想，成为一名边检警察的。在他的想象中，警察应该抽丝剥茧，演绎推理，和犯罪分子斗智斗勇，从犯罪分子留下的蛛丝马迹中寻找到破案的关键，最终将其绳之以法。

“服务员，这张卡怎么填?”“喂，我们行李在哪儿?”这些现实而琐碎的问题，一点点击碎了谷有琪的美梦，让他的一腔热血顿时凉了一半。

录入、核对、敲章，录入、核对、敲章……

就这？有什么难的？他感觉自己就像流水线上的操作工，业务重复而单调。一个大学生应付起来还不绰绰有余？这样想着，他不知不觉地有了“躺平”的想法。

没想到，一次独立验放执勤资格考试狠狠地“鞭挞”了他，让他感觉脸上火辣辣的。谷有琪连续办理了两个港澳居民来往内地通行证，结果系统提示信息有误。由于不熟悉规定程序，紧张的谷有琪当着考官的面，两次直接将证件交还旅客。

考官眉头紧锁、连连摇头，谷有琪汗流浃背、手忙脚乱。

考试结束后，队长语重心长地说：“错放人员出入境，那可是严重的执勤事故，可能危害国家安全！党和人民把国门交给我们，我们守土有责，更要守土尽责！”

从那天起，谷有琪逐渐明白了这个岗位的意义。身为一名戍守国门的警察，章起章落事关国家安全和口岸稳定，千钧重担，系于己身，不能有丝毫懈怠的心理。

“放单”考试虽然考砸了，但是谷有琪心里不服输的劲儿却被激发了出来。查验旅客证件，从接过来，看是不是一个人，验讫章、签证是否是伪假，到录入信息是否准确，最后盖章，这一系列动作要在45秒之内完成。刚开始独立办证那会儿，谷有琪磕磕绊绊查验一名旅客的工夫，队里的“快枪手”们已经办了两三个了，而且还没差错。

谷有琪有点不甘心：“别人能做到的，我也能做到！”于是，他暗暗把刷新验证人数和上台时间作为一种挑战。想看看一天最快能敲多少章，就像当年上学时追求做题速度一样。没过多久，他就完成了逆袭。从一开始别人办两个，他办一个，到他办两个人，别人最多办一个。这是一份高强度的作业，需要全神贯注，一般人需要工作两到两个半小时就下来休息一下。谷有琪坚持不下台。最长的一次，谷有琪在验证台里坐了6个小时，创下日验证超过1000人且无差错的纪录。

同时，谷有琪逐渐摸索总结了“七步工作法”——一眼人证对照、二摸护照真伪、三翻签证内页、四刷机器录入、五核卡片信息、六校录入信息、七盖出入境章，通过改进办证流程，验放速度得以大幅提高。

就在谷有琪有点沾沾自喜的时候，队长找到他：“有琪啊，你现在办证是行云流水，又快又好，可是怎么伪假证件发现的不多啊?”这轻描淡写的一句话，又让谷有琪不甘心了起来——别人能做到的，我也能做到!

谷有琪一头栽进了证件研究这块“新大陆”里。从那时开始，他养成了一个直到现在都没有改变的习惯——上班后的第一件事，就是登录内网，把所有更新的案件信息都翻阅一遍。每当网站上有新查获的案例，他都会去调阅前台录像查看一番，研究其他检查员是怎么发现疑点的。

作为旅检队执勤组组长，谷有琪每天上勤之前，第一件事就是把各种新发现的伪假信息向队里做一个通报。每次出差、讲课，对外联系时，接触到警界同人，他几乎都会加上微信，保持着联系。这些战友，成了他在工作中获取信息的重要来源。在战争年代，我党在隐蔽战线上善于下闲棋、布冷子，平时看不出什么作用，但在关键时刻，这些“闲棋冷子”就发挥了重要作用。谷有琪对此深有感触，可能你平时不经意间加的一个人，在某个关键时刻就会给你提供重要的信息。

在同事眼里，谷有琪一天到晚嘻嘻哈哈，言谈举止甚至有点吊儿郎当，看不出有紧张的时候，总是一副风平浪静、闲庭信步的样子。战友陆卿记得，刚认识谷有琪时，一次大家一起列队走，大家都是一路直接走过去，只有谷有琪像孩子一样，边走边用手捋着路边的每一个柱子。当时陆卿就觉得，这人有点意思。

工作时的谷有琪，就像变了一个人。平时嘻嘻哈哈的那个人脸上只有专注，平时滔滔不绝的那个人突然沉默寡言。面对涉嫌违法犯罪的人，他目光严肃而犀利，自有一种震慑力。而面对哭闹的小朋友，他则一秒变身和蔼可亲的暖男，自带一种亲合力。

就当谷有琪匆匆忙忙地在前台跑来跑去时，有一个人注意到了他。她就是吕娟。她与谷有琪同岁，2010 年进入上海边检，因为多读了三年硕士研究生，于是在工作上就成了谷有琪的后辈。人们常说，男人认真工作的样子最迷人。吕娟说，从检查台到指挥台，一般人都是走过去，因为也没有几步路，但他是跑过去的，那个瞬间，就觉得这个男的挺不一样的。

两个人都是 26 岁的大好年华。来自杭州的吕娟豪爽大气，同事都叫她“娟姐”。

工作后不久，吕娟就被调进了谷有琪任组长的旅检队里。

“你怎么这么爱笑?”

“你怎么一直在笑?”

直男搭讪，就是这么简单而直接。每次见到吕娟，谷有琪都会问同一个问题。而每次见到谷有琪时，吕娟都会笑。吕娟是一个爱笑的人。她的笑容感染了很多人，当然也“俘获”了谷有琪。

那个时候，谷有琪正处在人生的低谷。他感叹，吕娟就像照进他生命中的阳光。

2010 年圣诞节，谷有琪约吕娟，说他想去租房，约她帮忙去看看。两个年轻人心照不宣，说说笑笑，一起逛着街，把看房的事抛在脑后。吃完饭，又去看电影，选择了当时最火的电影《让子弹飞》，这名字确实比较符合他们的警察身份。

电影看完了，他们终于还是想起来去看看房。傍晚时，在一扇大落地窗前，柔和的阳光透过玻璃，打在地上，也打在他们的身上。

谷有琪很紧张，也有点兴奋，他觉得这是最后的机会了，不得不说。在沉默了大约 5 分钟后，他开口了："感谢你，出现在我的生命里，你是我的太阳，照进我生命的一束光。"谷有琪不好意思地低下头。他觉得，被拒绝的可能非常大。吕娟落落大方地同意了。终于，两个年轻人的手牵在了一起。那束光照进了谷有琪的世界。

两个旅检人的恋爱进展也颇神速。谷有琪自有一种独特的浪漫方式。在西藏布达拉宫旁的一个山坡上，他拿着在地上捡到的铁丝，绑在石块上，当作戒指向吕娟求婚。很少唱歌的他一展歌喉，唱了一曲水木年华的《一生有你》。"多少人曾在你生命中来了又还，可知一生有你我都陪在你身边。"这两句歌词既是绝佳的求爱誓言，又非常符合他们两个人移民警察的身份。作为移民警察，章起章落间，不知要有"多少人曾在你生命中来了又还"。

日积月累下，谷有琪证研工作突飞猛进，量变迎来了质变。

2012 年，正在后台工作的谷有琪看到一本某非洲国家护照资料复印件，乍一看就觉得不对劲，但一下子又说不上哪里有问题。于是他反复仔细甄别，最后发现是护照资料页照片部分防伪记号缺失。接着，他调取后台留存照片，发现类似的伪假嫌疑护照共有 8 本，防伪特征与真护照一致，迷惑性大，均从南方某口岸入境。于是谷有琪联系了兄弟单位，按图索骥，查获了 200 多本这个版本伪假证件，有效阻止了不法分子利用此类伪假证件非法出入境。后来，谷有琪意识到，正是平时积累的证研知识点和查验经验，不经意间在帮助着他。

谷有琪不仅自己发现伪假证件多，在他的带动下，他所在的旅检队也是旅检队伍中发现问题最多的。

板凳要坐十年冷。从 2007 年到 2017 年，谷有琪在旅检岗位干了十年。

2017年，有一个机会摆在谷有琪面前。他可以通过考试换一个新的岗位：审查。审查岗是后台，需要把旅检前台发现的问题线索做进一步研究，或通过后台数据帮助前台发现问题，是前台工作的延伸与深化。

谷有琪虽然参加了审查岗的考试，但是还比较犹豫。他觉得，干了这么多年的旅检，积累了这么多经验，再到新的岗位，岂不是要从头干起？自己适合吗？怀疑，犹豫。谷有琪办证快，脑子活，大家有目共睹。他对一些新的变化也比一般人敏感，想得要更多。别人脑子转半圈的时候，他已经转了三圈。但有时，想得越多越容易产生怀疑。

这时，吕娟的话起到重要作用。她告诉谷有琪，你在旅检岗能干好，在审查岗一定也能干好。

这件事充分证明了谷有琪和吕娟的互补性。谷有琪想事情比较细，吕娟想事情只抓大面，往往能一下子看到关键，更能看到事情比较光明的一面。

在审查队，谷有琪果然开启了人生的新阶段，一个更为高远的阶段。

四、狩猎高手

2017年调到审查队工作后，谷有琪又用类似的思路，相继查找出若干批伪假护照。从此，他不再局限于一本证件、一个案子，而是将目光放到了案件背后的线索深挖和数据分析上，投入大数据排查分析这个全新的领域。

通过数据分析，他和战友们先后协助各地公安机关成功抓获一批批变换身份的违法犯罪人员，有涉案十亿、百亿的诈骗犯，有潜逃10年、20年的“猎狐”“天网”逃犯，在幕后为守护国门安全做出新贡献。

2018年，国家移民管理局挂牌成立，移民管理事业发生历史性变革，谷有琪也迎来了职业生涯的又一次转型升级。为了维护国家政治安全、国门边境安全稳定，局党组先后部署开展了打击妨害国（边）境管理犯罪专项斗争、“三非”外国人治理等专项工作，上海总站党委锚定“打蛇头、堵通道、断链条、摧网络”工作目标，探索实施“边检+出入境”联合执法办案，给了他们全新的平台，在专项行动和专案中，他们走出口岸、主动出击、历练本领，在更广阔的舞台上让国门利剑出鞘。

这天，在浦东国际机场，移民管理警察在为内地旅客张白手（化名）办理出境边检手续时，发现了疑点。

“出国目的是什么？”

“经商。”

“对方公司的全称是什么？”

“走、走出去——出去走国际贸易有限公司！”

“经营范围？”

“红酒、啤酒……反、反正什么都有！”

道高一尺，魔高一丈。移民管理警察与犯罪分子长期斗智斗勇。没有任何方法是一劳永逸的。狐狸不再上当，猎人必须继续升级捕猎手法。

一段时间以来，在上海口岸，有不少涉经济案件的犯罪分子把东南亚某国作为目的国。今天这位张白手就是如此。看到他前往该国，民警立刻问了他几个问题，张白手看来不是什么老手，一下子慌了阵脚，回答得语无伦次。

新冠疫情暴发后，上海浦东国际机场变成全国疫情防控的前沿阵地，最多的时候，上海口岸承担了62%的入境航班、53%的航空入境旅客，面临着“外防输入、内防反弹”的巨大挑战与考验。

按照国家移民管理局工作指示和上海边检总站具体部署，上海机场边检站抽调骨干警力，组建起口岸疫情防控数据研判专班，进行边检大数据统计汇总。作为专班核心成员，谷有琪发挥自身优势，在海量数据中抽丝剥茧，成功建立旅客涉疫风险评估预警模型，精准排查出多名新冠病毒阳性确诊旅客，逐步探索出一套移民管理机构应对重大公共卫生事件的数据战法，以严丝合缝的闭环切断了病毒传播途径，守牢了东方国门防线。

然而，通宵熬夜排查涉疫信息，一度导致谷有琪右脸面瘫。“队长，请问我可以戴面具上班吗？”半边脸做着针灸治疗的谷有琪有种要戴着面具上班的工作冲动，他选取了网上搜索的一些面具照片发给队长。其中有一款是遮着半边脸的，有点像某个古代大侠的造型。“戴什么面具？你现在最重要的是遵医嘱，休息！”

习惯了与小伙伴们并肩战斗的谷有琪，刚居家休息一天，就急着返

谷有琪与同事连夜分析案情

岗参加战斗。短短 3 天，病情稍有好转，专班工作室里便又出现他噼里啪啦敲击键盘的声音……

这天，熬夜工作的谷有琪又没有回家，而是直接睡在了办公室里。天刚蒙蒙亮，睡意蒙眬的他接到一个电话。“现场有个事情，请你过来看一下……”得知前台有可疑线索，谷有琪睡意全无，瞬间精神了。

谷有琪三步并作两步，很快赶到了现场。原来，不仅这个张白手说不清对方公司名称，在检查中又发现了大量线索，他行李中带了大量的银行卡、数个手机等不同寻常的物品。

通过技术手段，谷有琪发现，张白手和一个备注为王 PK 的人在线上聊天较多。这俩人经常见面，见面地点不是在澡堂，就是在高山上的寺庙。就像在一些电影中的黑帮交易那样，他们的谈话见不得人，只能在没有信号、不能被录音的环境下进行。在澡堂里，他们“赤诚”相见，自然无法使用手机；在古寺里，他们先是把手机放在一块青石板下，然后两个人走到没有信号的深山老林中密谈。

“王 PK 是谁?”

张白手不响。

“今天既然把你拦下来，就是因为我们已经得知相关的信息了。如果没把你拦下来，你是不是要把这些钱全部带出去?”谷有琪厉声道。

“你不讲出他的身份，我是不会说的。不出卖朋友是我的底线。”发觉事情已经败露的张白手不再默不作声，准备负隅顽抗。

“我们已经掌握了线索，今天你要是不讲出来，肯定走不掉。”

面对谷有琪的警告，张白手突然扯住他衣服一角，压低声音：“今天放兄弟一马，一定好好报答你。”然后伸出一个手掌，轻轻摇晃一下，“五百万行不行?”眼睛里是哀求与期待。

“你等着。”谷有琪转身走出了询问室。

确定王 PK 的身份，成了此事的突破口。

在对工作的时限要求上，移民管理警察与一般警察有个大不同。一般警察虽然破案往往也有时限，但他们还是有较为充裕的时间来寻找证据，分析推理；而给移民管理警察的时间则非常有限，往往以秒和分钟为单位，要求在几十秒内判断证件是否伪假，在一两分钟内判断一个旅客是否可疑，在十几分钟到半小时左右的时间内，将谁是“不该出去的”和“不该进来的”判断得明明白白。“争分夺秒”在别人那可能是形容，在他们这就是陈述。

网上有句“霸总”口吻的玩笑话：“三分钟，我要这个人的全部资料。”对谷有琪所在的执勤十五队来说，几分钟内搜索到可疑分子的全部信息，就像家常便饭一样。而对谷有琪来说，则更是日常的必备技能。

对信息，谷有琪有着天生的敏感和好奇。但凡遇到什么人或事，他总会搜各种相关信息，在网络上查个底儿掉。吕娟记得，一天，儿子换了新学校，新老师给家长发了条消息。他们只知道老师姓什么，其他信息完全不知道。没过一会儿，谷有琪就说出了老师的姓名等信息。

在吕娟看来，老师的名字迟早都会知道，一般人谁会特意去查呢？但这就是谷有琪的职业病。他会要求自己在第一秒就查到全部信息。吕娟说，谷有琪的大脑就像一个性能良好、高速运转的 CPU。办案时他可以在四五个群里，同时以不同角色进行聊天，而不会搞混；生活中可以同时开四五个屏幕，看四五个剧目，而且全能复述下来。对一般人看来难以完成的任务，则是他日常进行大脑训练的有趣游戏。

经缜密寻绎，谷有琪在张白手的另一部手机上发现，某个应用上的一个联系人，三年前聊天记录就断掉了，但这个人名下却存了六个电话号码。搜索发现，这六个号码都没有办理人的信息或微信。谷有琪又通过分析发现此人名字中有一个“资”字。综合在另外一部手机的聊天中透露出的信息，谷有琪迅速将王 PK 与这个某“资”整合起来，比如互称同学，可以判断他们户籍应在同一地，年龄肯定相仿……

“这个五百万，你是不是还要请示他呀？”谷有琪把印有赵移资（化名）头像的照片打印件扔在张白手面前。张白手沉默了一下，双手一摊说道：“既然你们都知道了，我也不算出卖朋友了。”于是，张白手就把他们如何转移国家资产、股市内幕交易等犯罪事实交代出来。

“某省某金融集团副总裁赵移资涉嫌严重违纪违法，目前正接受纪律审查和监察调查。”3 天后，谷有琪的手机弹出了这样一条消息。有人打趣谷有琪，这个张白手不是在控人员，你小子损失了五百万啊！

事后的检察机关指控显示，涉案人员利用职务之便，非法占有公共财物，数额特别巨大……

根据张白手的口供，谷有琪和他的同事顺藤摸瓜，成功挖出了这个庞大的违法犯罪利益集团。办案单位根据谷有琪提供的线索，将涉案人员全部抓获，为国家挽回了数十亿经济损失。

那一次正好是建党百年前夕，他们以实际行动向建党百年献了礼。

2022 年，在全国公安机关夏季治安打击整治“百日行动”中，上海机场边检站连续查获的多起持用伪假居留卡偷渡案，引起谷有琪的关注。他通过案件串并深挖，发现一个境内外勾连、制贩伪假出入境证件、组织内地居民偷渡的犯罪团伙，就是该案的“幕后黑手”。

为彻查此案，该站与上海市公安局出入境管理局，成立联合专案组展开深度侦查。犯罪团伙手法娴熟、涉案人员众多、作案地点隐蔽分散，啃这种“硬骨头”的机会，当然少不了谷有琪的份儿。谷有琪和专案组成员辗转几千公里，历时半年有余，终于完成了犯罪组织的体系架构“拼图”，成功锁定涉案主犯身份和犯罪窝点具体位置。时机成熟，全面收网。专案组一举捣毁制假窝点若干处，查扣各类制假设备若干台、伪假证件若干份，实现窝点、组织者、招募者、偷渡者的全链条打击，此案被公安部、国家移民管理局列为集群打击重点案件。

在执勤十五队的战友张立庚看来，谷有琪是一个没什么架子的人，每次向他求教，谷有琪都会倾囊相授。其实，不仅对战友张立庚是这样，他对其他兄弟单位的战友也是如此。他外出讲课，从来都是毫无保留地把自己所掌握的全部技能教授给大家。

虽然谷有琪在上海边检乃至整个移民管理警察队伍中都大名鼎鼎，

谷有琪向移民管理警察职业精神敬礼

但他对荣誉其实看得很淡。有一次单位举行宣讲会，谷有琪的表现让执勤十五队的战友朱晓凤印象非常深刻。在宣讲会上，让他上去讲自己，大家本以为平时讲话就滔滔不绝的谷有琪肯定会发挥自如。结果他在台上战战兢兢，汗从额上流到鼻子尖儿，又从鼻子尖儿往下淌。有人还以为他感动得流鼻涕了，其实他是紧张得流汗。让他讲工作，他可以讲个不停，但是让他夸自己，他确实做不来。朱晓凤认为，谷有琪代表了移民管理警察重视实干、看淡荣誉的风格。

因为此前多次打入犯罪团伙内部，出于安全考虑，组织上在谷有琪的对外照片上打了码，他的外号也变成了“马赛克先生”。很多同事关心谷有琪，问他“怕不怕”。他总会说，“别担心，我心里有数”。同为移民管理警察的妻子嘴上不说，但每次知道谷有琪有任务，她的眼神骗不了人，谷有琪总会说“别担心，我心里有数”。行动前，领导说得最多的一句话就是“千万注意自己的安全”。谷有琪总会说，“别担心，我心里有数”。其实，真正上到战场，谷有琪免不了忐忑不安，但是他知道，他的身旁是战友，他的身后是祖国！当案件告破或者取得了重要突破，那种捍卫国家安全、挽回经济损失、保障百姓安宁的成就感和荣誉感，让谷有琪无比自豪。

尾声：守护“辉煌中国”

“你们知道吗？我们的护照里隐藏着‘辉煌中国’。”在上海某小学，身穿制服的谷有琪站在三尺讲台上，为小学生们带来一场饶有趣味的普法讲座。他不再是那个面对违法分子时目光锐利、言辞凌厉的神探警察，而是化身小学生们眼中和蔼可亲的警察叔叔。

谷有琪的话勾起了同学们的好奇心。原来，我国护照签证页上每一页图案都不同，为中国各省区市的自然或人文景观，若用紫光灯照射，则会显示另一个自然或人文景观，还会呈现各省区市的简称和拼音。护照的水印上是各民族的人物形象。天安门、故宫、陆家嘴、苏州园林等美丽景观让人目不暇接。

“有一种力量叫中国力量，有一种速度叫中国救援，有一种感动叫祖国带我回家。”谷有琪原来还有当老师的天赋。他贴近生活的话语、幽默风趣的讲解受到小学生们的喜爱。谷有琪讲得慷慨激昂，同学们听得心潮澎湃。老师们说，这次“法律进校园”活动办得太成功了。

他们不知道，给他们讲课的谷有琪，是最忙碌的移民管理警察之一。每天工作电话不断——“这里有个情况，请你看一下。”“这个线索，你还应该深挖一下。”“我马上就过来。”有时一上午，谷有琪手机就耗尽了电量。和老婆外出游玩，谷有琪人在景区，心在口岸，随时和同事保持着工作联系。在家里，孩子看见他老是拿着手机在那里说话，就说“爸爸不属于我们，爸爸属于电话”。这让人心酸的童言，道出了一名尽职尽责的移民管理警察日常工作的艰辛。

可是，别看他是忙得不可开交的移民管理警察，他还是抽出不少时间参与社会公益活动。到中小学进行普法教育，不过是谷有琪参与公益活动的一个缩影。

谷有琪还是小区业主委员会的成员。他做事热情，推荐进了业委会。他不是那种挂个名，而很少参加活动的人。他坚持要做一件事，就把它做好。吕娟劝他，平时工作那么忙，难得休息，有的活动不一定非得参加。但是谷有琪只要有时间，一定会参加业委会开的会。他还主动帮助小区进行车辆疏导。疫情期间，在楼里挨家挨户发检测抗原的人多数是老人和女性，他是少有的年轻男同志。大上海保卫战期间，他和同为移民管理警察的妻子，将两个年幼的孩子托付老人照顾，双双坚守国门一线。“家人对我们工作很理解，只是亏欠老人和孩子最多，但我不后悔，穿上了这身警服，就要扛起这份责任。”谷有琪说。

谷有琪深谙人性，在社交网络上，他模仿起犯罪分子的朋友来惟妙惟肖，联系对方时说的话推心置腹，让其浑然不觉有任何破绽。但在吕娟看来，他就像一个长着榆木脑袋的钢铁直男，无论是明示还是暗示，他都很少会在特殊的日子里给她制造一些惊喜。其实，谷有琪也不是没有制造过惊喜，只是他的方式比较独特。一次，在吕娟生日前，谷有琪给她买了一块手表。他把礼物藏在了阳台，希望给她一个不期而遇的惊喜。结果过了好几天，吕娟也没有发现。谷有琪又不动声色地把手表拿到了床头柜上。最近，谷有琪又破天荒地在妇女节给妻子送上了十二朵玫瑰花。

孩子虽然有时会埋怨爸爸陪伴时间少，但是一提起爸爸，他们一脸的自豪。但他们不知道，爸爸还是一个不能在公共媒介上露脸的“马赛克先生”。

有一段时间，小学生之间流行一首叫《孤勇者》的歌，其中有“爱你孤身走暗巷，爱你不跪的模样，爱你对峙过绝望……”的歌词，每次听到孩子们唱起这首歌，吕娟都会想起谷有琪在西南边境的那一晚……

谷有琪和他的战友，是直捣黄龙的孤勇者，也是“辉煌中国”的守护者。

全国移民管理机构第二届“十大国门卫士”黄日

日出千里外

——“十大国门卫士”黄日与广西出入境边防检查总站崇左边境管理支队纪事

袁瑰秋

序

广西的陆地边境线，1020 公里，人们常说千里边关，简化了零头。然而，对于黄日和他们移民管理警察队伍而言，祖国的边境线，每一寸都不能省略，脚下丈量过千百遍的祖国山山水水、沟沟壑壑、草草木木、坑坑洼洼，每一步都有着无可替代如同日出光芒般的神圣。

一簇簇无边的青翠山峰，像拔节的竹笋，像肥硕的甘蔗，耸立在茂盛的田野之上。桂林山水那样的景色，其实在广西全境到处都是。地理地貌学把层峦叠嶂的青峰叫作峰丛，相隔不远的峰叫作峰林，相隔较远一些的叫作孤峰。那些峰，永远翠绿，高铁呼啸而过，公路和汽车穿行其间，村屯错落有致地在它们的身边或脚下分布开来。有时候白云也从峰与峰之间涌过，仿佛就要飘来眼前。没有来过广西的人，不大容易体会韩愈在《送桂州严大夫》诗中所说的“苍苍森八桂”，而一旦身临其境，则豁然明白韩愈诗句的精妙。

自从有了国家，守卫国门的机构和兵士，都被视为国之重器。国门，是一国之终，也是一国之始；对于大地上的子民，是家园，是归宿，是血脉，是根，是魂，是梦想、希望和荣光。

千里之外的簇峰，不管是并排的还是独矗的，都永远直直地傲立着，那是亿万年的坚守。那定力来自地心，那恒心来自岁月，无数像黄日那样的“国家守门人”，忠诚地守护祖国南疆大门，这是一种幸福，也是责无旁贷的使命和心无旁骛的归属。

晨曦映照苍森

大约是 5 年前的一个平常日子。

说是早晨，其实已经是上午了。如果没有按时到单位上班，黄日差不多总是在这个时候，去某个约定的地方喝早茶。两广人的早茶，不只是喝茶，包括了早餐和社交，甚至谈生意。

黄日要去跟一个关系人说点事。这点事，有可能就是一个惊人的贩毒大案。虽然电话、电脑、网络特别是手机微信等社交手段非常方便了，但是，关键之处还是要一对一约谈。谁知道微信会不会被截屏、通话会不会被录音从而泄露呢。况且，对关系人，有时也需要不动声色的“面试”。

从家里开车出来，要经过一长段空旷的公路才能到达家具城的茶楼。公路旁的风景，是典型的广西风景，峰簇。日子长了，对于广西诗意的风景，也就没有什么新鲜感了。黄日所想的，是今天的这单“生意”。

黄日的确像一个商人而不像一个警察。戴着眼镜，白净，中等身材，一看并不是那种刻意保持体形而过度地大运动量锻炼的男人。从他驾驶的那辆不奢侈、不简陋、跟他本人一样不起眼的车上下来，如果不认识，都会认为他就是家具城做生意或者只是附近做工程的小包工头那样的人。在凭祥市，家具商人太多了，这里是全国最大的红木家具城，过亿元一套的家具都有。当然，说他是水果商人也没人会不相信。凭祥也是全国最大的水果交易市场，通往越南的友谊关，是从越南乃至整个东南亚进口到国内的水果贸易最大通道。

整个家具城都不易察觉地飘着淡淡的红木味道，特别专业的人甚至可以根据味道来判断家具的品种和品质。黄日上了二楼，早茶高峰已过，客人开始减少。他径直走向靠近有些吵闹的厨房处，一张小桌，已经坐了一个人。这张桌子不太显眼，跟大堂别的桌子有些隔离，视频监控的死角。

经年累月，阅人无数，黄日能辨别出滚滚红尘中的各色人等独特的“人味”，黄日跟关系人并没有见过面，只是经朋友介绍，微信上无关痛痒地闲聊过。但是双方一眼就确认对方就是要见的人。经验，直觉？好像都是。喝茶，点餐，继续闲聊。但是就在双方都懂的闲聊中，黄日知道了交货的大致时间、地点等。当然，最重要的是，关键人物的手机号、微信号，拍照、保存，别人很可能以为他们在加微信。

坐在早茶餐厅角落的这个眼镜男，饮食男女们绝对想不到他是一个赫赫有名的缉毒英雄，毒道上的人，已经畏惧他很久了。

在黄日到达茶楼之前，何思月已经坐在工位上了。与黄日一样，她也身着警服，是一名广西崇左边防支队的警察，不过，何思月的工作主要是在办公室，处理一些技术性事务。表面上看不出这些工作有多重要，但内行人知道，信息时代、数字时代，任何工作都需要数据支撑，特别是情况瞬息万变的缉毒工作。

比上班时间更早一点儿，太阳升起的时候，友谊关的关楼上就冉冉升起了中国国旗。关楼北边的人们看见后，会有一种“我和我的祖国”的情绪涌动。南边的人看见，会有一种既熟悉又陌生还多少有些羡慕的感觉。这时候，范丽晖已经在出入境大厅中了。她和同事们一定会提前开启边境检查通道，天天如此。

几乎在同一时间，从峰丛之间跳跃而出的几缕阳光照耀在中越德天瀑布上，闪耀出摄影爱好者等待已久的彩虹。

黄日办案总是思路敏捷而清晰，指挥风格沉稳果断。这是队友宋伦的评价。2017 年 9 月，专案组对一起特大贩毒案件展开收网行动。收网对象非常狡猾，不断变换交易地点，跟控难度非常大。由于早高峰时段高速公路上车辆多，跟踪目标车辆消失了好长一段时间。这段时间内他们是否完成了交易，专案组是按照原定计划收网还是继续跟踪以便确认？大伙都等待黄日决策。这种情况下收网，无异于开盲盒，可能有所斩获，也可能一无所获。而一旦扑空，这宗经营了很久的案件，就会从此告吹。黄日在车上跟同事做了短暂而又慎密的研判，果断决定在目标车辆驶离高速公路之前收网。一旦决定收网，各个小组要同时行动。就在收网对象即将驶离高速公路时，专案组果断出击，一举抓获 7 名涉案犯罪嫌疑人，缴获毒品海洛因 20 块。

队友王世超说，黄日性格内敛，不急不躁。跟他在一起工作，你会自然而然把他当作主心骨。2020 年 3 月，黄日带领专案组前往南宁，对一起组织运送他人偷越国（边）境案深挖打击。蛇头组织偷渡的违法犯罪案件，往往涉及众多人头，收集、整理信息的工作量非常大，专案组在黄日带领下，每个深夜都在汇总梳理信息，准确判断犯罪团伙的行动轨迹，把握住他们的交接地点和车辆特征。3月21日，专案组在南宁的一个收费站附近统一收网，彻底端掉该跨国偷渡团伙，先后抓获组织运送者19人，查扣车辆19辆，查获非法入境者4批共109人。

黄日的沉着冷静与果断，并不是一种天生的性格特征，安全是建立在准确收集信息深入细致研判基础上的，容不得一点疏忽，更不能单纯依靠勇气蛮干。

2020年4月的一天，一大早黄日就和队友李锦经等研判一个案子。根据掌握的线索判断，这起跨境运输毒品案中携带毒品的，很可能是一群蛇头组织的偷渡人员。这是典型的“偷渡与毒品合流”的案件，一般这类案件都很复杂，打击难度大。

为了彻底打掉这个团伙，黄日根据各个队员的强项进行了分组，公开与隐蔽相结合，兵分多路深入边境村屯开展地毯式摸排，广泛收集群众上报的线索，不放过任何可疑点。在上万条碎片化的零散信息中，抽丝剥茧，逐渐清晰地掌握了这个犯罪团伙的组织链条和作案手段。经过6个多月的集中攻坚，黄日带领队员连续5次精准打击，最终查获非法入境外籍人员161人，在外籍妇女的行李箱内发现藏匿毒品海洛因0.681公斤。

虽然这起案件缴获的毒品不算多，但是案件的意义非常重大。对于“偷渡与毒品合流”的新型复杂犯罪必须坚持露头就打的原则，绝不能让其有发展扩大的空间。

骄阳之下，峰丛之间

一

黄昌立是黄日以前在侦查队的搭档，也是他的师弟，二人都毕业于广西警官高等专科学校（现名为广西警官学院）。黄昌立现任凭祥边境管理大队的大队长，身材魁梧，和黄日走在一起，说他是黄日的保镖，可能不会有人怀疑，毕竟在警校，黄昌立学的就是特警防暴专业。

“我从小的梦想就是当一名军人或者一名警察。”黄昌立出生在革命老区广西百色市平果县的一个偏远小山村，父亲是一名军人，雷达兵，参加过那场规模很大的边境战斗。虽然不是战斗的第一线，却是敌军炮击的重要目标。父亲转业后，在家乡的村镇上做一名最基层的干部，但不是本乡工作，通常每周回家一次。去邻乡的乡政府上班，他总是头晚就开始走路，走夜路，快天亮了差不多就到了，稍事休息，开始工作。既节约了时间，还节省了交通费。

母亲在家务农，有些手艺，做裁缝，是一个非常能干的女人。黄昌立的家庭，在当地农村算是比较殷实的。如果要维持这种殷实的生活，一家人都必须付出艰辛的努力。于是，黄昌立从小就必须操持家务，4岁的时候能够生火做饭带弟弟，做饭还是跟邻居婆婆学的。

黄昌立在村里小学学习成绩还不错，考上了平果县的中学，他的成绩勉强能上个重点班。按照当年的分数线，刚好能够上百色市里的中学。父母一咬牙，去市里的中学吧，肯定比县里的中学强，将来考的大学可能更好。后来黄昌立有些怀疑这个决定是否正确，在市里的中学，进不了重点班，而在普通班里，有不少是分数不够钱来凑的公子哥儿，跟这班人混在一起，学业上肯定不可能有多大进步。并且，来自农村的他，在这帮人面前总有不如人的自卑。好在黄昌立是一个能够发挥自己潜质的人，他学会了打篮球，打得还不错，加上身高优势，让他找到了自信。

高考成绩不上不下，没能考上向往的军校。后来才得知，军校方面是通知了他去参加面试和体测的，只是那时候通信不够发达，错过了。命运总是这样阴差阳错地捉弄人。

复读一年再考，成绩并没有突破性的增长，仍然不能上理想中的军校。这时候，他的伯父，也是武警军人出身，给了他一个直击灵魂的点拨：上不了军校上警校啊，警校毕业，说不定也能像军校毕业那样到部队，当军人。就这样，黄昌立上了广西警官高等专科学校。

说来还真有点意思，黄日的警察生涯，也受到伯父的很大影响。黄日的大伯父也是军人，就在凭祥当边防武警，后来成为了原武警崇左边防支队的副政委。黄日、黄昌立都是受到了伯父的重要影响。也许在两广一带或者说中国的原生社会大家庭形态中，血缘家族的影响是非常重要的。黄日、黄昌立，都姓黄，也许命中注定他们是一对“黄”金搭档。

2009 年黄昌立从警校毕业后，成为原武警崇左边防支队的一员新警。武警也是军人，也算是实现了儿时的梦想。从此，守边固疆成了他的责任。有特长的人，在警营里是容易脱颖而出的。黄昌立从一走进警营，就是一副十八般武艺全会的样子，没有什么青涩期，属于早熟型。2011 年，黄昌立因工作成绩突出调整到原凭祥公安边防大队情报队工作，从此踏上了边境缉毒的道路。

缉毒警察是和平年代最危险、牺牲最多的警种之一。面对穷凶极恶的毒品犯罪嫌疑人，他毫不畏惧、冲锋在前，无数次用鲜血和生命与毒贩进行殊死搏斗，被称为“刀尖上的舞者”。在黄昌立十多年的缉毒生涯中，多次与带枪毒贩正面交锋，直面毒贩的刀刃和枪口。衣服被匕首刺破、车辆被亡命歹徒驾车逆行撞击、本人及家人被毒贩恐吓与威胁……这些都未曾使他后退一步。

“许多时候，生死可能就在一瞬间，事后想起来，也有后怕的时候。”2017 年 9 月，黄昌立为了深挖涉毒线索，数月跟踪，多日蹲守，成功掌握一个贩毒团伙贩运毒品的路线。当专案组下达收网命令时，黄昌立与队友果断驾车拦截嫌疑车辆，将其逼停至路边，并立即对车上的毒贩实施抓捕。面对嫌疑人拳打脚踢和多次企图拿出凶器，黄昌立忍着疼痛拼尽全力死死抱住嫌疑人的双手，像蟒蛇死死缠住猎物，直至队友增援将嫌疑人牢牢控制。经搜查，在该嫌疑人身上查获装满子弹的左轮手枪 1 支，并在车上查获毒品海洛因 20 块重约 8.2 公斤、已上膛手枪 2 支、子弹 6 发。

很多朋友总是要追问一个问题：“干这行，你们真的不怕死吗?”

黄昌立对此回答说：“我当然也怕死，担心发生意外后，家里的老人小孩该怎么办。干我们这行吧，常常短兵相接，与敌人狭路相逢，勇者的生存机会更大。‘我不希望我们的每一条短信、每一个电话成为我们最后的道别，我希望每一条都是你平安归来的信息。’这是我爱人常挂在嘴边的一句话。”

黄日、黄昌立他们这样的缉毒警察，对生死的理解超越于常人。黄日的爷爷是抗美援朝后备部队的老兵，大伯曾是职业军人。黄昌立父亲和伯父都是军人，父亲还上过前线，在那场边境线上的战争中见过了太多战友牺牲。他们深深知道，战争是保卫和平的最后手段，只有不怕牺牲才能避免更多的牺牲。如果使命召唤自己必须面对敌人的刀锋，那也必须用自己的利刃来勇敢地保护自己和战友。

黄日理解这个生与死的终极哲学问题更透彻一些。与毒贩作斗争，正义永远在我们这里，祖国、人民是我们最大的底气。毒贩再凶残，本质上他们是心虚的。“我个子不算高大威猛，但是我们的气场，一身正气的那种气场，绝对压倒他们。”

勇者不死，正义必胜。这是注定属于他们的一种越来越执着的信念。

二

从事缉毒工作需要强大的记忆力、辨识力和现场掌控力，特别是在边境一线作战，地形地况尤为复杂，必须第一时间摸熟吃透现场情况，抓捕现场有什么特点、周围有几条边境便道等等，同时要把情况同步分享给战友，随时消除大家的疑问。凡是工作对象以及抓捕过的嫌疑人，他们都有深刻印象，他们的眼睛像是扫描的红外线，他们的脑子就是永久刻痕的超大硬盘，有时线索描述中，会提到某嫌疑人有什么样的特点，他们一听就能想到这个人是谁，相关信息一对比，十有八九准确。他们的超强大脑里精准地储备着各色嫌疑人的信息，嫌疑人平时是以贩毒为主、以吸毒为主还是以中间介绍为主，他们早已了然于胸，这些都有助于让嫌疑人在讯问中开口。

黄昌立从事边境缉毒工作的十多年里，走过了崇左边境的近百条便道，他根据工作经验创立的“侦查+瞭望+研判”缉毒技战法，有效提升了缉毒作战单元的战斗力。支队根据他掌握的线索成功侦破了广西边检总站建队以来单案缉毒量最大的毒品案件。

2017年2月初，黄昌立在工作中发现，家住崇左凭祥市边境某村吸毒人员张某有重大涉毒犯罪嫌疑，黄昌立和战友历时1年的侦查，基本查明张某系特大跨国贩毒团伙的“中转站”，其下线是境外特大毒枭莫某。2018年春节后，大毒枭莫某来到中国凭祥“指导”张某开展“工作”，扮装成出租车司机的黄昌立掌握了莫某在凭祥的一举一动，为此后中越警方联合收网，全链条摧毁这个特大跨国贩毒团伙提供了大量精准信息线索。2018年3月5日清晨，黄昌立得到线索，当天上午张某有“活动”，黄昌立当即和战友们展开行动。可能是毒贩张某察觉到了情况不对，驾车欲往村里冲。该村紧靠沿边公路和高速公路，小道很多，村后山再过去就是境外，万一张某驾车进入村里，将难以拦截。这时，一辆加长大货车恰好开过，嫌疑人不得不减速，黄昌立瞅准机会加速超车，并成功将嫌疑人车辆截停。黄昌立与战友们冲上前，将车上的嫌疑人张某牢牢控制。

经检查，在张某的车内有两个大纸箱，箱内装有140块毒品海洛因，重达90公斤，战友们都大吃一惊，从来没有见过这样的：开着一辆破车，几个破纸箱，跟村里的卖菜叔一样，运送的却是巨资毒品。也许这是大毒枭的一种高明伪装。后经延伸打击，又缴获142块毒品海洛因，重达50余公斤。该案是广西边检总站建队以来破获的最大单宗毒品案，这个纪录至今仍未被打破。黄昌立和专案组战友们再接再厉，一举抓获该贩毒团伙成员21人，全链条摧毁了这个跨国贩毒团伙。后来，又与外省公安机关联合作战，一举破获3起贩毒案件，摧毁3个跨国贩毒团伙，缴获毒品海洛因144块、毒资655万元和1支军用手枪。境外警方根据中国警方提供的相关线索，抓获贩毒团伙成员38名，缴获毒品海洛因656块。

刀尖上舔血，火焰之上起舞，黄昌立舍得一身剐，成为广西边检总站屈指可数的“全国公安系统二级英雄模范”，先后获评“全国禁毒工作先进个人”、广西边检总站“首届八桂十大移民管理警察”、广西边检总站“优秀侦查员”等荣誉称号，先后荣立个人一等功1次、二等功1次、三等功6次。黄昌立还充分发挥自身典型示范引领作用，大家信任他、学习他，在他的影响和感召下，大家激发出火一样的工作热情和智慧，他曾经所在的崇左边境管理支队执法调查队先后荣获“全国禁毒工作先进集体”、集体二等功1次，2人荣立一等功，多人荣立二等功，全员荣立三等功，先后涌现出“全国禁毒工作先进个人”“全国移民管理系统抗击新冠病毒疫情成绩突出个人”等一大批先进典型。

三

除了电光石火的缉毒前沿的激战，移民管理警察面对更多的是边境管理的日常。在黄日、黄昌立跟毒贩和案件关系人日复一日打交道的同时，位处大新县硕龙镇的硕龙出入境边防检查站新营区正在紧锣密鼓建设之中。

德天瀑布位于广西壮族自治区崇左市大新县硕龙镇德天村，中国与越南边境处的归春河上游，瀑布气势磅礴、蔚为壮观，与紧邻的越南板约瀑布相连，是亚洲第一、世界第四大跨国瀑布，年均水流量约为贵州黄果树瀑布的三倍，是中国国家5A级旅游景区。曾有收视率很高的电视剧来此取景拍摄，也带火了这里的旅游。

这个景区最大的特点就是，同一个景区，同一个瀑布群，却分属于中越两国。要完整地游览观景，比如去瀑布之下骑马、步行，就必须出国。于是中越两国经过协商，在这里建立“小特区”，设置特别合作区往来通道，出了中国边检旅客检查大厅就是越南的边检旅客检查大厅。2023 年国庆长假正式开启双向边检业务。很明显，合作区往来通道的建立，将会有力地带动旅游和商贸。

口岸限定区域边上，是中越边境的第 834 和 835 号界碑，原址是清朝和民国时期的第 53 号界碑。界碑原石已经被找到，紧挨着新界碑矗立着，恰如一段漫长的历史，在这里永久停留。站值班领导吴仲洋副站长带着执勤民警早已做好了通关的准备。一座遥远而风景秀丽的国门，很快就会熙熙攘攘，游人如织。而这十几名移民管理警察，连规范的宿舍和食堂都还没有，每天下班后只能凑合着吃个盒饭。

夜晚，一切归于寂静，在简陋的板床上入眠，听着瀑布迷蒙的水声，说不定会做一个跌入瀑布的惊梦。吴仲洋梦见儿子的时候最多，他知道自己陪伴儿子太少，还好，可以用梦来陪伴。

四

广西的冬季很温暖，如果天气晴朗、少雨，暑气完全消退而并无寒气来袭的感觉，让人惬意。这也是广西甘蔗的收获季节。

广西是我国甘蔗重要产区，产量高，质量好。然而，问题是，到了收获的季节，必须抓紧收割，这些年劳动力短缺越来越突出，于是就有大量的外国人过来打工，虽然劳动强度大，但很有诱惑力，每天能够挣到近一百元，一个月三千多元，直接给现金。

疫情以前的每年用工季节，邻国会有大量人员来到广西边境收割甘蔗。这些人当中，有些属于非法入境、非法劳务。这是摆在边境管理面前的一道难题。

既要保证边境安全和边境秩序，又要适度照顾到蔗农和制糖产业的现实困难，依照世界上移民管理的通行做法，使非法劳务尽可能合法化，把他们限制在特定范围，严防向更大范围扩展，严格禁止非法用工的长期化。

黄日担任支队执法调查队负责人的时候，开车行驶在公路上，望着延绵不绝的蔗田，他知道蔗田深处有很多非法劳工，他们——大多数时候是她们，天不亮就开工，中午就在地里简单吃点，夜晚就在帐篷、竹棚里过夜。黄日和他的队员通常能够很快地精准掌握非法用工的组织者，掌握了联络人、联络工具等关键节点，就能从源头上和汇集点加以控制，从而获得更多的线索和网络。能够办理合法用工手续的，促使他们尽快办理。如果还有其他违法犯罪情形的，坚决依法处置，该拘留的拘留，该处罚的处罚，绝不能让非法入境和非法用工扩大化、长期化。

疫情期间和疫情以后，邻国来的季节工基本上没有了，来自贵州的季节工多起来。因为边境更近而内陆更远，蔗业成本因此增加，这也是没有办法的事情。而边境那边的非法入境和务工，则有流向更远内陆的趋势。这给广西的移民管理带来了更大的挑战。

五

打击“三非”（非法入境、非法居留、非法务工）是移民管理越来越重要的职能。“三非”手段与方式的分散化、智能化，也给打击工作带来了困难。黄日清楚记得，前些年组织偷渡人员入境，用大巴、中巴接人，随着打击力度加大，组织者开始分散用小轿车（一辆小轿车不可思议地能塞进去十多个人）甚至摩托车，再后来不用接人，直接发定位、发导航链接。

打击“三非”也就不能只盯着偷渡客，必须打网络，打架构，打“蛇头”。

2020年1月，支队的执法调查队掌握了情报，一个偷渡组织经常在边境地带与境外和边境地区的“蛇头”联络，并且其组织偷渡的人员，已经入境到内地非法务工。执法调查队负责人黄日迅速组成了专案组，在广西防检总站的统一指挥调度之下，全面摸排，深入研判，基本掌握了偷渡组织的网络运营情况。4月9日凌晨，专案组在南宁市区以及周边6个地市收网，一举抓获团伙骨干成员10人，查获违法犯罪人员53人，摧毁了这个跨国、在国内又跨省的特大偷渡犯罪团伙，并顺带查获了一批毒品、毒资。

顺着线索，黄日的专案组在国家移民管理局和广西边检总站的指挥协调下，先后5次赶赴广东等省份开展联合抓捕行动。查获“三非”违法犯罪人员两百多人。

集中收网行动中，崇左边境管理支队办案民警在广东汕头某地，抓获了另一个偷渡团伙的外籍“蛇头”阮某。在她的住处，多名非法入境的外籍人员落网，民警还从阮某的手机里发现了大量的关键证据。

在当地警方的配合下，专案组民警经过十多个小时的蹲守踩点，发现了阮某在谷饶镇租住的房屋。阮某以此为窝点，与丈夫贺某共同组织偷渡犯罪活动。

一个小巷子里蓝色铁门内的院落就是阮某夫妇的住处，这里也是偷渡入境的外籍人员的中转点。阮某在家里开了个小商店，专门向生活在附近的非法入境人员销售食品、日用品。收到指挥中心收网指令后，专案组民警在这个出租房里，将阮某和贺某抓获。而就在对阮某夫妇进行突击审查时，从外面进来两名女子。两名女性也是非法务工人员，正好前来购置本国的一些产品，她们进来的时候调查队员就发现一些不一样，对方也发现了异样，就在她们准备往回逃跑的时候，被及时地截获了。

民警搜查发现，阮某有多张他人的身份证和4部手机，这些手机有的用于联系境外和广西南宁的上家，有的用来沟通需要务工人员的企业。里边有大量组织偷渡的信息、务工的劳务费发放等数据，还有对偷渡人员进行管理的很多个人信息。有一部手机是专门用来联系广东招工人的工厂，里面存了很多工厂的用工需求资料，工厂如果缺人会发公告，“老板”会复制这些公告发给朋友跟老乡，问需不需要到广东打工，我负责安排路线、安排好司机，下一步就是谈偷渡的费用是多少，坐哪台车，等等。

在案件侦办中，专案组清查了73处非法用工企业和私人作坊，先后梳理出广东、福建等地非法使用偷渡入境的外籍人员企业49家、加工作坊24家；收网行动中，共查获偷渡务工的外籍人员486名。在广东、福建两地警方的共同努力下，对这些涉案的非法入境外国人的务工企业进行了摸排，掌握了这些非法入境外国人务工的场所、规律，为抓捕和清查工作打下了基础。

此后持续的收网打击和堵截行动，专案组民警又查获多批次非法入境外籍人员。这些非法入境外籍人员在偷渡到中国务工时，受到了境内外“蛇头”的层层盘剥。外籍“蛇头”在国外收费刚开始是3000元左右，到后面涨到5000元，再到后面甚至是10000元。随着警方打击力度的增加，这些费用也会慢慢提高。外籍人员偷渡入境后，每人还要向引带偷渡的境内“蛇头”交300至500元不等的费用。非法务工获得的工资也要被犯罪团伙截取。个别的工厂因为劳动强度比较大，务工人员的月工资能达到3000元人民币左右。但是经过后续的审查发现，这些团伙成员结算给这些外籍工人，可能每个月也就是700至800元，大量的工作报酬被这个团伙截取。

非法出入境的行为影响到我们的社会治安，特别是在疫情期间，一些带疫人员从境外非法入境，会给整个疫情防控工作带来重大威胁。从国家安全层面看，影响到了社会的稳定，危及到了国家安全。

黄日的调查队在2020年至2021年间，连续侦破国家移民管理局督办的8起特大偷渡案，取得了空前的战果。特别是2021年4月，他们在国家移民管理局、广西边检总站的指挥下，广西、广东、福建、湖南、江苏5省优势警力联动，对一起大规模组织运送他人偷越国（边）境犯罪案件进行集群打击。由于涉案人数多，地域跨度大，他们对6000多条线索进行了分析之后，掌握了这个犯罪团伙已经形成了集团式犯罪的信息，其分支有18个，是一个境内外勾结、网络架构复杂、反侦查能力极强、有暴力对抗执法前科的大型犯罪团伙。专案组分成了12个工作组，对各个分支定向打击。经过4个月的奋战，抓捕了“蛇头”20名，查办“三非”外国人234名。审讯是案件的攻坚阶段，两级调查队36名民警连续20天熬更守夜在执法办案中心开展讯问。没有扎实的讯问笔录等案件材料，就没办法起诉、审判，案件就会被我们自己做死。调查队员只能冲浓茶、嚼柠檬强行提神。有办案民警开玩笑说，这法律也不公平啊，规定不能对嫌疑人采取车轮战术讯问，应该规定我们讯问人员也不能轮番工作不休息啊。讯问一号“蛇头”的是调查队的宋伦，既要讯问，又要及时整理已经一人多高的案卷材料，案件办下来，来不及剃的头发都白了一半。

这起案件最终得以突破，达到了全链条打击的最佳效果，获得了公安部专项办的贺电表扬，列为了国家移民管理局年度精品案件。

六

一次，从广东押解“蛇头”及一群嫌疑人回广西，大家都坐在一辆中巴警车上。路途较远，难免要聊点啥。其中一个“蛇头”是个女的，小声说：“警官，看你是个头儿。我还有点儿钱给你，六位数起。”

黄日说：“怎么滴，抓都抓了，我还能把你放了不成？”

女“蛇头”说：“这个你不敢，我懂。只是你不要把我当公司的顶层。我不是老大。”

黄日说：“你还挺懂法律的嘛！首犯降为主犯，主犯降为从犯，判刑少十好几年呢！是这意思吧？”

女“蛇头”说：“就是，就是。”

黄日说：“你还有钱？你确定是你的钱？”

女“蛇头”说：“当然是我的啦，也是血汗钱来的。干我们这行好辛苦。”

黄日说：“昨天可能是你的，今天我把你逮住了，就不是你的啦。”

女“蛇头”说：“那是谁的。你的？”

黄日说：“违法犯罪的赃款，国库的。你觉得我这个小头儿，敢动国库的钱吗？”

女“蛇头”只能无奈地说：“那算我栽了，不过也是迟早的事。”

黄日说：“提醒你一句，那些钱上的血汗，不是你的，是被你们诱骗的偷渡仔、偷渡妹的血汗。”

同车的一个年轻民警说：“队长，这案子，我也流了好多血汗。你看这破车，开着空调还出一身汗。”

黄日说："领导已经说了，这个系列大案之后，想办法给我们新车，下次就好了。"

年轻民警说："队长，拜托，下次别叫我了。我再没女朋友，亲妈都不认我了。"

延绵不绝的泥泞日子

一

广西肯定不是一直都阳光灿烂，有很多的日子，满是泥泞。有人不无夸张地说，广西只有两个季节，夏季和回南天。北方人可能比较陌生，两广人说的回南天，就是雨季，梅雨季节，总是潮湿，很多时候整日不见天光。

黄日抓捕几起重大案件毒贩的时候，不知为什么，大多是泥泞的雨季，并且是夜晚。

每年6月，是降雨量最集中的时候。2021年6月，黄日所在的专案组掌握到一个重要情报，崇左市大新县一个团伙有贩卖毒品的重大嫌疑。这年黄日还在支队担任执法调查队负责人。经过多方信息汇总研判，黄日和队友们决定在大新县下雷镇一段道路较为逼仄的路段实施抓捕。方案得到了领导的同意。

雨雾天气，有利于隐蔽伏击，但是道路湿滑，能见度差。虽然对贩毒团伙来说也是麻烦不小，但总体上讲还是有利的。当嫌疑车辆进入预定路段的时候，黄日果断下达指令，专案组前堵后截，逼停毒车。疯狂的毒贩团伙突然加速碾压侦查人员，如果民警受伤，案犯逃脱，将会造成不可挽回的损失。黄日遥控指挥，下令队友果断开枪射击，制服案犯。与此同时，黄日还带队在凭祥市侦破了另一起毒品案。

二

黄日出生在广西的邕宁，十来岁就跟父母移居到凭祥。父亲擅长做生意，这当然也给黄日耳濡目染的影响，所以黄日以商人的身份在跟“上家”“下家”打交道的时候，总是很得体、很熟练，不会引起猜疑。这个道儿上混的人，警惕性都是很高的，或者说猜疑心很重。黄日总能应付自如，他对生意很熟，对凭祥更熟，这些都是书本上学不到的知识和本领。

黄日并不是生来就是罪犯克星的。从小学到初中、高中，他都算不上学霸，但也不是调皮捣蛋鬼，那时凭祥的中学，打架甚至吸毒的学生都有。2001 年高中毕业之后，黄日考上了广西警官专科学校的安全防范专业。毕业后选择参军入伍，成为了一名边防武警，分到原武警崇左边防支队凭祥边防派出所，从做笔录开始学起。人熟、地熟、事熟的他上手很快，笔录都用手写。所里已经配备电脑了，但是那时的电脑输入，都还不够智能化，不如手写来得快。

2006 年，领导看上了黄日，抽调他到侦查队做情报侦查工作。他笔头儿来得快，脑子机灵，也熟悉上上下下的情况，队里安排他做内勤。案子忙不过来的时候，也常常参与讯问。

黄日审讯嫌疑人的时候，很有耐心，一个字，磨，另一个字，聊。聊着聊着讯问就结束了，笔录七八页，没什么错，直接签字捺手印。没多久，领导就安排黄日主办、主审案子了。

三

徒弟有出息，师父很关键。黄日之前的三任队长都很厉害，从他们身上，黄日学到了书本上学不到的本领和经验。做禁毒案子，情报是基础，没有可靠的情报，如同回南天，美丽的景色也变成了一片茫然雨雾。为了获得情报，侦查员当然要混迹于社会。黄日的其中一个前任队长，就经常穿花衬衣，戴大金链、大金戒。当然，也必须看具体的对象和情景。

几个队长各有各的风格，但是共同的一点就是对凭祥的社情特别熟悉。凭祥不算大，是国家重点口岸城市，外来人很多，移居凭祥的也很多，真正的本地人，大抵是城外周边的农民。在一个外来人口占主要组成部分的地方，要熟悉情况，难度更大。只有深入社会各个角落，广交朋友，才能做到社情、人情烂熟于胸。情报获得的能力，跟交际能力有很大的关系。

黄日的性格特点之一，便是交往能力很强，跟谁都可以做朋友，容易取得信任。还在读中学的时候，黄日就体现出了这种能力，跟班上的前几名学霸能够做朋友，跟差生也能够做朋友。

做朋友并不一定非得交心，重要的是能够取得认同。这对做侦查员来说也是基本功。黄日刚做侦查情报工作不久，队里人手不够，黄日赶鸭子上架开始了讯问。几个案子审下来，队长就把大要案件的主犯讯问工作也交给黄日来做。凭祥街上有一个开猪肉档的老板，生意不错，大家也都算熟悉。但是人们绝不知道的是，这家伙贩毒。打掉这个案子的时候，猪肉老板并没有亲自送货，而是交由他弟弟送货。这种案子讯问起来难度很大。

黄日熟悉了案情之后便开始了讯问。黄日不急不躁，又磨又聊，偶尔也会抛出证据，揭穿其谎言。讯问案犯并不是简单的聊天，更不是拉拢感情，禁毒警察和毒贩之间，也不可能有什么感情，电影上演的基本上都是脱离实际的。讯问中聊来聊去，最终就是让嫌疑人明白，“你说的我都懂，你做的我都知道，抵赖和狡辩都是白搭”。最后这个猪肉老板全部如实交代，对自己将会被判处死刑的结局心服口服。

四

黄日对毒情的感知能力很强，他就是一部毒情口述史。刚到侦查队的那些年，边境毒情还不算严重，一年也就二十来宗案件，一个案件能够打两块毒品，就算是大案了。2006 年案子开始多起来，2008 年起增长非常明显，一打就是 6 块、8 块的，抓住毒贩团伙的话，至少有一个死刑。2010 年至 2012 年，毒情进入高峰期，有的一个案件 40 多块。通常所说的一块毒品是 350 克海洛因。黄日他们很清楚，毒情严重起来的主要原因是云南那边查禁越来越严，毒贩们就从广西这边开辟新的通道。黄日和侦查队的全体官兵乃至整个武警崇左边防支队，都感受到了与日俱增的压力。如果有所松懈，毒情将会汹涌而来，这是各级领导都绝不敢掉以轻心的。而黄日和他的队友们，只能是巨大压力的最前沿承受者。

这些毒贩一般都有另一个公开的身份，有的做家具，有的开足浴店，有的搞建筑工程包工。这不正好一锅端吗，统统抓起来。这是一帮非常狡猾的人，这时候他们是不会有毒品交易的。查毒品案件，没有交易现场抓获，没有拿到“货”，案件就不成立，警察也只能干瞪眼。那个猪肉店的老板本来生意非常好，人缘不错，还有一个算是圆满的家庭，但是他贩毒越做越大。黄日也认识他，抓获之后问他，开肉档干得好好的，还有个乖女儿，干嘛要趟进他们这帮人的生意啊。肉老板苦笑一声说："还不是想挣大钱嘛。"

对于严峻的毒情，没有退路可言，只能一宗接着一宗打，一案接着一案破，一人接着一人抓。黄日成了执法调查队的主心骨，当了队长。在禁毒领域，不可能有孤胆英雄，都得发挥集体作用。黄日非常注意把调查队打造成一个特别能战斗的集体，包括女队员。

涂慧婷在调查队跟着黄日干了有十年了，是一个秀外慧中的女将。2021 年被公安部和全国妇联评为了"成绩突出女民警"。黄日所在的执法调查队大部分队员都荣立过二等功，支队的荣誉墙上，执法调查队的队员几乎占据了全部版面，从执法调查队成长起来到边境派出所担任主官的，与其他业务部门相比，无疑是最多的。

五

如果从黄日他们嘴里听到"爆了"这个词，那一定是很沮丧的。这帮队员说某个案子"爆了"，并不是发生了爆炸的意思，而是说案子给做废了，就像气球不小心给针扎了，或者过度吹气给吹爆了。比如，跟踪某个要案嫌疑犯被发现了，从此这个嫌疑人再也没有出现过；交货关头抓捕时候被冲卡成功逃脱；侦查了很久的线索，莫名其妙脱线，再也接续不上了，等等。一线的禁毒警察，几乎每个人都有可能经历过甚至不止一次经历过这种沮丧。那种百发百中、一抓一个准的禁毒战线神勇侦查员，实战中是不存在的，只可能在影视剧中才有。

黄日并不避讳谈自己"爆"过的案子，反倒是每次"爆"案后，他都要带领队员们认真总结，反思什么地方搞错了。在队员面前，黄日从不把自己装扮得一贯正确，反而常常主动坦诚自己的失误甚至“失败”。

还是在原武警凭祥边防大队做侦查队长的时候，专案组已经很准确地得知某嫌疑犯在一个烧烤大排挡吃夜宵，可能带有枪。黄日带队准备实施抓捕。但是大排档人多，如果发生枪战将会造成重大伤亡，只能跟踪寻求适当时机。该嫌疑人之后进了一家酒店，黄日决定守候，等待其出来实施抓捕。干禁毒，长时间蹲守也属家常便饭，十天半月的时候都有。这时有队友提出，反正也知道了房间号，直接破门冲进去抓捕，不是更好吗？黄日有些犹豫，但同意了改变方案。队员们到了房间门口，再次确认了嫌疑人在室内，于是快速破门冲入。谁知道这家酒店的房门比较结实，费了好大劲才破开，此时嫌疑人已经从窗外顺着空调机和排水管攀爬逃跑。楼下的队友眼睁睁看着他爬上了楼顶，不确定他身上是否有枪和藏有毒品。另一队专案组办案人员在该嫌疑犯的住处搜查到了枪支和毒品。案子算是破了，但是人逃了，没法起诉，队员们都很憋屈。差不多半年之后，才在另一个机会中抓捕了该犯。

而有些疑犯逃脱之后，可能永远消失，再也抓不到了。2017 年的时候，经营了一个很久的案子，跟了一两年，查获的毒品数量和毒贩数量都很多。严重的是，这伙人枪毒并举，还有一个隐蔽的制枪窝点。专案组分成好几个小组分头行动。黄日带人重点盯住首要分子。首犯非常狡猾，很快就得知情况不妙开始逃跑。黄日没有更好的选择，只能在一处比较宽阔的路上拦截。但是，道路太宽，首犯猛然强行冲卡，成功脱逃。虽然其他案犯和枪、毒都成功起获，但是首犯未到案。也许这是黄日一辈子都会遗憾的案子。过了好些年，听说这个首犯在南边邻国被抓了，判了死刑。虽说他最终落网，但毕竟是别人抓的，是从我们手里跑掉的。

一个人在荣誉加身、事业如日中天的时候，面对来“取经”的采访者，他心心念念的却是一桩桩一件件自己“爆了”的至暗时刻，这是属于他的勇气和真实，更是轮回在他身上独特的“辩证法”。阴霾与阳光，从来就是交替出现的生命真相，他坚信所有的苦难，最终都会变成阳光下累累的果实。

雨过天晴

一

友谊关边境派出所，距离边境线直线不到一公里。1954 年，新生

黄日进行行动前动员部署讲话

的人民政权在这里成立了睦南关派出所（友谊关边境派出所的前身），辖区面积 15 平方公里，有边境线 27.5 公里、界碑 86 块，北面背靠祖国而东、南、西三面与越南的谅山省文朗县、高禄县相邻。

坐拥祖国南疆第一国门，独特的地理位置和口岸职能，决定了友谊关边境派出所的独特职能作用，其一举一动都具有标杆意义，微小的差错也有可能被放大。值得欣慰的是，这儿的移民管理警察没有辜负建所七十年以来的各种荣誉，没有辜负南疆国门的伟岸。

辖区社情复杂，需要处理的各种治安问题非常多。2021 年 7 月 18 日，友谊关边境派出所民警在办理一起刑事案件时得知：在该所辖区凭祥市友谊镇卡凤村隐藏着一名因涉嫌诈骗而被深圳公安机关列为网上追逃的人员。办案民警立即组织警力对卡凤村进行摸排走访，并坚持每天对得到的相关线索进行分析研判。卡凤村是抵边村，有两个交易繁忙的边贸点，人员往来密集，鱼龙混杂。经过近一个半月的缜密侦查，8 月 27 日晚成功锁定犯罪嫌疑人黄某暂住地为卡凤村关隘屯。8 月 28 日凌晨 1 时 55 分，在前方侦查的民警获悉黄某正在家中。机不可失，派出所迅速出动 6 名警力前往抓捕。凌晨 2 时刚过，民警将出门买香烟归来的黄某抓获。

即使是非法人员，有时候还得尽力帮助、解救。2023 年 4 月 18 日，辖区内弄尧新通道隧道口山崖边，一名非法居留的外籍妇女翻越山隘非法出境，摔下山崖受伤，困于险境。派出所接警后会同消防救援部门，经过数小时的努力，将该女子成功解救脱险。像这样的打击与服务交集在一起的案例还有很多。非法出境、入境必须阻止、打击，但具体的民众该服务、该救助的还得尽心尽力，一码归一码。对这些事务，边境管理、边防检查的各个站所民警，都已烂熟于心。

二

最复杂、最困难的时候，应该是第一轮重大疫情期间。

陈世权是一个年轻的兵，生于 1997 年，武警边防部队改革转隶后，由战士转为民警，不算新兵，但肯定算新警。那时，在弄尧的一段边境上，突然间出现了很多的非法出入境人员。主要原因是两国疫情政策在管控措施和管控力度上有所区别。大部分人都怀着恐惧与担忧的心情，想尽快回到自己国家、回到自己家中，也有不少人想跑出去。疫情期间的人员流动是有很多要求的，人们想逃避管控，于是采取了非法越境的行为。危情骤然降临，必须有人守住这个卡口。

卡口所在之处，没有水电，没有房屋，没有信号，唯一的固定建筑设施就是中越边境第 1114 号界碑。陈世权向所领导请战："我上。"当时的派出所党支部书记、教导员是李仁毅。李仁毅同意了，并且做出了尽可能周密细致的安排。于是，一个紧急设立的执勤点在荒山野岭诞生了。陈世权带着辅警，一直坚守在 1114 号界碑旁边。只有桶装水，只有自热方便食品，没有热水洗脸，更别说洗澡了。要知道，两广一带的人，天气潮热，几乎是天天都要冲凉的。就这样，他们坚守了好几个月。每隔十天半月，他们轮换着下山稍作休整，备齐物品之后，又上山了。疫情期间的非法出入境漏洞被及时堵住了。

李仁毅向支部提出，陈世权同志本来就是入党积极分子，在关键时刻能够冲上去，建议发展为党员。支部大会一致同意陈世权同志加入中国共产党。就这样，一个兵，一个新警，在和平年代，火线入党了。

三

友谊关边境派出所的所长宋伦，2010 年参军入伍成为边防武警，2015 年转岗到侦查岗位，成为黄日团队的一员干将。2016 年 2 月，宋伦跟随黄日队长查办一起毒品案件，蹲守了四天三夜，毒贩终于在一处崎岖山路上出现，毒贩几乎同时发觉有警察埋伏，于是疯狂驾车逃窜，宋伦紧追不舍。犯罪嫌疑人在被逼停后，弃车而逃，跳下陡坡。宋伦随即跟着跳下，将嫌疑人摁住。队友赶来控制住毒贩后，宋伦才松手站起来，抬头望望陡峭的山坡，很疑惑：这得有三层楼高吧，难道我刚才是从上面跳下来的？看看手，出血了，有些疼痛。抬抬脚，好像没有受伤。遂拿出手机报告："黄队，搞掂。"黄日说："上来吧，抓紧突审。"宋伦知道黄日的工作作风，也知道案件的规律，必须立即讯问、录像。如果带回队上再审，没有露面的同案犯可能闻风而逃，抓获的嫌疑人也有时间建立起自己的口供防线。突审，对于黄日、宋伦他们来说，属于办案的"刚需"。

宋伦在打击毒品犯罪和偷渡违法犯罪上，成绩突出，先后 2 次荣立个人二等功、5 次个人三等功，嘉奖 9 次，2021 年提任凭祥边境管理大队副大队长。现在，组织上又提拔他镇守友谊关。宋伦深知自己责任重大。

四

边境派出所与内地派出所一样必须确保一方平安，但是又有很大程度上的不一样：边境派出所维护的不仅是社会安全，同时也是国家安全的重要部分。

派出所从领导到民警，都非常明确地将自己定位为服务，服务辖区民众、服务口岸经济。在各种服务职能中，他们特别强调及时化解矛盾冲突。辖区内有两个女性当事人，在水果交易中发生了纠纷，水果的保质期、保鲜期很短，稍有拖延就会出问题。一方交付的货物有质量问题，另一方则以此为理由拒绝付款。双方争吵得很厉害，其中的付款方一怒之下出境了。交易数额虽然不算特别大，却是一宗国际贸易纠纷。派出所指导下的人民调解工作室出面调解这个纠纷。民事纠纷，哪怕是跨国纠纷，只要双方在调解安排下自愿达成平息纠纷的协议，都是合法的，而且是法律所鼓励的。在“枫桥经验”新实践思路下，双方当事人握手言和，重新履约，成为贸易伙伴。

友谊关边境派出所党支部牵头辖区内军、警、地、企、商等23个党支部，构建了“‘葡萄串’国门党建共同体”，其核心内容就是“葡萄串”工作法。这就像一串葡萄一样，各项重点工作、各个需要及时解决的问题，常常复杂地堆在一起，彼此牵连，容易顾此失彼。要列出一个个“葡萄”，找准“提蒂”在哪里，明确每一颗“葡萄”之间的关联，抓住纲要，一个一个解决。把“葡萄”画在工作板上，大家都一目了然，胸有成竹，也便于追踪跟进，检查考核。“‘葡萄串’党建工作法”因此获评“全国公安机关基层党建最佳案例”，成为全国移民管理机构的“优秀党建案例”。

黄日担任凭祥边境管理大队党委书记、政治教导员之后，将“‘葡萄串’党建工作法”推行到全大队的7个边境派出所和各个部门。

凭祥市友谊镇卡凤村渠历屯是一个典型的边境村屯，距离边境线只有几百米，与越南谅山省文朗县新美乡仅有一丘之隔。屯里常住人口90余户270余人。后山植被茂盛、山丘环绕，地形地貌复杂，纵深长，管控难度大，走私、贩毒、偷渡等跨境违法犯罪活动时有发生。在最严重的时期，多名村民因各类不同违法犯罪受到了法律的惩罚。为了加强管理，友谊关边境派出所在屯里设立了警务室，常驻这里的是两位青年民警莫程程、袁慧。

警务室更像是一个哨所，面积不足30平方米，办公、生活全在里边了。1996年出生的袁慧是原武警广西边防总队勤务保障大队的一名战士，做了4年炊事员，筹建渠历警务室，他第一个报名去警务室驻守。得知国内疫情形势严峻，袁慧甚至两次推迟婚礼，全身心投入屯里的防疫工作中。莫程程2013年大学毕业，入警后长期在机关工作，2020年8月告别舒适的城市生活，主动申请到渠历警务室驻守。

起初，看到民警在村子里进进出出，村民们还略生分地叫着“莫警

黄日带队走近边境辖区群众开展走访工作

官”“袁警官”。过了不到3个月，莫程程成了“小莫”，袁慧则是“阿袁”。那段时间，他们每天微信步数在10000步以上。跟老乡们混熟了，他们才会当你是自己人。为了全面掌握渠历屯群众的信息，俩人用双脚遍访渠历屯90余户人家，对每家每户分类逐一建档管理。对边境辖区的管理，其实是对边民的管理。年轻的民警以真心来换取群众的支持，通过管人、服务人来控边，才能抓到边境管控的关键。在走访过程中，莫程程和袁慧总结了“十六字”工作要诀：“常态走访、分级管控、精准施策、宣传发动”。村民们说，两位民警天天见、时时见，是用脚步丈量渠历屯的“活地图”，各家各户住哪儿、这块地是谁家的，他们都一清二楚。

2021年6月初，有村民跟莫程程和袁慧反映了一个情况，后山玉米地附近发现了一条新走出来的小路。灌木丛中遗留有一件白色的上衣和一双袜子。“这应该是他们到中国这边之后，换下的衣服。”一旁的村民说。莫程程和袁慧经过仔细搜寻，在这条隐蔽的小路两边还发现有口罩、散落的矿泉水瓶等，明显是近期抛弃的生活物品，二人判断这里肯定有人停留过。

经过半个多月的缜密侦查，2021年6月24日，民警在渠历屯后山抓获5名非法入境人员及本屯的“蛇头”梅某。

疫情期间，渠历屯警务室共查获涉嫌非法出入境人员84人。“单靠我们两个人，是发现不了这么多线索的，全靠乡亲们及时告诉我们线索。”袁慧明白群众工作的重要性。

李承良老人是屯里有名的拥军模范，年轻时曾担任民兵排排长，参加对越自卫反击战时，在一次运送物资的时候踩中地雷被炸断了一条腿。后来部队请医生为他装上了假肢，他平时也为部队做一些力所能及的事。2013年李承良获得了中国年度双拥人物提名奖，多次获得崇左市拥军优属先进个人、拥军模范称号。2021 年 1 月 4 日上午，李承良老人驾驶一辆电动三轮车到弄怀送孙子上学，在回家途中经过渠历屯路口时，为避让一辆违规行驶的工程泥头车，三轮车不慎侧翻，导致右肩粉碎性骨折。

莫程程和袁慧闻讯立即到医院看望李承良老人。李承良老人出院后，莫程程和袁慧联系了两家涉事工程公司，就老人住院治疗费用进行协商，但是事故发生路段由两家公司共同施工，这两家公司都不愿意承担李承良老人的医药费，互相推诿扯皮："平时都是一标工程队的车多，路是他们压烂的""那天老人避让的，也有二标工程队的车"。

莫程程和袁慧多次到施工方进行劝说调解，同时积极联系联合调解室，从法律层面寻找解决的方法。经过 3 个多月的说服调解，最终两家涉事公司与李承良签订调解协议书，支付老人医疗费用 6800 元。为了方便李承良老人出行，警务室民警还为他在家门口铺上了水泥路。李承良老人感激不尽。莫程程说："这是你多年双拥应该得到的，也是我们应该提供的服务。"

2022 年 1 月 10 日，第二个人民警察节这天，卡凤村渠历屯屯长赵剑小带领村民代表来到友谊关边境派出所渠历警务室，将一面印有"民警驻守贴心服务，警民鱼水亲如一家"的锦旗和一本红通通的"渠历屯荣誉村民"证书送给在此驻村的"驻村民警"莫程程和袁慧。

最是清寒边关月

一

也许是天造地设般的日月同辉。黄日与何思月是办理专案时候的同事，还常常在一个专案组里，但是彼此并不认识。直到有一个同事大姐看不下去了，把俩人拉到一起，当起了介绍人。于是互加微信，一看，这头像怎么这么熟悉，原来大家在一个战壕里已经很久了。

何思月毕业于地方大学，比黄日小三岁。招录为警察分在了重要岗位，从事数据研判工作。现代社会，哪样工作都离不开数据支撑，打击犯罪更是如此。在几起重大案件中，黄日带队在一线蹲守、设卡、抓捕，何思月等同事在办公室提供及时的数据。俩人“认识”后，更能理解对方的工作，也能相互促进提高。黄日会提示一些重要的指引，何思月很快领会了茫茫信息海洋中哪些数据更迫切、更敏感。

夜深人静时，灯火通明的办公室，敲击键盘的何思月，纤细的指节，急切地传递着数据、信息和指令，更传递着心有灵犀的爱与牵挂；边关冷月下，奔赴在千里之外的黄日，怀揣着数据赋能的加持，更有心领神会的爱与温暖，走过一个又一个孤寂的黎明，迎来属于他们的日出。

当然，二人见面，都默契地闭口不谈工作上的事情了，难得享受一下日月相依的爱意。现在，他们已经有了两个孩子，大娃上幼儿园了，细娃也快上幼儿园了。只要回家，黄日恨不能把所有的时间都掰开揉碎了全部用来陪伴孩子，因为他实在太难得回一次家了。虽说都在崇左，但是黄日长期在凭祥，高速公路也有好几十公里，不可能像普通上班族那样天天回家。本来案子就多，违法犯罪分子也越来越狡猾，一个案子经营下来，黄日他们所付出的时间成本、脑力精力以及经费成本，都越来越高。加上疫情这几年的特殊性，黄日每年回家的次数超不过十个指头。近年来，黄日每次回家，特别是又打完一场硬仗、办结了一个大案之后，才真切地觉得，家，才是属于自己的世界。

月亮与太阳最懂彼此的冷暖。

2020年的一天，黄日给了何思月一个简单的电话："我出去了。"何思月当然知道这是又上专案了，上面挂牌督办的大案。整整一个月，黄日没有一个电话。案子大，涉及的人头、线索多，何思月也不知道黄日在哪个组、蹲守哪个点。何思月除了一门心思做好手头的数据工作之外，回到家里只是盼望这个案子进展能够顺利一点，少出、不出哪怕是一点点意外。

在何思月看来，黄日并不是一个超人，只是一个普通人，他的最大优点就是把握案子的全局感比较好，更重要的是他很有耐心。缺少耐心，不可能是一个好猎人。

一个月之后，黄日打来电话，除了说"我回来了"之外，多问了一句："娃还好吧？"何思月只能说："好。"

她无法用一两句话说清楚。这段时间里，自己也加班，妈妈的类风湿犯了，手脚关节疼痛难熬，偏偏孩子拉肚子，还没来得及上医院就加重成上吐下泻。孩子的外婆只能忍着自己的疼痛，给孩子服药，揉肚子。母亲不敢给何思月打电话，更不敢给黄日打，只能忍着疼痛，长夜无眠。

一家人就这样帮衬着、理解着，成为了"最美家庭"，孩子也知道爸爸妈妈是抓坏人的警察。一次何思月回家，娃立即告诉妈妈去把坏人抓起来。“我们家进来坏人了。”娃说，“坏人打了外婆的电话，是诈骗犯。”“哦，派出所的叔叔会去抓的”。原来，小家伙听见外婆说了好几次“电诈太多了”。

二

范丽晖是千里边关上的另一道风景线。

有一幅水彩画，色彩清新，画风纯美，一位小姑娘，背着小背包，甩着长辫子，从山海关走到了友谊关。画里的姑娘，就是范丽晖，是一位朋友专门给她画的。

范丽晖是河北秦皇岛人，家乡有著名的山海关，万里长城的东方起点。范丽晖从河北大学毕业后，进入武警边防部队，来到友谊关。山海关和友谊关，属于中国最著名的九大名关，友谊关至今还在作为国门边关使用，其他八大关都成为了沧桑中华的历史遗迹。

古时候的边关人，手持戈戟，雄立关楼，查验过往货物、人物。现代的边检，则要复杂很多，仅仅是懂得证件的防伪识别，就需要熟练识别伪造证件的安全纤维特点、变造签证页的紫外荧光异常反应规律等。这些技能的熟练掌握，要靠经验的积累才能练就一双慧眼和一双感觉精准的手，即使戴上手套，也不会丢失手感。像范丽晖这样已经很熟练的移民管理警察看看照片、再看看人，能够非常快也非常准确地确认“人像同一”。他们对于人脸的识别是电脑无法代替的，因为他们能够读懂人的内心，持有伪假证件或者携带了违禁物品的人，内心的紧张和不安，可能只有移民管理警察能够感知，别人不易察觉。而那些真正需要帮助的特殊人群，比如残疾人、突发病人等，也只能由范丽晖她们手动亲自办理。

坐在边检工作台上查验，是一种最基础的工作。已经担任执勤队副队长的范丽晖，既要在大厅统筹全部的人员出入境通道，还要负责车辆出入境的边防检查，繁多的待处理勤务、待核准信息、待解决投诉，使得范丽晖不停地往返于勤务室和检查台之间。这短短的 20 米距离，每次执勤都要往返上百次，手机上几乎每天都会提示今天步行达到 10000 步，有时甚至达到 20000 步。范丽晖对手机的健康计步功能提醒，熟视无睹。干不完的活儿，得走下去。走累了，稍微歇一下，喝一口早已凉透了的茶水。

友谊关地形是一个天然的通道，三面环山，三面都是边境，与邻国越南接壤，每天进出口岸的人员和货物数量很大，疫情期间也要保持照常开放。2023 年 12 月初，全年货运出入境车辆就突破 40 万辆次。还在 9 月的时候，出入境人员就达到 100 万人次，同比增长 434. 8%。

就是在这么一个广西最繁忙的出入境国门口岸，范丽晖已经坚守了 16 年，荣立个人三等功 3 次，获嘉奖 4 次，获得 2020 年全国移民管理系统“抗击新冠病毒疫情先进个人”称号，2022 年获得广西“五一劳动奖章”，2023 年被公安部和全国妇联评为“全国公安机关成绩突出女民警”。

日有昼夜，月有圆缺，此事古难全。

范丽晖成绩突出的背后，隐藏着一块日复一日吞噬在她灵魂深处的心痛：女儿。女儿在南宁市里上学，她这个家长，缺位太多、太久。每每收到女儿的微信，特别是语音和视频，范丽晖在上班时间根本不敢看，只能累积着直到晚上自己一个人的时候才打开。视频中的女儿还没有开口说话，范丽晖早已泪流沾襟。

这些年，如果某一次刚好有时间回南宁休假，参加了女儿学校的家长会，老师就会感到十分惊讶。女儿的同学会开玩笑说，见你妈一面，比见外国总统还难。的确，南宁是东盟博览会的永久主办城市，路上碰见一个或一群外国政要并不少见。

在范丽晖的心里，边关上那一轮明月，总是缺着，似乎从来就没有圆过。夜晚思念女儿的泪流完之后，范丽晖想透了，这轮从古照到今的“边关冷月”，是烙印在守边人心底的清寒，她必须习惯。

黄日当选全国移民管理机构第二届“十大国门卫士”后，
在崇左边境管理支队机关合影留念

三

曾经有一个特殊的春节，移民管理警察自己不能回家团圆，好多村民家庭也不能团圆。那是 2017 年 1 月，黄日带队到了一个村。凭祥市法卡山的这个村，偷渡的违法犯罪非常严重。专案行动过后，这个村的青壮年男性几乎都“进去”了。此案的越南“蛇头”被判刑 10 年，国内这边“蛇头”夫妇及其团伙分别被判了 5 至 8 年。其他成员受到不同程度的刑罚和行政处罚。

当时的夜晚，黄日的内心是纠结的。正当春节，家家户户阖家团圆的日子。一下子村里的成年男人都“进去”了，这年怎么过，还团什么圆？让他们过完年再行动可以吗？然而，农村的情形是，一过完年，人都走了，散了，外出打工，说不定过年期间他们又组织偷渡去广东、浙江了。为了长久的边境安宁，只能采取强有力的措施。后来的事实也证明，这个村子也从此安宁下来。

远方很近，因为祖国在我心中

友谊关的“葡萄”熟了，人行的、车走的口岸通道，疫情之后迅速繁忙起来。只要有移民管理警察护航，南国大门、东南亚大通道会更加安全、便捷。友谊关前那株古老的红棉树，很快会更加灿烂、更加红艳。

友谊关边检站所在的整个广西边检总站，扎根八桂大地，在守护祖国南端边境安全与秩序，严厉打击危害国家边境安全的各种违法犯罪、护航壮美广西建设等方面，取得了骄人的成绩。自 2019 年转隶至2022年上半年，广西边检总站破获偷渡刑事案件1526起，查获"三非"外国人25833人，抓获境内外"蛇头"1971人，协助内地公安机关遣送27541人，查获与遣送数量占全国三分之一还多；累计破获毒品案件299起，缴获毒品316.5公斤，缴毒数量位居全国移民管理机构前列；查获涉枪案件77起，收缴各类枪支449支、子弹6789发、手榴弹和地雷17枚；查获涉嫌走私案件1.34万宗，刑事案件、治安案件连续3年发案数下降；入境车辆的查验时间已经缩短到每辆车15秒。

在万物复苏的2023年，全年破获刑事案件1900起，查处治安案件4800余起，破案率、查处率分别高达80.03%和89.69%。抓获"蛇头"1100人；打掉团伙160余个；查获非法出入境中国籍人员670人、"三非"外国人2400人；遣返"三非"外国人7600人；查获枪支130支、弹药11970发；查获涉私货物5200余批，案值3.04亿元。

其中，2023年全年共破获毒品刑事案件90余起；抓获毒品犯罪嫌疑人190余人；查获涉毒违法嫌疑人260余人；收缴各类毒品54公斤多，缴毒量是去年全年的2.7倍，占全自治区边境缴毒总量的56%。

值得称道的成绩单背后，是八桂大地移民管理警察们的辛勤付出，奖章应该颁发给像峰丛一样矗立着的国门卫士。广西边检总站近4000名移民管理警察，守护着1020公里陆地边境、221公里海防线和22个四种类型的口岸以及5个口岸附属通道。平均每公里边境线和海防线只有3个移民管理警察。

广西的边境线有一个明显的特点，地理上很容易被穿越和突破。山虽然多，也很秀美，但是并不奇险，很少有那种"一夫当关万夫莫开"的地形。广西的降雨量、河流水量全国最大，但是落差不大，形不成湍流，随便一条小木船甚至徒步行走都可以穿越过来。再加上植被茂盛，违法犯罪嫌疑人和偷越者穿行于树林，无人机都没有办法看见。要知道，美国和墨西哥的美墨边境，3000多公里，口岸也就55个，修筑架设了造价高昂、世界第一的边境高墙，配备了1000多名警察，配置了无数的高清摄像头、无人机和重装巡逻车、枪械。就这样也无法杜绝大量的偷渡，更是无法抑制大规模的毒品走私。

广西边检总站的近4000名移民管理警察，面对着1000多公里边境线和几十个通关口岸和通道，交出了无愧于祖国、无愧于人民，无愧于时代、无愧于历史的答卷。

这天，黄日起得很早，他要去培训基地给新警们讲课。

2023年10月，刚刚40岁的黄日走马上任崇左边境管理支队法制处处长。多年来，他主办和参与侦破的偷渡案件300多起，毒品案件250多起，打掉了42个跨国犯罪团伙，抓获各类犯罪嫌疑人超过2000名，缴获毒品超过300公斤。辉煌的战绩，也给他带来了许多荣誉：全国特级优秀人民警察、全国移民管理系统的“十大国门卫士”“全国最美基层民警”。

成绩和荣誉，没有使黄日变得骄傲起来，相反，他越加淡定和沉着。黄日深知，这些并不是自己一个人的功劳，是领导指挥协调和工作团队共同努力的结果，而荣誉，只能是鞭策。为了让荣誉的鞭策影响更多的人，组织上会安排他作报告，媒体曝光比较多。加之走上了更重要的领导岗位，工作有了新的需要，他已经比较少地做直接的信息情报工作了，社会各界认识他的人越来越多，所以不太适合做隐蔽性强的案侦工作。这也符合移民管理警察工作的规律，守卫国门的宏伟事业需要更多的年轻人冲上去。

在各种宣讲报告中，他特别重视对新警的培训课。都是内部人员，师徒传承，很多内心的话能够讲，也必须讲。广西边检总站这支队伍非常年轻，以友谊关边境派出所为例，全所20多人，平均年龄27岁，出生于1995年以后的就占一半。新警主要来源于两部分，一部分是公开招录的大学毕业生，另一部分是由边防武警转隶而来的年轻战士。年轻是他们的本色，但是现代年轻人，普遍不愿承受边疆的孤独寂寞。

不知怎的，黄日给新警讲课，总会想起自己上中学的情景。黄日读中学的那个年代，毕业后的出路只有两条：一是考上大学，大专也行，走出去，走上正轨；二是没能考上，混迹于社会，被公安局抓进去。要么是进校园，要么是进拘留所。黄日考出去了，但是他又回来了。他的使命就是要改变这种混乱的社会秩序，至少要给年轻人光明的前途和希望。

黄日总是精心准备，在给新警的课程里，移民管理警察的职业精神、积累多年的经验和技能总在心里发酵变成了讲稿和PPT，实际上，他用不着讲稿，讲稿上的都是心里话，像泉水一样汩汩而出，想说的心里话太多、太多。

他想说——

当今世界，冲突加剧，各国移民管理工作都是政治、经济生活中的重要事项。但是，边境意味着边远，意味着孤独，亘古未变。

守护国门是神圣的，国门的一侧，可能是移民管理警察隐藏心底的孤独和寂寞，挥之不去，峰丛不觉，白云不知。

我们守护繁华，却被繁华所疏离。繁华不会落尽，而人会老去。但是我们坚信，我们老去的那一刻，终将为我们始终如一的忠诚而自豪。繁华可以轻易遮盖无数颗真心，而我们的心，因为离繁华最远，所以离祖国最近。漫漫边关，界碑凛凛，长夜里，寂寞中，当我们静静地面对自己心跳的时刻，我们其实已经和祖国母亲的心跳在一起，脉搏连在一起。我们的呼吸，祖国听得见；我们的倾诉，唯有祖国母亲可以慰藉。

毒贩可恨，偷渡可恶而又可怜，把这一切危害与骚扰，拒之于国门之外，为祖国母亲守护一方净土，让我们身后所有的亲人得享一片安宁，我们必须守土有责，我们别无选择。

虽然我们离中心城市很远，但我们守的是关，每个人都是键，祖国安危，国际秩序，我们都是关键。

所有这些，最后都会化成你我独自享有的生命甘甜和精神充盈，就像友谊关古老关楼之上，每一天迎着旭日升起的五星红旗，默默无语，却高傲地飘扬。

全国移民管理机构第二届“十大国门卫士”安晓华

捉妖人

——云南出入境边防检查总站保山边境管理支队安晓华纪事

胡　杰

一老一少，一高一矮，翘首等待十几分钟后，对面山上终于出现两个男人的身影。安晓华不禁心跳加速，开始进入一种从未有过的兴奋状态。那时，他当然想不到，这次贴靠行动将开启他十多年的职业缉毒生涯，而“全国禁毒工作先进个人”、“全国优秀人民警察”、全国移民管理机构“十大国门卫士”等荣誉正在前方等着他。

槟榔江是一条山地小河，发源于尖高山南侧，是云南省德宏傣族景颇族自治州与保山市之间的一条界河。槟榔江河水清澈，风光旖旎。此刻，安晓华就站在保山腾冲一侧眺望对岸，注视着两个人影从德宏盈江一侧的山上一点点走近，由小变大。他已经能看清，两个人每人背着一只筒帕、挎一把景颇刀，大步向桥头的方向走来。没错儿，一看装束就知道，这是两位景颇族人。

四天前，腾冲边境管理大队案件侦查队队长老叶跟刚借调来的安晓华说：“有个案子需要人去贴靠毒贩，验一下毒品，你有没有胆量去?”

安晓华没犹豫，挺直腰板敬礼：“谢谢队长信任，我没问题!”

叶队看上安晓华，是因为他是本地人，而队上的侦查员大多来自五湖四海，一张口就会露馅儿。当然，安晓华的沉稳劲儿，叶队也喜欢，要不干吗把他借调到案件侦查队来呢。

安晓华接到任务后马上进入角色。他不再刮胡子，身上的长袖T恤、牛仔裤也不再换了。行动开始前的一天晚上，他还故意在办公室加班看材料，熬到四点多，困极了，也只是伏在办公桌上眯了会儿。等站到河畔小沙滩约定的接头地点时，又黑又瘦的安晓华已经一副落魄样儿，和当地的烟民完全看不出有啥区别了。

景颇男人随身带刀是民族风俗，也是法律允许的。但是，沉甸甸的砍刀背在两名毒贩身上，对于赤手空拳的安晓华来说却是一种致命威胁。本来，老头儿在电话里跟叶队说就他一个人过来，而此时他身边多出的这个矫健的小伙子，恐怕是他的保镖。

转眼间，他们已经过了小桥。四下里观察一番，老头儿向安晓华点头示意并走上前来。

“东西呢?”安晓华看出二人对自己很放心，完全没有戒备。

“在这儿!”老头儿从筒帕里掏出来的，是一根手指粗细、长度约四厘米的圆柱状的东西。按照惯例，这样一根用保鲜膜包着的海洛因就是十克，售价在一千七八百元，老主顾一千六百元能拿到。沿着保鲜膜压烫的接缝，安晓华老练地把它撕开。验海洛因，一要看，二要闻。安晓华将那根小圆柱凑到鼻子下方，闻到了一股酸酸臭臭的味道。接下来，他又伸出舌尖，在海洛因上舔了一下。做这个动作时，他的目光一直注视着老头儿的脸。他注意到，老头儿似乎愣了一下。

还是一看、二闻、三舔，安晓华又继续验第二根小圆柱。突然，警笛响起，一辆警车从一百多米外的公路拐弯处冒出来，明显是在向这里疾驰；埋伏在附近灌木丛中的几名便衣侦查员也都跳了出来。此时，老头儿一把抓过安晓华手里的两根小圆柱，和小伙子两人扭身就跑。说是老头儿，其实也就五十岁出头，虽说个头儿不高，但身手敏捷不输年轻人。安晓华试图上前阻拦，却被叶队一声断喝制止：“不要追了！”

两个景颇男子飞跑过桥，进入“安全地带”。只见老头儿在对岸取下刀来，当空一通劈砍，哈哈大笑，以示羞辱。安晓华气得眼冒火星，恨不得立即起身追赶。

事后，叶队黑着脸跟情绪沮丧的安晓华说：“你舔毒品的动作是谁教你的？画蛇添足！”

干缉毒，进边防

一、从悲痛到行动

少年时的安晓华有着那个年龄孩子特有的叛逆，疯玩，不好好念书。上初一时，父亲看他难以管教，索性脸一沉让他退学，跟着自己下田种烟叶。云南有很多著名的香烟品牌，当年在全国有“一云、二茶、三红塔”的说法。烟叶种出来，等着厂家收购，不愁没销路。但是，种烟叶却是桩极其辛苦的农活。播种之前，要翻地、松土，还需要对烟种进行消毒、浸泡。烟种撒下去，要覆上薄土，然后就得保持土壤湿润，以利出芽。烟苗生长期间，松土、施肥、除草、浇水之外，还要及时喷药，防治病虫害；总算盼到了烟叶成熟，不光要顶着大太阳收割，还得讲究技巧，避免伤到了叶片；收回的烟叶，又得及时进行晾晒，然后再经过烘烤加工，按照品质进行分类，上交到指定地点。一年到头，烟农就没有闲的时候。

跟着父母，安晓华经历了烟叶种植、加工的完整过程。一次，在烈日的暴晒之下，瘦如麻秆的少年安晓华抱着沉重的烟叶，累得直掉眼泪。“不好好读书，你就只能回来干农活儿。”父亲是新河村的党支部书记兼村主任，也是一个什么农活都会干的农民。种完这一季烟叶后，安晓华主动跟父亲提出，要回学校读书。然而，他已经是个没有学籍的人了。父亲跟一位小学校长说好话，让他参加了小升初考试。这以后，安晓华才觉出“书中自有千钟粟”。

1997 年，超龄两岁的安晓华的父亲参加公务员考试，被破格录取，成为政府的一名土地管理员，退休前，他干到了土管所的所长。父亲的勤奋努力，给在读初中的安晓华树立了标杆。2001 年夏天，年近 20 岁的安晓华终于考上了警校，成为寨子里有史以来的第三位大学生。安晓华选择的专业是治安管理，而他后来从事缉毒，和大一时发生的一件事有着深刻的关系。

一天，老家一位叔叔打电话告诉他，阿客、老幺和四堂因运送毒品被警察抓了，恐怕命都保不住了。

阿客是安晓华的表哥，比他大几个月。小学时，俩人一直是同班同学。安晓华打小体弱多病，有段时间，几乎每个星期都要去卫生所打针，瘦得像只猫。而比他高出半头、人也更结实的阿客，一直把安晓华当成亲弟弟护着。上学路上，遇到邻寨的狗追他们，捡棍子、摸石头吓跑狗子的都是阿客。一次雨天路滑，安晓华在放学路上摔了一跤伤了下巴，阿客步行两公里把他背回了家。伏在阿客的背上，安晓华能听到他的喘息声，还能感受到他的心跳，兄弟俩的心连得更紧了。

上五年级时，他们班上有个同学丢了一只电子手表。当年，一只电子表要五六块钱，而每个孩子口袋里的零花钱不过一两毛。丢表的孩子吓坏了，因为他回家没办法跟爹妈交代。

“不要紧！”阿客安慰那位同学，“我们大家一起想办法。”阿客能想到的办法，就是捕鱼捞虾换钱给这位同学重新买一块电子表。

捕鱼捞虾，都有窍门。捉黄鳝的关键是要找出它们躲藏的洞口。黄鳝洞又分为前洞和后洞，洞不够新，也会白忙活一场。而在浑水与清水的交界处，常常会有鲫鱼。要摸到鲫鱼，就要在小河汊里拦一个坝，然后把水往外舀。等把水舀得差不多了，乱窜的鲫鱼就很容易摸到。泥鳅出没的地方都有流水，水又不会太深，泥鳅受到惊动，就会拼命往泥里钻，还会用尾巴把水搅浑。要逮住泥鳅，就得把整个身子伏在田埂上，两手配合着一起往泥里掏。泥鳅溜滑，两只手配合稍不到位的话，它就会从你的指缝溜走。当然，泥鳅捉上来，捉泥鳅的孩子也早已经浑身是泥，变成了“大泥鳅”。甭管捉哪种鱼，所有孩子里本事最大的都非阿客莫属。阿客他爹就是这方面的能人，阿客得到了老爸的真传。

阿客去问过卖电子表的小卖部老板。老板说，只收鳝鱼。于是每天一放学，阿客就率领一帮孩子下河去捉鳝鱼。阿客为了照顾身子弱的安晓华，给他分配的工作就是拿一只编织袋，在岸上等着装同学们捉上来的鳝鱼。那段时间，安晓华每天都拎着编织袋，把大大小小的黄鳝一股脑倒在小卖部老板的水桶里。而经验丰富的阿客会往水桶里放上两条泥鳅。黄鳝好静，泥鳅好动。有泥鳅在，黄鳝就会动起来，这样，它们就更容易存活。忙了好几天，老板才终于说：“够了！够了！”

就这样，一只一模一样的电子表又戴在了那名丢表同学的手腕上。

童年的日子，不是下河摸鱼就是上山捉鸟，想到捉鸟，安晓华就又想到了老幺。

老幺比安晓华小两岁，论辈分却是他的堂叔。因为上面有三个姐姐，家里经济条件又比较好，所以一家人都宠着一脉单传的老幺。这也养成了老幺为人大方的性格。在安晓华的印象里，老幺就像个魔术师，总能从口袋里摸出些水果糖、棱角糕与小伙伴们分享。

一次，寨子里的小伙伴们去掏鸟窝。他们发现一棵十几米高的云南松上有一窝“麻知了”幼鸟。“麻知了”学名叫伯劳，因为老是叽叽喳喳，羽毛棕黑有点儿像麻雀，所以有了这么个名字。这次掏下来的小鸟只有三只，不够分。虽然是安晓华上树掏的鸟窝，但这回分鸟却没有他的份，原因是上次掏松鸦的窝，安晓华已经分到了一只“山和尚”。这种鸟特别聪明，养好了会说“你好”，甚至还能喊“爸爸”呢。可是，那次安晓华分到的“山和尚”回去没养多久就死了。此时的老幺看到安晓华实在是喜欢伯劳，就扯扯他的衣角，把他拉到一边，将自己分到的那只给了他。这只伯劳安晓华养了好长时间，老幺也时常捉几只蚂蚱来，和安晓华一起喂它。

老幺是个安静的孩子，话不多，年纪又偏小，谁若欺负他，阿客便马上会站出来为他打抱不平。为四堂，阿客也一样会出头。

在这帮孩子中间，存在感最弱的就是四堂了。四堂属狗，从小就是阿客的跟屁虫。三个人因贩毒被抓后，寨子里的人都认为挑头的肯定是阿客。他们三人从瑞丽带了两公斤海洛因，走到下关时被抓。安晓华一直关注着这案子的进展。后来，法院判下来，阿客被判了死缓，而老幺和四堂却被判处死刑，立即执行。可能，大部分毒品是在老幺和四堂身上搜出来的。

这件事毁了三个家庭。四堂的母亲是安晓华的姨妈，四堂走后没两年，她就病死了。老幺的父母安晓华要喊阿公、阿奶，事情发生后，安晓华就再也没有见到他们脸上有过笑容。

二、致命疏忽

云南铜壁关自然保护区位于中国热带区域的最西部，与缅甸接壤，靠近印度的东阿萨姆，是中国唯一具有伊洛瓦底江水系热带生物区系的地区。萼翅藤、云南蓝果树、红豆杉、桫椤、鹿角蕨等珍稀植物都在这里竞相恣意生长。行进在丛林间，会冷不防地看到白眉长臂猿、野生孔雀等动物。德宏傣族景颇族自治州陇川县陇把镇，就坐落在铜壁关脚下。

安晓华参加工作的第一站，便是德宏边防支队陇把边防派出所。

自从童年伙伴阿客、老幺和四堂因贩毒被抓，安晓华就开始在网上查阅一些关于毒品犯罪的资料。大一、大二见习和大三实习期间，他去过好几个派出所，也一直在了解这方面的情况。自己的三个发小因为毒品家破人亡，年轻的安晓华心中对毒品的仇恨一直在寻找出口。干缉毒，干缉毒，一个声音不断在他内心回响。他发现，武警云南边防总队查获的毒品数量特别大，几乎占到全省查获毒品数量的半壁江山，而边防总队已经连续两年在他们学校招人了。

就像当年高考后填报志愿一样，遇到人生大事，安晓华第一个想到的就是跟父亲商量。父亲听了他的想法，点了点头。知子莫若父，他知道儿子作出这个决定的原因，也知道儿子心里憋着的这股劲儿必须支持，否则儿子会遗憾一辈子。就这样，安晓华脱下警服穿上了军装，成为陇把边防派出所社区中队的一名干事。

安晓华的第一位师父老张只有初中文化，却是位一等功臣，也是云南边防派出所中第一个以个人名字命名警务室的人。从他那里，安晓华学到了和老百姓打交道的基本功。

一次，相邻的章凤镇发生一起杀人案，陇把派出所也接到了搜捕嫌疑人的任务。边境地区山大林密，当地人熟悉地形，亲朋又多，躲藏起来警察真不好找。可老张给他负责的吕良、龙安两村打了几个电话，村干部马上就动员村民出去寻找了。而这个嫌疑人真就被吕良村的一位村民在一个窝棚里发现了。

老张说话，怎么就这么管用呢？安晓华开始意识到群众工作的重要性。他在工作中细心观察，发现吕良、龙安两个村子的人几乎人人都认识老张。老张不光为村上小孩儿代办落户、为去世的老人注销户口，有人需要到镇上买个啥东西，跟老张一说，他都会给代买回来。有了好人缘，老张在村上说话就算话，茶杯一端，嘻嘻哈哈中，工作就完成了。

在禁毒工作方面，派出所的任务以防范为主，但也有打击任务，就是强制收戒吸毒人员。在铜壁关山区，山间小溪两侧都种植着草果。草果既能入药，又能做煮肉的调料，叶子还可以用来做米茶，嫩芽可以凉拌佐酒。因为经济价值高，种草果的人就多，在草果成熟的季节，他们会带米上山搭窝棚住。而其他时节这些空着的窝棚，就常常成为吸毒人员的藏身处。因此，警方也管上山查堵吸毒人员叫“堵窝棚”。一般来说，吸毒人员都是睡到中午才起床，下午吸食毒品。吸毒之后，他们会变得亢奋、警觉，抓捕时他们的应激反应会非常强烈，危险系数大增。所以，警方通常选择在天刚蒙蒙亮时上山开展抓捕。

安晓华跟着老张和同事们披着满天星光从所里出来，开车四十分钟来到山脚下，又徒步一个半小时上山。山路只有一条，他们在沿途的三个窝棚里发现了三名吸毒人员，铐着他们一起往上走。

天微明，雾又极大。当安晓华他们看到吸毒人员麻腊家的窝棚时，离那儿已经不到二十米远了。麻腊的老爹正在窝棚外用一只吊着的锅熬饭，稀饭的香味甚至飘进了安晓华的鼻子里。安晓华上去推开了窝棚门，没想到迎接他的却是一杆火药枪黑洞洞的枪口，持枪的人正是麻腊。看到枪，安晓华先是一愣，然后迅速抓起麻腊持枪的手往高处抬。这时，身后的老张冲上来，和安晓华一起将麻腊摁倒，夺下他手中的枪。同事们很快也都冲上来了，一起将麻腊制服。

土枪之外，窝棚里还搜出了一支气枪，这是老乡们用来对付偷草果的松鼠的武器——安晓华本该预见到它们的存在的。事后，师父严厉地批评了安晓华。原来那支枪是上了膛的，就在安晓华愣神的片刻，麻腊扣动了扳机，只不过，那粒子弹卡壳了。

三、第二次贴靠

缉毒是极度高危的工作，侦查员、指挥员永远都得把安全放在第一位，这就是叶队那次临时中止槟榔河畔抓捕行动的原因。

那次贴靠景颇老头儿，叶队本来是做了周密安排的。包括他自己在内的五名侦查员就埋伏在槟榔江边的灌木丛中，其中离得最近的，距安晓华只有二十来米远。警车停在山路拐弯处，接头儿的地方正好看不到。虽然景颇老头儿带了名年轻人来属于意外，但让叶队决定立马中止行动的原因，还是安晓华检查毒品时的那个多余动作。作为指挥员，叶队首先要确保初次上阵的安晓华不能受到任何伤害。至于逃跑的犯罪嫌疑人，以后再想办法抓就是了。

那么，安晓华“画蛇添足”的动作是从哪儿学来的呢？原来，这个动作是安晓华从一部警匪电视剧中看到的。编剧瞎编出来的一个情节，让初出茅庐的安晓华竟当真了。

调回保山时，安晓华的儿子都快三岁了，新的工作单位是腾冲出入境边防检查站自治分站。“自治”在此并不是“民族自治”的意思，而是当地的一个村名。这里属于山区，冬天是要下雪的。从热带区域来到山区，气候环境反差很大。自治分站一天过往车辆几千辆，安晓华在这里有两大收获：一是练就了扫一眼就能记住车牌的本事，日后搞案子时，这项功夫就派上了用场；二是规范了这里的行政卷宗，也是因为整理卷宗这两下子，他被腾冲大队案件侦查队队长老叶相中。一年后，安晓华被老叶借调，又过了半年就干脆正式调到了案件侦查队。那次不成功的化装贴靠经历正是发生在他借调期间。

犯过一次低级错误，安晓华就开始用心跟办案经验丰富的老侦查员学习，琢磨如何跟毒贩打交道。几个月之后，他又迎来了第二次贴靠毒贩的机会。

那是临近春节的时候，腾冲市猴桥派出所抓获一名吸毒人员，挖出了他的上线。案子交到案件侦查队，叶队他们又挖出该男子上线的上线是盈江县盏西镇的一名男子。

盈江县位于腾冲市和瑞丽市之间，隶属云南省德宏傣族景颇族自治州，傣语称“勐腊”，境内32条主要通道穿越214.6公里的国境线与缅甸克钦邦相通，是中国内地连接南亚、东南亚和印巴次大陆的黄金口岸通道，也是中缅两地的毒贩交易毒品的“方便之地”。盏西男子就是给缅甸的甘拜地和云南腾冲的猴桥、滇滩、马站一带提供海洛因的毒贩。

安晓华和同事们在丛林中设伏抓捕嫌疑人

他平均一两个月进一次货，一次进货 2 公斤左右。叶队以买家的身份和他搭上后，约他在猴桥镇灯草坝一处开阔的枯田里见面。这次叶队向盏西男子提出，他只能自己一个人来，不许带刀，自己的小弟会带着现金过去，只要看上样品，就先付 20000 元预付款。

见面地虽然视野开阔，但周边是梯田，层级跨度大的地方还是很容易隐藏的。叶队带着侦查员提前去踩点并埋伏下来，离安晓华最近的侦查员也就距他 40 米远。验货时只见一辆白色轿车在距离约定地点大约 1 公里远的地方停下，一名中年男子从车上下来，径直朝安晓华这边走过来。就在安晓华撕开圆柱体包装准备闻的时候，事先埋伏好的侦查员已经冲了出来。盏西男子不顾一切地转身要跑，安晓华扑上去跟他扭打在了一起，并和赶到的侦查员一起将盏西男子制服，从轿车的后备厢里搜出了 400 多克海洛因。

最终，盏西男子被判了死缓。

从腾冲到龙陵

一、奇怪的老头儿

因为箱包里夹带毒品，一名来自四川自贡的小伙子被边防检查站查获，送到保山支队案件侦查队接受审查。他口口声声称，行李箱不是自己的，而是别人给他几百块钱让他带的，至于里面有什么他压根儿不知道。那么，那个“别人”又是谁呢？他们是怎么认识的呢？自贡男子说，那人是他通过 QQ 认识的，网名是啥他记不清楚了，QQ 号更是没记住。他翻来覆去就是这套说辞，死不承认替人带毒品。一遍笔录问下来，主办侦查员拿他也没办法。

这时候的安晓华是作为腾冲大队的一名侦查员，被派到保山支队跟班学习的。所谓跟班侦查员，主要任务就是协助办案，讯问嫌疑人时坐在主办侦查员身边旁听，不负责讯问、记录等具体工作。当时看着满嘴跑火车的嫌疑人，安晓华就在思考，到底有什么好办法能让嫌疑人如实交代。

那天的值班领导是案件侦查队的教导员陈锡华。陈锡华比安晓华年长 6 岁，贵州铜仁人，是个搞案子的高手，多次立功。了解到讯问没有进展，陈锡华提出："他的手机你们查了吗？QQ 号呢？你们都不掌握他在跟谁联系，他凭啥给你们好好交代？"陈锡华平时一点儿架子都没有，平易近人，但是说起工作和案子，总是直戳要害，不会考虑什么面子问题。他说："你们先把该做的功课都做了，再去审他看看。"

找到突破口就是成功的一半，一查自贡男子的手机，果然发现了一段他没来得及删除的信息。从这段信息里，警方发现交给他行李箱的人是个德宏人，交接的地点也说得清清楚楚。顺藤摸瓜，这个德宏人的信息也浮出了水面。

手上抓了几张牌，再讯问时，底气就不一样了。自贡小伙子嘴上再跑火车，主办侦查员就甩出一张牌来。谎言一个个被揭穿，他在巨大的心理压力下只好实话实说。原来，他就是德宏人雇来运送毒品的"骡子"，二人确实是在网上认识的，说好货送到就给他 20000 元酬金。动身时，德宏人先给了他 2000 块钱的盘缠。随着各种信息的汇总，抓住自贡男子上线就只是时间问题了。

这次讯问经历让安晓华体会到，做缉毒警察，最高的境界是不战而胜，而胜算和先机都藏在前期细致的工作里。所谓的谋略，不过是对案情和嫌疑人深入的分析思考。安晓华处处留心，从身边前辈办案的细节中分析他们的智慧，学习他们的思考方式。

不久之后的一天中午，安晓华正在支队食堂排队打饭，身边的师兄跟他说起上午刚审的一个老头儿："就怕碰到这种不识字又认死理的人。这老头儿背了5公斤海洛因，竟然敢坐着出租车闯芒颜边境检查站。毒品当场从他的双肩包里取出来，可他死不认账。我磨了一早上嘴皮子，老头儿一句都听不懂，真是气死我了……"师兄正说着，突然一拍安晓华的肩膀，"哎，这老头儿和你是老乡呀，要不下午你去跟他聊聊?"

审案子经常要有人扮红脸，有人扮白脸。师兄这么一说，安晓华就了解了他的用意。吃完饭后，他用一次性饭盒打了一份米饭和一荤一素两份菜，端上就往讯问室走。

二、用"红烧肉"打开话匣子

"你不想说，就先吃饭!"安晓华把饭菜摆在讯问椅前。因为给嫌疑人吃的菜不能带刺儿、带骨头，安晓华专门打来了红烧肉。老头儿接过饭盒，用塑料勺大口大口地吃着。安晓华则站在一旁，静静地观察他。

老头儿穿的这件深蓝色夹克衫质地粗劣，袖肘已经磨得发亮。接过饭盒时，他只抬头扫了安晓华一眼，并没有吭声。从他的眼神里，安晓华察觉到他还算是个老实人。老头儿五十来岁，身高也就一米六，短发、黑肤，身体结实。从他那一双粗糙的大手就能看出，这是个经常干农活儿的人。

"饱了吗?"安晓华给老头儿打的饭菜量比自己平时吃的量要大，但10分钟后，他已经把饭菜一扫而光，饭盒里一粒米也不剩了。

"饱了!"老头儿用安晓华摆在饭盒边的一张餐巾纸擦了嘴，脸上呈现出满足的神态，和刚才的紧绷状态明显不同。

"年纪这么大了，还像年轻人一样出来做。"安晓华这么一念叨，老头儿的脸上又浮现出一层悲伤之色。

“家里老人还在不在?”安晓华的身体随意地靠着讯问椅，这就让他们之间更像是在聊天。

“有个老父亲。”老头儿声调低沉。

“父亲身体怎么样?”看到老头儿说起父亲时表情复杂，安晓华决定接着往下聊。

“还可以，还能帮着种洋芋。”老头儿回答。

安晓华又问他有几个孩子。

他说：“有两个儿子一个女儿。儿子都不成器，其中一个也是因为帮别人带毒品，正在坐牢。”

“进去几年了？还要多久能出来?”安晓华关切地问。

“5 年多了，判的是死缓。”老头儿说完，一声长叹。原来，儿子判刑后儿媳妇就跑了，给他们老两口留下了 3 个孙子。另一个儿子至今还没结婚，在外面打工，但从来没给家里寄过一分钱。“唉，就像白养了他们一场。警官，有烟没有，能不能给我抽一支?”老头儿要烟抽，这让安晓华感觉到他的内心已经有了波动，想要说话了。

安晓华给了他一根烟，老头儿叼在嘴上。起初，他吸得不深，吸到一半，他开始发力，最后几口更是在猛嘬。

“要不要再来一根?”安晓华问道。

老头儿点点头，把手里的烟蒂递给安晓华。安晓华重新往他嘴里塞了一根烟，再次用打火机帮他点燃。

等第二根烟吸得差不多时，安晓华才开口说道：“要不然，咱们还是好好说说。数量也不是很多，看看还有没有机会!”

安晓华说的“机会”，是指他能不能保住脑袋。当然，这取决于他的交代情况，老头儿当然是能听懂的。安晓华猜想，这个连“避关躲卡”都不懂的老头儿能出来背毒品，一定是有人给他做过什么重要的承诺让他动了心。

“开着没有?”老头儿抬起铐着的双手，指了一下讯问室的摄像头。

“噢，我们做笔录时才开它。”安晓华这次当了长鼻子的匹诺曹。

“我老婆风湿病严重，干不了活儿，家里的老父亲一把岁数还得去种地。”老头儿停顿一下，说，“我屋里又没有年轻人，我不出来靠哪个?”

“头人给你有啥保证?”安晓华问。“头人”是当地对大家族中首领的称呼。

“事成了，我的分红会比别人多一些。”老头儿这么一说，安晓华就明白了，他们是家族成员集资出来贩毒的。

老头儿又说：“我要是回不去，我父亲和我老婆死的时候，他们会负责安葬，三个娃娃他们也负责养到 18 岁……”老头儿终于说实情了。

原来，一星期前，老头儿先坐火车从老家来到攀枝花，再坐卧铺大客车来到德宏的芒市，然后就在客运站旁边的一个小旅馆住下了。他一直无所事事地在小旅馆等待，直到第五天，老家派他出来取毒品的人才打来电话，让他到距离客运站 1 公里外“三棵树”的一间民房里找一个人。

三棵树是芒市的一个地标，由三棵高龄大榕树和无数气生支柱根组成。1938 年 8 月底竣工的滇缅公路就打三棵树旁边经过，南洋华侨机工还在三棵树旁建立了运输基地。如今，三棵树已经成为芒市最繁华的商业圈。

本来，到三棵树附近的民房找个人不是件难事，但老头儿因为不识字，连路牌都不认识，像个没头苍蝇在街头乱飞一通之后，不得不给老家毒贩打电话，说他真的找不到那个房子。老家毒贩知道他说的是实话，只好让他到三棵树环岛等着，手里拿一瓶矿泉水，等待有人来找他。老头儿听话照做，手里拿着一瓶矿泉水像个傻瓜似的在那儿站了半个多小时，一个男子在暗处观察他许久后，才走到他跟前和他搭话，问他从哪里来，认识某某吗，某某长啥样儿？他一一作答后，男子让他去买个双肩包，再站回原地等着。

三棵树附近就有个农贸市场，老头儿在那儿买了个最便宜的双肩包，然后回到三棵树环岛，等待接头的男人来取包。天黑以后，他按照之前的约定，仍在老地方等。等来人把包还给他，他就背着回了旅社。当然，这时的双肩包已经变得沉甸甸了。

按照老家毒贩的指令，他包了辆出租车，从芒市来到了龙陵县的象达乡。下面这段路要怎么走，毒贩在电话里告诉了出租车司机。从象达乡又走20多公里，到了朝阳，再走320国道，又折回了龙陵县城。在这里，毒贩让老头儿重新包了一辆出租车，绕小路到潞江坝。不知是毒贩说漏了，还是老头儿听丢了，总之，司机并不知道他的乘客需要避过芒颜边境检查站。于是，就有了老头儿戴着手铐、脚镣坐在讯问椅上这样的结局。

安晓华问他："你分红时能比别人多分多少？"

老头儿回答："也就几千块钱吧。"

"那你这样做，值得吗？"安晓华脱口而出。

老头儿一愣，眼泪很快就涌出眼眶。起初，他还是小声地哭。可哭着哭着，就变成了号啕大哭。安晓华这是头一次看见一个成年男人伤心成这般模样。

"你要不要再抽支烟？"安晓华说。

老头儿摆了摆戴着手铐的手，又抹了一把眼泪。

这天的笔录一气呵成，老头儿把他知道的所有人和事全跟安晓华说了，就像夏天喝冰啤一般痛快。而安晓华心里却沉重得不行，他又想起了自己童年的三个伙伴。

三、突如其来的牺牲

一辆三菱越野载着腾冲大队案件侦查队的五名侦查员，行驶在猴桥镇至盈江县的山路上。道路有些颠簸，音乐也劲爆，五个男人像是在车里跳舞。雨季刚刚结束，汽车驶过之处，土路上留下清晰的轮胎印。当然，这不是国道，也不是省道县道，而是农用车、摩托车走，越野车也过得去的便道。“骡子们”携带毒品就偏爱这类道路。叶队带着安晓华他们上山，就是为熟悉这些蛛网式的便道。

手机在山里经常没信号。经过一处山脊，叶队发现此时手机信号满格，就赶紧让司机停车，刚才有电话在找他。滇西的边境地区，植被绿到让眼睛沉醉。向山下眺望，尚未收割的稻田黄灿灿的，格外养眼。叶队是个开朗豪爽的人，平时他的电话一接通，就能听到他大声地问候：“兄弟，你在哪儿?”就像握着人家的手用力在摇一样。这天中午，灿烂的阳光下，叶队却沉默了，他一直在听，偶尔嗯两声，语气低沉，脸上的表情也变得很肃穆。大家慢慢聚拢到他身边，缉毒人的敏感让大家都意识到可能是有战友牺牲了。

4 年前，龙陵大队副大队长白建刚喋血牺牲，就像是昨天才发生的一样。

白建刚是四川兵，在东风桥边境检查站干了整整 7 年，从正连干到了正营，可以说营区外那两棵壮硕的聚果榕树，见证了他的勤奋与努力。调到龙陵大队担任副大队长的当月，在一次设伏抓捕毒枭的行动中，白建刚和战友们被武装运毒的歹徒包围。为了掩护战友撤离，他身中数弹，当场壮烈牺牲。

“陈教牺牲了!”上车之后，车子在沉默中行驶了一段，叶队才抑制住自己的悲痛，把这个坏消息告诉了大家。所有人都听明白了，出事的是支队案件侦查队的教导员陈锡华。

对于安晓华，这是个永远难以忘记的日子——2011 年 10 月 22 日。

当时正值“清网行动”，支队案件侦查队得到情报，隐匿缅甸多年的毒枭排国梁悄悄跑回来，躲在芒市木康村一带。10 月 22 日 11 时，陈锡华带领侦查员来到木康村。11 时 30 分，搜索至木康小学后面时，陈锡华发现一名男子蹲伏于电站引水河边的草丛中，形迹十分可疑。他和一名侦查员一商量，决定从两头向此人包抄。在距离此人 10 米左右时，陈锡华应该已经确认这正是排国梁。当然，排国梁此时也发现了他们。他向电站引水河边逃跑时，被陈锡华追上并扑倒。不料，意外就在这个时候发生了。由于排国梁疯狂挣脱，紧抱着他的陈锡华失去了控制。搏斗中，俩人沿着近 40°的堤坡，翻滚着坠入了湍急的电站引水河中。身

安晓华向英烈们展示奖牌

旁的战友急了，紧跟着也跳入河中，试图营救陈锡华。但刚刚下过大雨的引水河水急浪大，能见度低。战友几次试图营救陈锡华都没能成功，自己也险些被河水吞没。

12时20分，当地群众在距二人落水点约3公里外的拦沙网处，发现了陈锡华的遗体。陈锡华的额头、颈部、右膝、手臂等处遍布伤痕，但他一直死死抱住毒贩的一条腿没有撒手，两具尸体被发现时仍纠缠在一起。

和白建刚一样，陈锡华的生命也是在36岁定格。他们都是正营职，武警少校警衔。陈锡华也是当兵出身，所不同的是，他当兵前几个月拿到过贵州师范大学的录取通知书。他是村子里第一个考上大学的，却因家境贫寒，父母实在凑不出学费，他才没能去上大学。

哀乐回荡，泪水模糊了安晓华的视线，他仿佛看见陈锡华穿着一件半旧的毛背心正伏案写毛笔字，听到战友们的哭泣声，他提笔转身，冲着安晓华点点头，一张笑脸上洋溢着勃勃的英气。

四、唯一一次“出国”

“不许动!”三支AK47步枪高举着，对准了安晓华与他当时的搭档杜队。三个神情冷酷的年轻男子，手都按在扳机上。从他们的衣着看，应该是缅甸民兵。这时候，安晓华才意识到，不知不觉中他们二人已经误入了缅甸境内。

这个时候，安晓华已经到龙陵大队案件侦查队当副队长。他们查获的毒品都来自缅甸，如果在缅甸那边没有自己的工作关系，搞案子就会像聋人、盲人一样。这天，安晓华和杜队来到德宏州芒市芒海镇，准备与一名缅甸的工作关系会面。那时，疫情尚未暴发，边境地区并没有建立起高大的铁丝网隔离墙。芒海与缅甸的勐古，田地犬牙交错，边民往来随意。安晓华二人就在毫不知情中，踏入了缅甸领土。这也是他一生中唯一的一次“出国”经历。

缅甸的克钦族，就是中国境内的景颇族。1961 年成立的克钦独立军，是缅北实力最强的民族自治武装。这些年里，克钦独立军的一些军官归顺了缅甸政府，却仍保留着自己的武装力量，在缅北有大大小小上百个民团。以板瓦的民团为例，原先的民团首领丁英已经年逾八旬；现在的民团，掌握在一个名叫崩浪的中年人手中。至于现在手持步枪对着自己的这几个民兵，安晓华也弄不清他们归谁辖制。

幸好，安晓华二人的配枪没有带在身上，否则，他们今天的麻烦就大了。三个民兵都会说中国话，听安晓华他们说是过来找人，就提出要对这两个中国盲流进行罚款，每人处罚五百元。五百元人民币在那边是什么概念呢？以果敢同盟军为例，士兵一个月的薪饷，也只有一两百元人民币。安晓华跟他们说了半天好话，最后，他们俩一共交了五百元的“罚款”得以脱身。好在，他们还是见到了那位工作关系。

这次安晓华到边境与工作关系会面，是为了侦破一起系列人体携毒案件。那段时间里，涉毒案件发案率居高不下，边检站时常一天就移交给龙陵大队案件侦查队两起案子。嫌疑人由边检站派人负责看守，侦查队负责进行讯问。从毒品的提取、称量，到制作笔录，再到系统录入，一个案子走完法律手续，最快也得七八个小时。而遇到人体携毒案，因为要等嫌疑人排出毒品，有时一个案子就得拖上四五天。侦查员人手严重不足，所有人都忙成了八爪鱼。曾经连续半个月，安晓华每天在办案区通宵工作，天亮才回宿舍睡觉，中午 11 点半再赶到食堂吃饭，然后再进入办案区继续工作。因为熬夜，在龙陵工作的两年四个月，也是安晓华发际线上移最快的阶段。最忙的时候，他曾经连续四天没合眼，以至于左眼视网膜脱落，不得不休息了半个月。直到现在，他的左眼看东西仍有重影。

说到龙陵，就有必要提一下龙陵战役。

1944 年 6 月 6 日至 11 月 11 日，中国远征军与日军在龙陵展开了三次激战，以伤亡近 30000 人的代价，拿下了这一军事要塞。日军在中国境内首次被全歼就发生在龙陵战役中。收复龙陵后，中国远征军继续收复芒市、畹町。1945 年 1 月 27 日，中国远征军与中国驻印军在缅甸芒友会师，史迪威公路通车，被截断的中国国际陆上交通线重新开通。

龙陵县城的东卡抗战文化广场，至今仍完好地保存着一个日军的碉堡。如果有朋友来龙陵，安晓华一定会把朋友领到这里参观。而腊勐乡的大小松山，就是松山战役的主战场遗址。松山战役和龙陵战役、腾冲战役一样，都是滇西大反攻的主要战役。安晓华也到过松山多次，松山上本来松树茂密，但战争让这里变成了一片焦土。惨烈的松山战役之后，松山上只有三棵树幸存了下来，其中两棵保存至今。这两棵布满弹孔、被炮弹片削去部分身躯的小叶榕，尽管树干被钢架支撑着，却顽强地活了下来，并且长得枝叶繁茂。每次来松山，安晓华都会在这两棵老树下停住脚步，盯着树身上的弹痕，一个人发呆。

龙陵有“滇西雨屏”之称，一年有五六个月是雨季。有时，遇到好天气，从办案区出来，安晓华的眼睛会被强烈的阳光刺得睁不开，要适应好一会儿才能看清外面的世界。偶尔也会有连续几天，甚至一周没案子的时候。他上班时会补充一些案件卷宗材料，下班后，就会换上体能服，到龙陵大队后面的东山公园里跑步。东山公园有一片自然生长的桫椤。桫椤是与恐龙同时代的冰川前期植物，号称“蕨类植物之王”。对于愿意结识每一种陌生植物的安晓华来说，能够奔跑在桫椤林中，就是生活对他的一种奖赏。他收获的 3 公里最好成绩是 11 分 50 秒，这比

3 公里 13 分钟的晋职体能及格线快了不少。

五、人体藏毒

初秋的一天，安晓华开车去保山送毒检。当时，保山到龙陵的高速还没有全部通车。下午 4 点多，出了收费站，安晓华绕了一里路，打算在一截儿已经修好但尚未通车的高速路上走六七公里，再顺着小米地里的一段土路回龙陵县城。

那天去保山，安晓华开的是他的私家车。上了那段没有通车的高速，没走多远，远远就看见两个妇女拖着行李箱在路边步行。如果是本地人，谁会在这样一条路上走，还拖着行李箱？

检查站经常会移交来体内藏毒的孕妇。缅甸毒贩将 350 克的海洛因，做成一个鹅蛋形的标块，让怀孕的妇女塞进下体带出境。有的孕妇不仅塞进下体，同时还吞进肚子里。一次，一个彝族妇女竟然带了 900 多克。女警检查她的时候，她竟然咬了女警一口。她是个艾滋病病毒携带者，同事赶紧给女警挤了血，并把她送到医院，打了艾滋病病毒阻断针。

过去，因为对孕妇和哺乳期的妇女贩毒没办法打击处理，从事人体藏毒的缅甸妇女生一个孩子，可以在接近 20 个月里不断从事毒品运输。从孕检查出怀孕起，到临产之前，她们多次往返，在一年的哺乳期里，她们甚至会抱着孩子多次往返中国。害怕自己的护照在中国的边防检查站有案底，从事人体藏毒的缅甸妇女每次来，护照上的名字、住址都不一样。反正那边有人专门从事制作这种假护照，给点儿钱就是了。知道中国边防警察关不了她们，这些缅甸妇女即使被抓住，也并不紧张。因为她们即使被抓，毒品被查获，该她们挣到的运费照样能拿到一部分。

对于她们来说，再也找不到比这项“工作”更挣钱的事了。

有一次，边检站送来一名缅甸妇女，带着一个1岁2个月的小男孩儿。孩子不会走路，但已经能说简单的话了。小家伙不停地在咳嗽，看上去精神萎靡。安晓华让翻译问那个妇女，她说，孩子来的路上发过烧。因为担心被警察发现，所以也没带他去看医生。一看孩子都这样了，安晓华赶紧让司机开车，自己抱上孩子，到附近一个诊所去给孩子看病。医生确诊，孩子肺部感染，给开了药。这孩子长得白净，一双漂亮的大眼睛，睫毛特别长。他跟安晓华特别亲近，喜欢让他抱。

但是，即使中国边防警察善待自己的孩子，男孩儿妈妈也并没有因此而稍稍改变自己的态度。她照样用背得烂熟的话术，应对安晓华他们的讯问。不光她是如此，干这事儿的妇女都这样。

在经过那两名拖着行李箱赶路的妇女身边时，安晓华已经可以确定，这两个妇女都来自缅甸。缅甸妇女皮肤更黑，喜欢把头发染成栗色或棕色，身上的衣着也更鲜艳。这两个妇女就具有这样的特征。而且，其中一人怀孕的样子已经挺明显了。于是，他把车停在路边，摸了一条甩棍下了车。

“你们两个去哪里?”安晓华拦住了二人的去路。

看得出，这两个女人十分紧张。一个妇女报出了附近的一个地名。安晓华听出，她是德宏口音。这边的缅甸籍华人说话多是这种腔调。

“蹲下!”安晓华大声喝令，同时扬了扬手里的甩棍。虽然对方是两名妇女，但一个人要控制俩人，并不是件容易的事。果然，那个看上去不像孕妇的女子丢下行李箱，想要逃跑。安晓华冲着十米外停放的空车又是一声喊：“赶快下来个人!”唬住了这个女的，安晓华先给她戴上手铐，再给另一个也戴上。然后，他给队长打了电话，让队上派人来接。

来到侦查队办案区，那俩缅甸妇女反而不害怕了。她们用的手机都是老年机，而且不存号码，通讯记录也没有。和那个带着发烧孩子的妇女一样，应对中国边防警察，她们有一整套现成的话术。她们知道，走完程序之后就能回缅甸，中国边防警察不能把她们怎么样。

但是，这种情况在2017年就发生了根本性改变。保山市对于身体藏毒的妇女，采取了更有针对性的措施。一旦被确定为从事人体藏毒，这些妇女就会被送到指定地方进行监视居住；快要生孩子的，由办案单位送指定医院生产。生过孩子的妇女，就要带着自己的孩子，被送进特殊监区。在孩子快满1岁时，警方会联系她们的家人，来把孩子接走。无论是缅甸人还是中国人，警方都能联系到他们的家人。因为保山市政府会视家庭经济状况，给这些家庭补贴10000至30000元不等的抚养费，这些妇女的家人都很愿意准时赶来，接走孩子。一旦过了哺乳期，那些从事人体藏毒的妇女就会被正常提起公诉。她们大多数都被判了死缓。2017年之后，就再没有从事人体藏毒的缅甸妇女入境了。

“鸡卦”背后的守候

一、“骡子”的“鸡卦”

鸡的大腿骨上，是有孔眼的。你知道一只活蹦乱跳的大公鸡，它的腿骨上有几只孔眼、长在什么位置？

“鸡卦”流行于云贵两省少数民族地区。婚丧嫁娶，起灶祭神，逢年过节，人们常有算一算鸡卦的习俗。一般人不会留意，鸡的大腿骨煮熟，剃去鸡肉，两根腿骨上就会看到细小的孔洞。孔洞上可以扎进牙签，孔洞数量不同、位置不同，牙签扎进去的角度也会不同。这时候，这两根鸡腿骨就被称为鸡卦骨。左右两个鸡卦骨上的孔洞数相加，有几个孔，就是几签卦。于是就有天卦、地卦、三签卦直到六签卦等不同签卦。六签卦以上则属特殊卦，很少出现。“鸡卦”按鸡头位置分为“左神右主”或“左主右客”，孔上添头，孔下添脚。孔口上斜为天卦，孔口下斜为地卦，不上不下直立的为杆子卦。以三卦为例，两签在卦骨上部的，就是“添头”。“添头”为东家所忌，比如家中有病人，“添头”就是添了神，病人就会凶多吉少。每一种“鸡卦”都有它的吉凶解读，这不是普通人一时半会儿就能学会的手艺。

因为一前一后两批“骡子”都算过“鸡卦”，就让安晓华他们的守候抓捕工作也充满了不确定性。

两批“骡子”都是缅甸人，受雇于缅甸那边的中间商。他们的任务就是携带毒品，躲过缅甸方面的检查站，翻山越岭把毒品带出边境，交给中方的接货人员。按先来后到，这里咱们且把这两批“骡子”称为第一批“骡子”和第二批“骡子”。先说第一批“骡子”。

第一批“骡子”是俩人，骑一辆摩托车。他们受雇于一个名叫幺姐的卖家。他们运毒的方式，是摩托车加步行。为避开检查站，都是白天休息，晚上赶路。即使晚上，也要避开月光明亮的那几天。这些“骡子”野外生存能力都超强，翻山越岭走夜路，连手电都不打。白天，他们会在山上随便找一个窝棚睡觉。这类窝棚，缅甸那边山上有的是。以他们夜行晓宿的速度推算，货送到中方境内指定位置，大约需要五天时间。

这案子发生在边防改制之后。安晓华由支队案件侦查队的队长，已转任了新合并成立的执法调查队副队长。“骡子”一出发，安晓华他们就得到了可靠的情报。幺姐这批货，是一个湖北人订的。中间人找了个临沧市凤庆县的小货车司机，准备让他接了货后送到湖北。“骡子”出发当天，小货车司机跟媳妇说，他要出去拉一趟苗木，就开着小货车出门了。其实当天，他并没有离开凤庆，而是在县城的通和小区住了一宿。这里是小货车司机给他一个姘头租的，二人专门在此幽会。

第二天中午，小货车司机开车去了普洱市的澜沧县。这段路需要五六个小时的车程，他赶到时，已是掌灯时分。路边吃了一碗饵丝，小货车司机就在车里睡下。他的车里有个海绵垫子，拉开就是张简易的床。他把车就停在路灯下，深更半夜，还在刷抖音。安晓华和同事在宾馆开了房间，两班倒，轮流监视着他。直到凌晨三四点，车里才传出他的打鼾声。

小货车司机三十挂零，像大多数当地人一样，既黑又瘦，掉到人堆儿里就不好找。普洱的十月，天气还很暖和。小货车司机最显著的特征，是穿了件饲料广告T恤衫。想必，这是他去拉饲料时人家送给他的。这些天，安晓华他们跟踪小货车司机的结果，就是发现这人模样一般，却比较风流。就是在普洱，也有情人可以幽会。当然，到了晚上，他仍然会睡回车里。直到第四天，他才开上他的小货车，从澜沧县到孟连县，又从孟连县城开到了公信乡转了一圈儿，又回到澜沧县城。公信就是边境地区，安晓华猜，小货车司机这是在探路。看来，很快就要交货了。

可是怪了，等来等去，小货车司机却没再去公信，而是开着车回了他位于凤庆的老家。这究竟是怎么一回事呢?

原来，问题出在给他送货的“骡子”身上。

俩“骡子”出发第二天，幺姐给他们打电话问情况。他们说，到公信还需要四天，一切正常。可过了两个小时，他们又给幺姐回过来电话，说刚才摩托翻车了，人倒没事儿，车也没啥大问题，能骑。但是，俩人感觉怪怪的，心里不太平。

“你们就近找户人家，买只公鸡，看看‘鸡卦’再走吧。”经他们这么一说，幺姐心里也不踏实了，就给他们出了这么个主意。

“骡子”赶路，都是尽量避开大路走小路。所以，所到之处不会有饭馆、旅社。俩人把货藏好，下山进寨子找了户人家，在人家院子里挑了一只最威风的大公鸡，让主家宰了。这只鸡，花了一万多缅币，相当于人民币五十元。鸡是地道的柴鸡，味道不错，但俩“骡子”在意的，不是吃肉、喝汤，而是看“鸡卦”。“是个三签卦，左边一签，右边两签。”他们把“鸡卦”的情况汇报给了幺姐。

幺姐一听，放了一半的心。又请教了更懂“鸡卦”的人，人家也说，这就是个很平常的卦象，不是大吉，也不是大凶。幺姐把高人的解说反馈给俩“骡子”，俩“骡子”却还是心里不踏实，不肯走。在他们看来，幺姐是急于做成这单生意，非让他们去送货，就有点儿不顾人死活的意思。

“要不，我们明天再杀只鸡看看?”“骡子”提出的这个请求，似乎有些过分，但幺姐还是同意了。做这种生意的人，虽是求财，但安全可是马虎不得。

第二只鸡，却是个添头卦。对于主家来说，这就是个凶卦。幺姐二话没说，就喊二人往回走。那么，凤庆的小货车司机为什么还在那边等着接货呢？想必是幺姐打算另派一路人过去。

时隔两个多月，湖北人要的货才送过去。重派的“骡子”徒步把货送到了临沧的沧源县，交给了中间人找的一个接货人。货送到了武汉，这人跑了，但当地的接货人和毒品却被跟踪过去的临沧警方打掉了。

因为有过一次未遂的接货经历，凤庆的小货车司机就此被安晓华他们盯上。果然，疫情之后，他又闻风而动。这是后话。

二、回眸一瞥见破绽

再说算了“鸡卦”的第二批“骡子”。

这批“骡子”一共四个人，他们都是缅甸的苗族，身材瘦小，善于在野外生存，可以一晚上摸黑走20公里的山路。这种位于丛林中的山路，一般人白天都走不了，太险了。

和第一批“骡子”一样，他们也是白天睡觉晚上赶路。可第二天傍晚他们正准备出发时，却遇到了一条蛇。原本丛林中遇到蛇并不是什么稀奇事，但这是一条“下山蛇”。干这一行风险太大，人就容易多疑。遇到“下山蛇”不是什么好兆头，所以他们就请示女老板，要不要看一看“鸡卦”。

女老板名叫依鹏，40来岁，看上去相貌平平，却是个语言天才。她不仅会说缅甸语，还会说汉语、苗语和爱尼语。爱尼族与哈尼族的语言有六七成是相通的，因此依鹏也能跟哈尼族的人沟通。请示依鹏后，她同意“骡子”们到山下寨子买一只鸡，算一下“鸡卦”。让“骡子”们没有想到的是，他们这回算的“鸡卦”竟是吉卦。于是，他们继续赶路。

疫情期间，中国方面加大了边境管控力度，云南边境线上建起了高高的铁丝网。位于腾冲境内尖高山山顶的“共和国1号界碑”附近，就有一群猴子从缅甸丛林过来之后，没法儿再回去了。但在西双版纳修铁丝网时，留出了动物通道，这些通道正常情况下人是无法通过的，但是依鹏派出的这些“骡子”却有本事从动物通道进入中国境内。他们平时手机都是关机的，只在休息时才会开机。入境抵达指定位置后，他们会通过中间人联系依鹏，依鹏再联系中国这边的买主，买主再联系接货人。除了接货人，他们不和任何人打交道。接货人会为他们买好炒饭、米线之类的外卖，他们还要求接货人为他们买好鞋子，因为徒步翻山越岭，鞋子都磨破了。接货人在指定地点放下盒饭和鞋子，又在另一个地方拿走毒品，两者根本是不见面的。所以，安晓华他们要抓到这样的“骡子”是很有难度的。

因为路上算“鸡卦”耽搁了些时间，四名背着双肩包的“骡子”走了七天，才抵达西双版纳境内的勐海县。安晓华他们是在“骡子”入境勐海境内后，才得到消息的。他们并不知道谁来接货，情报只是显示，交接的地点在距离勐海县城十几公里处。安晓华分析，既然离县城这么近，那么毒品交接一结束，双方都会以最快速度离开现场。尽管出勐海有许多岔路，但他还是决定，请当地警方协助，就在勐海至打洛公路10公里处盲排嫌疑车辆，从海里试着捞一次针。

这天晚上，盲排的车型主要是越野车和轿车。从黄昏到晚上10点，前往打洛方向的车一共排查了近500辆。后台研判的民警及时反馈，一辆本地的黑色越野车近日曾反复走这条路。安晓华马上派人跟踪这辆车。这辆越野车驶向勐海县勐混镇方向，到了曼广囡村时，拐进了一个茶场。很快，民警确定了开车的正是车主本人，他是一个茶商，在勐海开有茶叶店，反复走这条路实属正常。

在公路上巡查时，安晓华无意间发现，路边停着一辆湖北牌照的黑色丰田轿车。等他意识到不对劲时，轿车已经启动开走了，但他记住了这辆车的车牌号。这就是安晓华干检查员时练就的功夫。那段时间，他和同事不断地把车牌号录入梅莎系统。因为车太多，他也就越录越快，练就了瞟一眼就能记住车牌号的本事。此时，他的硬功夫派上了用场。

在工作群里报出这个车牌号，后台的同事很快就查出了这辆车的运行轨迹。这辆湖北车已经在勐海待了近一个月，平时很少活动。在安晓华发现丰田车2公里开外的地方，边防勐海大队骑小摩托的辅警发现了这辆湖北牌照的车。最后，安晓华他们在勐海县城一个名叫傣家印象的小区停车场找到了这辆车，然而车上却没有人。

忙到深夜，安晓华和一名侦查员留下继续守着这辆车，让别的同事先回旅店睡觉。凌晨1点多时，安晓华看四下无人，就决定走过去看看这辆车。从车旁边经过时，他却惊讶地发现车后座上坐着一名男子，正在专心致志地玩着手机。

天呀，他是什么时候上的车？这倒把安晓华吓了一跳。

三、半夜来客

安晓华联系了勐海大队民警支援，他们从该车的后备厢里搜出了一个黑色的双肩包，里面有用黑色胶带包裹、呈长条状的麻古12公斤。

车上的男子来自湖北荆门，刚刚刑满释放不久，狱友给他介绍了这个差事。来勐海之后，让他接货的男子给了他一把钥匙，安排他在傣家印象小区住下。他在勐海至打洛的公路边停车的地方，距离依鹏的四名“骡子”躲藏的地方其实只有七八十米。也就是说，安晓华跟他们追查的“骡子”擦肩而过了。接了货之后，荆门男子就开车回到小区，用双肩包把东西带到了住处。原来的麻古一包是600克，他将它们用塑料袋和黑胶带改装成一包200克的长条形包裹，准备等夜深人静后，悄悄塞进车门的夹层里。

押着男子到他的住处搜查时，房间里果然有重新分装麻古时使用的手套，没用完的塑料袋、黑胶带等，还有原来包装麻古的蜡纸。从他睡觉的床下，侦查员拉出一个长方形的纸箱子，从里面竟然又搜出了8公斤麻古。这些麻古还是境外的原包装，尚未被分包过。面对这个“意外发现”，荆门男子一脸诧异：“警官，这箱东西可真不是我放的，骗你们我不得好死。”像是为了给自己的毒誓做注脚，他又加了一句，“车里那么多货我都认了，要是我放的，再多一点儿我认下也是一样的，您说是不是?”荆门男子想了想又说，“我这床下原本除了两双鞋，啥也没有，这东西肯定是半夜有人放进这屋里来的。”

好在房东给家里装的有监控。找到房东，调取监控就发现，荆门男子并没有说瞎话。这天早上 7 点钟，天刚亮，安晓华他们还在讯问荆门男子时，一名抱着纸箱的男子进入了房间，几分钟后空手出来了。好在监控十分清晰，拍到了这名男子的正面。这人二三十岁，穿了一件深色长外套。临出门时，他好像注意到了屋里的监控，抬头朝监控看了两眼。

当晚，玉溪市公安局禁毒支队民警在青龙厂毒品检查站将这名年轻男子截获，从他驾驶的“云 A”牌照轿车的脚垫下搜出了 1 公斤多重新分装过的麻古。原来，这名男子来自湖南省衡阳市祁东县，已经在勐海待了好几天了。这天晚上，湖北荆门的男子取到货不久，这位湖南祁东男子也接到了老板让他取货的指令，给他送货的是另一批“骡子”。这个老板是他湖南祁东的老乡，也就是给荆门男子房门钥匙的那个人。前段时间，此人因为被警方通缉逃到了缅甸，一直在境外用电话遥控这两个接货的男子。此前，他还专门给荆门男子配了一辆旧电动自行车，所以，那辆荆门牌照的轿车一个多月来并没怎么在县城的道路上出现。若是那天安晓华没能瞬间记住这个荆门车牌，这起案子可能也就黄了。

四、遥控抓捕

临沧市凤庆县的小货车司机再一次引起安晓华他们的关注，是在 2023 年 5 月。疫情之后，边境管控措施放宽，只要办理相关手续，中缅两国的车辆又可以经过口岸自由往来了。因为这个小货车司机一直在安晓华他们关注的视线内，所以，当他开车经孟定出境去缅甸时，保山边境管理支队执法调查队的侦查员立刻警觉起来。

教导员老余带队去孟定的同时，安晓华却动身去了北京。这次赴京，他是去参加全国移民管理机构第二届“十大国门卫士”的颁奖典礼。虽然要准备发言稿，但他还是一直关注着工作群里的动态。

孟定镇位于云南省临沧市耿马傣族佤族自治县，车流不息的清水河边防检查站就位于这里。因为许多出入缅甸的货车都爱走清水河检查站，这里因此有了“临沧小香港”之称。

凤庆的小货车司机这次有没有带货，谁也没有把握。他们这种人在运输毒品之前都会反复探路，如果贸然查他，很有可能打草惊蛇。但就在安晓华去北京之前，他跟教导员老余反复商量，得出了一致看法：小货车司机此行不会空手而归，因为他近期跟境外的涉毒人员联系频繁。小货车上可能藏毒的地方俩人也分析过，他们认为最有可能的是藏在驾驶位上方的车顶夹层里，或者是他睡觉的那只海绵垫子里。

清水河边防检查站的对面，就是缅甸的老街。老街属于缅甸政府的管控区。一过检查站，老街那边最醒目的建筑就是一座赌场。对于好赌的人来说，这种受法律保护的赌场简直就是一个小天堂。当然，与赌场配套的，是吃喝玩乐一条龙。

上次去临沧，小货车司机跟老婆说是去拉苗木，这次他又说去拉苞谷。他是头天下午去的缅甸，本来以为他会在那边待上两天，可从境外传回可靠消息，第二天一早他就要回来。在清水河边防检查站，公安与海关、防疫检验工作人员同时上岗执勤。上午 9 点开始通关时，老余带着侦查员们早早就守在了那里。

口岸有个小停车场，过关的车都要先停在这里，驾驶员们要去大厅里过关办手续。等到上午 10 点，那辆凤庆的小货车出现在了小停车场。小货车司机的一举一动，侦查员都会在工作群里报告：他下车了；他进入大厅了；他办完手续，手里拿着盖章的单子回到车里了。

“教导员在哪里？为什么不动手？”身在北京的安晓华急了，直接在群里问，“小叶，你身边还有几个人？”

安晓华获评全国移民管理机构第二届“十大国门卫士”

此时，老余正在跟清水河边防检查站的民警交代工作，并没有看到群里的信息。

“还有俩人。”小叶就是紧盯着小货车司机，不断在群里发布信息的侦查员。

“马上动手，抓他!”安晓华知道，一旦让小货车司机开走，抓捕的难度和风险就要成倍增加。

好悬! 小货车的车门被侦查员拉开时，他已经启动了汽车。侦查员们发现，小货车的水箱有异常，明显是切割后又被焊接上。他们把车开到1公里外的一个汽车修理厂，当着小货车司机的面，将水箱切开。这家伙居然把水箱里的水放光了，里面藏了36包麻古，一共21.6公斤。

拿下小货车司机后，老余又带队追到了昭通市的彝良县，将和小货车司机联系前来接货的一对舅舅和外甥抓获，为这起案子画上了一个圆满的句号。

这边，北京国家移民管理局常备力量第一招待所里，安晓华也终于把他的发言稿背了个滚瓜烂熟，颁奖典礼的舞台正在等待着他。

虚拟行驶的旧皮卡车

一、不打自招的皮卡车司机

那辆旧皮卡车进入安晓华视线，是2017年10月下旬的一个下午。临沧的雨季一结束，高原的阳光就像内地盛夏一样强烈，仿佛要把被阴云笼罩时的不快统统发泄出来似的。安晓华那天没戴墨镜，只好把车里的遮光板扳了下来。

皮卡车司机是个30来岁的男人，肤黑、人瘦，从衣着一看就是本地人。他把车停在路边一个小便利店旁边，正打算下车买东西，侦查员们一左一右将他当街控制住。

临沧市镇康县城南伞镇与缅甸的老街毗邻。旧皮卡车是一天前办了手续出境的。安晓华事先已经知道，皮卡车司机跟镇康籍的毒贩李老五关系密切。李老五时年三十二三岁，夫妻俩长期滞留在缅甸那边，组织人员向境内贩毒。起初，他搞的是人体藏毒。人体藏毒携带毒品数量有限，只能靠着漏网之鱼“广种薄收”。等有了一些资本积累，他们开始使用汽车夹带毒品。前两回，他运毒的车都被保山边防支队案件侦查队查获。情报显示，这辆旧皮卡车，很可能就是他派出的第3辆车。

突审是在抓获地1公里外的一家中国石化加油站内进行的。安晓华怕的是李老五另外派人监视这辆车。没想到，讯问竟然意外地顺利，司机很快就交代出了李老五，并且表示愿意戴罪立功。

李老五案被定为省级督办目标案件，已经将近一年了。一年前，安晓华刚担任保山边防支队案件侦查队队长不久，下面边检站将一名刚查获的人体携毒男子送到侦查队来，交给他们审查。为了争取从宽处理，这名四川泸州的小伙子提供了一个嫌疑人的手机号。

泸州小伙子说，他是被骗到境外的。有人在网上告诉他，从缅甸老街往国内带些走私物品，可以赚大钱，但他并不知道人家是要他用身体藏毒。像他这样被骗的男男女女不少，有人用高额利润把他们引诱出境，一出去，他们的手机和身份证就统统被没收了。不仅如此，他们还得说出父母、家人的联系电话。接着，就会被要求练习吞入条状的苹果或者土豆，还不能嚼。等又有几个“准骡子”陆续到来，便有人带来分装好的条状毒品，看着他们吞进肚子里。这种吞咽方式会让人恶心，有人把已经吞下去的毒品包再吐出来。监督他们的人会让他们缓一缓，再逼着他们重新将毒品包吞下去。如果实在吞不下去，就会被要求塞进肛门里。当然，那种滋味会更加难受。

泸州小伙子在吞下毒品时留了个心眼，他一直跟监督他的那名男子套近乎，没话找话说，目的就是想要到那个人的电话号码。这些看守也都是从国内过去的，属于缅甸华人。看守和泸州小伙子年龄相仿，双方交流起来并无障碍。等他吞完所有的毒品，那个看守还就真的把自己的电话号码留给了泸州小伙儿。

看守受雇于李老五，这么做当然是犯忌讳的。那么，他为什么还要把电话留给泸州小伙儿呢？安晓华分析，这家伙估计是惦记着另起炉灶。万一泸州小伙儿带毒成功，下次还想挣这个钱，很可能会直接联系他。这样，他就可以甩开李老五，自立门户从事人体运毒了。不是说不想当将军的士兵，不是好士兵嘛！

其实那会儿，安晓华还并不知道李老五这个人。他只是分析，年轻看守来见泸州小伙儿之前，会接到电话指令；泸州小伙儿吞下毒品之后，他得跟雇他的老板联系汇报。这样，卡住时间点，就能从和这名看守联系频繁的人中识别出幕后老板。李老五就是在这样的研判下浮出水面的。

既然是被人胁迫进行人体藏毒的，为什么过边检站时，泸州小伙儿不向民警投案，而要等到被查获时才讲这回事儿？这就叫“侥幸心理”。把毒品运到四川，小伙子就可以获得 15000 元的报酬，这笔钱对于他来说还是有诱惑力的。直到自己被抓获，感觉脱身无望，他才向警察提供了那个电话号码，以求自保。

此时，皮卡车司机如此迅速地缴械，当然让安晓华他们很兴奋。皮卡车进了南伞，按约定，司机得跟李老五报一次平安。侦查员们正跟皮卡车司机商量一会儿怎么糊弄李老五时，皮卡车司机的手机突然响了。“是刘哥！”皮卡车司机一看，神色紧张地跟安晓华说。

二、设计虚拟路线

"刘哥"正是李老五。他不姓刘，但他让皮卡车司机称他"刘哥"。

这个电话早来了十几分钟，这让安晓华眉头紧锁。本来打算编一套词儿让皮卡车司机演练两遍，然后再给李老五打过去。但现在演练是来不及了，电话必须得立刻回过去，否则李老五一定会生疑的。

加油站是建在一个坡上的，安晓华让侦查员把车开出了 20 来米，这样能看到加油站的标志，说明是刚刚加过油。皮卡车司机的背铐被解开，安晓华让他坐回驾驶员的位置，原来坐在副驾驶位置的侦查员也暂时撤离汽车。

"刘哥，我刚才在加油，不能接电话。"皮卡车司机给李老五回过去视频电话，这是因为刚才李老五打来的就是视频。

"让我看看车里面!"李老五说。

皮卡车司机拿着手机在车里转了一圈儿。刚才审他的时候，安晓华就让侦查员喂了他几口水，这有助于平复他的紧张情绪。

其实，如果皮卡车司机打算给李老五通风报信，他只要对着倒车镜停留一小会儿，李老五就能看到车后的便衣警察。虽然安晓华明知道这一点，他却仍然不敢让大家离皮卡车太远，以防出现意外。

虽然还没有取出旧皮卡车内的毒品，皮卡车司机甚至都不清楚它的具体数量，但他肯定知道车上有毒品，而且数量足以判他死刑。安晓华以此判断，皮卡车司机立功自救的理由很充分，不会轻易冒险。即便如此，把他一个人留在车上依旧是很危险的。因此，安晓华让侦查员给车熄了火，并且拔掉了车钥匙。为了防止李老五让皮卡车司机下车走两步，也不能给他戴脚镣。于是，侦查员给皮卡车司机上了一种用竹筷子自制的“土脚镣”。筷子用胶带固定在嫌疑人膝盖后面的腿弯处，因为有它在，被约束人的腿是不能打弯的，这就使其行动受到了限制。

还好，李老五从视频里看到了加油站，也看到车内没有别人，就不再提出其他要求了。皮卡车司机照着安晓华他们教的套路，跟李老五抱怨皮卡车太老太旧，得测试一下车况，还要再买些跑长途必备的香烟、红牛、蛋黄派。当然，跑长途之前，他还得好好吃上一顿。

李老五指示他把车开到西昌，但具体什么地方，他却不肯说：“你到了那儿，我再把位置发给你。”那么，是不是皮卡车就这么一路开到西昌再跟李老五联系呢？其实并非如此。在云南境内就有好几个边防和公安的检查站要避开，每过一个关卡，皮卡车司机都要向李老五报一次平安。

按道理，皮卡应该从南伞开到临沧市的孟定县，经过军赛边境检查站后，到达云县；再从云县出临沧，进入楚雄彝族自治州的永仁县，然后离开云南，奔四川的西昌。到了西昌，会有接货人来将车里的毒品取走。但是什么人来取，在哪里交接，皮卡车司机都不知道。而安晓华他们必须先押着司机先回保山，再走昆明，从昆明再去西昌。在保山，他们要对皮卡车司机进行一次正式的讯问，还需要准备出差装备，并到市公安局办理毒品押运手续；因为涉及跨省办案，要走正规手续，他们还需通过保山市公安局禁毒支队报告云南省公安厅禁毒局，由他们协调四川省公安厅禁毒总队，通知西昌警方配合。与此同时，他们还需向云南省边防总队汇报。也就是说，在皮卡车回保山、赴昆明的同时，虚拟的皮卡车则要继续颠簸在李老五认为理所应当走的那条道路上。此间，安晓华不仅要抓紧时间做好跨省办案的一切准备，还得不断地让皮卡车司机向李老五通过视频报平安。

三、双线并行，移花接木

“老周，我们又要来打扰你们了！”安晓华等人押着皮卡车司机往保山赶。坐在皮卡车的副驾上，安晓华跟时任西昌市公安局禁毒局周副局长打通了电话。周副局长比安晓华小 1 岁，多年前安晓华去西昌办案，通过保山市公安局的一位同事结识了他。在禁毒领域，本来就有“天下禁毒是一家”的说法，安晓华和周副局长更是一见如故，案子办完后他们之间一直保持着联系。

“你们几个人？啥时候到？我让人把酒店房间订好。”周副局长热情地回应。

回到保山，已经临近晚上 12 点。在把人带进侦查队办案中心之前，安晓华先让皮卡车司机给李老五回电话。对于皮卡车来说，它现在应该刚刚过了第二道关卡。

皮卡车司机跟李老五通第一次电话，是在下午 5 点。在南伞买好东西，再吃个饭，检查一下车况，大约要两个钟头。从南伞出发，进入耿马，会经过卖盐场边境检查站。当时，这是临沧边防的一个一线检查站。一线站都设在边境线上，边防武警与海关、卫生防疫部门的工作人员一起检查。在李老五这号人的眼睛里，这里就是例行公事。因为他知道，卖盐场边防检查站更多的缉毒案例，是来自便道上的临时设卡盘查。对于没有先进设备检查汽车的卖盐场边防检查站，皮卡车司机会选择赌一把，开车直接从这儿经过。

过了卖盐场，就到了孟定。下一个关卡，是军赛边境检查站。这是一个 24 小时有人值守的二线站。二线站是由边境地区进入内地的最后一道防线，由当时的边防武警独自承担检查任务。他们既查走私物品，也追查逃犯，缉毒格外用心。对于这个检查站，皮卡车司机就必须绕行了。

以40至50公里的时速计算，旧皮卡车从南伞开到孟定，需要一个半小时。孟定到军赛，有一段路况不错，安晓华赋予它80公里的时速，这20公里，十五六分钟就能跑完。在离军赛边境检查站1公里左右，皮卡车就得向左拐，走小路到施甸至孟定的施孟公路，向云县方向走。侦查员们押着皮卡车司机回到保山的时间，就与皮卡车绕过军赛边境检查站的时间相吻合。安晓华决定，让皮卡车司机主动跟李老五报平安。

在侦查队办公地点外面，有一小段没有路灯的山路。安晓华就让皮卡车司机坐回驾驶室。因为是主动打过去的电话，就没有用视频。果然，电话一打就通，李老五显然正在等这个电话。皮卡车司机与李老五毕竟是老相识，何况又是深更半夜，李老五并没有要求皮卡车司机开视频。

凌晨4点，做完了异地办案的准备工作之后，旧皮卡车也正好应该绕过了云县的检查站。安晓华让皮卡车司机第3次给李老五报平安。还是打电话，没有主动跟他视频。从李老五的声音里，能够听出他的疲倦。熬夜至此，李老五等待的一只靴子终于落了地，当然有理由感到放松。“辛苦了，你赶快休息。明天不用起太早，平安到达就行了。”

这天夜里，安晓华只睡了3个来小时。一早，皮卡车就被送到侦查队经常联系的一家修理厂，把两个磨平了的后轮胎都换成了新的。从镇康开回保山，他们已经见识了这辆车有多难开。现在要往西昌跑，皮卡车路上可不能掉链子。安晓华安排队员到保山市公安局办理毒品押运证，自己跟着皮卡车先上路。因为云南省禁毒总队还要派人跟他们一起去西昌，所以，安晓华押着皮卡车从保山出发去昆明。

这天的午饭是在楚雄的沙桥镇吃的。安晓华选的饭店旁边就是一家修车铺。等着上菜的时候，安晓华让皮卡车司机给李老五打电话，告诉他皮卡车的右后车胎有点儿慢撒气。李老五让皮卡车司机就近下高速，找个地方换轮胎："问一下换个轮胎要多少钱，我转给你。"李老五还强调，要换就两个轮胎一起换。吃完饭，侦查员拍了一段修车铺和皮卡车新换上轮胎后的视频发给李老五，并告诉他一个轮胎430元。李老五倒也干脆，直接微信转来了1000元。

安晓华查看着手机地图，按照皮卡车的虚拟行驶路线，驶出云南省还要过最后一个检查站，这就是永仁县的永仁公安检查站。安晓华让皮卡车司机给李老五打电话，说因为路不熟，他不清楚怎么能绕开永仁公安检查站，为了万无一失，他建议包辆车先去探探路。

李老五没有理由否定皮卡车司机的建议。但这"探探路"，其实是安晓华埋下的一个伏笔。傍晚7点，皮卡车司机再次打电话跟李老五汇报，他走到了108国道永仁路段，发现有辆警车闪着警灯在路上巡查："刘哥，你看我现在走还是不走？"

"你自己看情况办吧。"李老五说。

如果在晚上绕关避卡，开着车灯本来就容易暴露，更何况路上还有警车巡查。现在，皮卡车司机当然有理由在永仁县住上一晚了，这其实是安晓华为了和西昌警方对接预留出的时间。而在实际路线中，安晓华他们当晚10点就抵达西昌了。

四、不眠之夜

如果说保山尚在色彩缤纷的初秋，那么在西昌已感到深秋的萧瑟了。次日凌晨6点，安晓华让皮卡车司机报告李老五，他刚刚下高速，进了西昌地界，问他车往哪儿开。李老五发来了定位，是在太和镇。那就直接赶去太和镇吗？肯定不行。安晓华要先派人过去察看一下地形。

起初，安晓华还担心交货的地点会在村子里。如果周边住着人，那么民警事先埋伏就容易被发现。实际到那儿一看，交货地点是在镇子上一个比较偏僻的街道。路边有栋一层的房子，是两个临街的铺面。一大清早的，街上几乎没有人，安晓华让两辆车先开过去，在附近停着。

把皮卡车司机从一辆车上换到皮卡车上之前，安晓华先观察了周边的屋顶和窗户，确定没有可疑人员在暗中观察后，他才打开皮卡车司机的手铐，让他坐进了皮卡车的驾驶室里。

“你把视频打开！”皮卡车司机打电话报告已到指定地点时，李老五发了话。皮卡车司机打开了视频，李老五让他先照照自己的手腕给他看看。

在南伞的加油站外，第一次跟李老五视频时，安晓华就担心李老五会要求看皮卡车司机的手腕。当时刚把他的手铐打开，皮卡车司机的手腕是通红的。因为抓了他之后，为安全起见给他上的是背铐。如果那会儿李老五看了他的手腕，就不会有后面这一系列行动了。

现在，皮卡车司机大大方方地给他看了自己的手腕。李老五没有看出什么不对劲儿的地方，皮卡车司机的语气也没有什么破绽。十几分钟后，从皮卡车的后方走过来一个中年男子，一看就是当地人。他走过来准备开车门，手却停在了半空。他又缩回手，折回车尾，仔细看了看车牌，像是在确认这辆车。接下来，他没有再开车门，而是打开了其中一个商铺的卷闸门，然后头也不回地走了。

2 分钟后，李老五给皮卡车司机打来电话：“你把车开进那个刚刚打开的卷闸门里，然后离开这儿。”皮卡车司机听话照做，把车开进空无一人的铺面里。接下来，侦查员当街拦了一辆车，带着皮卡车司机离开了现场。

过了一会儿，那个开卷闸门的汉子又晃回铺面跟前，“哗啦”一声拉下了卷闸门，锁上，转身大步离开了这里。

李老五没再给皮卡车司机发来指令，皮卡车司机当然也不能主动问他什么。到此，他的使命已经完成。那么，铺面里的那辆皮卡车怎么办呢？谁会来接手它呢？

没有别的办法，只能硬守着。4 辆车里的便衣侦查员轮番盯着那道上了锁的卷闸门，从上午 11 点一直守到了傍晚 6 点，终于等来了一辆微型面包车。这辆车停在了卷闸门旁边，从车上下来了两个人。从副驾驶座位上下来一个中年人，开车的是个小伙子。俩人打开面包车的后门，从上面抬下来一台电焊机和一卷电线。中年人用钥匙打开了卷闸门，二人把电焊机和电线搬了进去。两三分钟后，面里传出了电焊机工作的尖锐噪声，电焊的强光从卷闸门的缝隙里面泄出来。

“开门！警察！”当地民警用彝语向门里喊话。里面停止了工作，但并未开门。外面的民警开始强行破门，为防备这二人从后窗逃跑，安晓华在后窗也留了人。当几名持枪的当地民警冲进去后，发现那俩人呆立在皮卡车旁，神情极为紧张。

毒品是藏在皮卡车底部的两个大梁之间的，这里多了一个水箱似的扁平铁皮箱，被焊死在车底部。跑了长途之后，车底沾上的尘泥已经让它和车身浑然融为一体，根本看不出是个异物。民警冲进铺子里时，这只装有毒品的铁皮箱已经被弄了下来，并且被切开了一个口子。里面整块的海洛因已经显露出来了。

呆立着的中年人承认，他是来取毒品的。而那个小伙子是干电焊的，车是他的，电焊机也是他的，但他对毒品的事一无所知。此前拿钥匙开卷闸门的人是这家铺面的主人，他和来取货的中年人都是这次购买毒品的 6 名股东之一，而这 6 个人都是亲戚关系。这起案子一共缴获海洛因8885克，6名购买毒品的人后来全部被判了无期徒刑。因协助警方办案且认罪态度良好，皮卡车司机保住了性命，同样被判了无期徒刑。

一刀切下一根手指头

一、乔装“华哥”

一台装载机坐在拖车上，被从云南运到湖南，又从湖南运回云南，长途跋涉，一次又一次。当安晓华与同事终于找到这台老旧的装载机时，发现它的轮胎被改装过，里面可以装大量的东西。也就是说，这台装载机就是一个运输毒品的道具，有人通过它，在2018年年底，从中缅边境向湖南永州一次性运送冰毒超过200公斤。这种冰毒是纯冰，呈晶体状，比麻古的纯度要高很多。毒品被压缩成1公斤一块，装在一种观音王的茶叶袋子里。有能力提供如此数量纯冰的毒枭，很可能具有缅甸军方的背景。情报显示，这200多公斤纯冰就是由武装人员押运到中缅边境的。

2018年年初，安晓华他们就发现，湖南方面好几个嫌疑人都和一个被称为“雷哥”的湖南祁东县人有联系。而那台装载机，就是其中一个“骡子”给“雷哥”运货时用过的。“雷哥”时年四十四五岁，在云南普洱市孟连县租有一块十几亩的地种香蕉。“雷哥”离婚后来到普洱市，在当地找了个女人同居，还生了个孩子。他在西双版纳的告庄买了房子安家，从孟连县城开车到这里和到普洱市区的距离差不多。相比之下，告庄还更热闹一些，“雷哥”隔三岔五地就会回一趟告庄。

“雷哥”被警方盯上后，关于他的各种信息也就不断地被收集上来。持续研判“雷哥”之后，安晓华发现了一个问题，“雷哥”欠“骡子”的运费累计下来得有上百万元了。

“雷哥”的钱，当然来自他的客户。客户要买毒品，按道儿上的规矩，得先支付60%的货款。“雷哥”自己扣下一些，然后先期支付给境外的卖家。在毒品犯罪链条中，利润率最高的其实是最后卖零散毒品的小毒贩，原因很简单，他们会在到手的海洛因中掺进去8倍甚至10倍于海洛因的“料子”。当然，小毒贩直接接触吸毒人员，翻船的概率也最高。而从毒品来源的上游看，运送毒品的“骡子”利润最高，能拿到毒品抵达目的地时价格的30%左右。如果是“雷哥”自己找的“骡队”，毒品安全送到后的一个星期，他就应该把全款付给人家。可是，因为跟他要货的下家常常不能及时回款，“雷哥”就只能一再拖欠“骡子”的费用。再跟人家开口时，人家自然就要先跟他讨要前面的费用。再说，“骡子”本身是个风险极高的职业，人家不会白干活不拿钱任着“雷哥”一直拖欠运费的。所以，安晓华和同事分析，“雷哥”应该是到了要换“骡队”的时候了。

案子汇报给支队后，领导拍板，就让安晓华扮成“骡队”的老板，去贴靠“雷哥”。于是，安晓华摇身一变，成了“华哥”，身边的侦查员不再喊他队长，一概称他“大哥”。

侦查队不光搜集境外“雷哥”联系人的各种信息，还集中研判了湖南衡阳、邵阳和永州等地警方打掉贩毒团伙的案件信息。与此同时，境内、境外关于“华哥”的一些传言，也开始在贩毒圈子里悄悄流传起来。传言中，“华哥”在版纳、临沧和普洱等边境地区都接活儿，他要的价钱也还算公道。警方通过工作关系散播出去的小道消息，还故意把湖南和湖北的那儿起没能打掉的大宗毒品，都算在了“华哥”的头上。

二、设计贴靠

云南餐馆的包间内大多摆着两张桌子，一大一小。大桌是圆的，能转，当然是吃饭的地方；小桌是方的，矮小，一圈儿摆的是小板凳，是餐前打扑克的地方。扑克的打法有很多种，其中保山、临沧、普洱等地最流行的是“幺子分”“梦幻三撇”“斗牛”和“砸石头”等。这些扑克的打法都有一个共同点，每一局，输家都得喝酒。所以，云南人聚会的酒，大多数是在小桌子上喝掉的。等热菜端上圆桌，多数人已经有七分酒意了。

孟连是个傣族拉祜族瓦族自治县，这里的娜允古镇有不少好吃的，鱼撇撇、香茅烤鱼和鸡豆腐都很有名。2019 年 1 月，安晓华就在娜允古镇的一家农家乐里与“雷哥”“巧遇”了。

安晓华的“关系人”老赵认识“雷哥”的小弟“小刀”。安晓华知道“小刀”跟着“雷哥”在另一个包间里吃饭，故意让老赵给“小刀”打电话，说他跟几个朋友刚到孟连准备吃饭，问“小刀”在哪儿，能不能过来一起喝两杯。

一听说赵哥也在同一家农家乐进餐，“小刀”就兴冲冲地端着酒杯推门进来。老赵跟“小刀”碰完酒，就介绍他跟安晓华碰酒：“这位就是我跟你提到过的‘华哥’！你那儿有好弄的事情，可以介绍一下嘛！”

“小刀”就主动加了“华哥”的微信。这个微信号，当然是安晓华量身定制的，朋友圈虽然设定了“三天可见”，但仍能看到他三天来发的一些图片、视频，多是路边风景、烧烤摊乱放的酒瓶之类。“骡子”把货送到后，一般都会选择坐飞机返回，然后就是狂吃狂喝。虽然三天内“华哥”发的朋友圈显示的定位都在保山、临沧等地，但实际上，安晓华他们已经来孟连四天了。

选择靠近大门的包间，安晓华就是为了制造下一步与“雷哥”同时离开饭馆的巧合。饭馆临着大路，路边就是个小停车场，两拨儿人是在小停车场里“巧遇”的。老赵先“发现”了“小刀”，手一招，亲热地喊了一嗓子。安晓华就跟着老赵，笑嘻嘻地走到了“雷哥”他们这帮人跟前。

“这就是我跟您说过的‘华哥’！”喝了酒，“小刀”舌头都有点儿短，主动向“雷哥”引见了安晓华。满口酒气的安晓华握住“雷哥”伸出的手，也显得很兴奋：“我们是外地的，来这儿做点儿事，以后有事还请大哥多关照。”

“我们也是在这里做点儿小事情。”“雷哥”说话客气，满脸谦和的笑容。他用下巴指了一下一旁勾肩搭背聊着的老赵和“小刀”，“大家都认识嘛，有空可以来我家坐坐！”

安晓华就在等他这句话，顺势就问“雷哥”要手机号。本来，初次见面，张口问“雷哥”这样的人物要手机号，会显得很鲁莽。但现在，他不是也喝大了吗？其实，安晓华并没有怎么喝酒，他只是在出包间前，故意嘴里含了一口酒。

“雷哥”的手机号尾数是“9888”，安晓华当场打过去，手机上显示这是个湖南的号：“大哥您是湖南人？”

“我老家是衡阳那边的。”“雷哥”的普通话湘味儿十足。

“噢，衡阳我也去过，好地方啊。”安晓华就此跟“雷哥”告别，各上各的车。

三、心理较量

腊八节一过，年味儿渐浓，内地来西双版纳旅游的人明显多了起来。随着边境检查人流量增大，按惯例，这个时候，往往就是毒枭出大货的时候了。境外也有可靠的情报，“雷哥”正在组织一批货准备运往湖南、湖北。

和“雷哥”再次见面，是在娜允古镇分手五六天之后。“雷哥”给安晓华打来电话，提出请他们一起吃饭。这个邀请，应该和3天前安晓华做的一个铺垫有关。

那天中午1点，安晓华给“雷哥”打了个电话，说晚上想请他和弟兄们一起吃个饭。

“我有点儿事到思茅了，改天我请你!”普洱过去被称作思茅，当地人现在说起普洱还是习惯喊思茅。放下电话，安晓华就不禁冷笑一声。他知道“雷哥”此时明明就在告庄，才故意打的这个电话。

那天的饭局，是安晓华叫人买的单，他只跟“雷哥”碰了一杯：“这两天我喝得太多，吐惨了。等我身体恢复后，再请大哥喝一回，补上今天的酒。”

“雷哥”笑笑，说声“好”，干了杯中酒，并不强求安晓华再喝。

“你认识不认识那边的三姐?”安晓华感觉“雷哥”的戒备心很重，从头到尾他都没有提过毒品的事。可是，到最后主食上桌的时候，“雷哥”剔着牙，却撂出了这样一句话：“三姐我是通过别人认识的。她到这边来时，我们见过一次面。”安晓华知道，“雷哥”开始试探他了。

三姐是个缅甸人，50来岁，汉语讲得很好。她长得富态，发型和衣着都不讲究。她其实是一个中间商，专门给毒枭找“骡队”。虽然并没有见过这个三姐，但三姐是什么样的人，安晓华早就做好了功课，可以从容应对。

“三姐最近给我打电话，让我帮她找个运输队去湖北，有没有兴趣?”“雷哥”手上转动着牙签，漫不经心地说。

“如果量大，应该是三哥来找人的吧?”安晓华立即回答他。三哥就是三姐的老公，有60岁了。此人年轻时当过缅军的排长，后来干上了贩毒的中间商。两口子的生意平时都是三姐打理，但拿事的还是三哥。

“不是吧?”“雷哥”停下了手里的动作，盯着安晓华的脸。

“大哥不要开玩笑，那边我还是熟的。”安晓华又跟他说了湖南刚刚发生的一件事。几天前，从西双版纳运到湖南邵阳的一批货刚刚被当地警方打掉。“之前他们找过我，但我的价有点儿高，没谈拢。”

如果只是被“雷哥”试探，会显得自己像个菜鸟。所以，安晓华也摆出试探“雷哥”的腔调：“如果是我们的人过去，一点儿问题也不会有。他们找的可能是‘水鸭子’。”

“雷哥”转了转眼睛，就此打住了这个话题：“晚上咱们再到哪儿去嗨一下啊，老弟?”

安晓华上了“雷哥”的车，“雷哥”又问他住在哪个酒店，安晓华都如实相告。车子发动后，他注意着窗外，很快就发现有辆摩托在跟踪他们。安晓华让司机把音响声音开大，显得大家都很兴奋。车子在外面转悠了40多分钟，才停在了孟连的一个农贸市场外。他们下车，咋咋呼呼地坐到了一个烧烤摊跟前。

在他们继续用扑克牌“斗牛”喝啤酒时，那个骑摩托车的男子进来看了一眼，又折了回去。这天晚上，安晓华他们在外面晃荡了2个多小时才回酒店，第二天一大早就退房走人。

云南人有单日不出远门的讲究。2019年2月10日，安晓华一行4人出发来到孟连。一到孟连，安晓华就给“雷哥”打了电话。当然，他知道“雷哥”还在告庄过年呢。

“上次怎么走得那么突然呀?”“雷哥”问。

“原本临沧有单货，但没走成。”安晓华跟“雷哥”吐槽，“憨兵把衣服换了，但还是查得严，那边的货没有送进来！”

2019 年 1 月 1 日，公安边防部队集体转隶国家移民管理局，草绿色的军装换成了藏蓝色的警服。“憨兵”是毒贩们对边防警察的蔑称。

二人自然又要约着一起吃饭。这回，赴饭局之前，安晓华提前吃了些解酒的东西。喝酒是安晓华的一个弱项，可这场大酒又不能不喝。饭局上，安晓华发现，那天骑摩托车尾随他们的人也来了。相互敬了几圈儿酒之后，“雷哥”跟安晓华提起一个名叫“东来”的衡阳人。听安晓华说知道这人，“雷哥”就说：“年前，东来跟我要过货，他好像做大了，一次要 10 多个！”

此时，安晓华已经喝了不少酒，但他还是立即意识到，“雷哥”又在试探他。

“他自己还吸，恐怕不会要那么大的量吧。”近年来，安晓华案头的一个重点工作就是看湖南那边的案卷资料，他知道，东来在衡阳城里只能算是一个零星贩卖毒品的小毒贩，他单次要货的最高纪录也就是 5 公斤。

“雷哥”还说起永州一个人。这回，安晓华老实承认，自己不知道这个人。安晓华的虚实结合让“雷哥”的疑虑逐渐打消。

“那我下次介绍你们认识啊。”“雷哥”爽快地说。

再往后，大家聊的就都是些轻松的话题了。安晓华明白，“雷哥”已经确信他是道儿上的人了。饭后，他们一起从包间往外走，“雷哥”又跟安晓华说：“哪天来我家坐坐！”和第一次见面时的客气话相比，这次“雷哥”的语气明显真诚很多。

四、切下的小指

年后，安晓华每天都在跟衡阳警方密切联系。就在那天的饭局之后，

“雷哥”一批20多公斤的货，被衡阳警方给打掉了。“骡子”是“雷哥”自己找的，他得给上家和下家都赔出钱来。可以肯定，他的心情好不了。

没多久，“雷哥”给安晓华打来电话：“你在不在孟连？想请你来我家喝茶。”

“我在勐阿有点儿事，晚上8点才能回孟连。”勐阿是口岸的一个村子，开车到孟连只需40分钟。这样答复“雷哥”，是因为安晓华知道去“雷哥”家不会是喝茶那么简单了。去，还是不去？去了，“雷哥”可能会说什么，他们应该如何应对，他得有时间考虑周全。

晚上8点多，安晓华和另外一名侦查员开着一辆租来的奔驰，来到“雷哥”发定位的小区。“雷哥”的手下已经等在了小区的门口，他把安晓华他们领到了“雷哥”的住处。

云南出产茶，云南人也因此特别爱喝茶，而且喝的多是本省出产的普洱茶。一般在公司里都会有一个环境幽雅的茶室用来接待来宾，而讲究一些的云南人，家中客厅里也总会摆一个大大的茶桌。“雷哥”虽是湖南人，但来云南多年，早已经入乡随俗。“雷哥”招呼安晓华二人在他的大茶桌前落座，边给他们泡茶边扯闲话。安晓华注意到，“雷哥”的茶桌虽然也是一整块厚实的红木制成，品质却很一般，但他的茶却是好茶，第一口就能感觉出来。

坐在“雷哥”的斜对面，安晓华一边喝茶，一边打量着“雷哥”。“雷哥”神情自然，脸上看不出丁点儿沮丧之色。倒是他的一个小弟，一直一声不吭地低头站在他的左手边，一脸倒霉相。闲聊七八分钟后，“雷哥”顺手拿起桌上一把个头儿挺大的水果刀，突然伸出左手，抓住小弟的右手摁在桌上，手起刀落，齐根剁掉了小弟的一根食指。小弟疼得龇牙咧嘴，却不敢放声哭嚎。安晓华二人都被吓了一大跳，本能地把身子往后闪：“‘雷哥’，‘雷哥’，别激动，别激动!”只见“雷哥”用刀子将血淋淋的手指头往茶桌旁的垃圾桶里一拨，眼瞪圆，冲那个小弟一声怒吼："滚!"他的意思很明确，就是让人带这个小弟去医院包扎，却又不让他带走这根手指头去再植。

受伤小弟被人带出门，"雷哥"把刀子往身后的地上咣啷一扔，脸上重归风轻云淡："这里发生了一点儿事情，让这个小弟做个事，他擅自找人顶他去做，结果货丢了。""雷哥"说。原来，这次丢货事件，送货的没事儿，接货的被抓了。出事之后，送货的人手机关机，联系不上。这事只能"雷哥"赔钱，他的愤怒程度可想而知。

"肯定是找了个'水鸭子'。"安晓华附和着"雷哥"。

"我知道。""雷哥"告诉安晓华，那天说要介绍他认识的那个永州人，其实并不存在。说到这儿，"雷哥"直接切入正题："我有批货，准备送到湖南。你们是运输队，这边也熟，那边也认识。怎么样，敢不敢去?"

"人，我们倒随时都有。只是现在路上还有一批货，准备送去重庆，你要让我现在送湖南的货，我的人手不够。"眼前摆放着几盘水果，安晓华用牙签扎起一小块火龙果，填进嘴里，"过上几天，如果价钱合适，当然可以。我这儿也有一大伙人要养嘛!"

桌上摆着一盘香蕉，这似乎是在提醒安晓华，"雷哥"是个种香蕉的出身。他用老实人才有的真诚跟"雷哥"说："我虽然很少丢货，但也丢。我的人也被抓过，但这些小弟口风很严，都自己扛过去了。"

"等你的人安全从重庆回来，我们再谈。"到此，话题就放下了。因为前后喝了一个半小时的茶，俩人感觉膀胱憋胀，就告辞出来了。

五、重大突破

安晓华睡眠不太好，所以平时只要有条件，中午他都会眯一会儿。

接到“雷哥”的电话是2月22日中午，此时他正在宾馆睡午觉。10天来，他们都住在孟连，白天哥儿几个都开着车在外面跑，从周边乡镇到澜沧、普洱，熟悉每一条道路，观察周边环境。因为他们不确定“雷哥”的毒品会从哪里进来，芒信、勐阿和公信这些边境地区他们都去到了。做好这些功课是为日后一举拿下“雷哥”做准备。

再次落座到“雷哥”的茶桌前时，“雷哥”已经放下了戒备，张口直奔主题：“按规矩，钱要等你们回来再给。”这话的潜台词，就是他已经准备跟安晓华合作了。

谈判刚开始，安晓华当然要表明态度：“应该先付一些。”

“雷哥”的货是100公斤多一点儿。零头省去，按行情价，1公斤运费36000元，这批货的运费就是360万元。安晓华报出这个价后，“雷哥”想还价到300万元。你来我往，你涨我降，双方最后以346万元成交。

运费谈完，接着谈预付款，也就是“雷哥”要先期支付的路费，这笔钱最后会从总运费里扣除。

“只能先给你6万块路费。”“雷哥”说。

“不行，太少了。”一般来说，买家给“骡子”预支路费，是先预估一下路程的远近，给上几万元。用得差不多了，买家再转些钱过去。因为安晓华挺较真的，“雷哥”就要释放出合作的诚意来，他答应翻一倍，支付12万元预付款！

下一步，就要商定怎么交接货。“雷哥”不打算出面，他让安晓华直接到边境线上去交接。安晓华不同意，“雷哥”解释说：“是不是我亲手交给你并不重要，你可能也打听过我的货，绝对都是‘正规渠道’出来的。”

“我以前可是接到过假货的，那次我真金白银赔了钱。所以，我俩还是最好一起到现场，确认货是真的。不按规矩来，这事儿怕就做不成了。”安晓华寸土不让，当然是为了在交接现场人赃俱获。

“雷哥”没再坚持，以沉默作答。他又给二人续上一泡茶，提出：“这两天要是没事儿，咱们就都住在这里。”“雷哥”冲着一个关着的房门抬了抬下巴。

“那我得让我的小弟们准备一下，我要打个电话安排人手。”安晓华这么说，等于同意了“雷哥”的意见。他当着“雷哥”的面，用免提给宾馆里的兄弟打电话，“喊弟兄们过来，人不要太多，七八个就可以了，把车也准备好，路上的人该联系的先联系上。”

宾馆里的侦查员们也已经获知消息，“雷哥”联系了境外的毒贩在办大货。接到安晓华的电话，他们明白案子要动起来了：“好的，大哥!”

六、守住红线

这天晚上，“雷哥”的茶换了好几道。大家就是喝茶、聊天，双方谁都不再提生意上的事。显然，谁先开这个口，就是谁更渴望做成这笔生意。那么，后开口的一方就会占据主动。其实，安晓华生怕“雷哥”当晚就让他去接货。因为支队的同事荷枪实弹从保山赶过来，需要 12 个小时呢，他必须争取到这段时间。

剥开桌子上的一只香蕉，安晓华就跟“雷哥”聊起了他种香蕉的事情。“雷哥”哈哈一笑，话匣子就打开了。

“雷哥”种香蕉可不像安晓华小的时候跟着他爹种烟叶，“雷哥”自己并不下田，而是雇人替他种。虽身为农民，但他对香蕉的收成一点儿都不在意。赶上成熟的时节，香蕉就被他当成了贩毒的道具。这种时候，他不再另请“骡子”，而是让他的小弟直接去送货。毒品就装在香蕉车里，只要交易完成，香蕉就扔在服务区，或者直接扔在高速公路两边，不会进水果批发市场。当然，这些扔香蕉的地方都不会有视频监控。一大车香蕉的价值，不及毒品货款的百分之一，完全可以忽略不计。而如果舍不得丢下这一车香蕉以最快的速度离开现场，被抓的风险就会大大增加。

在茶台前坐到午夜，具体的交货方案也没谈。“雷哥”希望安晓华提出个方案来，而安晓华也在等着他先开口。二人在进行着一场无声的较量。茶喝到无味，是不是该换成酒了呢？这其实也是一道考验。这种时候，如果谁提出喝点儿酒，就会被视为不专业。最后，安晓华提出先休息了。“雷哥”住的是一套三室一厅的房子，他睡主卧，两个小弟睡一间，安晓华和同事睡另外一间。

早春的孟连，气温不冷不热很适合休息，可安晓华二人却只迷糊着了一小会儿。他们担心这里装有监控或窃听设备，不敢说案子上的事情。安晓华躺在床上，和寸副发微信商量案件的细节。寸副是保山支队主管执法调查的副支队长，经验丰富。因为怕“雷哥”会突然闯进来抢走手机，安晓华只能边发边删。到了后半夜，他困极了，害怕说梦话暴露自己的身份，只能和同事轮流值班，一人睡觉时，另一人坐着刷手机，就这样熬到了第二天早上。

第二天一早，安晓华他们八九点钟起来，看到早餐已经摆在客厅的桌子上了，是外卖的宽米粉。电视里放着某个地方电视台的晚会，扭来扭去的歌舞、并不搞笑的小品，反而让客厅里的气氛更显沉闷。安晓华决心继续昨天的话题，就以开玩笑的口吻跟“雷哥”说：“‘雷哥’，我觉得咱们还是都在现场看看货最好，这也符合规矩嘛。”

“喝茶，喝茶。”“雷哥”关掉电视，招呼安晓华二人坐在茶桌前，一边低头泡茶，一边嘟囔，“你还是不信任我。”

“还是按规矩做比较好，万一发生什么问题，该我们承担的我们也好承担嘛。”安晓华端起了茶杯。

“雷哥”没有说话，就是不断地喝茶、续杯，直到十几分钟后，沉默才被他打破：“那交货的地方就由我来定?”

“可以!”安晓华表明态度，但接着附加了自己的条件，“太偏僻的地方我们不敢去，你定的地方我得去看看。”

对于安晓华来说，前面谈运费之类其实是在演戏，但交货地点却是他的红线。

“不怕，我们到勐阿八队去交接。”“雷哥”说这话，等于默认跟安晓华到现场去。

“那里我可不敢去，那里有个勐阿边防派出所，离勐阿八队只有 2 公里，巡逻警车随时都有可能出现。上次也有人跟我提出上那儿交货，我也给拒了。”安晓华跟“雷哥”强调，那条进勐阿唯一的路上老有派出所在检查，“这个方向还是挺麻烦的。”

“雷哥”又提出他的第 2 个方案，在勐马交货。孟连县勐马镇是个地道的边陲小镇，它距离县城 28 公里，距离缅甸第二特区首府邦康市却只有 23 公里。勐马镇的街道呈“T”形，街道两边满是店铺。这里边境贸易繁荣，路灯要到早上 7 点才会熄灭。对于警方来说，要在交易地点周边安排人埋伏，显然很困难。

“勐马路灯太亮，最好还是去个黑一点儿的地方。”安晓华又提出了反对意见。前期他们在这一带做过功课，现在就派上用场了。

“那就去公信。”“雷哥”提出的第 3 个方案，安晓华认可了。公信乡和其他镇子有所不同，它的地形状似台阶，一级一级分布在山上，包括学校、卫生院、加油站、乡政府机关等，都呈梯田状排列。安晓华认为，这种地形是便于同事们埋伏隐蔽的。

“那出了公信乡，咱们在路上交接?”“雷哥”提出。出入公信乡只有唯一一条公路。站在“雷哥”的角度，路上交接最为方便快捷，货一转手可以马上开车离开现场，这当然最安全。

“几辆车都停在路边，太显眼了!”安晓华又提出了反对意见，但也给出了一个建议：勐马去公信方向十三四公里处，有一个废弃的橡胶厂房。厂房就在路边，稍微岔进去了一点儿。这里有围墙，没有大门，路况也相对平坦。“那里比较开阔，环境对我们来说很方便，我们以前在那儿交接过。”安晓华这样说道。只是他没跟“雷哥”说，旁边的山上可以藏人，能够把院子里的一举一动看得清清楚楚。

“噢？有这么个地方?”“雷哥”看上去有兴趣。他的一个小弟知道这个地方，主动站出来给“雷哥”当解说员。“雷哥”听了面无表情，沉默了一会儿，说：“要不，吃了中午饭，咱们去逛一圈儿?”

七、雷霆出击

安晓华与“雷哥”各开各的车，两拨儿人到了那个废弃的橡胶工厂。“雷哥”跟着安晓华里里外外看了一圈，却一声没吭。他究竟有没有看中这个地方，不得而知。之后，两辆车又开到公信乡政府所在的街道转了一圈儿，然后大家又一起回到“雷哥”家。虽然“雷哥”没有表态，但安晓华凭直觉，觉得“雷哥”应该是看上这地方了。之所以还在耗时间，应该是因为“雷哥”自己也不清楚货什么时候才能送进来。

喝茶、吃外卖，一根接一根地抽烟，就这样又熬了一天一夜。2 月 25 日中午，“雷哥”发话了：“你们俩回酒店好好睡一觉吧，等我电话就是。”安晓华二人起身告辞。他们住的酒店离“雷哥”家也就两三公里，尽管疲劳已经让安晓华的脑子转得很慢了，但车子开动以后，他仍没忘记注意身后有没有尾巴跟踪。还好，安晓华这次并没有发现什么异常。

2月26日凌晨一点，安晓华被手机铃声惊醒："下来吧!""雷哥"只说了这么一句，就挂了电话。40分钟后，安晓华和3名侦查员开着两辆车赶到废弃的橡胶工厂外，把车停在路边，走了进去。在确认安晓华他们的人数后，"雷哥"一行6人背着4个包，从他们身后走进了工厂院子。

"来了!"手机的手电筒打出的光束后面，能看见"雷哥"的一张笑脸。

"不是说4个人嘛，你们怎么来了这么多人?"安晓华故作不快。

"我总不能自己背东西嘛!""雷哥"解释说。

接下来，就进入当面清点毒品环节。清点现场是工厂的一间临街的房子，门从里面关上，但窗户玻璃是破的。窗框上，加的有防盗的铁条，两部手机的手电筒为现场照明。一只双肩包内有27袋"观音王"茶叶包装包裹的纯冰，每袋1公斤。安晓华的"小弟"会从每个双肩包中随机挑出一包，放在鼻子下闻一闻。这种验货的活儿，现在已经不用"华哥"干了。

"小弟"闻过最后一包抽出来的样品时，安晓华给"雷哥"递上了一支烟并替他点燃。他自己也狠狠地吸了两口，然后将烟头从窗户上的铁条间用力弹了出去。

这是他跟寸副约定的行动信号。十几秒钟后，安晓华就听到了窗外有动静。紧接着，伴随着急促的脚步声，厂房的门被一脚踹开。紧接着，他听到的是枪支上膛的声音："不许动，警察!"

安晓华他们也和"雷哥"一伙一样，被冲进来的警察摁倒在地上，扎上了背铐："不许说话!"香烟、打火机、手机，每个人口袋里的东西都被执行抓捕的民警掏了出来。接下来，警用强光手电把整个厂房照得很亮，民警开始现场清点毒品，要求所有嫌疑人都看清楚。

安晓华站在"雷哥"的斜对角，他看着"雷哥"，"雷哥"也看着他。眼神相交中，他感觉，直到这个时候“雷哥”都没有怀疑他。

清点的过程说长不长，说短也不短。安晓华注意到，和其他人的慌乱、惊恐不一样，“雷哥”的表情始终很平静。后来，他的嘴角居然有些微微上扬，眼神中流露出的是如释重负的轻松。

干这一行的，是否早就做好准备迎接这样的时刻？也许“雷哥”在盼着这一时刻早点儿到来，好为自己刀尖上舔血的人生画上一个句号。

尾　声

缉毒警察的人生，同样也有 A 面和 B 面。全身心忙于“捉妖”的安晓华，自然无暇扮演好其他角色。这些年来，他几乎没有陪家人逛过街、旅过游，很少接送孩子上学。父亲得了癌症，从放疗、化疗直到去世，也多是妻子在照料。在外工作，他与家人约定，打他的电话响铃五秒未接通，就必须挂断。在公共场合不能喊他的名字，不拍全家福，不发朋友圈，等等。即便是单位的集体合影，他也从来不露脸。他以这种方式，小心地保护着家人和自己。

其实，安晓华是个富有生活情趣的人。业余时间，他喜欢美食，喜欢钓鱼，也喜欢养花。在办公室里，他养了一盆清香木。这种绿植叶片很小，看上去一点儿都不起眼，但揉碎叶子，却能闻到一种醉人的清香。

“绿叶栖心梦未空，寻常表象似平庸。修为崇尚谦谦态，纬水经山志不同。”有诗人用这样的文字，描摩清香木的耐旱、抗寒，喜光、向阳，可祛邪恶之气的特质。安晓华追求的人生境界就像清香木一样，成为一名深藏不露的“捉妖人”。

全国移民管理机构第二届“十大国门卫士”史先强

留　下

——“十大国门卫士”史先强与黑龙江出入境边防检查总站大兴安岭边境管理支队纪事

米　可

第一幕　出发

一

2019 年最后一天，夜早早降临，暗淡了北极村的街道、房顶，以及从房顶烟囱散出的一缕缕炊烟。还没及炊烟消散，星星灯火便从灰暗的大地上纷纷冒出芽来：每一扇窗棂，每一盏大红灯笼，每一个咔咔作闪的手机镜头，还有镜头后面那些发现光彩的眼睛。点点微光聚拢呼应，让这座被大兴安岭包围的村落有了穿越寒夜的暖意与信心。

最是烟火抚人心，人间至味是清欢。因是圣诞夜，警情要多于往常。吃过晚饭，张嘉乐便背起单警装备，巡逻在北极村的街道上。虽已超过-30℃，街上还有许多“找到北的”游客。他们欢喜的面孔，天南海北的口音，都让张嘉乐想起少年的一次远行，还有他那远方的故乡。幽幽地，张嘉乐心底生出一份略带忧伤的“清欢”。

诚然，对于游客们来说，张嘉乐是一名驻守在祖国边疆的移民管理警察，但对于数代生于斯长于斯的东北老乡来说，这个刚来不久，说话带着南方口音的精神小伙又分明是一名异乡人。

一条大街很快走到尽头。再向前，便是村外和夜一样辽阔的黑暗群山，却有那么一团白烟被冻在了半空，既没有飞升消散，也没有落入尘土，只是低低地悬着。张嘉乐盯着这股白烟看了许久，他的心也空落落地无所依。

副所长吴忠齐在对讲机里的呼叫，收回了张嘉乐的思绪：失踪的许姓男子有了初步下落。张嘉乐迅速赶回北极边境派出所，发现消防、林业以及许多今天不当值的民警已经挤满了不大的接警大厅。根据最新警情通报：许某，男，28 岁，河南郑州人，昨天中午独自抵达北极村，入住村里一家民宿。今日中午，许某给在老家的父母打电话，称他濒临崩溃，随后挂断电话。由于许某有精神病史，曾经数次自杀未遂，家人担心其人身安全，便请求当地公安帮忙寻找。值班民警拨打许某手机，未能接通。随即联系其入住的民宿老板，得知许某今早离开民宿，一直未归。视频追踪发现，许某从隔壁商店买了一瓶白酒后徒步离开村口，消失在沿途下一个视频监控路段前，初步判定许某出村后，借路边小径进山去了。至于为何要进山，结合许某精神状况，原因不言而明。

警情通报结束，进入分配任务、整装待发的环节。因是夜间进山巡逻，气温已经逼近-40℃，所有进山搜寻的同志不仅要携带担架、绷带、骨折夹板、爆闪灯、扩音器、登山杖、无人机、卫星电话等医疗和搜救设备，每个人还得从头到脚、从内到外将自己包裹起来，有些老同志还将暖宝宝贴在自己的腰上。张嘉乐是第一次参与野外搜寻，他一边尽可能多地将衣物和装备往自己身上堆，一边小身板又被这些重荷压得喘不过气来。这让他又一次对身边这些虎背熊腰的东北大汉心生羡慕之情。总之，不多会儿，大家化身为古代披着重甲出征的战士，一幅幅冷峻坚毅的面孔就只剩下一对眼珠子露在外面。

张嘉乐随搜救车队驶出派出所大院。此刻在他的眼中，齐聚在北极广场等待跨年的游客们只是匆匆过客，一间间民宿外闪烁的霓虹也是匆匆一瞥，黑暗和未知的恐惧才是萦绕在心头的旋律。的确，初来北极村时，张嘉乐心中总是会想起儿时语文课本的那句话：我国东北的小兴安岭，有数不清的红松、白桦、栎树……几百里连成一片，就像绿色的海洋。事实上，以北极边境派出所为圆点，向任何方向步行出发，少则10分钟，多不过半小时，就会来到原始森林的边沿。

张嘉乐曾以朝圣者的心态，独自来到一座无名大山的脚下，沉一口气，然后向上攀爬。但他仅仅向山里走了一小段，便停下了脚步。他感到自己像是进入了一个硕大无比的黑暗房间，千万只眼睛飘浮着，默不作声地盯着他；千万只嘴巴在幽幽地呼吸中，伸出黏腻的舌头，在他的脖颈、后背留下冰冷的汗滴，也留下了对于危险和未知的巨大想象空间。张嘉乐吓得掉头跑出了山林。

不多久，车队抵达了北极村外最近的进山隘口。冷冷的月光下，两座大山各自威严耸立，挤压出一条由乱石堆积的小道。派出所“飞手”率先释放携带的红外热成像设备无人机，开展空中搜寻。无奈山高林密，林木还都被厚厚的落雪覆盖，别说是人的踪迹，就连野生动物都没有出现在镜头内。接着，搜救队分成五个小组，沿着小径进山开始徒步搜寻。出发不久后，每支小队就沿着小径向两侧延伸的数条支路分别向山上搜寻开去。

张嘉乐和吴忠齐编成一组，他们进入了左手边（张嘉乐此时已不分东南西北）的那座大山。除了担任副所长外，吴忠齐还有其他身份，北极边境派出所第一任当地姑爷，社区警务工作队队长，还有不一而足的各种荣誉称号……但此刻最为重要的，他是张嘉乐的师父。进山前，吴忠齐用警绳在张嘉乐腰上绕了两圈，又在自己腰上绕了两圈。张嘉乐努力打趣道："你是怕我走丢了是不是?"吴忠齐笑着回答："你这细皮嫩肉的，不光是北极村的小姑娘们稀罕，这山里的老虎豹子也都稀罕着呢。"听了这话，张嘉乐一边附和地笑笑，一边禁不住抽了个冷子。

二人一前一后向山上攀爬而去。起初，张嘉乐还能听到其他组在呼喊失联小伙子的名字，但不多久，那些呼喊声便与风声融成呜咽的回响，在他的脑袋上方盘旋。再然后，随着二人没入密林深处，连风声也消失了，张嘉乐只觉得绝对寂静裹住了自己的耳朵。按说寂静是听不见的，他却能听到雪片落在了松枝上，松果被唤醒，开始摇头晃脑；还有呼吸声，那不只是他和吴忠齐的，而是来自整座森林。整座森林既是苏醒的，也是沉默的，注视着这些渺小柔弱的人类闯入者。

行进约莫一刻钟，吴忠齐带着张嘉乐摸到一棵大树下方。因为水土流失，粗壮的根系裸露大半，盘根错节间，形成了一个背风空间。在强光手电的照射下，二人发现早前山民采摘山货时留下的痕迹：空酒瓶、方便面袋、火堆余烬……吴忠齐蹲下身一一翻捡，没有发现和失联者有关的物品。

二人继续出发，开始沿着山麓斜着向山顶摸去。吴忠齐的脚步既小心又笃定，显示出他对这片山头儿的熟悉。这让在后面亦步亦趋的张嘉乐心下稍稍安定，稍一走神的工夫，就听到吴忠齐突然喊道："低头!"还没来得及反应，张嘉乐的兜帽就被扯掉大半，整个人也被牵绊住无法前行。

吴忠齐转身捧起了张嘉乐的脸，左右检查一番后，长舒一口气，然后一点点剥离挂住兜帽的倒刺。原来，钩住张嘉乐的是一个猎捕野生动物的铁丝套，而在铁丝套的下方，堆积着几块几乎风化的鹿的骸骨。

张嘉乐看那些粗壮的白骨，战兢着，像一只步入陷阱的幼兽，耳朵都竖了起来。与此同时，为了让张嘉乐尽快脱身，吴忠齐脱去手套，强光手电被他衔在口中，专心致志间，突然响起的卫星电话将二人都吓了一跳。

派出所指挥室通报了最新消息：几分钟前，失联者许某拨打了报警电话，称他进山后用白酒服用了大量安眠药，后因剧痛清醒过来，在试图走出大山过程中迷了路，手机一直没有信号。后来，许某挣扎着来到一处靠近山顶的电线杆下，发现手机恢复了微弱信号，便拨打了报警电话。许某还称他也携带了爆闪灯，方便搜救人员识别。

指挥室根据许某提供电线杆上的数字编号，确定了许某所处的大致位置。虽然距离搜救组不算远，但不管是语言描述，还是坐标定位，在茫茫的群山中都失去了意义。各个搜救组只能凭感觉向失联者所处的区域摸索过去。与此同时，无人机再次起飞，在高处俯瞰这场生命竞速的同时，也为各搜救组充当起了指向灯。

半小时后，各搜救组陆续抵达了失联者所在的山顶，一盏盏爆闪灯和强光手电照亮了这片林间，却也让大家频频发生误判，将对方错认为失联者。为了尽快找到许某，各组统一关闭了照明设备，而唯一还在林间爆闪的那一盏灯，正属于失联者许某。

被发现时，许某已经失去了意识，但气息犹存。搜救人员立刻将许某抬上担架向山下转移。只是这个身高 190cm、体重 95kg 的大个子，逼得搜救队员们拼尽全力。一路上有摔跤的，有掉进雪窝又爬出来的，还有累得直嗷嗷叫的。张嘉乐也是一直在咬牙坚持，但他个子不高，有时觉得自己是在被那些东北大汉拖着向前。

下山后，许某被送上了等待多时的急救车。张嘉乐累得一屁股坐在地上，还没来得及喘口气，吴忠齐就催着他上了警车。他怕张嘉乐晾汗感冒。可车子空调吹出的暖风，才让张嘉乐不住地哆嗦起来。

事情到此还没结束。北极村卫生所的值班医生判定许某情况危急，当地不具备救治条件，需要转送到90公里外的漠河市医院。由于派出所当晚还有其他执勤任务，吴忠齐便让张嘉乐随救护车一道前往漠河市。等到许某被推进市医院急救室洗胃时，已是后半夜2点多。

张嘉乐坐在空荡荡的走廊上，医院内暖气开得很足，倦意像洪水般从脚底板漫了上来，淹没他的眼皮。在蒙眬的意识中，张嘉乐想起了一起相似的警情。那是他到北极边境派出所报到的第2天，也就是情人节次日的清早。刚在食堂吃过早饭，张嘉乐就看到值班民警冲上警车。出于好奇，张嘉乐也跳上警车。车子没开出多远，便来到北极星广场。广场一侧有一个由冰雪砌成的屋子，不少人围在冰屋门口，却没有人敢进去。

张嘉乐随同事们挤过人群，只见一个穿着单衣单裤的女孩正倚靠在冰屋的墙面上一动不动。同事轻轻拨动女孩的肩膀，显出那一张透明凝滞的面孔，半张的嘴唇，低垂的眼睑，好像对于来者，也包括对于整个世界都抱有歉意。

这是张嘉乐第一次直面自杀者。他不明白为什么一个年轻生命要如此白白浪费，还是在这样如梦如幻的冰雪王国……可随着时间推移，张嘉乐慢慢有所感悟，地理上的最北疆的确有着某种道路尽头的隐喻。

急救室医生推醒正在打瞌睡的张嘉乐，告诉他许某已经脱离了生命危险。张嘉乐舒了一口气，这才拨通许某远在河南郑州父母的电话。电话那头儿不知说了多少遍感谢，然后称已请距离漠河最近的亲戚（实际也是远在千里之外的北京大伯）赶到当地接儿子回家。

随后，张嘉乐在急救室看到已经苏醒过来的许某。他想安慰许某好好休息，有事明天早上再说。一转念，才意识到所谓的明天已经来到，朝阳正在涂抹东边的天空。等到中午，许某恢复体力，说起了自杀的缘由。原来许某酷爱旅行，大学毕业后不想工作，只想看遍大好河山，可这与父母对他“找个班上”“结婚生娃”的期待有很大冲突。在与父母无休止的争执中，许某出现了精神分裂症状，一旦犯病便控制不住自己的思想和行为，此前也有过多次自残自杀的尝试。前段时间，许某得知北极村位于祖国的最北疆，是路的尽头，也是生命的禁区。自此，“尽头”和“禁区”这两个词便魔怔般地控制了他的大脑，指引着他来到这里，走进山林，直到服药后的剧痛才让他清醒过来。至于随身携带的爆闪灯，许某解释因为此前有过自杀经历，权当是一种自救措施，没想到会在关键时刻发挥作用。

傍晚，许某大伯赶到漠河市医院，承诺将亲自护送侄子回郑州。忙了一天一夜的张嘉乐则赶到车站，搭上回北极村的大巴车。离开市区不久，车子驶入黑暗没有信号的林区，张嘉乐在座位上打起了瞌睡。在又一次的意识蒙胧间，他仿佛看见许某登上了飞速的高铁，不，是翱翔的飞机，甚至是漂洋过海的轮船，总之是往家的方向进发，而他则在冰冷暗淡的森林中目送着，目送着，眼巴巴地看着。张嘉乐感到从灵魂深处冒出一股寒意，不禁紧了紧身上的大衣。

二

2016 年，9 月过半，北极村的空气中已有了明显的凉意。

都说，秋风起，鱼满篓。往年进入秋季，非法捕鱼作业开始活跃，与之相应的，北极边境派出所的打击整治力度也在加大。

按说非法捕捞本属于渔政和森林公安的执法范畴，特别是对于国家一级、二级珍稀鱼类的保护是两部门的工作重点。但由于北极边境派出所管辖173公里的边境线，同时也是黑龙江的主航道，而黑龙江又是中国与俄罗斯联邦的界江，为了攫取最大利益，在江上违法捕鱼人员极有可能发生偷越国（边）境的行为。此外，北极边境派出所还承担着辖区人口管理工作。为了维护国（边）境稳定，保护边民人身安全，派出所将非法捕鱼作业列入了打击整治的重点。

这周早例会前，副所长赵鲁杰又一次接到匿名举报线索，称昨夜有人在北极镇北红村河段非法捕鱼。由于北红村距离边境派出所有100多公里，赵鲁杰只能委托负责该河段护边的人员到可能有非法作业的河湾、河汊，以及适于下船的河岸先期勘查，反馈称没有发现可疑痕迹后，赵鲁杰便怀疑这是近期多起报称违规捕鱼作业的假警之一。

赵鲁杰向同事们阐述了他怀疑假警的理由。除了没有可疑活动痕迹外，报警人不肯透露自己的身份，且举报电话均从漠河市区甚至是外市拨打而来。而这一遍遍“狼来了”的吆喝，在干扰和疲劳警方的同时，也预示着确有非法捕捞的犯罪活动将要发生，不仅会发生，且极有可能是外来鱼贩和本地渔民勾连的团伙作案。

大伙儿认可了赵鲁杰的分析，随即成立由教导员牛书磊牵头的专案组，多管齐下开展侦查工作。一是加大对打击整治非法捕鱼作业的宣传力度；二是加强边境的巡逻与防范，力争打击现行违法犯罪；三是对各船管站开展摸底，发现尚未进站统一封存的渔船；四是对非法捕鱼作业前科人员进行排查。

赵鲁杰兼任着派出所执法办案队队长，和前科人员都打过交道，但他决定暂不进行公开走访和问询，而是秘密开展情报搜集工作。工作多年下来，赵鲁杰发展了不少“情报员”。这些情报员散落在漫长的边境线上，提供了许多及时准确的线索，往往是“敌未动，我先知；敌欲动，而我有备”。其中，头号情报员便是同在派出所工作的吴忠齐。

作为北极边境派出所在当地的第一任姑爷，一多半村民都和吴忠齐的老丈人家沾亲带故，加之吴忠齐为村民办了不少好事、实事，村民们都乐得向他反映情况。案件研究室内，赵鲁杰将非法捕捞作业前科人员的照片一一摆放在桌面上。吴忠齐只扫了一眼，就重新排列组合，将他们划成了高风险、中风险和低风险 3 个档次。对于高风险人员，吴忠齐如数家珍地说起了他们的近况：“比如鲁家的这两兄弟，他俩不仅有多次非法捕鱼作业前科，最近各自家里还都着急用钱。鲁老大要翻新房屋，新建家庭民宿；鲁老二刚买了一辆面包车跑旅游，听说还向银行贷了款。当然，除了这些正常开支外，兄弟俩都喜欢耍牌，输钱多了，就有可能动歪脑筋。”

吴忠齐的分析，让赵鲁杰回想起第一次处理哥儿俩时的场景。说来也巧，那只是一次日常的走访（彼时兄弟俩还没分家）。茶喝了，嗑也唠了，该普及的法律知识也都普及了，赵鲁杰拍拍屁股正要出门，就听到厨房里有东西在叫，有些像鹅，但声音要更嘶哑些。赵鲁杰还没动弹，反倒是鲁家老大媳妇紧张地堵在厨房门口，一副此地无银三百两的神色，不由得赵鲁杰不去一探究竟。果然，赵鲁杰从厨房的灶膛里拎出一只断了腿的紫貂，而柴火堆的下面还藏了一个血迹斑斑的兽夹。

鲁家兄弟因为非法捕猎野生动物被判处了拘役后，并没有吸取教训，反倒是商议着，既然山上的那些动物都太精贵，违法犯罪成本太高，还不如下河打鱼，卖到山下漠河市的饭店。食客们吃个肚圆的同时，他们的荷包也会鼓起来。于是，哥儿俩开始在家里悄悄织起捕鱼拖网。兄弟俩以为他们的计划和又密又细的渔网一样天衣无缝，没承想赵鲁杰早已通过线人之口，得知了他们下一步的意图。于是，当鲁家兄弟趁着夜色，扛着钢钎在冰面上钻孔时，赵鲁杰和同事们也循着雪地上的两行脚印靠近江边，听到了兄弟俩喊着使劲的号子。

不急，俩人还没下网，要抓就要抓个人赃俱获。等了一个多小时，鲁家兄弟“大获丰收”时，早已冻僵的警察们这才从岸边的草窠中冲了出来。老大没有反抗，束手就擒。老二先是在冰面上跑，摔了几个趔趄后，来到了江边的一个进山隘口。面对黑黢黢的森林，他停下了脚步，大概在思量跑进去会不会迷路。但就是这一耽误，身后追上来的警察将他扑倒在了冰面上。

兄弟俩显然对再一次“栽”在赵鲁杰的手中很不服气。因此，当民警要求他们协助清点渔获时，他俩不仅置之不理，反倒是坐在地上吃起了面包、喝起了热茶，倒是赵鲁杰和战友们哼哧哼哧地将掩网里的鱼分批倒进箱子，称重、拍照、做好记录，然后放归江中。

不多久，各条线的侦查工作陆续有了情况。首先是北红村船管站报告有一艘渔船今年没有进站统一封存。经向船主询问，得知渔船已经报废沉到了江中。可据船管站工作人员回忆，这艘渔船新买没两年，不应这么快就报废。接着，上级公安部门反馈情况，拨打匿名举报人员的身份已经查明，是一伙专供高档饭店的外地鱼贩子，目前正在四处联络收购黑龙江里的冷水鱼，其电话联系的对象中就有鲁家兄弟俩。而北红村那个报废渔船的船主，也正是鲁家兄弟的远房表亲。

好吧，还真是这对不服管的兄弟俩！

专案组随即做出部署，先派一组警力前往漠河盯住那伙外地鱼贩，只等鲁家兄弟这边开始行动，再抓收鱼的上线。只是几天等待过去了，兄弟俩没有动静，倒是哥儿俩的媳妇一到傍晚就出现在派出所周边，看似不经意地溜达，实则对民警开展了反侦查工作。

赵鲁杰会心一笑，心想该来的很快就会来到。

三

2021 年 4 月末，北极镇洛古河村委会。

不到清晨 6 点，窗外仍旧笼罩在浓密的黑暗中，史先强脑袋里的闹钟却已在嘀嘀嗒嗒作响，他并没有立刻起床。外面实在是太冷了。屋里虽然烧了锅炉，但炉灰在后半夜已经烧尽。此刻用以御寒的，除了身上厚厚的被子，就只有那份咬紧牙关的忍耐。

黑暗中，史先强竖起耳朵谛听。他听到猎鹰发出慵懒的呼哨，张着翅膀滑过村落的上方，消失在对岸的森林；他听到不远处的黑龙江传来一阵又一阵的低声轰鸣，忽远忽近，好像预示水下的生命开始苏醒；他还听到了不远处边防连队的起床哨，那么清亮、那么悠扬，从过去一直吹响到未来。

史先强没再敢耽搁。他立刻起床，整理内务，洗漱穿戴，然后离开借宿的村委会，来到洛古河警务室的大院，和贾晨翔夫妇一道开始每天的升国旗仪式。雄壮的国歌，鲜艳的五星红旗，让这个被冰雪和寂静笼罩的村落绽放出晨光般的生机。

升旗结束后，三人分头忙乎起来。贾晨翔通过微信联系护边员，安排当天洛古河段 44 公里界江的巡逻任务；他的妻子王晓莲里里外外打扫警务室的卫生；史先强则负责灶台这块阵地，他在部队担任过炊事长，做得一手好菜。只是不知怎的，史先强今天有点出神，一个不注意，锅里的稀饭就被他熬稠了。

吃过早饭，贾晨翔带领史先强来到洛古河的街上，开始当天的走访工作。所谓街，其实不过一条穿村而过的公路，公路的西头是黑龙江的莽莽丛林，公路的东头是内蒙古的丛林莽莽。40来户人家、几十间房子散落在这条5分钟就能走完的路边。有些房子的烟囱在冒烟，虽然安静，但细细听来，有窸窸窣窣人的活动声音；有些房子则不然，没有烟，没有灯，畜棚里也没有牲口在叫唤，想必是搬去了北极村，或是还在漠河市猫冬没有归来，又或者是彻底不会回来了。

从街头走到街尾，贾晨翔和史先强走得极慢，好像地上有一道看不见的绳索拖住了俩人的脚踝，扼住了俩人的声带，让他们一路无话，还是出来倒夜壶的刘大爷招呼着两名警官，让他们抓紧进屋暖和暖和。贾晨翔和史先强对视一眼，微微一笑，那就再听一听刘大爷的蹉跎往事吧。

刘大爷又瘦又高，背佝偻着，身上套着件宽大的、不辨颜色的旧毛衣，看似一棵歪脖子老树，却又让人莫名想起“瘦死的骆驼比马大”那句俗语。刘大爷颤颤巍巍地领着两位警官进了屋，还没让座，就被从卧室出来的赵大娘抢了先。赵大娘个子不高，穿着干净利落，手脚也很麻利，三下五除二便泡好了茶，刺五加，茶水黑乎乎的，和屋里火墙一个颜色，也和火墙一样从里面暖和到外面。

刘大爷向老伴儿讨酒喝，赵大娘没理他。刘大爷嘴上嘟嘟囔囔，却不真恼。赵大娘却像是动了气：“别理那个酒蒙子，都脑梗了，还要喝，非得哪天把脑袋喝爆炸……”

“就喝了一两。”刘大爷将手指放在唇边，不知在比画数字，还是让老伴儿少说两句。

“有你这样天一亮就喝的吗?”赵大娘的声调更高了。

“这不是闲着没事么。”

“闲？要是没事做，到外面劈柈子（劈柴）去!”

“劈完呢?”刘大爷嘿嘿笑。

“你眼里就没点儿活?”

“这不是干了一辈子的活了?!”刘大爷像小孩一样，蹒跚着向门边走去，却在靠窗的椅子上又坐了下来。

赵大娘瞥了刘大爷一眼，眼中有埋怨，也有心疼。赵大娘给两位警官续了茶水，回到卧室翻捡起抽屉。刘大爷这时问贾晨翔什么时候回山东。

贾晨翔支吾着：“快了，快了。”

刘大爷叹口气：“我和你说过的，咱俩老家离得近，不到100公里。”

刘大爷沉一口气，眯缝起眼，又一次说起他那遥远的山东老家。说起他是怎样随他的父亲跨越了山川河流，跋涉几千公里来到祖国最北疆的这个偏僻山沟，开始了他漫长的、苦熬的却也是一事无成的人生。刘大爷每次说起自己，都会一边泛起泪花，一边两手挥舞着，好像在指挥一首人生交响曲，直到他的嗓音压低成呜咽的回响，眼里的光一点点暗淡下去。

每次刘大爷独白时，贾晨翔和史先强都不会打断。事实上，刘大爷的潍坊口音也唤起他俩对于故乡的回忆。只是，此时此刻，两位警官的回忆又掺杂了不同的味道。

赵大娘拎着几个空药盒坐在桌前，一笔一画写下需要两名警官到镇上卫生所补充的药品名字。一笔一画，赵大娘写得都很认真，末了，她还在字条右下角签下名字，小楷，端端正正，像挺拔的雪松。

史先强起身收下字条，认真对折，塞进工作簿的夹页。与此同时，刘大爷和赵大娘牵住了贾晨翔的手，他们的眼中有祝福，也有不舍。

别过老夫妇，两名警官到隔壁院的刘健家走访。刘健是洛古河村的护边员，配合贾晨翔夫妻开展日常边境巡逻。半年前，刘健媳妇患上了股骨头坏死。为了避免瘫痪卧床，不得已去哈尔滨大医院做了股骨头置换手术，这两天刚出院回到村里。

不同于老刘头家的破落，刘健家中桌上、茶几上堆满了各种五金、电器和干活的工具，侧面说明了刘健的勤劳和能干。

刘健正在屋里烧鲤鱼，配菜、作料一应俱全，但干电工的双手在灶台前显然差了点儿分寸。史先强在边上看了半分钟，便接过锅铲，裹面、淋油，厨房在滋啦声中泛起香味。

客厅里，刘健老婆向贾晨翔说起了不久前的那场大手术。身体上的疼痛与煎熬被她轻飘飘带过，但说到40000多块的自费治疗项目时，刘健媳妇苦着脸，环顾起屋里一扇扇空着的门洞。

两年前，刘健夫妇开始翻修这间旧房子。其间，贾晨翔夫妇没少上门帮着搬砖头，抹水泥，却一直零敲碎打，干干停停，直到今年上半年，装修在安装木门这个环节卡了壳。原来这些木门需要订做，但那些市里卖门的老板一听说刘健家在洛古河，便都摆手说这生意做不了。路途实在太远，赚的钱还不够跑路费的呢。

说话间，刘健家小子骑着脚踏车撞开了院门。风呼呼地吹，娃娃哈哈地笑，脸蛋冻得通红，脚脖子却还光着露在外面。因为洛古河村没有学校，刘健夫妇便忍心将儿子送去漠河市的寄宿制学校，一个月就要2000多块。往年都是夏冬两季放假才将儿子接回村，可是今年动了手术，负担不起高昂的寄宿费用，便将儿子提前接了回来。娃娃很开心，不用上学，还可以每天见到爸爸妈妈，不用在学校里自个儿委屈。娃娃看到贾晨翔，便问北北哥哥（贾晨翔的儿子）今年来不来和他一起玩。贾晨翔瞅了一眼史先强，摸着娃娃的脑袋说：“今年你会有新的小伙伴。”

从刘健家离开后，俩人又走访了5户人家。他们在每一户屋里都尽可能多待上一段时间，话虽说得少，但是陪伴足够，他们太明白这些村民多么需要有个唠嗑的对象。日头偏斜，俩人完成了走访任务，开始了计划中的巡逻。

从一处进山的路口向内徒步，沿着砂石路先攀爬20多分钟，接着顺着山势又往下走。山泉从沟里漫了上来，将路面冻成极滑的冰坡。俩人只能扶着路边的树干，小心翼翼地往前出溜，直到踏上黑龙江的江面，才松下一口气。

冰封的大江有如一条银色长龙，盘桓在中俄边境两侧的山岭间。它既雄壮又肃杀，既沉默又时刻在孕育巨大的能量，让两名移民管理警察在噤声中，不约而同想起了不久前的惊魂时刻。

那是一个清晨，史先强组织村里的护边员在界江上步巡。那会儿冰面冻得十分结实，车辆还可以在上面通行。为了行走方便，大家排成一字长队，沿着早前的车辙印前行。因前夜落了雪，有些车辙印被积雪覆盖，变得模糊不清。当他们走进一处雪窝时，走在最前列的护边员脚下突然传来咔嚓声，身体随即失去平衡，向雪窝下面碎裂的冰缝陷去。身后的史先强立刻架住护边员的臂膀，人却随之一道向水下出溜。危急时刻，贾晨翔搂住了史先强的腰，大家从一列纵队变成一根绳索，一齐努力才将大半个身子坠入水下的护边员拽了出来。从鬼门关走了一圈，护边员在冰面上喘着粗气，不到半分钟，衣服上就结了冰絮，又很快变成了坚冰。史先强和贾晨翔又火急火燎地带护边员回车辆停放的山口，在车内暖气的猛吹下，剥去结冰的内衣外衣，再裹上他俩脱下的干衣服，才避免被冻伤。

俩人一边想着在冰河上的往事，一边溯源而上，远远可以看到石勒喀河和额尔古纳河汇合的河口，那里便是黑龙江的源头。而他们的身后，黑龙江还要奔流4000多公里，才能最终注入鄂霍茨克海。此时，贾晨翔停下脚步，望着群山道："荣调的通知下来了。"

史先强嗯了一声。

"不是立刻走，还要做好交接。"贾晨翔说着，将目光收回到史先强的脸上。

"我明白。"

贾晨翔摇了摇头："这里的苦，不是吃一天两天，而是吃一年又一年；这里的苦，也不是你一个人受，还得要你和你的家人一起受。"

史先强沉默片刻，向贾晨翔敬了一个庄严的警礼。

第二幕　离开

一

或许是进山救援时受了冻，张嘉乐又一次发烧了。他已经不记得这是在北极村的第几次发烧，事实上，这个来自浙江沿海的南方小伙，还没有完全适应北方这种深入骨髓的严寒。

张嘉乐躺在营房的床上，全身发烫，脑袋却吹过一阵阵凉风。与此同时，山上那些白桦也在风的劲吹下摇摆身体，形成了一道道白色海浪。蓦然间，张嘉乐想起去年这会儿，他乘坐小艇在海面急进，船舷两侧也翻滚起了一样的白色海浪。

到北极边境派出所工作前，张嘉乐原是浙江的一名边防武警战士，主要工作是登上那些驶入港口的远洋货船，对船员们进行出入境检查。风高浪急时，20 岁出头的张嘉乐常有一种人生漂浮的感受。他想象着有一天，他要离开这个港湾，乘风破浪，去往遥远的地方。

2018 年 3 月，中共中央印发《深化党和国家机构改革方案》，公安边防部队不再列入武警部队序列，全部退出现役。作为战士的张嘉乐把握住机会，他顺利通过转改招录考试，不仅完成了从边防武警向移民管理警察的身份转变，也实现了远游他乡的梦想。

张嘉乐是在 2018 年初冬离开的故乡。走之前，他来到城里的一处建筑工地和父母告别。江南虽然没有东北的严寒，但它的阴冷潮湿是沁入呼吸、裹着皮肤的。但即便如此，张嘉乐的父亲却还是攀上高高的脚手架，捆扎着钢筋。他的母亲则在工地食堂掌勺。中午开饭时，张嘉乐妈妈极为自豪地向每一个打饭的工友介绍自己的儿子，夸他通过自己的努力，从一名普通战士变成了光荣的人民警察，对，是国家公务员了！母亲一边夸，父亲就一边向工友们散喜烟，让大伙儿都沾沾喜气。

在工友们面前，父母一直咧嘴笑，一直笑到面部僵硬，一直笑到众人散开，一家三口围坐在一起，两代人才相视无语。沉默半晌，母亲自言自语道："黑龙江，太远了。"

张嘉乐还没来得及应答，父亲拍了拍儿子的肩膀："到那边要听领导的话，好好干。"

张嘉乐点了点头。

"能调回来吗？"母亲问。

张嘉乐又摇了摇头。

"记得多穿点儿，别冻着了。"父亲继续他的叮嘱。

"他一个大小伙子，能照顾好自己。"母亲叹一口气，"有机会就回家多看看，别把心全搭那儿了。"

别过父母，张嘉乐背上沉重的行李，告别了浙江沿海的波涛滚滚，跨越了江南水网，再到华北平原，最后抵达东北广阔的黑土地。他先是在黑龙江边防总站接受了3个月的任职培训，然后在培训结束的那一天，收到派遣通知单，去往漠河市北极边境派出所报到。

随着火车一路向北，车门一次次被冰雪封印，又一次次被各站下车的战友们用力推开。等历经一天一夜抵达漠河市火车站时，同车的一众战友便只剩下寥寥数人。

北极边境派出所辖区面积2798平方公里，相当于6.5个北京市海淀区大小；管辖的173公里中俄边境线，和北京到张家口的距离差不多。数据上看起来非常辽阔，但若考虑到辖区80%以上是山高林密的无人区，以及平均每平方公里不到2人的人口密度，这里的生活空间却又显得十分局促。

当地居民散落在北极村、北红村和洛古河村3个自然村。其中北极村的常住人口有2000多人，北红村只有170多人，而洛古河村还不到70人。且不说北红村和洛古河村的萧瑟与隔绝，单是镇政府所在的北极村，一条主街从头走到尾不过几百米，走了几趟便没了新意，但张嘉乐的师父吴忠齐还是不厌其烦地走上一趟又一趟。

作为派出所分管社区工作的副所长，只要吴忠齐走在街上，和村民们打招呼的胳膊就几乎没放下来过。如今，他多了这么一个面皮白净、头型梳得一丝不苟的浙江徒弟，更是稀罕得不得了，走哪儿都将张嘉乐带着，向村民们隆重介绍这位年轻的新片警。

面对热情的村民，张嘉乐只是笑，说话不多，即便开了口，也会被调侃他的南方口音，脸上不由自主地红了起来。不过，好奇还是战胜了内秀。在跟随师父走访的过程中，张嘉乐发现那一排排弥漫烟火气的巷子，即便是再偏狭的旮旯，只要推开了门，都会有完全不同的故事在等待着他。慢慢地，他那颗年轻漂泊的心开始落了地。

与此同时，派出所也在想方设法留住这些新转隶分配来的小伙子们的心。所里面策划过几次青年男女联谊会。诚挚邀请漠河市、加格达奇区（大兴安岭行署所在地）乃至远在哈尔滨的女青年们来到派出所和小伙子们一起联谊。虽然活动现场氛围热烈，但结果却是一对也没有促成。究其原因，还是北极边境派出所所在的位置太偏了，人家小姑娘既不想婚后两地分居，也不想远嫁到这里，在冰雪中凋零青春年华。

虽说鹊桥难搭，当地姑爷吴忠齐却有着先手优势。他一边带着张嘉乐开展入户走访，一边也摸清了村里适龄单身女青年的资源，然后按照年龄、脾气等条件先梳理了一遍，接着就给徒弟安排起了相亲，其中就有在中心卫生院工作的护士刘佳。

两位年轻人是在村里的一家名叫“拾叶知悠”的民宿茶吧里见的面。民宿老板是一对来自厦门的夫妇，墙上贴有鼓浪屿的照片，吧台上陈列了一队斑斓的小海螺，书架上则摆满了作家迟子建所著那些关于黑龙江和大兴安岭的小说。吴忠齐之所以挑选风格混搭的相亲场所，也暗喻着张嘉乐与刘佳间天南海北的相逢。

俩人聊了书籍电影，聊了旅行见闻，也聊了各自的家乡。说起浙江的山清水秀，张嘉乐故意操起当地的吴侬软语，在温柔和灵动的话语间，传递着被加了密的情感，逗得刘佳咯咯直笑。笑完后，刘佳问了张嘉乐一个问题：以后会回浙江工作吗？张嘉乐犹豫了一下，想起了母亲问过自己类似的问题。

见张嘉乐没有作答，刘佳撇撇嘴：“浙江好是好，可哪有咱东北好呢?”

张嘉乐没有争辩，毕竟谁不说自己的家乡好。只是，故乡的山水已经在遥遥的千里之外，而北疆的第二故乡，他还在艰难适应中。正如他看到成千上万棵白桦、白杨高高地挺拔在山岗上，他同样也看到许多树木在风雪的倾轧下，折了树干，倒伏在地上。是的，他还不确定自己能不能将根深深地扎进这片冻土层里。

自从在“拾叶知悠”见面后，因为对于未来的不确定性，两名年轻人的联系淡了下来，张嘉乐将心思全部扑在了工作上。

这天清晨，他收到了一通群众来电，请他赶紧到自己家制止老父亲不要上当受骗。着急忙慌上门后，张嘉乐看到薛老爷子正一边听电话，一边按照对方指示在微信里输入转账支付密码。张嘉乐二话没说，便将老爷子手机抢到了手里。

从边上干着急的老大娘口中，张嘉乐了解到薛大爷上个月被拉进了一个微信群。群主每天教大家投资一种稳赚不赔的数字货币。为了证明所言不虚，群主不仅发布投资回报曲线图，众多投资人还现身说法，鼓励薛大爷一起发财，一起到三亚买大别墅。薛大爷先是100元、200元在平台投资，尝到甜头后，就打算投一笔大的。大爷这边从银行卡提款到微信钱包，大娘那边就收到短信通知。大娘自知劝不住大爷，便联系了远在省城的儿子。儿子鞭长莫及，好在他存了社区民警手机号，便请张嘉乐制止父亲落入圈套。

“圈套，我还没老糊涂呢！”薛大爷甩开老伴儿的胳膊，“这里没有老娘儿们说话的份儿。”

张嘉乐本能觉得这是一个骗局，但他新从事公安工作不久，还说不清楚其中的门道，只能左躲右闪薛大爷双手发起的钳形攻势。一收一抢间，薛大爷和张嘉乐僵持起来。大爷怒了：“你说人家是骗子，我看你才像骗子！”

薛大爷转身抢过老伴儿手机，反倒拨打了报警电话，举报他遇到了一个假警察。屋里咋咋呼呼的吵闹也引来邻居围观。有群众说："这不是小张嘛，他是吴忠齐的徒弟，前阵子还来过。"薛大爷哼了一声："瞅你那对眼镜片儿厚的，我才不相信你的眼神呢。"

后来，吴忠齐挤过围观的老乡，证实了张嘉乐的身份，又从网上搜到此类数字货币的诈骗案例，薛大爷的脑筋这才转过弯来，嘴上的火力却还是不减："这小伙子又不掏警官证，哪有警察一上来就抢人家手机的？还有他那口南方话，不是说骗子都是南方口音么……"

回到派出所，干了好事却没落好的张嘉乐的脸拉下来了。他没在食堂吃饭，而是回宿舍抱起网购的《东北话词典》研究起来。

手机这时震动起来，是刘佳发来的信息："下午被批评教育了吧？"

张嘉乐模仿东北口音回道："可不，被批评得老惨了。"

刘佳发了个可怜的表情："下午的事情，你该喊我出马的。"

张嘉乐回了疑问的表情。

刘佳回复："薛大爷和我家有亲戚。"

张嘉乐问："哪门子亲戚呢？"

刘佳回道："我也说不清楚，反正整个村子都是亲连亲的。"

停了会儿，刘佳又发来文字："别看你师父白天穿着警服挺威风，等下班脱了警服，还不得一路'大舅二舅都是他舅'回应着。"

张嘉乐先是发了一个哈哈的表情，犹豫了两分钟，斟酌着给刘佳回了这么一句："要是我娶了北极村的媳妇，那我不也有了一大帮亲戚。"

张嘉乐等待着对方的回复，微信对话框上面"对方正在输入"的字样一边闪，张嘉乐的心也就一边跳。足足5分钟后，张嘉乐收到了刘佳的回复："你想得倒挺美！"

这一句略带娇嗔的文字，让郁积在心里的那份委屈一扫而空，留在张嘉乐心里的，是比东北冻梨还要甜的一份甜蜜。

二

眼见着鲁家俩媳妇在派出所附近晃荡，当起了丈夫的瞭望哨，赵鲁杰心里便有了预感。果然，不多久，在漠河市负责盯梢的同事通报信息：那伙外地鱼贩子已经离开宾馆，正往北极镇的方向赶。

看来今天就是行动的日子。

赵鲁杰迅速将情况报告给教导员牛书磊，然后召集了当晚参加行动的同志，下达了第一项任务指令：下班，各自解散。

傍晚 5 点半，忙了一天的移民管理警察陆续走出了派出所大门，有人直接回了家，有人到村里超市采购生活用品，有人穿着训练服在街道上慢跑，还有人来到村口的卡点，为住勤的战友送饭。总之，生活和工作节奏和往常并无二致，在鲁家媳妇看来，这又是一个平安祥和的夜晚。

半个小时后，给卡点送饭的同事报称，鲁家兄弟刚驾驶一辆小货车离开北极村，向北红村的方向驶去。赵鲁杰随即将一辆民用车开出派出所，分别从同事家中、超市门口、村口卡点接上牛书磊教导员和其他两名战友，向北红村的方向追去。

路过鲁家兄弟远房表亲的院子时，赵鲁杰看到了鲁家兄弟的小货车，只是此时驾驶室中已没有了人。赵鲁杰没有打草惊蛇，而是前去村里的船管站。管理人员为 4 名警察准备两艘快艇的同时，反映了一条新情况：这名远房表亲前日从屋后的河湾里打捞起了沉船，又给船装上了发动机，还搬了许多设备到船上，其中就包括一台四四方方的黑箱子，看着像是一台蓄电池。

蓄电池？非法电鱼？带着一份未知的不安，4 名警察分乘两艘小艇，慢慢驶离了岸边。

入秋的黑龙江，江水奔腾咆哮，流速极快，似乎在进行冰封前的最后挣扎，同时也预示着，鲁家兄弟必须逆流而上，才能保证行船安全，获取更多渔获。抓捕组驾驶的两艘小艇单薄、轻巧，在风高浪急的大河中，犹如叶片飘零，必须把住船舵，才能保证两艘小艇不被冲散。

随着北红村的灯火抛在身后，浓密的水雾形成一道雾墙，铺天盖地地将人与船吞进它的“房间”。为了保证安全，两艘小船上的民警一边用强光手电提醒彼此位置，一边小心翼翼地沿水岸摸索前行。

再后来，雾更大了，天、地、河、山都化作了一团，连近在面前的战友的脸上都蒙上了一层纱，显得那么不真实。雾也更寒了，逼人的水汽通过鼻息、袖口、领口，甚至浸透了衣服，侵入了民警的骨髓。大家虽咬紧牙关一声不吭，身子却随发动机和船身不停颤抖。

考虑到电鱼违法作业会选择靠近岸边的水窝与河湾处，领头的赵鲁杰有意识地将船沿岸边行驶，同时回想着河道走向与水文条件。在一处河汊，赵鲁杰将小艇驶入更窄的支流。这本是一条流水和缓的支流，但船行了十来分钟，小艇却突然失去控制，开始原地打起漩儿来。

赵鲁杰以为遇到了水下暗流，便将发动机给足油，试图驶出漩涡。但水下吸力好像伸出了双臂，一会儿举起船尾，一会儿钳住船舷，轻易不让小艇离开它的怀抱。意识到赵鲁杰遇到麻烦，牛书磊驾驶后面的小艇加速赶上，试图拖拽着前艇离开暗流，却没想水下力量愈发惊人，带着两艘小艇一起盘旋。

赵鲁杰抄起船桨，试图将牛书磊所在的小艇撑开，却在慌乱间打到水下的一个坚硬物体，船身随即发出一阵摇晃；再一晃下去，只见水下突然跃起一条半人高的大鱼，还没看清模样，又落入了水中，拍起巨大的水花。水花消停，水面亦恢复平静，那条大鱼已然不见踪影。

随着那条大鱼游走，笼罩在河面上的浓雾不知不觉间悄然散去，大家的紧张情绪稍有疏解，发现他们已经来到了支流的入口处，再往前便又汇入主河道。此刻，夜空澄澈，一万颗星星低低垂着，似乎就要坠落在河面上，而河面上也同时倒映着星星点点的白光，不，那不是白光。赵鲁杰俯下身子，用手一舀，将一只翻了白肚皮的细鳞鱼捞在了手上。

他直起身，环顾四周，发现船已行至一片漂浮着无数死鱼的水域。赵鲁杰和邻船的牛书磊对视。显然，违法电鱼的鲁家兄弟就在不远处。两艘小船随后熄了火，一边划桨前行，一边暗中观察。

又向前行驶了 200 多米，大家在一处河湾里发现了正在捕鱼的兄弟俩。鲁老大抄着大网，将漂在水面的鱼堆进船舱；鲁老二举着发射着电弧光的两根长杆，将长杆的触角伸入水中。水面起先没有任何变化，10 来秒后，大量的鱼从水下翻着肚皮冒了上来。显然，兄弟俩找到了鱼群聚集的水域。

强光手电开启的瞬间，兄弟俩发现他们被堵在了河湾。面对警察（也是老对手）的喊话，老大老二面面相觑，没有动弹。赵鲁杰再次喊话：“熄灭发动机！放下电杆！将船慢慢靠过来！”

当兄弟俩慢腾腾转过船头，一点点驶近，鲁老二突然举起电杆，直接向赵鲁杰的脑袋挥了过来。赵鲁杰急忙沉下脑袋，防止被打到水下。借着这一变故，兄弟俩轰大渔船油门脱离警方包围，向水湾外的开阔水域驶去。

抓捕组紧追不舍。他们不只担心鲁家兄弟负隅顽抗，更害怕他们会慌不择路，越过界河中央，驶入俄罗斯境内。好在两艘小艇轻巧，速度要比鲁家兄弟的渔船快许多。不多一会儿，便一前一后将大船拦停。

见无法逃脱，鲁家兄弟一屁股坐在鱼堆上，一副不合作的态度。赵鲁杰和牛书磊看了看满舱的渔获，决定连人带船继续逆流而上，沿水路返回北极镇再做处置。为了行船安全，三条船打算用缆绳首尾相连，由赵鲁杰所在的小艇打头阵，由牛书磊的小艇断后，渔船夹在两艘艇之间。可就在用缆绳牵连时，只听得“咚”的一声，牛书磊所在的小艇猛然抖动一下，船身接着横了过来，继而毫无抵抗的，随一根倒木向下游急速漂走，很快就消失在远处的迷雾中，任赵鲁杰和同事怎么呼喊，都没有回音。

三

2021 年 5 月，北极村已经可以嗅到春的气息，夜风安静且温柔。

因有孕在身，沈欣侧躺在床上，她能感觉有个小小的胳膊（或腿）正顶在自己的肚皮内侧，好像在轻轻叩问着什么，问得她脑袋有些乱。

灯已经熄了半个小时，房间里没有光，只有声音，那是窗上霜花咔咔凝结的细响，那是屋内锅炉令人舒服地嗤嗤冒泡，那也是大儿子史一凡在身边酣睡发出的轻声呼噜。

沈欣睡不着，她也清楚地明白身边的史先强同样睡不着。忍了半晌，沈欣悄悄地对丈夫说：“你身上有风的味道。”

“啥？”史先强立刻给了回应。

“洛古河的风，风尘仆仆的风。”

史先强明白沈欣的意思。

“支援洛古河抗疫的那个警组早就撤回来了，你怎么还留在那儿？”沈欣接着说。

“还有工作没完成。”史先强压低声音。

沈欣轻轻叹口气，呢喃道："我冷。"

史先强向沈欣这边靠了靠，伸出胳膊，将妻子轻轻搂在怀里。

俩人相拥着，犹豫着，有些话就在舌尖，却也压在心底。沈欣不禁回想起5年前的那个夏夜，在山东平度农村的一个破败小院的卧室里，还是男友的史先强也是这样搂着自己。年轻的两个人沉默着，竖起耳朵听院子内外的另一番热闹。有老鼠在啃老旧的板凳腿，麻雀成群地在收割完毕的田野上起落，还有不知哪里的管道在滴水，一滴又一滴落入暴晒干渴的土地。

这是史先强第一次带沈欣回山东老家。在来山东的火车上，沈欣看到史先强在网上搜索县城最好的宾馆，查询各种特色小吃。沈欣知道，离家当兵数十年，史先强对家乡的风物已经不再熟悉，但仍想把最好的一面展现给自己。

沈欣不想吃好住好，她只想看一看史先强儿时成长的地方，脑袋中也在绘制一幅幅过去的图景。那是一个男孩在父亲早早去世后，跟随母亲在田里挥舞着锄头；那是男孩长成少年，当他的大哥收到大学录取通知书后，为了减轻家庭负担，主动从学校退学，一次次爬上高高的红松，打下成串的松子；那是少年长成了壮年，在部队这个大熔炉中历经锻造，成为身边这个有血有肉的硬汉。

回到家后，史先强立即从男友转变成儿子角色，埋头在他母亲捡回的那一整院垃圾堆里捆扎、打包，搬进三轮车斗，一趟趟送去垃圾回收站。

到了晚上，史先强以为自己怠慢了沈欣，甚至不安地揣摩沈欣会因为嫌弃家里破败，而对他俩的感情失望。史先强笨拙地不知该如何安抚女友。沈欣也不想理他，而是津津有味地回想起她与史先强的初识，多么青涩，甚至是幼稚：她想起填报高考志愿时，自己一股脑填了 4 个位于青岛的院校，只想能离史先强近一些，却阴差阳错地被提前批次录取到吉林警察学院。与此同时，史先强的行伍轨迹却在北极村、呼玛县、加格达奇不断辗转着，很难见面，思念像是一个飘在空中的风筝，那么美丽，又那么遥不可及，总落不了地。终于，终于，这个在思念中飘扬的汉子躺在了自己的身边，汗流浃背，触手可及，她又怎么会嫌弃呢？

史先强憋了半天，终于说："如果不行，我现在就给你买明天回东北的火车票。"

沈欣问："你怎么办？"

史先强咬着嘴唇："我也不知道。"

沈欣忍着笑："你的意思，咱俩就此分道扬镳？"

史先强不说话了，但他喘着的粗气，暗示着他不是个轻易放弃的人。

沈欣终于笑出声来，她伸出胳膊，搂住了史先强的脖颈，将那个男孩、那个少年、那个汉子抱在了怀里。

肚子里的宝宝又在用拳头叩问肚皮，沈欣终于忍不住发问："你是不是想去洛古河警务室，接贾晨翔的班？"

黑暗中，史先强的喉结动了动。

沈欣摸着史先强的脸，心里生出怜爱之心："那是洛古河啊，那么偏远，那么艰苦……"

"习惯就好。"史先强吞吞吐吐。

"那我怎么办？大宝史一凡，还有肚子里的史一皓怎么办？"

"贾晨翔两口子已经收到了荣调指令，这个夏天就要离开了。那间夫妻警务室，你知道的，夫妻警务室需要传承，所以我想……"史先强的声音越来越轻，却越来越敲击着沈欣的耳膜。

“你是想要我……”

腹中宝宝停下了对肚皮的叩问，身边躺着的史一凡也不知何时将脑袋埋进了被窝。

史先强试图将沈欣搂得再紧一点儿，沈欣却本能地将丈夫撑开：“别压着孩子，不，孩子……”沈欣一连将孩子说了许多遍，她感到很疲惫，像一只重负的蜗牛，不知能拖着一大家子前行多久。

次日醒来，床铺的半边已经空了出来。史一凡被姥爷抱在怀里，三下五除二地换了尿不湿，穿好衣服。父亲告诉沈欣，史先强一大早就搭了村民的车回洛古河了。父亲皱着眉头问女儿：“走的时候，他打包了一大堆吃的穿的和用的，小史是不是把洛古河当家了？”沈欣解释那些给养都是丈夫捎带给洛古河的村民的。父亲冷冷地说：“我看，他是想去洛古河当社区民警吧？”

父亲没等女儿回答，就抱着大宝离开了卧室。没等上 5 分钟，沈欣的姥姥像是接到了重大任务，推门坐到了沈欣床边，一把将外孙女的手攥在了自己的手心。这一攥，把沈欣郁积在心底的眼泪攥出来了。姥姥一边替沈欣捋着头发，一边念叨着瞅我家闺女的可怜劲。

沈欣哭了一阵，就笑了。因为她知道姥姥是最有主见，永远站在自己这一头的。

5 年前，当沈欣第一次将史先强带回家隆重介绍时，父亲和今天一样，没说两句话便背手出了屋，以此表达自己对这段恋情的态度。彼时，年轻的一对已经得到史先强母亲的祝福，也在青岛的海边盟下了誓言，这给了史先强莫大的底气。尽管未来的老丈人暂不接纳自己，但没关系，当兵就是要打硬仗、啃硬骨头。于是，史先强隔三岔五地来到沈欣家，劈柴火、通炉灰，还展现他当炊事班长时练就的大厨手艺，不管是鲁菜还是东北菜，主打一个地道。活干完后，史先强更是不拿“群众一针一线”，抹一把汗就走人，连口水也不喝。

那段时间，沈欣父亲没少给“主动表现”的史先强摆脸色，希望这个大头兵能知难而退。但一个月、两个月、大半年过去了，沈欣父亲的脸也不能总是拉着，便只好在每次史先强上门前，自个儿先出门转悠，还没走几步，就被邻居调侃：“准女婿又来服务了？”

沈欣父亲知道总这样僵着不是个事。他也从自己的观察和各路打听中，知道史先强是个非常不错的小伙子，会对女儿全心全意的好。但作为闯关东的后代，沈欣父亲又清楚地预见，女儿一旦嫁给史先强成为军嫂，生活将会非常辛苦。他还是舍不得啊。

最终，还是沈欣姥姥拍了板。那是端午节的晚上，史先强掌完勺，把菜端上桌，正准备回连队跟战友们过节，却被姥姥一把摁在椅子上，只听老人家高声宣布：“小欣和小史的关系就确定下来吧，小史你让你家来提亲。”

一桌人愣了片刻，旋即反应过来：姥姥不是倚老卖老，发布什么家庭命令，她只是捅破了隔在家人心中的那层窗户纸。

姥姥再次攥了攥沈欣的手，叹口气道：“这日子刚有点儿起色。”

见沈欣没有接话，姥姥换了轻松的语气：“宝宝在肚子里还乖吧？”

“不太老实。”

“和他爸一样不安分。”姥姥说。

沈欣点了点头。

“不安分好啊。”姥姥说，“你看小史一直在努力，通过考试脱下军装当上了警察；还有你爸，辛辛苦苦搞民宿，生意越来越红火。要我说，咱在这个天寒地冻的地方，就得折腾，否则还真活不下来。”

姥姥又说："还有那个夫妻警务室，人家两口子坚持了 10 来年才走，真不容易啊。"

梳理完头发，姥姥开始给外孙女扎辫子："我知道咱小欣能吃苦，但你要是跟着小史去了洛古河，那里又没医院又没学校，孩子怎么办呢？"

姥姥一问，沈欣的眼泪又盈满了眼眶。

姥姥默然了片刻："我们这一代人，还有你爸这一代人，都是苦过来的，就是不想你们和孩子们再受苦。不过，如果你们决定要去洛古河，我们会是你们坚强的后盾，不管遇到什么困难，还有你姥姥，有你爸妈在呢！"

沈欣喊了一声"姥"，扑在老人怀里大哭了出来。

第三幕　留下

一

张嘉乐和刘佳的婚期定在 2023 年国庆节。

9 月末，整个北极村村民们已经在为这场喜事开始热身，在村食堂摆开了流水席。村民们只要得空，就来席上沾沾喜气，扭大秧歌，唱二人转，还有就是攀亲——哪年来的东北、哪年娶的亲、七拐八绕的，原来是亲上加亲。

来往宾客间，先前吵得不可开交的老周媳妇和老万媳妇居然坐在了一张桌子上，脑袋抵着脑袋嗑瓜子。张嘉乐奇了，也喜了，心想这对冤家的矛盾不仅解决了，心里的怨气也消散了。

今年年初正是两家最顶牛的时候。老周媳妇住在上坡，习惯将厨余泔水倒在自家的柿子树下，泔水满了，顺着篱笆漫到隔壁下坡老万家的院内。冬天地滑，老万一不小心摔得满屁股汤汤水水。老万媳妇气不过，启用搁置多年的尿盆，一家老小起夜都撒尿盆里，满了就抡起膀子一甩，发起空中打击，老周家的树上、衣服上甚至房顶上都沾染了骚味。

这是哪门子的邪火，非要搞臭对方。凭着社区工作建立的人脉，张嘉乐侧面了解到矛盾核心其实源于他们对彼此的偏见。原来老万媳妇是二婚，两年前才嫁到北极村，而老万的第一任媳妇又与老周媳妇是闺密。出于打抱不平，老周媳妇不管从行为上还是从语言上都对老万媳妇颇为挤对。可老万媳妇也不是好惹的，她以为老周媳妇瞧不起她这个外乡人，一见对方横挑鼻子竖挑眼，便火力全开骂了回去。老周媳妇被骂急了，便启动了泔水攻击，结果招致了尿盆报复，任由谁居中调解，都递不进去话，即便曾是发小的两家男主人，也难以约束各自的婆娘。

眼见矛盾闹到这个程度，张嘉乐怕双方动手伤到人，便一遍遍往两家跑。结果怕什么来什么。5 月的一天早上，当老周媳妇再次倾倒泔水时，老万媳妇抄着一把水果刀翻过两家篱笆墙，叫嚷着要将老周家的柿子树砍了。可那小攮子又尖又窄的刀口，分明是冲着人去的。

正巧张嘉乐在去单位的路上，听到老周家院里发出叫嚷，便赶忙跑上前去，丝毫没犹豫就堵在了拿刀的老万媳妇身前。怎奈老万媳妇膀大腰圆，一把将张嘉乐推个倒栽葱，继续在院里追老周媳妇。眼见着小攮子就要扎到老周媳妇的腰上，张嘉乐一把摁住老万媳妇的手腕，刀锋一转就听到刺啦一声。

张嘉乐只觉得袖口发凉，愣在原地。原来刀刃划开了张嘉乐的衣袖，只差一点就得让他胳膊开花。老万媳妇见状，腿软了，撂下刀子，一屁股坐在地上。老周媳妇跑不动了，扶着树直喘气。老万此时从集上赶了回来，眼见媳妇袭了警，急得原地搓手，说不出话来。张嘉乐定了定神。他的确该将老万媳妇带回派出所，谈一份笔录，再制作法律文书，最后送进拘留所关上几天。但这样一来，他的气是出了，但两个女人间的矛盾可能就更难化解了。况且，他真的生老万媳妇的气吗？好像并没有。

张嘉乐捡起地上的匕首，来到老万面前，说，刀子没收了，媳妇就领回家好好管教吧。老万媳妇难以置信，杵在原地没动弹，还是丈夫揪着她的衣领，将她带回自家院里。张嘉乐又向老周媳妇承诺一定会给她一个说法，只一条，不要再将泔水倒在柿子树下。老周媳妇答应了。

回到所里，张嘉乐握着“小刀”的刀柄，觉得拿住了老万媳妇的七寸。凭着北极村准姑爷的身份，他邀请村里德高望重的长辈们分别做两家女人的思想工作。这边告诉老万媳妇，村里完全没有排挤外来人的意思，况且细论起来，不管是新来的张嘉乐，还是早前来闯关东的老人们，大伙儿都是来戍边建设的外乡人。另一边，长辈们也对老周媳妇提出了批评，盼着小家好，也得盼着大家好，远亲还不如近邻呢。末了，张嘉乐提出调解方案：老万家赔老周家 2000 块钱，老周家则将那棵柿子树砍了，以此表示老周媳妇断了泼脏水的念头。

调解方案给到双方后，等了一段时间没见回音。张嘉乐原想上门跟进一下，但发现两家近来确实不再争吵，那棵引发矛盾的柿子树上还悄然挂起了果子。张嘉乐便将心思慢慢放了下来，结果半年不到，两个女人居然坐到了一张桌上吃饭唠嗑，还冲张嘉乐连连摆手，非要把刚刚摘的红柿子带给他从浙江赶来的父母。

张嘉乐这才从回忆中回过神来，用目光在熙熙攘攘的宾客中寻找家人的踪影。他看到父亲立在饭店门口，向那些来贺喜的村民们递烟打招呼；他看到姐姐在前厅和后堂穿梭着，帮着饭店端茶送菜，做好服务。还有他的母亲，张嘉乐放眼四望，母亲去哪里了呢？张嘉乐的心揪了片刻，便又放了下来。原来母亲正躲在吧台后面，靠着墙边打起了瞌睡。

张嘉乐心里一阵发酸。全家人飞了大半个中国来参加自己的婚礼，本应好好享受一份喜悦，却在流水席间忙里忙外，一家人都没来得及好好说会儿话。张嘉乐一边在心底轻声感慨，一边找来一个苹果，一刀刀削起了皮。

一天一个苹果，这是医生的叮嘱。母亲自从手术摘除了胆囊后，不能见荤腥，每天要吃一个苹果帮助消化和补充营养。张嘉乐很细心地给苹果削着皮，好像他能为母亲做的也只有这些。

终于到了正式举行婚礼仪式的这一天。鞭炮齐鸣中，浩浩荡荡的接亲队伍（连同许多热心村民）从宾馆出发，带着男方一家备好的各式喜礼来到新娘刘佳家中。由派出所战友组成的伴郎团一齐用力，冲破由卫生院护士组成的伴娘团堵的房门，接着又完成各种有趣的游戏后，一大块“离娘肉”被摆到堂屋的桌面上。

按照习俗，刘佳母亲要将这一大块离娘肉切开，一块留在家中，一块送给女儿，意味着自此骨肉相离。刘佳母亲举起刀的同时，眼泪掉了下来。在边上见证这一习俗的张嘉乐，也在心底默默流着泪——真正离开妈妈的是自己啊。

起初，张嘉乐的父母并不同意这门婚事。因为这意味着这个尤其怕冷，经常感冒发烧的孩子将像一棵并不粗壮的小树，扎根在祖国的最北疆；而那个四季宜人、稻米飘香的浙江老家，将永远成为难以返回的故乡。

在一次回家探亲中，张嘉乐和母亲吵了一架。母亲不想听张嘉乐对爱人的真情表白，也不在乎戍边的骄傲与荣光，她只想儿子能够在他的身边。吵架无果，母子俩开启了连日冷战，直到张嘉乐结束探亲假，独自拖着行李来到机场候机厅。

飞机正要起飞，姐姐打来电话。母亲犯了急性胰腺炎，正在医院急救。可是飞机已经开始滑行。张嘉乐知道，飞机不会为他停下。万米的高空，密闭的机舱，泪水将张嘉乐隔绝在小小的角落。但那些眼泪又将洒向何方呢？在那一刻，张嘉乐真正理解了漂泊的含义。

飞机落地后，张嘉乐等来了母亲脱离危险的消息，也等来了准新娘对她归来的拥抱，等来了一次又一次巡逻、走访、矛盾调解和蹲守抓捕。日子就像黑龙江的江水，看似浪花翻滚，波涛依旧，只不过，属于张嘉乐的那朵小小的浪花早已随时代大潮奔涌向前，消弭，或自成浪潮。

婚礼仪式在几轮高潮后，徐徐走向落幕的终章。送别完宾客，张嘉乐就得送父母和姐姐踏上归途。从北极村前往漠河市机场的路上，每一道执勤卡点的民警向他们立正、敬礼、目送离开。母亲自言自语道："他们真年轻啊，就像我的嘉乐一样。"

母亲又说："他们的脸我都会记得，记在脑袋里……"

车子驶入山林间的公路，父亲和姐姐因为倦乏而沉沉睡去，母亲却还在嘀咕："我还会记着山啊、树啊、河啊，把它们都记在脑袋里，那是我的嘉乐工作的地方……"

车子最终抵达漠河机场，打印登机牌、托运行李，一番登机前的手续暂时压制了离愁别绪。只是在最后进入安检通道前，母亲转身对张嘉乐说："我就把你交给媳妇，交给国家了。"

母亲的身影隐入了安检口后，先是影影绰绰，最终混入人群，消失不见，只留张嘉乐立在原地，久久不肯离去。

二

赵鲁杰向黑暗的大河呼唤，没有人应答；他拼命摇晃强光手电，没有任何光给予回应。赵鲁杰和掌舵的战友慌了，就连渔船里的鲁家兄弟也不安地发问：“牛教他们，不会翻船了吧？”

搜救工作迫在眉睫！但非法捕捞的鲁家兄弟，以及他们的作案工具和渔获却近在眼前。

“救人要紧！”鲁家老大看出了赵鲁杰的犹豫。

鲁家老二也表态：“牛教要是出事了，咱兄弟俩没法在北极村待下去了。”

警方小艇和鲁家渔船立刻掉转船头，船身刚横到一半，便被急流推着向下游迅速漂走，眨眼工夫，便连人带船被迷雾再次一口吞没。与此同时，浪花、落木又或者死鱼击打着两侧的船舷，发出催命的声响。

赵鲁杰稳住心神，一边用船桨拨开船头前方的杂物，战友则努力调整船舵，最终让船身稳定下来。四下环顾，鲁家兄弟驾驶的渔船已不见踪影。战友不禁问道：“他俩不会趁机跑了吧？”

而赵鲁杰却不安地想：他们可不要翻船出事啊！

不觉间，河水与露水已将赵鲁杰全身浇湿，水滴顺着脸颊流到下颚，又从脖颈坠入冻僵的胸膛。赵鲁杰只觉得灵魂在黑暗中颤抖，这被迷雾笼罩的世界是那么不真实……

赵鲁杰想起他刚来北极边境派出所时，还是全所最年轻的小伙子。那会儿冬天取暖靠煤炉，每次点炉子时，他都会把自己弄个大黑脸，还是身为大哥的牛书磊手把手教他驯服了那个铁家伙；还有，他和未婚妻租车库当住所的那年冬天，屋里四下透风，是牛书磊和派出所同事们一点点将墙上的缝隙填平，又重建了屋子的烟道；对了，集中换发二代身份证的2007年，牛书磊和他每天天没亮就往洛古河村赶，整天为村民们采集身份信息和照片，工作做不完，就夜宿在村主任家。村主任家对面开了全村唯一一间小卖部。为了给年轻的赵鲁杰打气，牛书磊给他买了一瓶落满灰尘的可乐。只是瓶盖扭开，没见一个小气泡。再看出厂日期，已经过期了3年。原来，由于村里几乎没有孩童，小卖部里所有的饮料和零食都是过期的。那天晚上，俩人坐在河堤上，仰望满天的星斗，喝着过期的可乐，牛书磊说起了他的老家威海："那里的海真蓝啊，真近啊，转过巷角就能看见，闭上眼睛也能听见，梦里也能梦见……"

噩梦般的迷雾渐渐淡了，水流也和缓下来。赵鲁杰抹了一把被水浪或眼泪打湿的脸，继续睁大眼睛，身后的战友突然喊道："你看，岸边！"

顺着同事手指的方向，赵鲁杰看到了隐隐的光亮。小心翼翼凑了上去后，发现鲁家兄弟的渔船竟和牛教的小艇靠在了一起。4个人都在弯腰舀水，根本没有注意到心里发酸、嗓子眼发堵的赵鲁杰。

原来牛书磊小艇的发动机被江里的倒木正面撞击，失去了动力，顺着急流竟漂出了10多公里，好不容易才靠到岸边停了下来。不久，鲁家兄弟的渔船同样被水推着到了下游。他们发现了牛教的小艇，本想上前营救，却因为船速太快，撞上江岸凸起的礁石，将渔船侧舷撞出了一个洞，江水汩汩地灌了进来。施救者变成了被救援者，牛书磊和同事又拼命将渔船里灌进的江水舀出去。

一番观察，赵鲁杰判明了情况：渔船体大，且装满渔获，难以继续航行；牛教的小艇虽发动机破损，短时间难以修好，但可以拖行。于是，在他的指挥下，大家合力将渔船上的渔获卸到岸边，又将渔船在岸边的浅水里搁浅。接着，4名警察连带鲁家兄弟分乘两艘小艇，一艘在前牵引，一艘在后随行，沿着岸边低速前进，走水路向派出所所在的北极村驶去。

行船 2 个多小时后，眼见着北极村码头已经在望，小艇却已耗尽油料。6 人不得不用桨、用手拼命划水，才避免再次被急流冲到下游，可是抵近码头时，岸边的回头浪又推着小船几次三番无法靠岸。此时，牛教率先跳入冰冷的江水，用手拖着船头。大家见状，也纷纷跳入水中，一齐拖拽着船到达了岸边。

最终，几乎冻僵的 6 人返回了北极边境派出所。将鲁家兄弟移交给当值民警后，赵鲁杰和牛书磊换上了干净的衣物，填饱了肚子。赵鲁杰打了个哈欠，正打算回宿舍眯一觉，蓦然看到牛书磊带领两名小伙子又一次钻进了警车。赵鲁杰赶上前询问，牛书磊淡淡地说："非法渔获还卸在野地里，得去固定证据。"

说完，他摆了摆手，放平副驾驶座椅，半仰着闭上了眼。接着，警车开出派出所大院，在赵鲁杰的目送中，消失在绚烂的晨曦中。

三

2021 年 7 月，洛古河村，史先强夫妇从贾晨翔夫妇手中接过了警务室钥匙。

交接仪式上，贾晨翔做了深情回顾，史先强做了上任表态，上级领导给予警务室新老两对夫妇祝福和希冀，村民们不断鼓掌、拍照，还将各种山货塞到车上，让贾晨翔两口子带回山东老家。活动简短、庄重却不乏温情，使得寂静的村落多了些许人气。

仪式结束，贾晨翔夫妇随车队离开，史先强和村民们徒步相送，沈欣有孕在身，就暂时留在警务室内。直到车队翻过山丘，消失在起伏的地平线后方，大家才掉头回村，依然你一言我一语地讨论着。有人说贾晨翔两口子在车上一直向大家挥手告别，还有人说贾晨翔的妻子王晓莲频频把眼镜摘掉，直抹眼泪。史先强暗想有些村民纵然猎户出生，有着很不错的视力，但这些大概是出于他们的想象吧。是啊，贾晨翔两口子这一走，就已然成了村民们的回忆。

不觉间，众人来到进村的三岔路口。村民们左拐，回到村里各自的家中。史先强直行，回到江边的警务室，也是他和沈欣的新家。

沈欣此时正挺着肚子，从警务室走廊的这头走到那头，又从那头折返，如此反复。见丈夫回屋，沈欣若有所思地说："窗外就是黑龙江，江对面就是俄罗斯。"

史先强点了点头。

"虽然北极村的对面也是俄罗斯，但原先在家，真没意识到地处如此偏远。"沈欣说，"这下到了洛古河，可真觉得走到祖国的最边上了。"

"实际上，北红村比这里还要更靠北些。"

"地方不重要，人最重要。"沈欣顿了顿说，"因为这里只有咱俩了。"

史先强沉默了。

沈欣努努嘴："今天的天气可真好啊。阳光明媚，皓日当空，真是应了二宝史一皓这个名字。"

"那是大名，要不给娃取一个小名？"

"贾大哥家娃娃的小名叫北北，史一皓的小名就叫洛洛吧。"

"一个扎根北疆，一个扎根洛古河，挺好！"

沈欣背过身去："到现在我也没想通，为什么要跟你过来。"

史先强上前轻轻抱住了沈欣："你不还是和我一起来了吗？"

"你行，我行，孩子行吗？"沈欣抬起头，直视史先强的眼睛。

史先强夫妻冒着严寒踏查界江，极低的气温使他们呼出的热气迅速凝结为霜花

这一年春节，沈欣带着刚出生的洛洛，回到了北极村的父母家。因母亲要照顾沈欣的大儿子史一凡，父亲全身心扑在红火的民宿生意上，抚育洛洛的重担就全部落在沈欣的肩上。

夜里，洛洛因为肠胀气一直哭闹，沈欣几乎得不到片刻的休息；白天，天南海北的游客在民宿院内来来往往，沈欣只得躲进卧室，守在宝宝的身边。沈欣不想出门，她觉得门外的那份欢乐不属于她。她有的，只是抚育的重担，以及那被压到无法喘息又无法倾诉的委屈。

大年初三，在外地读研究生的同学返乡过年，她们结伴来看望沈欣。笑语言谈间，沈欣窥见同龄伙伴们精彩的、充满无限可能的光鲜生活；也从她们的眼中，看到了蓬头垢面的自己被走形身材包裹着的无处可去。

当晚，洛洛因为肠胀气再次彻夜哭闹，沈欣使出了所有招数，飞机抱、萝卜蹲，就是无法让宝宝安睡。沈欣哭着拨通了远在洛古河的史先强的视频电话。

电话中，宝宝哭，沈欣哭，史先强一遍遍安慰，只恨自己嘴巴笨，说来说去都是老一套。不知过了多久，宝宝哭累了，睡着了，沈欣也挂断了电话，把史先强再一次丢回死寂的环境中。

大年下，村里许多老人被子女接去了漠河市，甚至是省城哈尔滨越冬，留在村里的只有零零星星20多户人家。这些村民将自己封闭在一扇扇包裹严实的门内，靠锅炉里的炭火取暖，靠地窖里的蔬菜过日，鲜有人出门走动。至于那些年前养的鸡鸭鹅，还有年猪，也纷纷遭到屠戮，成为村民们过节的盘中餐。没有人声，没有鸡鸭鹅的鸣叫，整个村子和群山、冰河一样沉默。

沈欣挂断电话后，史先强在警务室的床上辗转反侧。这是一种用语言无法表达的苦，也不是他个人的苦，而是整个家庭的苦。这种苦折磨得他脑袋乱得就要爆炸。为了让自己冷静下来，史先强跑到警务室外的雪地上大声吼叫，却一点儿声音也没吼出来。再喊，还是没有声音。史先强惊醒过来，原来那是他的内心在吼叫，泪水已不知何时挂满脸颊。

大年初五，沈欣带着襁褓中的洛洛，被史先强接回了洛古河警务室。这是一年中最寒冷的时节。入夜，雪不停地落下，漫过了膝盖，漫过了腰，堵到了心口上。直至清早，大雪封门，史先强不得不奋力开辟出一条通向洛古河村的道路。

史先强走访那些同样被困在家中的村民们去了，帮他们重建坍塌的畜棚，送去各种治疗慢性病的药品，收集需要办理的各项户政业务，还有就是巡逻，沿着漫长的江边徒步，遇到凿开冰孔非法捕捞的村民，他会出面制止；但更多时候，只有他一个人在风雪中艰难前行，在白茫茫的天地间化作一个渺小的黑点。

沈欣一直盯着这个黑点，直到看得两眼恍惚，直到确信那个黑点一时半会儿不会回到警务室，她才收回视线，手指着窗外垃圾堆上飞起又落下的乌鸦，对着怀抱里的婴儿模拟起嘎嘎叫声。洛洛瞪大眼睛看着母亲，他的眼睛就像雪地里的一小汪湖泊，平静、灰蓝，渴望世间烂漫的色彩。但身处这个广阔和荒芜的世界中，只有小小的警务室、小小的村落，还有将他们与世隔绝的漫天风雪、莽莽大江、无尽森林。沈欣抱紧了怀中的洛洛，希望这个名字中有皓的男孩儿能够给她多一些温暖。

傍晚，史先强带回了村民们送的蔬菜，加上满厨房的土豆，开始了他的“魔法料理”。前天是番茄土豆丝，昨天是鸡蛋土豆泥，今天做什么呢？土豆烩大白菜吧。只是切好的土豆块还没下锅，电器和灯具就突然断了电。里外检查一番，并非警务室电路出了问题。向外眺望洛古河的村居，只一会儿，天色就全部暗了下来，整个村子被黑压压的雾气笼罩着，不见一点光亮。直到一个小时后，供电部门传来消息：大雪压断了山里的输电线路，断路的区段不明，他们将派人检查维修，可能需要三到四天时间才能恢复供电。

断电带来的第一个困难当然是照明。即便每个房间都点亮了蜡烛，但小小光亮并非给人温暖，更多的还是沮丧。得知几天后才会通电，史先强和沈欣开始了紧锣密鼓的准备，既为了村里剩下的二三十户群众，也为了警务室里的一家三口，尤其是不到半岁的洛洛。

很快，降温成了断电后必须克服的第二个困难。由于警务室使用电暖供热，才断电一刻钟，嘴巴就可见地呼出了白气。史先强让沈欣带洛洛先钻进被窝，然后把煤炉搬进卧室，布置烟道，堵住各种缝隙，进进出出，一番操作下来，屋里的温度已经降到冰点以下。

一天后，出现了断电的第三个困难，通信失联。全村手机渐次电量耗尽，为了取得联系，史先强不得不顶着风雪挨家挨户走访，看村民们是否有亟须解决的现实困难。很多房门敲了许久，都没有回应。原来只过了一天，已有人陆续驾车来到村里，将亲属们接回镇上或市里。

“整个村子几乎都空了。”沈欣对着雪人模样的史先强说。

“还有几户没走，他们在外面没有亲戚。”史先强回答。

“联系镇上的旅馆，暂时把村民们集中安置。”沈欣建议。

“我明白。”史先强说，“但他们走后，我还得留下来，还有国境线要守。”

在愈发的沉默中，天色完全暗了下来。入夜，俩人怀抱着宝宝，钻进冰冷的被窝。由于卧室漏风，他们已经将床和煤炉搬进了面积更小、保暖效果好一些的荣誉室内。淡淡的月光隐约照亮了荣誉室的墙面，照亮了那一座座奖杯、一面面锦旗和一张张照片。史先强眯缝起眼，还是看不清上面的文字和脸庞。这时，沈欣在他的耳边轻轻地说：“我感觉自己坚持不下去了。”

开春，沈欣独自带着洛洛来到漠河市，开始一系列产后康复。接受治疗时，沈欣便将洛洛托育在一家月子会所；治疗结束，她再将宝宝接回短租的临时住所。沈欣的时间被治疗与孩子占据着。她不会做饭，只靠快餐和方便面简单对付；她在漠河市没什么朋友，手机里那些遥远的伙伴她也不想打搅。沈欣每天只和孩子说话，咿咿呀呀的，她觉得孩子能听得懂她的心声。

一天上午，父亲带着史一凡来到漠河探望沈欣。刚打照面，父亲就愣在那儿。他没想到两个月不见，女儿几乎瘦脱了相，目测瘦了得40多斤。父亲一声不吭地，转身进到厨房准备午饭。沈欣像往常一样，牵着大儿子，抱着二儿子站到窗前眺望。这时，史一凡仰着脑袋，用乞求的语气说：“妈妈，你能抱抱我吗？”

沈欣一阵心酸，她觉得自己对两个孩子亏欠了许多。她蹲下身，尽可能满足大儿子的愿望。但她太瘦弱了，尝试几次都没法把史一凡抱起。

这时，史一凡踮着脚，手指着窗户外面问："妈妈，那是爸爸吗?"

顺着儿子手指的方向，她看到两个穿着警服的男人正在街上巡逻。

史一凡说："如果爸爸在身边，那他可以抱弟弟，你就可以抱我了。"

儿子的话让沈欣的心中流过一股暖流，她再次蹲下身，贴着儿子的脸蛋："咱们和爸爸会团聚的。"

虽然已是开春，黑龙江还没完全解除封冻，防止偷越国边境的铁丝网依然将江面分隔成南北两侧。这天清早，史先强在河边巡逻时，发现冰面上有斑斑血迹，一头延伸到铁丝网前，在那些铁网倒刺上留下了许多褐色的毛发，另一头则消失在了身后的森林中。

史先强掉头，顺着血迹向森林走去，走不多远，惊起了几十只乌鸦。在一片洼地，他看到一头被开膛破腹的野猪尸体，獠牙上满是血污，一只眼睛被乌鸦们啄成了白浆。显然，这头野猪被大型野兽追逐着到了冰面上的铁丝网，一番血腥厮杀，又掉转方向逃进森林，最终被追上，成了野兽的盘中餐。史先强在原地愣了会儿，直到乌鸦又都飞回到野猪的尸体上才离开。

这天晚上，史先强躺在床上，想着野猪和大型野兽搏杀的场景，想着想着，一颗流星从天际坠落，点燃了整片森林。史先强从床上起身，掀开窗帘，只见北极光从山的另一面悄然升起，越过了山头，将整座森林沐浴在一片红光中，然后又忽而蓝、忽而绿，绚烂了洛古河的天上与人间。

正恍神时，沈欣打来视频电话。史一凡在电话里指着漠河市区上空的北极光让爸爸看，镜头外，洛洛也发出了咯咯咯的笑声。接着，沈欣出现在画面里。她问史先强在洛古河是不是也可以看到北极光。史先强回答说不仅能看到，一定比灯火通明的漠河市更美。沈欣问他有没有对着北极光许什么愿望。史先强说了，希望家人平平安安、健健康康。沈欣笑着抹了抹眼泪，然后告诉史先强，她会尽快回到洛古河，不仅回来，还要带两个孩子来洛古河，一家人从此在一起，不再分开。

说完，镜头转回天空。同一片天际，北极光拖动漫舞的长袖，眷顾着世间每一个善良的心灵。

第四幕　写在文后

2023 年 11 月末，我随黑龙江边防总站的同志们来到洛古河村，实地感受这里的工作和生活。

好巧不巧，抵达洛古河这一天，村里有喜事，大多数村民都乘坐东家包的大巴车去了漠河市里的酒店参加喜宴。因此，洛古河显得愈发空寂。

数着冒烟的烟囱，我来到前文中的刘大爷家中。和往常一样，赵大娘又在数落老伴儿喝大酒。和往常不一样的是，刘大爷变成了一只温顺的狍子，一句嘴都没有还。后来听史先强说，老两口前段时间吵架后，赵大娘气得离家出走，还是他和沈欣好一阵劝，才把赵大娘接回了家。自此，刘大爷对老伴儿虽言听，但计不从，总之是保持个好态度。他是生怕连这个骂他的人都会离他而去。

离开刘大爷家后，我遇到一位拖着钢钎的老人。老人一边埋头走路，一边叼着烟和我说话。老人操着胶东口音，语速快，发音含糊，我听不懂他在说什么，只是盯着密布在他脖子上的大大小小肿块，这些肿块粗糙坚硬，像是那些老树结出的树瘤，包裹了困难，也包裹了坚毅。

前一天晚上，史先强回村主任家看晚饭备齐了没有。我则从村头走到村尾，又从村尾走回到村头。两圈走完，时针不过拨动了 20 分钟。没有人，只有风，我的心底被吹进了一丝无可依凭的虚无，不得已，便紧了紧棉衣，回到当晚借宿的村主任家，迎来了可谓是毕生难忘的艰难晚餐。

因采访时正值甲流、新冠、支原体感染等各种传染病大流行的季节，当晚的餐桌上，史先强和陪同采访的李树明老师、张宴搏老师都发起了高烧，他们只喝了两口稀饭，便回屋休息。我坚持让史先强回警务室早些休息。史先强连声抱歉后，离开村主任家，消失在风雪中。不过，半小时后，他又带着从警务室搜罗的药品回来了，他不放心同样发烧的另外两位老师。

次日是结束洛古河采访，计划返回北极镇的日子。一大早，史先强就早早出现在村主任家。他要提前将警车预热，方便大伙儿随后出行。

史先强带着儿子，来到洛古河辖区界碑前，给界碑描红

只是在户外冻了一夜后，车子根本打不着火。好在村主任家借宿的还有几位地质勘查的同志，他们用越野车的电瓶给警车电瓶充了电。史先强则钻到车子底盘下方，用越野车的车钩钩住了警车。最终在越野车的牵引下，警车终于发动，大伙儿开启了回程的路途。

我上车后，史先强从外面将车门拉上。我一愣，问史先强为什么不一道回北极镇，还可以看一看家人。史先强笑笑，说他还要上班。车子启动了，史先强先是向大家挥手，接着立正，敬了一个庄严的警礼！

就这样，史先强送别了采访组，和他的村民们一道，继续留在了遥远的洛古河。